Melissa Foster

Hoffnung in Seaside

DIE AUTORIN

Melissa Foster ist eine preisgekrönte *New-York-Times-* und *USA-Today*-Bestsellerautorin. Ihre Bücher werden vom *USA-Today-Bücherblog*, vom *Hagerstown Magazin*, von *The Patriot* und vielen anderen Printmedien empfohlen. Melissa hat mehrere Wandgemälde für das *Hospital for Sick Children*, eine Kinderklinik in Washington, D. C., gemalt.

Besuchen Sie Melissa auf ihrer Website oder chatten Sie mit ihr in den sozialen Netzwerken. Sie diskutiert gern mit Lesezirkeln und Bücherclubs über ihre Romane und freut sich über Einladungen. Melissas Bücher sind bei den meisten Online-Buchhändlern als Taschenbuch und E-Book erhältlich.

www.MelissaFoster.com

Melissa Foster

Hoffnung in Seaside

Seaside Summers

LOVE IN BLOOM – HERZEN IM AUFBRUCH

Aus dem Amerikanischen von Janet König

Die Originalausgabe erschien erstmals 2014 unter dem Titel
»Seaside Sunsets« bei World Literary Press, MD, USA.

Deutsche Erstveröffentlichung
2022 bei World Literary Press, MD, USA
© 2014 der Originalausgabe: Melissa Foster
© 2022 der deutschsprachigen Ausgabe: Melissa Foster
Lektorat: Judith Zimmer, Hamburg
Umschlaggestaltung: Elizabeth Mackey Designs

ISBN: 978-1-948868-91-4

Bevor ich anfing, diese Geschichte zu schreiben, dachte ich, es würde schwierig werden, die perfekte Frau für Jamie Reed zu finden, doch als ich Jessica Ayers kennenlernte, war es plötzlich überhaupt nicht mehr schwierig. Ich hoffe, Sie werden die beiden ebenso sehr lieben wie ich.

Wenn dies Ihr erstes Buch aus der Reihe »Love in Bloom – Herzen im Aufbruch« ist, dann sollten Sie wissen, dass all meine Liebesgeschichten für sich allein oder als Teil der Serie gelesen werden können. Also tauchen Sie gleich ein und genießen Sie das unterhaltsame und leidenschaftliche Abenteuer!

Um sich über Neuerscheinungen, Aktionen und exklusive Neuigkeiten auf dem Laufenden zu halten, können Sie meinen Newsletter abonnieren:
www.MelissaFoster.com/Newsletter_German

Die Reihe »Love in Bloom – Herzen im Aufbruch«

Seaside Summers ist nur eine der vielen Serien aus der weitverzweigten Reihe »Love in Bloom – Herzen im Aufbruch«. Sie werden den Figuren aus jeder Geschichte immer wieder begegnen, sodass Sie keine Verlobung, Hochzeit oder Geburt verpassen. Eine vollständige Liste aller Serientitel sowie eine Vorschau auf den nächsten Band dieser Serie finden Sie am Ende dieses Buches.

Checklisten, Stammbäume und Veröffentlichungstermine finden Sie unter:
www.MelissaFoster.com/RG

*Für Jon, der beweist,
dass Nerds cool sein können*

Jessica Ayers konnte ohne Schwierigkeiten einen Ton auf ihrem Cello achtunddreißig Sekunden lang halten, aber die letzten vierzig Sekunden der Ebay-Auktion auf ihrem Handy zu verfolgen, machte ihr schwitzige Hände und Herzrasen. Ihr war nicht bewusst gewesen, dass Sekunden überhaupt so langsam vergehen konnten. Auf der Veranda ihrer Wohnung in der Feriensiedlung Seaside in Wellfleet, Cape Cod, war sie mittlerweile eine Dreiviertelstunde lang auf- und abgetigert. Dies war das erste Mal – und mit Sicherheit auch das letzte –, dass sie bei so einer Internetauktion mitmachte. Sie hatte das höchste Gebot für einen Baseball abgegeben, von dem sie ziemlich sicher war, dass er ihrem Vater gehört hatte, als er ein Kind gewesen war.

»Komm schon! Komm schon! Komm schon!« Fünfzehn Sekunden. Sie kniff die Augen zu und umklammerte das Handy, als könnte sie den Erfolg erzwingen. Es war erst halb acht morgens, doch die Sonne hatte sich bereits heiß durch die Bäume gedrängt. Ihr war warm, sie war genervt, und nachdem sie zwei Wochen lang mit dem Intendanten ihres Orchesters gestritten hatte, weil sie eine Auszeit nehmen wollte – und mit ihrer Mutter noch viel länger, weil die sich an allem Möglichen störte –, stand sie kurz davor, zu explodieren. Sie war ans Cape gereist, um eine Ruhepause von ihrem Engagement im Boston Symphony Orchestra zu bekommen, und in der Hoffnung, herauszufinden, ob sie ihr Leben voll auskostete oder ob es stattdessen womöglich gänzlich an ihr vorbeiging. Den Baseball ihres Vaters mit dem Autogramm der Spielerlegende Mickey Mantle zu finden, war die selbstauferlegte Ablenkung, um nicht das Cello in die Hand zu nehmen. Sie hätte nie gedacht, dass sie diesen Ball schon nach einer Woche Urlaub finden würde.

Sie machte die Augen auf und starrte auf das Handy.

Fünf Sekunden. Vier. Drei.

Eine Nachricht poppte auf. *Sie wurden leider überboten.*

»Was? Nein. Nein, nein, nein!« Sie tippte auf *Bieten*, doch nichts passierte. Sie drückte noch einmal darauf, und noch einmal, und mit jedem Versuch wuchs ihre Anspannung. Eine weitere Nachricht poppte auf dem Display auf. *Die Auktion ist beendet.*

Nein!

Sie starrte auf das Handy, fassungslos, dass sie nur Sekunden davon entfernt gewesen war, den Ball zu ersteigern, der ihrer Meinung nach ganz bestimmt ihrem Vater gehört hatte, und dass sie nun den Zuschlag nicht bekommen hatte. Sie hasste Handys. Sie hasste Ebay. Sie hasste es, in winzigen, kleinen Handys gegen irgendwelche virtuellen Leute zu bieten. Sie hasste das Ganze so sehr, dass sie sich umdrehte und das Handy über die Veranda schleuderte.

Wow.

Das fühlte sich richtig, richtig gut an.

»Aua! Was zum Henker …« Die tiefe Stimme eines Mannes drang zu ihr herauf.

Jessica duckte sich und spähte durch die Balustrade

hindurch. Auf dem Kiesweg, nur wenige Meter von ihrem Haus entfernt, entdeckte sie den hübschesten Hintern, den sie je in einer schwarzen Laufhose gesehen hatte, dazu einen T-Shirt-freien gebräunten Rücken, der vor Schweiß glänzte und von wohlgeformten Muskeln durchzogen war. *Holla, die Waldfee,* solche Körper waren unter Orchestermusikern nicht üblich. Nicht, dass sie es mit Sicherheit behaupten könnte, da diese Körper ja immer anständig unter schwarzen Anzügen und weißen Hemden versteckt waren. Aber konnte man so etwas überhaupt verstecken?

Er drehte sich um und rieb sich mit der Hand über die strubbeligen schwarzen Haare, während er nach oben in die Kiefern blickte.

Tja, da wirst du die Schuldige nicht finden.

Jetzt schaute er zu ihrer Veranda und sie wand sich innerlich. Zumindest hatte er ihr Handy nicht gesehen. Das lag wenige Meter entfernt, wo es gelandet sein musste, nachdem es ihn am Kopf getroffen hatte. Sein Blick richtete sich nun auf den Boden ... und fiel direkt auf das Handy.

Jessica duckte sich noch tiefer und beobachtete, wie sich seine Augenbrauen zusammenzogen, was ihm einen grübelnden Ausdruck verlieh.

Bitte sieh mich nicht! Bitte sieh mich nicht!

Er sah zu den Ferienhäusern links von sich, dann zum Pool nach rechts, und genau in dem Moment, als Jessica erleichtert aufatmete, überquerte er den Weg und steuerte auf ihre Treppe zu. Natürlich entdeckte er sie sofort. Er hielt die Hand schützend über die Augen, schaute auf das Handy in seiner Hand, dann wieder zu ihr und hielt das Handy hoch.

»Gehört das Ihnen?«

Sie überlegte, ob sie dort weiter hocken und durch das

Geländer spähen sollte wie ein Kind, das Verstecken spielte.

Gefunden!

Mist. Langsam stand sie auf. »Was soll mir gehören?« Sie hatte keine Ahnung, was sie sagen oder tun würde, da platzten die Worte schon aus ihr heraus.

Er lachte. Gott, hatte der ein sexy Lachen! »Ist das Ihr Handy?«

Amüsiert und so verflixt attraktiv stand er da, dass Jessica den Blick gar nicht abwenden konnte. »Warum sollte das meins sein? Ich habe gar kein Handy.« *Na großartig! Jetzt bin ich eine Handy-Gewalttäterin und eine Lügnerin.* Erstaunt stellte sie fest, dass man sich offenbar gleichzeitig unglaublich zu einem Mann hingezogen fühlen, sich dämlich vorkommen und dabei noch Lügen von sich geben konnte, als wäre das etwas ganz Alltägliches.

Nach einem erneuten Blick auf das Handy kratzte er sich am Kopf. Sie fragte sich, was er wohl dachte. Dass es vom Himmel gefallen wäre? Niemand war so dumm, aber jetzt konnte sie kein Geständnis mehr ablegen. Sie hatte sich zu tief hineingeritten. Als er die Treppe hinaufkam, starrte sie unweigerlich seinen Oberkörper an: leichte Behaarung auf Brusthöhe und dann Muskeln, die sich an seinem Bauch wölbten und das V zwischen seinen Hüften gut zur Geltung brachten.

Er betrat die Veranda und musterte sie aus seinen grünbraunen Augen von oben bis unten, begleitet von diesem Lächeln, bei dem sie sich hätte wohlfühlen können – doch stattdessen fühlte sie sich nackt. Und ihr war plötzlich heiß. Eindeutig heiß. Oh, Augenblick, *er* war heiß. Sie war nur durcheinander. Heiß und durcheinander. Meine Güte, von Nahem sah er noch besser aus, mit dem Dreitagebart auf diesem markanten Kinn und mit Augen, in dem grüne und braune Schattierungen harmonisch miteinander spielten.

»Hallo. Ich bin Jamie Reed.«

»Hallo. Jessica … Ayers.«

»Wie lang haben Sie die Ferienwohnung gemietet?« Mit dem Unterarm wischte er sich über die Stirn. Sie hatte gar nicht gewusst, dass Schwitzen so sexy sein konnte.

»Den Sommer über.« Sie richtete ihren Blick auf das Handy. »Was haben Sie jetzt mit dem Handy vor?«

Er betrachtete es. »Das kommt wohl darauf an, oder?« Ein Mundwinkel zog sich hoch, gab diesem gut aussehenden Gesicht eine verspielte Note und ließ ihren Magen ins Trudeln geraten.

Jessica brauchte und wollte *verspielt* in ihrem allzu adretten und anständigen Leben, aber für den Fall, dass der Manager ihres Orchesters anrufen sollte, brauchte sie ihr Handy noch mehr.

»Angenommen, es wäre mein Handy … Angenommen, es wäre mir aus der Hand gefallen und über die Veranda geschlittert, vollkommen aus Versehen …«

Er trat näher, und plötzlich wurde *verspielt* zu *ernst*. Sein Blick wurde dunkel und verführerisch, auf eine Art, die ihr durch und durch ging, sie erregte und gleichzeitig mit ihrer Lüge konfrontierte. Er legte eine Hand auf das Geländer neben ihr und schaute über die Balustrade. Er hob die Augenbrauen und trat noch einen Schritt näher. Sie wich zurück, bis sie mit dem Rücken gegen das Holzgeländer stieß. Er roch nach Stärke und Schweiß und etwas Moschusartigem, das ihr Innerstes erschaudern ließ.

»Das ist ein verdammt beeindruckendes Versehen.« Seine Stimme hauchte über ihre Haut.

Jessica konnte kaum atmen, ja, kaum denken, während dieser Blick sie durchdrang, und dieser aufregend sinnliche Körper, der ihr so nah war, brachte sie noch mehr zum Schwitzen. Die Wahrheit sprudelte wie ein Wasserfall aus ihr heraus.

»In Ordnung, es tut mir leid. Ich habe es geworfen, aber das war nicht meine Schuld. Nicht so richtig jedenfalls. Dieses bescheuerte Ebay ist schuld.« Sie wurde lauter und der Ärger platzte hervor. »Ich habe keine Ahnung, wie ich in den letzten zehn Sekunden eine Auktion verlieren konnte. Mein Gebot war fünfundvierzig Minuten lang das höchste, und dann wird es aus dem Blauen heraus einfach so um fünf lausige Dollar überboten? Und das alles nur, weil man dieses dämliche Bieten-Feld nicht anklicken kann.« Sie ließ sich auf einen Stuhl fallen. »Tut mir leid. Ich bin einfach nur sauer.«

»Nur damit ich das richtig verstehe: Sie haben eine Auktion im Internet verloren und deshalb Ihr Handy durch die Gegend geschleudert?« Er setzte sich auf einen Stuhl neben sie und zog die Augenbrauen verwirrt – oder vielleicht auch amüsiert – zusammen. Genau konnte sie das nicht sagen.

»Ja, ich weiß, ich weiß. Ich habe mein Telefon durch die Gegend gepfeffert. Und wahrscheinlich ist es kaputt. Ich hasse diesen Technikkram.«

»Die Technik ist großartig, und das Handy trägt nicht die Schuld daran, dass Sie die Auktion nicht gewonnen haben. Das nennt man Sniping und das machen ganz viele Leute.«

»Sniping?« Sie seufzte. »Tut mir leid, ich weiß, dass ich mich quengelig und zickig anhöre, aber normalerweise bin ich wirklich nicht so.«

Er hob wieder eine Augenbraue und lächelte, was sie auch zum Lächeln brachte, denn natürlich glaubte er ihr nicht. Wer würde das schon? Er wusste ja nicht, dass sie für gewöhnlich als Miss Adrett und Anständig unterwegs war. Er konnte auch nicht wissen, dass sie Worte wie *bescheuert* nie benutzte oder bis zum heutigen Tag noch nie auf der Internetseite von Ebay gewesen war.

»Ehrlich, das bin ich nicht. Ich bin nur verärgert. Ich habe versucht, den Baseball zu finden, der meinem Vater als Kind gehört hat. Er wurde von Mickey Mantle signiert und irgendwann haben die Eltern meines Vaters ihn mal verloren. Seine Schwester hatte in das Autogramm mit roter Tinte hineingemalt, und ich glaube, ich habe ihn endlich gefunden … und dann verloren.«

»Das ist wirklich Pech. Ich verstehe, warum Sie sich ärgern. Tut mir leid für Sie.«

»Wie können Sie so nett sein, nachdem ich Ihnen mit meinem Handy eins über die Rübe gezogen habe?«

Er zuckte mit den Schultern. »Mir wurden schon schlimmere Sachen an den Kopf geworfen. Kommen Sie, ich zeige Ihnen ein paar Ebay-Tricks.« Er scrollte sich durch ihre Apps, von denen sie nur die hatte, die auf jedem Handy vorinstalliert waren. Er zog die Augenbrauen zusammen. »Soll ich Ihnen die Ebay-App runterladen?«

»Die App? Warum nicht?«

Er tippte auf ihrem Handy herum und zog dann seinen Stuhl näher zu ihr heran. »Wenn Sie auf einen Artikel bieten und andere gleichzeitig bieten, müssen Sie die Seite ständig aktualisieren, denn nicht auf allen Handys werden die Gebote so schnell aktualisiert.« Er erklärte weiter und zeigte ihr, wie sie die Seite aktualisierte.

Sie hörte nur halb zu. Technische Sachen kapierte sie einfach nicht, und außerdem war sie es gewohnt, neben

Männern in Anzügen und Fracks zu sitzen, nicht neben einem halb nackten Adonis, der seine Männlichkeit in Joggingshorts zur Schau stellte. Sie konnte sich kaum konzentrieren.

Jamie sah Jessica an, dass sie nicht zuhörte. Als Entwickler von OneClick, der zweitgrößten Suchmaschine nach Google, hatte er so einige Meetings mit benebelt aus der Wäsche guckenden Leuten erlebt, die sich ausklinkten, sobald er technische Dinge erläuterte. Aber eine Internetseite zu aktualisieren, konnte man kaum als technisch anspruchsvoll bezeichnen, und das bedeutete, dass die schöne Jessica entweder wirklich eine Einsteigerin war und die letzten zehn Jahre in einer Höhle verbracht hatte oder dass sie ihre Spielchen mit ihm trieb. Sie sah absolut nicht so aus, als hätte sie in einer Höhle gelebt, und sie war so ziemlich die heißeste Braut, die er seit Ewigkeiten gesehen hatte, wie sie da in ihrem knallgelben Bikini neben ihm saß, als wäre das die bequemste Klamotte der Welt. Vielleicht war sie ein Model und hatte Lakaien, die diese Dinge für sie erledigten.

Die hellbraunen Haare berührten ihre Oberschenkel, wenn sie sich vorbeugte, und ihre strahlend blauen Augen waren – auch wenn sie im Moment etwas verloren schauten – umwerfend sexy. Sie hatte einen tollen Körper mit perfekten Brüsten, einer schlanken Taille, kurvigen Hüften und Beinen, die unendlich zu sein schienen. Doch all das änderte nichts an der Tatsache, dass sie zunächst geleugnet hatte, dass es ihr Handy war. Das Letzte, was Jamie in diesem Sommer gebrauchen konnte, war, dass man mit ihm spielte, selbst wenn es sich um eine so schöne Frau wie Jessica handelte. Dies war sein erster freier Sommer seit acht Jahren, und er hatte vor, sich zu entspannen und Zeit mit seiner Großmutter Vera zu verbringen, die Mitte achtzig war und nicht jünger wurde. Wenn ihm die richtige Frau über den Weg lief und er Zeit und Interesse hatte, würde er sich über ihre Gesellschaft freuen, aber er hatte keine Geduld für Spielchen.

»Entweder Ihr Handy ist neu oder Sie benutzen nicht viele Apps.«

»Nein. Um ehrlich zu sein, schreibe ich auch nicht viele Nachrichten. In solchen Sachen bin ich seit einiger Zeit nicht so richtig auf dem Laufenden. Und nach dieser nervigen Geschichte hier bin ich nicht sicher, ob ich mich wirklich damit abgeben will.«

Er gab ihr das Handy. »Sie können es auch auf dem Computer machen. Manche finden das leichter.«

Sie schloss einen Moment lang die Augen und sackte in sich zusammen. »Mit meinem Computer stehe ich noch mehr auf Kriegsfuß als mit meinem Handy.«

Ob sie ihn zum Narren hielt oder nicht, war ihm noch immer nicht klar. Sie klang aufrichtig, und der Blick in ihren wunderschönen hellblauen Augen war ehrlich, soweit er es beurteilen konnte. Was soll's, er konnte ihr ebenso gut Hilfe anbieten.

»Dann haben Sie genau den Richtigen getroffen. Ich kann Ihnen einen Crashkurs in Sachen Computer und Handy geben.«

»Ich habe schon so viel Ihrer Zeit in Anspruch genommen. Ich hätte ein schlechtes Gewissen, wenn ich Sie an einem so schönen Tag wie heute noch mehr in Beschlag nehmen würde. Aber ich bin Ihnen für Ihr Angebot sehr dankbar.«

Du lässt mich abblitzen?

Jamie stand auf. »Okay, ja, dann ... Wenn Sie irgendwelche Hilfe benötigen, finden Sie mich in dem Ferienhaus da am Ende des Weges, mit der Veranda vorne und hinten. Sie können jederzeit vorbeikommen.« Er zögerte, obwohl er wusste, dass er gehen sollte, aber er wollte gern noch bleiben und sie näher kennenlernen. Wenn sie mit ihm spielen würde, hätte sie sein Angebot mit Sicherheit angenommen.

Jessica stand ebenfalls auf, nahm das Handtuch von der Stuhllehne und holte eine Tasche unter dem Tisch hervor. »Ich will zum Pool, da kann ich Sie in die Richtung begleiten.«

Schweigend gingen sie zum Pool, wobei Jamie die Gelegenheit hatte, festzustellen, wie angenehm sie roch. Er musste sich zusammenreißen, um den Blick nicht an ihr hinuntergleiten zu lassen – er brannte darauf, ihren Hintern zu sehen, aber wozu die Eile, wenn sie sich nur unwohl fühlen würde? Sie wollte in den Pool, da bekam er seine Chance noch.

Jessica wühlte in ihrer Tragetasche herum. Sie stemmte die zarte Hand in die Hüfte und seufzte. »Ich habe meinen Schlüssel vergessen. Warum schließen die den Pool auch immer ab?«

Er hatte keine Ahnung, aber sie wirkte so neugierig, dass er sich einen Grund ausdachte. »Um schräge Typen fernzuhalten.«

»Schräge Typen? Wirklich? Mein Bekannter hat vorgeschlagen, dass ich mir hier eine Wohnung miete. Er sagte, es gäbe fast keine Kriminalität am Cape.«

Jamie fragte sich, wer wohl ihr *Bekannter* war. »Wir hatten vor zwei Jahren ein bisschen Ärger mit Teenagern, aber abgesehen davon hat Ihr Bekannter recht. Hier hängen keine schrägen Typen herum.«

»Ah, Gott sei Dank. Ich hätte mir nicht vorstellen können,

dass mein Kollege mich hinters Licht führt. Ich hole dann wohl mal meinen Schlüssel.«

Sie drehte sich um, um zurückzugehen, und – *Himmel noch mal!* – ihre Bikinihose war ein Stringtanga. Ein winziges Stück Stoff zwischen zwei perfekten Pobacken. Wie hatte ihm das entgehen können?

Fast hätte er angefangen zu sabbern. »Nettes Höschen«, murmelte er.

Sie schaute über die Schulter. »Danke! Ich habe auf dem Aushang gesehen, dass heute Tanga-Donnerstag ist, und dachte mir, warum nicht? Den Bikini habe ich gekauft, als wir auf Auslandsreise waren, und da habe ich ihn nur ein einziges Mal getragen. Ich hätte nie den Mut gehabt, ihn anzuziehen, wenn ich nicht gesehen hätte, dass es hier sogar einen eigenen Tag dafür gibt.« Sie winkte und verschwand die Treppe hinauf in ihre Wohnung.

Jamie wandte sich zum Schwarzen Brett, auf dem die Pool-Regeln festgehalten waren. Mitten darauf hing ein Zettel: MACH MIT BEIM TANGA-DONNERSTAG!

Danke, Bella.

Jamie lief zum Ferienhaus gegenüber von der Wohnung, die Jessica gemietet hatte. Die Fliegentür stand offen. »Bella?«

Bella Abbascia war hier vor Ort die Spezialistin für alle Streiche, und ihr Lieblingsopfer war Theresa Ottoline, die Verwalterin von Seaside. Theresa war verantwortlich für die Einhaltung der Regeln in der Siedlung, einschließlich der Pool-Regeln, zu denen eine Anordnung gehörte, die eindeutig besagte: *keine Tangas für Frauen und keine engen Badehosen für Männer.*

Bellas Verlobter Caden Grant kam in seiner Polizeiuniform aus dem Schlafzimmer. »Hey, Jamie. Komm doch rein.«

Jamie folgte der Einladung. »Hallo! Ich wollte deiner Verlobten für den Tanga-Tag danken.«

Caden schüttelte den Kopf. »Sie hat es also tatsächlich gemacht, wie?«

»Oh ja, das hat sie, und …« Jamie sah durchs Fenster zum sogenannten *Großen Haus*, in dem Jessicas Wohnung lag. Das Haus gehörte Theresa. Das Apartment von Jessica hatte einen eigenen Eingang im ersten Stock.

»Hast du die neue Mieterin gesehen? Jessica Ayers?« Er pfiff anerkennend. »Ziemlich heiß.«

»Ich habe sie neulich Abend auf ihrer Veranda sitzen sehen, aber ich habe sie noch nicht kennengelernt. Bella ist mit den Mädels drüben bei Amy.«

Evan, Cadens Sohn, der als Kleinausgabe von ihm durchgehen konnte, kam aus seinem Zimmer. Evan war fast siebzehn und in diesem Jahr trug er seine kastanienbraunen Haare wie sein Vater ganz kurz. Im Laufe des Jahres war er fast eins neunzig groß geworden, und mit seinem markanten Kiefer und dem Grübchen, das er ebenfalls mit Caden gemein hatte, war auch die letzte Spur von dem Kind verschwunden, das er zwei Jahre zuvor noch gewesen war.

»Ey, bist du etwa ohne mich gelaufen?« Evan, Caden und ihr Kumpel Kurt Remington, dessen Verlobter Leanna Bray das Ferienhaus hinter Bellas gehörte, liefen manchmal morgens mit Jamie eine Runde.

»Tut mir leid, Evan. Vera wollte heute zeitig in den Tag starten, deshalb bin ich ganz früh los.«

»Schon in Ordnung.« Evan schaute durchs Küchenfenster zum Pool, wo Jessica ein Handtuch auf einer Liege ausbreitete. »Ich wollte eigentlich auch laufen, aber wenn heute Tanga-Donnerstag ist, werde ich wohl lieber eine Runde schwimmen und dann nachmittags zu TGG gehen.« Evan hatte einen Sommer lang von Jamie das Programmieren gelernt, und seitdem jobbte er bei der Computerfirma TGG – The Geeky Guys.

Jamie sah Evan finster an.

»Was?«, fragte Evan lachend.

»Benimm dich«, sagte Jamie und ging zur Tür hinaus. *Meine Güte, jetzt bin ich auch noch eifersüchtig auf einen Jungen?* Er schaute zum Pool und war versucht, ebenfalls eine Badehose anzuziehen, um ein paar schöne Anblicke zu genießen und eine Runde zu schwimmen. Stattdessen ging er über den Kiesweg zum Ferienhaus von Amy Maples.

»Hallo, Jamie! Gerade rechtzeitig für einen Kaffee.« Amy gab ihm über das Geländer ihrer Veranda hinweg eine Tasse.

»Danke.«

Jenna Ward, eine vollbusige Dunkelhaarige, und Bella, eine große Blondine mit frechem Mundwerk, kamen hinter Amy aus dem Haus. Sie trugen ihr typisches Cape-Outfit, das aus Strandkleid und Bikini bestand. Die Ferienhäuser in Seaside waren seit Jahren im Besitz ihrer jeweiligen Familien, und Jamie war damit aufgewachsen, die Sommer mit diesen drei Mädels sowie Leanna Bray, deren Haus neben Veras lag, und Tony Black zu verbringen, der das Ferienhaus auf der anderen Seite von Leanna besaß.

»Komm hoch zu uns, großer Junge.« Bella winkte ihn herbei und zog einen Stuhl heran.

»Du hast wirklich etwas gut bei mir, Bella.« Er setzte sich neben sie und stellte seine Tasse auf den Glastisch.

»Das habe ich bei vielen«, scherzte sie.

»Bei mir auf alle Fälle.« Jenna hatte sich vor Kurzem mit Pete Lacroux verlobt, einem Bootsbauer vom Cape, der auch als

Poolwart und Mann für alle Fälle in Seaside arbeitete – und seit Jahren Jennas heimlicher Schwarm gewesen war. Bella und Amy hatten ohne Jennas Wissen mehrere Sommer lang das ein oder andere in ihrem Haus manipuliert, damit Pete zum Reparieren zu ihr kommen musste und sie sich begegneten.

»Tanga-Donnerstag?« Jamie schüttelte den Kopf. »Du bist eine Göttin, Bella.«

Sie strich sich über die vollen blonden Locken. »Schön, dass du das bemerkst.«

»Leanna wird allerdings ziemlich sauer auf dich sein«, meinte Jenna. »Sie findet nicht, dass unsere Männer uns in diesen Poritzen-Tangas sehen sollten.« Leanna führte von Kurts Sommerhaus auf der Bay-Seite des Capes aus ihre Marmeladenfirma.

Bella winkte ab. »Sie bleibt ein paar Tage in ihrem Haus an der Bucht. Deshalb verpasst sie es sowieso.« Das Lower Cape war eine schmale Halbinsel, die sich zwischen der Cape Cod Bay und dem Atlantik hinzog, sodass die Ferienhäuser zwischen zwei Gewässern lagen. Sowohl Kurt als auch Pete besaßen Häuser direkt an der Bucht, Caden und Bella wohnten nur ein paar Straßen entfernt, und alle drei Paare verbrachten den Großteil des Sommers in Seaside und den Rest des Jahres in ihren anderen Häusern.

Das Unternehmen Luscious Leanna's Sweet Treats hatte in den vergangenen zwei Jahren wirklich einen guten Start hingelegt, und da Leanna ihre Firma von einem umgebauten ehemaligen Atelier aus führte, das sich auf ihrem Bayside-Grundstück befand, verbrachte sie immer mehr Zeit dort.

»Ich bin mir sicher, Tony wird sich nicht beschweren«, sagte Amy mit einem genervten Blick. Tony Black war Profi-Surfer und Motivationstrainer, und Amy war schon ebenso lang scharf auf ihn, wie Jenna sich nach Pete verzehrt hatte, aber Tony hatte nie irgendetwas unternommen, um ihre Beziehung in eine andere Richtung zu lenken. Jamie verstand es beim besten Willen nicht. Er hatte mitbekommen, wie Tony Amy ansah und sich um sie kümmerte, als wäre sie seine Freundin. Amy war heiß, klug und offensichtlich an ihm interessiert, und Tony war ein großer, kräftiger Kerl mit einem schlauen Kopf auf seinen Schultern. Sie hätten ein großartiges Paar abgegeben.

»Apropos Tony, ich habe gesehen, dass er heute früh weggefahren ist. Er verbringt den Tag am Meer.« Jamie nahm einen Schluck Kaffee.

»Gut, dann verpasst er die Tanga-Show vielleicht auch.« Amy lehnte sich über den Tisch und sprach leiser weiter. »Habt ihr das Mädel gesehen, das Theresas Wohnung gemietet hat?«

»Ich weiß nur, dass sie verdammt gut aussieht und nicht viel redet.« Jenna war damit beschäftigt, ihr Strandkleid zurechtzuzupfen, das eng über ihren riesigen Brüsten spannte.

»Keine Ahnung, was mit der los ist«, sagte Bella. »Aber sie hat neulich ihr Handy angeschrien.«

»Du meinst, sie hat in ihr Handy geschrien«, korrigierte Jenna sie.

»Nein, ich meine angeschrien. Sie hat es böse angesehen, draufgehauen und es angeschrien.« Bella tippte sich mit dem Finger an die Schläfe.

So ein bisschen Eifersucht wegen des neuen Mädels sah den Frauen mal wieder ähnlich. Jamie nahm seine Kaffeetasse. »Kann ich die später wiederbringen? Ich muss los. Ich fahre nach Hyannis, um ein paar Sachen zu holen. Braucht ihr irgendwas?«

Die Frauen schüttelten den Kopf.

»Du verpasst freiwillig den Tanga-Tag?« Bella legte die

Hand auf seine Stirn. »Du bist bestimmt krank.«

Kann man wohl sagen. »Ein Blick auf meinen Hintern in einem Stringtanga und sie jagt mich über das ganze Gelände. Das möchte ich euch drei Ladys nicht antun. Das könnte schmutzig werden.« Er lächelte verschmitzt.

»Ha, ja, klar! Als ob du jemals einen Tanga anziehen würdest.« Jenna warf lachend den Kopf in den Nacken. »Du hast nur Angst davor, dass du am Pool mit einer Latte herumlaufen könntest.«

Gut erkannt.

»So ein Quatsch«, sagte Jamie. »Kommt ihr heute Abend zum Konzert von Vera?« Seine Großmutter hatte früher professionell Geige gespielt, und in diesem Sommer hatten ein paar ältere Bewohner von Wellfleet ein Streichquartett zusammengestellt und Vera dazu eingeladen. Es waren keine großen Veranstaltungen, aber durch dieses Quartett kam sie aus dem Haus, und sie konnte wieder einmal vor Publikum spielen, was sie sehr genoss.

»Ich würde Veras Konzert um nichts auf der Welt verpassen«, sagte Amy.

»Bella und ich kommen auch, weil Caden die Schicht eines Kollegen übernimmt und Pete heute Abend mit seinem Vater an einem Boot arbeitet. Ich frage Sky, ob sie auch mitgeht.« Sky war Petes Schwester. Sie war im letzten Sommer nach Cape Cod zurückgekehrt, um den kleinen Baumarkt ihres Vaters zu leiten, während er in der Entzugsklinik war, und danach war sie nur noch nach New York zurückgegangen, um ihre Sachen zu holen. Nachdem ihr Vater nun seit fast einem Jahr trocken war, half er Pete in seiner Bootswerkstatt.

»Das wird Vera freuen. Bis später also.« Er schaute zum Pool und machte sich dann auf den Weg zu seinem Ferienhaus.

»Sollen wir Wetten abschließen, wer die Neue flachlegt? Tony oder Jamie?«, hörte er Jenna noch hinter sich sagen.

Jamie wurde langsamer, um die Antwort zu hören.

Das Klatschen einer Hand auf nackter Haut verriet ihm, dass Amy ihre Freundin Jenna mit einem freundlichen Klaps zum Schweigen gebracht hatte.

Zwei

Jessica schlug die Augen auf, als ihr Handy klingelte. Sie lag am Pool und hatte sich kleinen Fantasien über den sündig sexy und so hilfsbereiten Jamie Reed hingegeben. Beim nächsten Klingeln schob sie die Gedanken an ihn zögernd beiseite, um in ihrer Tasche nach dem Handy zu kramen.

Das Bild ihres Vaters erschien auf dem Display und sie lächelte. »Hallo, Dad.«

»Hallo, mein Schatz. Wie ist es am Cape?« Ralph Ayers war Mitte fünfzig. Jessica war froh, seine Grübchen, blauen Augen und das hellbraune Haar geerbt zu haben, auch wenn er an den Schläfen mittlerweile ergraute. Leider hatte sie auch seine Passivität geerbt, an der sie in diesem Sommer etwas ändern wollte, um sich nicht ihr ganzes Leben lang von ihrer Mutter den Weg vorgeben zu lassen.

Sie erinnerte sich daran, wie sie ihr Handy über die Veranda geschleudert hatte. *Vielleicht gehe ich das ein wenig zu stürmisch an.*

»Es ist herrlich. Ich habe den ganzen Tag am Pool gelegen.« Als Jessica klein gewesen war, hatten ihre Familienurlaube eher aus kulturellen Lehrstunden im Ausland bestanden, bei denen sie höchstens ein oder zwei Tage am Strand verbracht hatten und ihr Cello immer in Reichweite gewesen war. Ihre Mutter hatte darauf bestanden, dass sie mit ihren Übungsstunden nicht aussetzte. Jessica erinnerte sich noch genau daran, wie sie darum gebettelt hatte, am Strand bleiben zu dürfen, anstatt sich Museen und Landschaften ansehen zu müssen. Aber ihre Mutter war davon überzeugt, dass sie als vielseitig gebildeter Mensch bessere Chancen als Cellistin hätte.

Leider kam sie sich als Cellistin ohne nennenswertes soziales Leben so vor, als wäre sie lediglich eine kulturell bewanderte Spießerin.

»Nicht am Strand? Das überrascht mich«, sagte ihr Vater. »Ich war mir sicher, du würdest den ganzen Sommer im Sand verbringen.«

»Werde ich auch.« *Aber heute wurde ich von Jamie abgelenkt.* »Morgen vielleicht. Wie geht es dir, Dad?«

»Mir geht es gut. Ich mache mir nur Sorgen um dich. Deine Mutter telefoniert Tag und Nacht mit ihren Freunden vom Symphonieorchester. Sie befürchtet, dass du deinen Platz dort gefährdest und auch jede Chance verspielst, im Kammerorchester aufgenommen zu werden. Damit liegt sie vielleicht gar nicht so falsch. Bist du sicher, dass du das willst? Nach all der harten Arbeit an der Juilliard?« Sie hatte an der Juilliard School studiert, dem renommierten New Yorker Konservatorium, und anschließend einen Platz im Boston Symphony Orchestra ergattert.

Die Boston Symphony Chamber Players waren eines der weltweit angesehensten Ensembles für Kammermusik. Es bestand aus den führenden Musikern des Boston Symphony Orchestra, einschließlich der Stimmführer der Streicher und Bläser. Es wäre ein Wunder, wenn man Jessica einlud, Mitglied dieses so angesehenen Ensembles zu werden. Jeder in der

Branche wusste, wie einzigartig es überhaupt schon war, dass eine Siebenundzwanzigjährige dem BSO, wie Kenner das Boston Symphony Orchestra nannten, angehörte. Auch wenn Jessicas Intendant sich nach wochenlanger Diskussion mit ihrer Auszeit einverstanden erklärt hatte und ein passender Ersatz gefunden worden war, so wusste sie doch, wie brutal es in dieser Welt zugehen konnte. Es bestand tatsächlich die Möglichkeit, dass sie ihren Platz verlor – und damit auch die Chance, es überhaupt jemals in ein derart renommiertes Kammerorchester zu schaffen. Diese Erkenntnis verursachte ihr ein Gefühl der Übelkeit und Befreiung zugleich.

»Ja, ich bin mir sicher.« *Glaube ich.* »Wir haben das alles besprochen. Dad, die meiste Zeit fühle ich mich zwanzig Jahre älter, als ich eigentlich bin. Ich lebe quasi in dieser Orchesterblase, und das ermöglicht es mir nicht gerade, das Leben außerhalb davon kennenzulernen. Ich habe nie etwas anderes getan. Nur für eine kurze Zeit möchte ich einfach einmal normal sein. Ein gewöhnliches Leben führen. Daddy, ich bin siebenundzwanzig. Ich habe Mom wirklich lieb, aber ich möchte mein Leben nicht so leben wie sie.« Ihre Mutter spielte in mehreren kleinen Orchestern Cello, hatte es aber nie in die größeren geschafft. Irgendwann hatte sie es aufgegeben, es weiter zu versuchen, und hatte all ihre Energie in Jessicas Erfolg gesteckt.

»Ich möchte ein wenig das Leben *erfahren*, und außerdem habe ich mir ein kleines Projekt für den Sommer überlegt. Das wird interessant.«

»In Ordnung, meine Süße. Solange du glücklich bist. Ich vertraue deiner Intuition, und du weißt ja, wo wir sind, falls du etwas brauchen solltest.«

»Danke, Dad.«

»Willst du noch kurz mit deiner Mom reden? Sie ist oben.«

Jessica hielt das Handy von ihrem Mund weg und seufzte. Mit ihrer Mutter zu reden, war das Letzte, was sie gerade wollte, aber wie ihr Vater neigte sie dazu, Konfrontationen aus dem Weg zu gehen. Zumindest bis zu diesem Morgen, als sie genau das vergessen hatte und kopfüber in eine mit Jamie geraten war.

»Klar.« Sie lauschte, während er mit dem Telefon in das obere Stockwerk ging und etwas zu ihrer Mutter sagte.

»Hallo, Jessica. Wie geht es dir?«

»Gut, Mom. Und dir?« Sie zwang sich zu einem Lächeln, doch selbst sie konnte die Anspannung hören, die sich in ihrer Stimme festgesetzt hatte.

»Wie ist dein Urlaub? Übst du auch? Du willst dir doch deine Chance nicht entgehen lassen, nicht nach all der harten Arbeit.« Cecilia Ayers hatte das Leben ihrer Tochter schon immer bis ins kleinste Detail organisiert, und Jessica arbeitete daran, auch das zu ändern. Ihre Mutter gab ihr keine Gelegenheit für eine Antwort. »Ich habe mit deinem —«

»Mom, bitte! Ich bin im Urlaub, schon vergessen? Abgesehen davon, dass du dich um meine Karriere sorgst … Wie geht es dir?« Sie schloss die Augen und hatte ihre Mutter vor Augen, die ihre schmalen Lippen aufeinanderpresste, die Augen gen Himmel gewandt, und die ihre Verärgerung auf die typische Reiß-dich-zusammen-ohne-Aufsehen-zu-erregen-Art wegblinzelte.

»Mir geht es gut, danke«, brachte ihre Mutter schließlich hervor.

»Gut, freut mich, das zu hören.« Harmoniesüchtig wie sie nun einmal war, fügte sie noch hinzu: »Keine Sorge. Ich werde üben. Ich brauche nur ein paar Tage Abstand. Du weißt, dass es mir dann schon wieder fehlt und ich spielen muss.«

»Okay, dann ist ja gut.«

Jessica wusste, dass ihre Mutter sie nur anspornen wollte, um ihr dabei zu helfen, die verdammt noch mal beste Cellistin zu sein, die sie sein konnte. Doch so dankbar sie ihr auch dafür war, so empfand Jessica immer auch eine Sehnsucht nach all den normalen Mutter-Tochter-Situationen, die sie all die Jahre verpasst hatte.

Sie richtete sich auf der Sonnenliege auf, als eine ältere Frau mit einem großen Schlapphut durch das Tor zum Pool kam. »Mom, ich muss Schluss machen, aber es war schön, mit dir zu sprechen.«

»In Ordnung, Schatz. Viel Spaß noch. Aber natürlich nicht zu viel.«

Sie beendete das Gespräch und steckte das Handy wieder in ihre Tasche, während sie überlegte, was genau es überhaupt bedeutete, Spaß zu haben. Ihr Leben in Boston bestand aus Übungsstunden, Konzertauftritten und gelegentlichen Treffen mit ihren Musikerfreunden, deren Vorstellung von einem wilden Abend darin bestand, spontan ein paar rockigere Songs zu spielen.

Der Pool sah einladend aus, also stand sie auf und ging zum Beckenrand. Dabei grüßte sie die ältere Frau.

»Guten Tag.« Sie trug ihre grauen Haare in einem kurzen Pixie-Cut und hatte ein freundliches Lächeln, das Jessica irgendwie bekannt vorkam, auch wenn ihr nicht einfiel, wo sie die Dame schon einmal gesehen haben konnte.

Sie spürte den Blick der Frau auf sich, als sie ins Wasser stieg und untertauchte. Als sie wieder an die Oberfläche kam, sah sie drei weitere Frauen zum Tor hereinkommen, ausgestattet mit Strandkleidern, bunten Weingläsern und Handtüchern. Sie wirkten vertraut miteinander und lachten wie beste

Freundinnen. Sie wussten anscheinend, wie man Spaß hatte.

Eine dünne Blondine sah zu ihr herüber und winkte.

»Hallo«, sagte Jessica, als sie an ihr vorbeiging.

Die Braunhaarige neben ihr war vielleicht gerade mal eins fünfzig groß und schaute mit einem freundlichen Lächeln herüber. »Hi, ich bin Jenna.«

»Hi, und ich bin Jessica. Ich habe da hinten eine Wohnung gemietet.« Sie zeigte zu dem Apartment, das sie im ersten Stock des einzigen großen Hauses der Siedlung bezogen hatte.

»Wissen wir schon«, sagte die dünne Blonde. »Ich bin Amy und das da ist Bella.« Sie zeigte zu der großen Blondine, die auf dem Liegestuhl neben Jessicas ein Handtuch ausbreitete.

Bella hob winkend eine Hand über den Kopf, ohne sich umzudrehen.

Jessica verließ den Pool und spürte die Blicke der drei jungen Frauen auf sich.

»Mist, ich habe meinen Stringtanga vergessen«, sagte Bella.

»Bella«, zischte Amy. »Also, ich habe daran gedacht.« Sie zog das Strandkleid über den Kopf und – tatsächlich – sie trug einen pinken Tanga-Bikini. Sie drehte sich herum und zeigte Bella ihren wackelnden Hintern.

»Ich fasse es nicht, dass du den angezogen hast. Wer bist du und was hast du mit Amy angestellt?« Bella winkte der älteren Dame zu. »Hallo, Vera. Hast du auch deinen Stringtanga angezogen?«

»Bella Abbascia, du weißt doch, dass ich meinen String immer trage.« Vera zwinkerte Jessica zu und widmete ihre Aufmerksamkeit dann wieder dem Roman, den sie gerade las.

Jenna zog ihr Strandkleid aus. In ihrem roten Bikini hätte sie für ein Verkehrschaos sorgen können. Sie hatte die größten Brüste, die Jessica je bei einer so zierlichen Frau gesehen hatte, und das Bikinioberteil war winzig. Jessica war überzeugt, dass eine falsche Bewegung das Oberteil wie mit einem Flitzebogen geschossen über den Pool schleudern würde.

»Ich habe meinen Tanga auch angezogen. Scheint, als würdest du aus der Reihe fallen«, sagte Jenna zu Bella.

»Hat jemand von euch Theresa gesehen?«, flüsterte Amy.

Jessica breitete ihr Handtuch auf dem Liegestuhl aus und legte sich auf den Bauch. »Meinst du Theresa Ottoline? Die Frau, von der ich die Wohnung gemietet habe?«

»Ja«, antwortete Jenna.

Jessica deutete auf die Frau, die gerade durch das Tor zum Pool kam. Sie spürte etwas auf ihrem Hintern und stellte überrascht fest, dass Vera ihn mit einem Handtuch bedeckt hatte.

»Bleiben Sie so liegen«, zischte Vera ihr ernst zu.

Was soll das denn?

Jessica winkte Theresa zu, die als Antwort das Kinn hob. Sie war schon seit Jessicas Ankunft kurzangebunden gewesen, aber zumindest hatte sie für gewöhnlich gelächelt. Jetzt kam sie forschen Schrittes mit zusammengebissenen Zähnen und hochgezogenen Schultern auf sie zu. Ihre khakifarbenen Highwaist-Shorts reichten fast bis zu den Knien und ihr Polohemd war züchtig zugeknöpft. Sie trug einen kurzen Stufenschnitt, der in Kombination mit ihrem Outfit etwas männlich wirkte.

Theresa verschränkte die Arme und blickte Bella wütend an, während sie mit dem Fuß auf den Boden tippte.

»Hallo, Theresa. Auch mal ein bisschen schwimmen?« Bella setzte sich eine Sonnenbrille mit großen runden Gläsern auf und lehnte sich auf ihrer Liege zurück.

»Schon möglich.« Theresa befreite sich aus ihren Shorts und offenbarte viel zu viel von ihrem bloßen weißen, Cellulitebedeckten Hintern – nur das winzige Stoffdreieck eines Tangas lugte oberhalb ihrer Poritze hervor.

Jessica hatte keine Ahnung, was hier vor sich ging, aber sie musste sich die Hand vor den Mund halten, um angesichts von Bellas Gesichtsausdruck nicht loszuprusten.

Jenna und Amy klammerten sich aneinander und unterdrückten mühsam ihr Lachen. Bella presste die Lippen aufeinander und konnte sich kaum unter Kontrolle halten.

»Wie wär's, Vera?«, rief Theresa über die Liegefläche am Pool hinweg. »Lust auf eine Tanga-Tag-Schwimmrunde?«

Jessica sah mit aufgerissenen Augen zu Theresa auf.

»Ach, ich glaube, ich erspare euch den Anblick. Aber danke trotzdem«, antwortete Vera.

Jessica schaute noch einmal verstohlen zu Theresa, die den Blick nicht von Bella abwandte.

»Na, dann werde ich wohl auch lieber noch einige Besorgungen erledigen. Genießt den Nachmittag, meine Lieben.« Theresa zog ihre Shorts wieder an und marschierte zum Tor hinaus.

Amy und Jenna eilten zu Bella, flüsterten und lachten. Jessica folgte Veras Gesten zu dem Tisch herüber, an dem sie saß. Sie gab Vera das Handtuch zurück und setzte sich ihr gegenüber.

»Hallo, ich bin Jessica. Ich muss mich wohl dafür bedanken, dass Sie meinen Hintern bedeckt haben.« Sie zog fragend die Augenbrauen zusammen und war sich immer noch nicht darüber im Klaren, was da gerade passiert war.

»Bella liebt es, anderen Streiche zu spielen, und Theresa ist die Verwalterin dieser Siedlung. Wie Sie wahrscheinlich jetzt ahnen, sind Stringtangas am Pool untersagt.«

»Oh.« Jessica biss sich auf die Unterlippe. »Meine Güte,

hoffentlich bekomme ich keinen Ärger. Ich hatte keine Ahnung, und der Aushang …«

»Den hat Bella aufgehängt. Jedes Jahr spielt sie Theresa Streiche, schon seit sie ein kleines Kind ist, und jedes Jahr ignoriert Theresa sie. Aber wie es scheint, bekommt Bella in diesem Jahr etwas Gegenwind.«

Jessica beäugte die drei jungen Frauen, die immer noch lachten und sich weiter über Theresas Tanga amüsierten. Sie war etwas neidisch auf den Spaß, den sie miteinander hatten.

Vera tätschelte Jessicas Hand. »Nehmen Sie es nicht persönlich, Kleines. Das hatte nichts mit Ihnen zu tun. Sie sollten stolz auf Ihren Körper sein.«

Jessica spürte, dass sie errötete. »Danke. Das scheint eine lustige Truppe zu sein.«

»Das sind sie wirklich. Die nettesten Frauen, die man sich vorstellen kann. Wie lange bleiben Sie hier?«

»Den Sommer über.« Sie wandte sich wieder Vera zu. »Bis Anfang August, nehme ich an.«

»Nehmen Sie an? Woher kommen Sie, meine Liebe?«

»Aus Boston. Ich habe die Wohnung in dem großen Haus für den ganzen Sommer gemietet, also bleibe ich wahrscheinlich hier, wenn beruflich nichts dazwischenkommt. Woher kommen Sie?«

»Ich bin auch aus Boston und ebenfalls den Sommer über hier. Ich komme jedes Jahr.« Vera lächelte.

Noch einmal schaute Jessica zu der Gruppe hinüber.

»Gesellen Sie sich doch dazu.« Vera deutete mit einer Kopfbewegung zu den anderen.

»Du meine Güte, nein. Das könnte ich nicht. Es ist lange her, dass ich solche Freundinnen hatte. Außerdem muss ich sowieso los.«

»Haben Sie ein Date?« Vera hob vielsagend ihre dünnen grauen Augenbrauen.

»Ein Date?« Jessica lachte. »Dass ich ein Date hatte, ist sogar noch länger her. Nein, kein Date.«

»Also dann kommen Sie doch heute Abend zum Wellfleet Harbor und hören sich unser kleines Konzert an. Wissen Sie, wo das ist?«

»Ja, ich denke schon. Da, wo auch das WHAT ist?« Das Wellfleet Harbor Actors Theater, kurz WHAT, war ein kleines Theater gleich am Hafen.

»Ganz genau. Nur ein Stück die Straße hinunter, gegenüber vom Strand bei den Tennisplätzen. Dort in dem Zelt spiele ich in einem Streichquartett. Ich würde mich freuen, wenn sie kommen würden. Es sind nie sonderlich viele Leute dort.«

Ein Streichquartett? Sie überlegte, welche Ausrede sie sich einfallen lassen könnte, um nicht hingehen zu müssen. Sie fürchtete, dass die Musik sie dazu animieren würde, wieder zu ihrem Cello zu greifen, doch im Bruchteil einer Sekunde gewann die Vorfreude darauf, Vera spielen zu hören, die Oberhand. »Ich komme sehr gern. Danke. Welches Instrument spielen Sie?«

»Geige. Früher habe ich auf der ganzen Welt in Symphonieorchestern gespielt.«

Jessicas Herz raste. Unfassbar, dass sie in dieser kleinen Siedlung jemanden gefunden hatte, mit dem sie etwas gemeinsam hatte. Sie hätte Vera gerne erzählt, dass sie Cello spielte, aber eigentlich wollte sie nicht über ihren Beruf reden oder gar gebeten werden, etwas zu spielen. Sobald sie ihr Cello in die Hand nähme, würde sie spüren, wie schön sich das Instrument an ihrem Körper anfühlte, wie die Vibration der Musik sie erfasste, und die so nötige Auszeit wäre dahin. Sie hatte bewusst entschieden, einige Tage nicht Cello zu spielen, um sich etwas Distanz zu ihrer Liebe zum Instrument zu verschaffen. Dieser Abstand war dringend nötig, um mit klarem Verstand die Entscheidung zu treffen, ob diese Auszeit vorübergehend oder der Beginn einer ganz neuen Richtung in ihrem Leben war.

Drei

Jessica saß am Strand, die Füße im Sand vergraben und ein Dutzend roter Rosen auf dem Schoß, die sie Vera geben wollte. Sie war frühzeitig gekommen, um vor dem Konzert noch die Aussicht auf die Bucht zu genießen und ihre Gedanken zu sortieren. Die Luft war kühl und trug diesen salzigen, fischigen Meeresduft mit sich. Sie wickelte sich fester in ihre Sweatjacke ein und zog die Knie an. Als Teenagerin war sie einmal mit einer Freundin ans Cape gekommen. Es war das erste und einzige Mal gewesen, dass sie ihren Vater über ihren Aufenthaltsort angelogen hatte, und sie hatte sich so schuldig gefühlt, dass sie es ihm einige Tage später gestanden hatte. Eine Woche Hausarrest hatte er ihr aufgebrummt, doch seine leuchtend blauen Augen hatten seine Worte Lügen gestraft. *Ich bin von dir enttäuscht,* hatte er gesagt, doch in seinen Augen hatte sie gelesen, dass er stolz darauf war, dass sie gegen die Regeln verstoßen hatte. Sie war es gewohnt, ihre Mutter zu enttäuschen. Jeder falsche Ton schien für sie eine Enttäuschung zu sein. Aber ihr Vater hatte weder ihr Spiel noch sie je kritisiert. Und als er gesagt hatte, er wäre von ihr enttäuscht, war sie am Boden zerstört gewesen. Seine ernsten Worte in Kombination mit diesem Blick hatten sie jahrelang verwirrt. Bis zu ihrem ersten Jahr am Konservatorium, als ihre Mutter von einem ihrer Auftritte enttäuscht gewesen war. Ihr Vater hatte danebengestanden und gesagt: *Nächstes Mal machst du es besser*, während sein Blick die eindeutige Botschaft *Ich bin so verdammt stolz auf dich* vermittelt hatte. In dem Moment war ihr klar geworden, wie ähnlich sie und ihr Vater sich waren, weil sie beide bereitwillig vor ihrer Mutter katzbuckelten, und wie sehr sie sich von ihrer Mutter unterschieden.

Sie atmete die Meeresluft tief ein und stieß sie langsam wieder aus, um ihre negativen Erinnerungen in die Dunkelheit zu entsenden. Sie hatte den ganzen Nachmittag und frühen Abend nachgedacht. Zum ersten Mal in ihrem Leben war sie von den Zwängen der Auftritte befreit, die sie so viele Jahre gefesselt hatten. Sie hatte Zeit für Freunde, wie die Mädels am Pool oder Vera, mit der sie sich sicherlich stundenlang unterhalten könnte.

Sie hatte auch Zeit, mal jemanden zu daten.

Puh. In den letzten Jahren war sie ein paar Mal mit Männern ausgegangen, doch die hatten sich immer in allen Einzelheiten über irgendetwas ausgelassen, während Jessicas Gedanken stets bei den dringend notwendigen Übungsstunden gelandet waren. Oder – und das war vielleicht noch peinlicher – sie hatte einfach lieber Zeit mit ihrem Cello verbracht als mit einem der Männer, die sie kennengelernt hatte. Doch nun, als der Wind die Musik des Streichquartetts zum Strand trug und die Noten sie umtanzten wie alte Bekannte, ergab der Gedanke an Jamie und die Idee eines Dates ein anderes, stimmigeres Bild.

Sie konnte seinen Blick nicht vergessen, der über ihren Körper geglitten war und ausgehungert gewirkt hatte. Wahrscheinlich glaubte er, sie hätte es nicht bemerkt, aber dieser kurze Moment hatte ihr einen unvertrauten und dabei überraschend willkommenen Schauder beschert. Jamie hatte ein ungezwungenes Lächeln, und als sie ausgerastet war und ihn angeschnauzt hatte, war er nicht wütend geworden und hatte es nicht persönlich genommen. Er hatte ihr einfach nur Hilfe bei der Nutzung dieses Internetportals angeboten.

Daran, dass sie diese Auktion verloren hatte, wollte sie gar nicht mehr denken. Sie hatte diesen Ball so sehr gewollt, dass es ihr die Kehle zuschnürte. Die Musik verstummte, sie atmete tief durch, stand auf und schaute über die Straße zu dem Zelt, in dem das Streichquartett spielte. Die weiße Zeltbahn flatterte sachte in der Brise und der Sand war kühl unter ihren Füßen.

Als die Musik wieder einsetzte, ging sie gerade über den Parkplatz und hatte den Blick auf Vera gerichtet, die stolz ihre Geige spielte. In dem langen schwarzen Baumwollrock und der Bluse wirkte sie nahezu majestätisch. Jessica konnte ihr Lächeln nicht unterdrücken, als sie sich in der ersten Reihe auf einen der Metallstühle setzte. Vera hatte recht gehabt; nur eine Handvoll Menschen saßen vor der Bühne.

Eine Windböe erfasste den Saum ihres Kleides, daher legte sie den Strauß Blumen, den sie für Vera mitgebracht hatte, darüber. Wahrscheinlich hätte sie in der kühlen Abendluft etwas Längeres anziehen sollen, aber sie genoss das Sommerliche an dem Kleid und außerdem entsprach es mehr ihrem Alter. Sie war es so gewohnt, sich für die Konzerte und die gesell-schaftlichen Ereignisse, die mit ihrem Beruf einhergingen, konservativ zu kleiden, dass sie beim Einkaufen für ihren Urlaub die Verkäuferin erst einmal hatte fragen müssen, was Frauen in ihrem Alter heutzutage trugen. Ihr war nie bewusst gewesen, wie anders als andere siebenundzwanzigjährige Frauen sie war.

»Hallo!«, ertönte Jamies tiefe Stimme neben ihr.

Sie war so in die Musik vertieft gewesen, dass sie nicht gemerkt hatte, wie er Platz genommen hatte. Doch jetzt konnte sie den Blick gar nicht mehr von ihm losreißen, wie er so neben ihr saß in seinem blaugrauen Hemd, das so weich und oft getragen aussah, dass sie sich am liebsten an ihn gekuschelt hätte, und in den Jeans, die ebenfalls Anzeichen einer Lieblingshose trugen und unter denen seine muskulösen Oberschenkel die Stärke des Stoffes austesteten.

»Hi«, flüsterte sie. »Mit Ihnen habe ich hier nicht gerechnet.«

»Meine Großmutter spielt.« Er deutete mit einer Kopfbewegung auf Vera. »Vera Reed, an der Geige.«

»Sie hat mich hierher eingeladen. Ich habe sie am Pool kennengelernt.« Sie entdeckte, dass Vera mit einem kleinen Lächeln zu ihnen herübersah. »Sie spielt wunderschön.«

»Stimmt. Ich liebe es, ihr zuzuhören.«

»Psst.«

Sie drehten sich zu einem weißhaarigen Herrn hinter ihnen um, der zur Bühne zeigte.

»Entschuldigung«, sagten sie gleichzeitig.

Jessica wusste natürlich, dass man während Darbietungen nicht sprach, aber sie konnte sich kaum davon abhalten, mit Jamie zu reden. Der zuckte nur unbekümmert mit den Schultern.

Dem Rest des Konzerts lauschten sie schweigend. Jessica spürte die Hitze seines Blicks auf sich, wenn er verstohlen zu ihr herüberschaute, und sie musste all ihre Kraft aufbringen, um ihn nicht anzusehen. Um die Fassung zu bewahren, hielt sie den Blumenstrauß fest umklammert. Als die Musik verklang, erlaubte sie sich schließlich, zu Jamie zu schauen. Seine dunklen Haare waren vom Wind ganz durcheinandergeweht, und sein herzliches, ansteckendes Lächeln erhellte sein ganzes Gesicht, während er applaudierte und Vera zunickte. Als er Jessica ansah, wusste sie nicht, ob es an ihrer neu entdeckten Freiheit lag, an dem nachhallenden Eindruck der Musik oder daran, wie sein Lächeln sich veränderte, doch die Schmetterlinge in ihrem Bauch waren in Aufruhr.

Sie hatte das Gefühl, wie eine verknallte Sechstklässlerin zu grinsen, als sie Bella, Amy, Jenna und eine schöne, große braunhaarige Frau auf sich zukommen sah. Sie senkte den Blick und hoffte, dass die anderen nicht bemerken würden, wie sie Jamie anhimmelte.

»Hallo, schöner Mann.« Die große Brünette umarmte ihn. Wie die anderen trug sie Jeans und einen Hoodie.

»Sky, darf ich vorstellen? Das ist Jessica.« Jamie berührte Jessicas Arm. »Sie hat eine Wohnung in Seaside gemietet. Jessica, das ist Sky.«

Sie wünschte, sie könnte so tun, als hätte Jamies Berührung etwas bedeutet, doch seine andere Hand lag auf Skys Rücken, und ihr wurde klar, dass zwischen den beiden etwas laufen musste.

»Freut mich.« Jessica löste den Blick von Jamies Hand, die auf Sky ruhte, und hoffte, dass die Enttäuschung in ihrer Stimme für ihn nicht so vernehmbar war wie für sie.

»Sky ist die Schwester von meinem Verlobten Pete. Sie ist oft mit uns unterwegs«, erklärte Jenna. »Tut mir übrigens leid wegen dieser Sache mit dem Tanga«, fügte sie hinzu.

»Ja, das war an Theresas Adresse gerichtet, aber wir haben nicht damit gerechnet, dass du da sein würdest, wenn sie vorbeikommt«, erklärte Amy.

»Ich schon«, sagte Bella. »Das war ja der Sinn der Sache. Dass wir alle das tun, was wir nicht dürfen.«

Amy stieß Bella mit dem Ellbogen in die Seite.

Jessica wurde aus Bella nicht so richtig schlau. Wenn alle einen Tanga tragen sollten, warum war sie dann die Einzige gewesen, die keinen getragen hatte?

»Was?« Bella sah Amy stirnrunzelnd an. Dann seufzte sie und sprach sanftmütiger weiter. »Ja, okay, es ist so: Theresa beharrt auf ihren Regeln und ich verstoße gern dagegen. Also ja, ich wusste, dass du vielleicht zum Pool gehst, und ich habe, ebenso wie Jamie, gehofft, dass du dann einen String…«

»Zieh mich nicht in deine Machenschaften hinein!« Jamie hielt die Hände ergeben in die Höhe und brachte damit Jessica zum Lachen. »Ich war nicht einmal in der Nähe des Pools.«

Vielleicht hatte er doch nichts mit Sky.

»Jedenfalls war es viel witziger, weil du auch einen getragen hast, aber ich hätte nie erwartet, dass Theresa ihren Hintern zeigt.« Bella lachte. »Was sollte das bloß?«

»Du meine Güte, das war echt der Hit«, meinte Amy mit aufgerissenen Augen.

»Was ist an Tangas auszusetzen?«, wollte Sky wissen.

Jenna erklärte Sky die Aktion von Bella, und Jamie lehnte sich zu Jessica, um ihr zuzuflüstern: »Tut mir leid, dass du dabei gleich ins Kreuzfeuer geraten bist.« Wie selbstverständlich war Jamie zum Du übergegangen, was ihr nicht nur sehr recht war, sondern auch ein leichtes Kribbeln in ihrem Bauch auslöste.

»Deine Großmutter hat mich gerettet. Sie hat meinen Hintern mit einem Handtuch bedeckt, bevor Theresa mich sehen konnte.«

Jamie schaute zu Vera. »Wirklich? Die Gute ist wirklich immer da, wenn man sie braucht.«

»Hey, Leute, gehen wir etwas trinken?«, fragte Sky. »Wir könnten zum Beachcomber.«

»Ich hätte nichts gegen ein paar Drinks, aber den Beachcomber vertrage ich heute Abend eher nicht. Wie wär's mit einem Lagerfeuer auf dem Platz?«, schlug Amy vor.

»Welcher Platz?«, fragte Jessica.

»So nennen wir die Rasenfläche zwischen den Ferienhäusern. Ich habe keine Ahnung warum, aber Bella hat das in einer Nacht mal so gesagt, als sie zu viele Gläser vom Middle-Sister-Wein intus hatte, und seitdem ist uns nichts Besseres dafür eingefallen.« Wieder berührte Jamie Jessicas Arm. »Das wird nett. Bist du dabei?«

»Klar.« Sie versuchte, das Kribbeln zu ignorieren, das seine Hand auslöste.

»Okay, aber auf dem Platz gibt es nun mal keine alleinstehenden Kerle, und damit vermasselt ihr mir meine Chance auf ein heißes Date.« Sky stemmte die Hände in die Hüfte. »Bist du Single, Jessica? Vielleicht sollten wir beide den Beachcomber unsicher machen.«

Anscheinend ist Jamie doch nicht dein Freund.

»Ich bin Single, aber eine Bar ist für mich heute Abend auch nicht so das Richtige. Trotzdem danke.« Kein Jamie, keine Bar. *Platz, ich komme!*

»Entschuldigt mich kurz.« Jamie ging zu Vera, um ihr mit der Geige zu helfen, und als er mit seiner Großmutter am Arm zurückkehrte, betrachtete diese die Gruppe mit einem Seufzer.

»Wisst ihr, was es mir für eine Freude macht, euch alle hier zu sehen?« Vera sah Jessica an. »Zusammen.«

Jessica gab ihr den Blumenstrauß. »Die hier sind für Sie. Ihr Spiel war hinreißend, und das Capriccio am Ende …« Sie legte die Hand aufs Herz. »Atemberaubend!«

»Oh, danke!« Vera warf Jamie einen Blick zu, den Jessica nicht deuten konnte. »Spielen Sie auch?«

»Ein wenig«, antwortete Jessica. Es fiel ihr schwer, nicht über ihren Beruf zu reden, aber sie wusste, dass das nur zu allen möglichen Fragen darüber führen würde, wie es möglich war, dass eine so junge Frau im Boston Symphony Orchestra spielte, und dann würde Vera wissen wollen, warum sie eine so lange Pause einlegte. Sie schämte sich nicht für ihre Beweggründe, aber sie war eben noch nicht bereit, ihr kurzes Dasein als ganz normaler Mensch schon wieder aufzugeben. Ein normaler Mensch zu sein, machte nämlich ziemlich viel Spaß.

»Was ist ein Capriccio?«, wollte Amy wissen.

»Eine schnelle Improvisation. Das lebhafte Stück, das sie am Ende gespielt haben«, erklärte Jamie.

Halleluja! Gerade bist du noch um ein Vielfaches heißer geworden.

Jamie half Vera aus dem Auto und begleitete sie in ihr Ferienhaus. »Kommst du noch mit zu unserem Lagerfeuer, Grandma?«

»Ich werde wohl lieber bald zu Bett gehen. Aber es war nett heute Abend, nicht?« Sie setzte sich auf das Sofa und Jamie breitete eine Decke über ihrem Schoß aus.

Er hatte genug Geld, um eines der millionenteuren Anwesen mit Blick aufs Meer zu kaufen, aber er liebte das kleine Häuschen mit seinen drei Zimmern und all den Erinnerungen, die damit verbunden waren. Bevor seine Eltern bei einem schrecklichen Unfall auf einer Safari ums Leben gekommen waren, hatten sie jeden Sommer als Familie in Seaside verbracht. Neben den wenigen Erinnerungen an seine Eltern, die er über die Jahre bewahrt hatte, waren es auch die Freunde, die ihn immer wieder in die Siedlung zogen.

»Ja, und ich wurde ermahnt, den Mund zu halten.« Er lachte und dachte an Jessicas Gesichtsausdruck, als der Mann hinter ihnen sie zur Ordnung gerufen hatte. Sie war rot geworden und hatte so verdammt süß ausgesehen, dass er sie fast an sich gezogen hätte.

»Diese kleine Jessica ist ein liebes Mädchen, stimmt's?« Vera nahm ihr Buch zur Hand.

»So klein ist sie nicht mehr, Grandma. Wahrscheinlich ist sie Mitte zwanzig, aber ja, sie ist sympathisch.« Er hoffte, heute Abend noch mehr über sie zu erfahren. »Soll ich dir einen Tee machen?«

»Nein danke, mein Lieber. Geh und amüsiere dich. Ich komme zurecht.« Sie schlug das Buch auf und blätterte ein paar Seiten um.

Jamie betrachtete die Frau, die ihn aufgezogen hatte. Er liebte sie so sehr, und er wusste, dass er sich glücklich schätzen konnte, weil sie sich noch so guter Gesundheit erfreute. Sie war seine ganze Familie, und er fürchtete sich vor dem Tag, an dem er auch sie verlieren würde. Er wollte so viel Zeit wie möglich mit ihr verbringen, und deshalb hatte er es auch eingerichtet, den ganzen Sommer hier am Cape zu verbringen. Und nun hatte er ein etwas schlechtes Gewissen, weil er gleich wieder rausgehen und Jessica sehen wollte.

»Grandma, es war wunderschön, dir heute Abend zuzuhören.«

»Danke, Jamie.« Sie lächelte zu ihm auf und wandte sich dann wieder ihrem Buch zu. Schon immer hatte sie gern gelesen und sich natürlich ihrer Musik gewidmet, für die sie mit einigen der angesehensten Orchestern die Welt bereist hatte. Zumindest bis zu dem Unfall, bei dem Jamies Eltern ums Leben gekommen waren, denn danach hatte Vera sich von diesem Teil ihres Lebens verabschiedet, um ihn großzuziehen.

»Wahrscheinlich sage ich es dir nicht oft genug, Grandma, aber danke für alles, was du für mich getan hast. Ich hätte nie der Mensch werden können, der ich heute bin, wenn du und Grandpa mir nicht den richtigen Weg gezeigt hättet.« Er umarmte sie herzlich. »Ich habe dich lieb.«

Sie klopfte ihm auf diese wohltuende Weise auf den Rücken, die ihm so vertraut war. »Ich habe dich auch lieb. Und jetzt sieh zu, dass du zu diesem hübschen kleinen Mädel kommst, bevor Tony sie dir vor der Nase wegschnappt.«

»Ich bin nicht auf der Suche nach einer Freundin, Grandma.«

»Wenn du das sagst …« Sie schaute weiter in ihr Buch.

»Außerdem … Was hat ein knapp eins neunzig großer Surfer, was ein knapp eins neunzig großer Computerfreak nicht hat?« Er stand auf und streckte die Arme aus.

Vera wedelte mit der Hand, damit er endlich ging. »Gar nichts natürlich, aber warum solltest du ihm einen Vorsprung gewähren? Auch wenn du gar nicht auf der Suche nach einer Freundin bist …«

Hinter den Ferienhäusern loderte ein Feuer in dem großen, handgearbeiteten japanischen Grill, den der Bruder von Pete Lacroux zu Beginn des Sommers der Feriensiedlung als Geschenk überlassen hatte. Hunter Lacroux arbeitete mit Stahl und seine Hibachi-Grills waren ebenso wie seine Skulpturen überall auf dem Cape beliebt.

Bella und Caden saßen zusammen auf einer Holzbank und er hatte den Arm locker um ihre Schulter gelegt. Jenna und Pete saßen auf der anderen Seite des Feuers in Liegestühlen, die sie so nah aneinandergestellt hatten, dass sie quasi auf einem saßen, während ihre Golden-Retriever-Hündin Joey zu ihren Füßen lag.

Jamie sah zu Tony, der zwischen Amy und Jessica auf der breiteren Bank saß, womit nur noch zwei Stühle frei waren. Sky saß neben Blue Ryder auf der anderen Seite von Jessica. Blue war einer der besten Zimmerleute auf dem Cape. Neben seiner Tätigkeit bei der Familie Kennedy, für die er alles von neuen Bauten bis hin zu Renovierungen ihres umfangreichen Anwesens in Hyannis durchführte, hatte er bei Kurts Sommerhaus ein Nebengebäude für Leannas Marmeladen-Unternehmen umgebaut und auf Petes Bayside-Grundstück ein Atelier für Jenna errichtet.

»Da ist er ja.« Tony stand auf, nahm ein Bier aus der Kühlbox neben der Bank und reichte es Jamie. »Wir haben noch ein paar von heute Nachmittag übrig. Du musst mir helfen, sie zu vernichten.« Mit einer kurzen Kopfbewegung schüttelte er seine hellbraunen Haare zur Seite, doch sie fielen ihm gleich wieder vor die Augen. Ungeachtet des kühlen Abends trug Tony ein Tanktop und Boardshorts. Jeder verdammte Muskel war zur Schau gestellt. Mit einem Arm um Jessica und den anderen um Amy gelegt zeigte er sein Hey-Mann-alles-cool-hier-Grinsen.

Er konnte kaum sauer auf einen Freund sein, aber trotzdem spürte Jamie einen Anflug von Eifersucht, der ihn die Schultern straffen ließ.

»Danke, Mann.« Jamie nahm einen ausgiebigen Schluck aus der Flasche und setzte sich in einen Liegestuhl auf die andere Seite des Feuers gegenüber von Jessica. *Eindeutig zu weit weg.*

»Danke, dass ihr heute Abend zu Veras Konzert gekommen seid. Das bedeutet ihr wirklich sehr viel.« Jamie schaute verstohlen zu Jessica. Sie trug immer noch das Kleid und die Sweatjacke, die sie vorhin schon angehabt hatte. Die unglaublich schönen langen Beine hatte sie übereinandergeschlagen, wobei sie nervös mit dem Fuß wippte. Er hätte wer weiß was dafür gegeben, in diesem Moment auf Tonys Platz zu sitzen und den Arm um Jessica legen zu können.

Jessica ertappte ihn dabei, wie er sie ansah, und presste ihre Lippen zu einem süßen, verlegenen Lächeln aufeinander, das ihre bezaubernd sexy Grübchen zum Vorschein brachte. Verdammt, was hatte sie an sich, das sein Interesse so sehr weckte?

»Vera spielen zu hören, war wirklich sehr schön. Sie ist sehr begabt. Spielt sie jeden Abend?« Jessica nippte an ihrem Weinglas.

Jamie war zu sehr damit beschäftigt, zu beobachten, wie sie sich mit der Zunge über die Lippen fuhr, um zu antworten.

»Einmal pro Woche«, sagte Amy. »Und manchmal spielt sie hier auf der Veranda, was ich persönlich liebe.«

Tony drückte Amys Schulter. »Gibt es etwas an Seaside, das du nicht liebst?«

Jessica ließ den Finger über den Glasrand gleiten und schaute zu Jamie. Wenn er den Blick nicht von ihr losriss, würde er zum Witz des Abends werden. Bella würde ihn mit Glotzauge und Schlimmerem betiteln.

Er sah zu Blue, der auf dem anderen Platz saß, den er im Moment gern für sich beansprucht hätte. »Schön, dich zu sehen, Blue. Was gibt's Neues?«

»Nicht viel. Ich habe gerade eine Renovierung für die Kennedys in Hyannis abgeschlossen, und ich spiele mit dem Gedanken, ein Haus zu finden, das ich aufmöbeln und wieder verkaufen kann, damit ich über den Winter Beschäftigung habe.« Blue fuhr sich durch die Haare und nickte Sky zu. »Es sei denn, ich kann Sky überzeugen, das Haus ihres Vaters zu renovieren.«

»Träum weiter.« Sky warf die dunklen Haare zurück. »Vielleicht kaufe ich mir selbst ein Haus, da kannst du dann Wände einreißen oder was immer du so gern machst.« Sky und Blue waren im Laufe des letzten Jahres gute Freunde geworden, während er auf Petes Grundstück gearbeitet hatte. Sky war ebenso schön, wie Blue gut aussehend war, und es überraschte Jamie, dass aus ihrer Freundschaft nie mehr geworden war. Aber Sky schien in Blue eher einen großen Bruder zu sehen als einen möglichen Partner in Liebesdingen.

»Oh Sky, das solltest du ihn unbedingt machen lassen«, sagte Jenna. »Mein Atelier ist toll geworden, und Blue wird noch mehr Schränke hineinbauen, damit ich alles besser organisieren kann.« Sie streckte die Arme aus, spreizte die Finger und schwärmte: »Ich werde meine Farben sortieren, die Pinsel, Leinwände … Ich kann es kaum abwarten.«

Pete zog sie an sich und küsste sie auf die Wange. »Sie hat in unserem Haus und in dem von meinem Vater schon alles sortiert und organisiert. Am liebsten würde ich sie mit Blue auf die Kennedys loslassen.«

»Du meine Güte.« Blue lachte. »Das Personal wüsste nichts mit ihr anzufangen. Die haben ihr eigenes System und das Innere der Schränke habe ich auch schon gesehen. Sie sind ordentlich und gut organisiert, aber mit Jenna können die nicht mithalten.«

Jamies und Jessicas Blicke begegneten sich wieder, und diesmal schoss ihm die Hitze bis in die Lenden. Jamie setzte sich in seinem Liegestuhl etwas auf. Er lebte in Boston, und obwohl er beruflich ziemlich eingespannt war und sich um seine

Großmutter kümmerte, fand er doch Zeit für gelegentliche Dates. Es gab eine Handvoll Frauen, mit denen er gern Zeit verbrachte und von denen er mit Sicherheit sagen konnte, dass sie nicht hinter seinem Geld her waren. Er lebte wie Otto Normalverbraucher, denn eins hatte Jamie schon in sehr jungen Jahren gelernt: Das Leben war kurz, und wichtig war nicht, was er besaß, sondern wie er seine Zeit verbrachte. In den Kreisen der Reichen zu verkehren, würde ihn nie glücklich machen, mit seinen Freunden zusammen zu sein, die ihn kannten und liebten, dagegen schon. Und bis zu diesem Moment war ihm nicht klar gewesen, dass eine Frau in seinem Leben fehlte, mit der er wirklich sein Leben – und seine Freunde – teilen konnte.

»Hey, wir haben doch frische Erdbeeren. Wie wär's mit Erdbeer-Margaritas?« Jenna sprang auf und griff nach Bellas Hand. »Komm mit.«

»Ich habe ein Bier.« Bella hielt ihre Flasche in die Höhe.

»Ja und? Es ist Jessicas erstes Mal am Lagerfeuer mit uns. Das müssen wir gebührend feiern.« Jenna griff auch nach Skys Hand. Joey hob den Kopf und nutzte Jennas Aufbruch, um sich zwischen Petes Beine zu stellen und Streicheleinheiten einzufordern.

»Bin dabei!« Auch Amy sprang voller Tatendrang auf. »Komm schon, Jessica.« Sie zog Jessica mit sich hoch.

»Klingt gut, aber ich vertrage wirklich nicht viel. Ich trinke eigentlich nie«, gestand Jessica.

Jamie und Tony sahen sich grinsend an. Keiner von ihnen würde je den Zustand einer betrunkenen Frau ausnutzen. Auch würden sie sich niemals um eine Frau streiten. Und natürlich hatte nie einer von ihnen etwas mit einer Frau gehabt, die hier die Wohnung gemietet hatte. Und dennoch spürte Jamie den Anflug eines freundschaftlichen Wettstreits ... *Möge der Bessere gewinnen!*

Er sah Jessica hinterher, die zwischen Jenna und Amy ins Haus ging, und wusste, dass sie noch vor Ende des Sommers eine von ihnen sein würde. Die Frage war nur, ob er von der Seitenlinie aus zuschauen oder derjenige sein würde, der neben ihr am Lagerfeuer saß.

Jennas kleines Ferienhäuschen war viel zu klein für alle fünf Frauen. Die Küchennische war gerade breit genug, um den Kühlschrank zu öffnen. Auf der Arbeitsfläche war kaum Platz für die fünf Shotgläser, die Jenna mit Tequila füllte. Als Bella über sie hinweglangte und den Mixer aus dem Oberschrank zog, quetschte sie Jenna gegen die Arbeitsfläche.

»Manno!«, protestierte Jenna.

»Ach, sei ruhig. Du wolltest doch Margaritas.« Bella stellte den Mixer auf den Couchtisch im Wohnzimmer, wo etwas mehr Platz war, solange Sky, Amy und Jessica auf dem Sofa sitzen blieben.

»Kommt her, Mädels.« Jenna winkte sie herbei und alle drängten sich bei der Küche aneinander. Nur Jessica hielt sich etwas abseits und beobachtete sie. Jenna verteilte die Gläser und schüttete dann Salz auf ein Schneidebrett, während Amy sich an ihr vorbeischob und Zitronen aufschnitt. Alle leckten sich über die Mulde zwischen Daumen und Zeigefinger, gaben Salz auf die feuchte Haut und nahmen ein Stück Zitrone.

Da sie noch nie Shots getrunken hatte, rumorte es nervös in Jessicas Magen. Sky zog sie zu sich herüber an die Arbeitsfläche.

»Mach uns einfach alles nach.« Sky leckte sich das Salz von

der Hand und nickte Jessica auffordernd zu.

»Ähm …« Jessicas Puls raste.

»Ich habe das Gefühl, wir haben eine Jungfrau unter uns.« Bella legte den Arm um Jessica.

»Ich bin keine …« *Du meine Güte! Redet ihr über meine Jungfräulichkeit?*

Bella lächelte sie an. »Gut zu wissen, aber ich meinte den Tequila.«

Jessica entwich ein erleichterter Seufzer. *Gott sei Dank!*

»Auf Jessica! Das erste Opfer unseres Tanga-Donnerstags.« Jenna kippte den Shot hinunter und sog Luft durch die zusammengepressten Zähne ein. »Uhhh! Los, Mädels!«

Jessica sah zu, wie sie alle den Kopf in den Nacken warfen und den Tequila in sich hineinkippten, als würden sie es jeden Abend machen. Vielleicht taten sie das ja auch, aber Jessica hatte es noch nie gemacht. Kein einziges Mal. Selbst Wein trank sie nur selten. Bei ihren Freunden vom Orchester gehörte Alkohol nie zu den gemeinsamen Abenden dazu, und wenn sie allein war, verspürte sie nie das Verlangen danach. Während sie die Frauen beobachtete, wurde ihr wieder einmal bewusst, dass sie sich bisher in einem sehr kleinen und beschützten Umfeld bewegt hatte. Sie steckte die Fingerspitze in den Tequila und leckte sie ab. Es schmeckte seltsam, überhaupt nicht lecker. Sie fragte sich, was die ganze Aufregung darum sollte.

Amy legte die Hand auf ihre Schulter. »Keine Sorge, Jessica. Ich vertrage auch nicht viel. Wir passen auf dich auf.«

»So wie Tony auf dich aufpasst?« Jenna zuckte vielsagend mit den Augenbrauen.

»Ihr seid also ein Paar, du und Tony?« Jessica hatte bemerkt, wie Amy ihn ansah, und sie ahnte, dass sie Jamie ebenso anschaute. Er wirkte so lässig und sexy, und immer, wenn sich ihre Blicke trafen, brodelte es in ihrem ganzen Körper.

»Wäre es doch nur so.« Amy verdrehte die Augen. »Wir sind nur Freunde.«

»Also gut jetzt.« Jenna wippte ungeduldig auf und ab. »Kommt schon. Wir müssen das durchziehen, bevor Pete reinkommt und …«

Bella stemmte eine Hand in die Hüfte. »Und was? Mit dir zur Sache kommen will? Glaub mir, er wird es noch besser finden, wenn du einen im Tee hast.«

Jessica hatte die vergangenen Jahre mit Leuten verbracht, die immer reserviert blieben und darauf konzentriert waren, in einem von Konkurrenzdenken und Leistung bestimmten Umfeld zu bestehen, das unerbittlich war. Dieses humorvolle Geplänkel unter Frauen war vollkommen neu und aufregend für sie – und sie wollte nicht, dass es endete.

»In Ordnung, ich mach ja schon, aber bitte sorgt dafür, dass ich mich nicht blamiere. Und wenn ich mich übergeben muss, lasst es Jamie nicht sehen. Und wenn –«

»Ha! Fünf Dollar!« Jenna streckte Bella die offene Hand entgegen und wackelte triumphierend mit dem Hintern. »Zahltag!«

Jessica sackte innerlich in sich zusammen. *Bin ich für die nur ein Witz?* Wie der Tanga-Donnerstag? Der Schrecken schien ihr ins Gesicht geschrieben zu sein, denn Amy fasste sie an den Schultern und sah ihr mitfühlend in die Augen.

»Hey, Jessica, Süße! Das machen wir ständig miteinander. Nimm es nicht persönlich.« Amy legte den Arm um sie. »Leute, sie ist genauso sensibel wie ich.«

»Trink was, Jessica. Das bringt deinen zurückgebliebenen Humor etwas in die Gänge.« Bella schob Jessicas Hand mit dem Glas in Richtung Mund.

»Ihr macht euch also nicht über mich lustig? Denn ich bin wohl etwas schwer von Begriff. Dieses Herumalbern bin ich nicht gewöhnt.« Warum schnürte sich ihr die Kehle zu? Verdammt! Warum konnte sie nicht stärker sein, so wie ihre Mutter? In solchen Situationen wäre das sicher hilfreich.

Sky setzte sich auf die Arbeitsfläche und schenkte allen nach. »Das machen sie mit jedem, keine Sorge. Sie haben einfach nur bemerkt, dass Jamie ein Auge auf dich geworfen hat, und …« Sie bedeutete Jessica zu trinken.

Jessica kniff die Augen zu, leckte sich das scheußliche Salz von der Hand, kippte dann den Tequila hinunter – *Ekelhaft!* – und biss in die Zitrone. Wie die anderen sog auch sie die Luft zwischen zusammengepressten Zähnen ein.

»Und?« Jenna strich Jessica die Haare über die Schultern. »Alles in Ordnung?«

Jessica nickte, doch der Geschmack brachte sie ins Taumeln. »Schmeckt wie brennendes Wasser. Ist das bei euch auch so?«

Bella leckte sich über die Hand und ließ wieder Salz darauf rieseln. »Ich finde, es schmeckt nach: *Gleich bin ich sternhagelvoll.*«

Jessica unterdrückte ein Lächeln. Die vier waren so unterschiedlich, verstanden sich aber wie Schwestern. *Tanga-Donnerstage und Tequila?* Was hatte sie sonst noch alles verpasst, während sie Stunde um Stunde mit Musiklehrern und später mit dem Orchester verbracht hatte? Ach! Was hatte sie verpasst, seit sie mit sechs Jahren das erste Mal das Cello in die Hand genommen hatte?

Zwei Shots später fühlte Jessica sich etwas benommen, als sie wieder nach draußen gingen. Die Männer standen mit einem Bier in der Hand am Feuer. Jamie schaute mit einem schiefen Lächeln zu ihnen herüber. Jessica erwiderte das Lächeln oder zumindest glaubte sie das. Ihr ganzer Körper fühlte sich entspannt an, all die anständige Steifheit in ihrem Rücken, ihren Schultern und sogar in ihrem Hals war irgendwie verschwunden.

Und das gefiel ihr. Sehr sogar.

Jessica schwankte ein wenig und legte die Hand auf die Bank, als die Männer zu ihnen kamen. Jamies Jeans saß tief auf seiner Hüfte, und sein flirtendes Lächeln war ebenso wenig zu übersehen wie sein feuriger Blick, der über ihren Körper glitt. Sie krallte sich an die Bank.

»Die Erdbeeren waren also nur ein Vorwand?«, fragte Pete lachend, als er den Arm um Jenna legte. Joey rollte sich wieder zu seinen Füßen zusammen und ließ den Kopf mit einem lauten Schnaufen auf die Pfoten sinken. Pete flüsterte etwas, das Jenna erröten ließ.

»Mist, wir haben die Margaritas drinnen gelassen.« Bella schaute zu Jenna und winkte dann ab. »Ach, egal. Wir hatten schon, was wir wollten.« Sie setzte sich zu Caden, der kopfschüttelnd zu Tony aufschaute.

Blue und Tony lachten.

»Gut, dass ich heute Abend gefahren bin.« Blue zog Sky hinunter auf einen Stuhl.

»Hey, komm erst gar nicht auf die Idee, dich an meine Schwester ranzumachen«, warnte Pete.

»Ach, ich bring sie nur sicher nach Hause. Wir sind Freunde«, sagte Blue.

»Das waren wir auch«, entgegneten Pete und Jenna einstimmig und küssten sich.

»Komm her, Süße.« Tony führte Amy zu einem Stuhl und setzte sich neben sie, womit Jamie und Jessica dastanden und sich ansahen wie zwei Teenager auf dem Schulball.

Sie konnte nicht wegschauen, auch wenn sie überzeugt war, sein Blick würde ein Loch durch sie hindurchbrennen und jederzeit könnte jemand *Feuer!* rufen und einen Eimer kaltes Wasser über sie schütten.

Jamie lehnte sich zu ihr und berührte ihre Hüfte. »Ich nehme an, sie haben dich gründlich getauft?«

Grundgütiger, seine Hand war glühend heiß.

»Teilst du dir die Bank mit mir?«, fragte Jamie.

Seine Stimme jagte ihr einen Schauer über den Rücken. Überhaupt tat ihr Körper Dinge, die er noch nie getan hatte, und dazu gehörte auch, dass sie nun mit schwingenden Hüften und einem warmen Gefühl zwischen den Beinen zur Bank ging. Auch das gefiel ihr. *Sehr.* Sie setzte sich und zog die Füße neben sich an. Jamie nahm neben ihr Platz und legte den Arm auf die Rückenlehne der Bank. Selbst in ihrem angesäuselten Zustand schaffte sie es, dem Drang zu widerstehen, sich an ihn zu kuscheln, um herauszufinden, wie weich sein Hemd wirklich war, denn sie wusste genau, sie würde auch herausfinden wollen, wie hart sein Körper darunter war.

Sie hatte das Gefühl, auf einer Wolke zu schweben, während sie zuhörte, wie die anderen redeten und lachten. Irgendwann im Laufe der nächsten Stunde teilte Jessica sich mit Jamie ein Bier und irgendwann danach wärmte sein Arm ihre Schultern. Pete und Jenna sowie Bella und Caden verabschiedeten sich für den Abend und stellten Kaffee für den kommenden Morgen in Aussicht. Zumindest glaubte Jessica, dass sie das gesagt hatten. Sie war immer noch etwas benebelt.

»Wir machen uns auch lieber mal auf den Weg. Ich muss morgen früh zeitig auf einer Baustelle sein.« Blue stand auf und zog Sky mit sich hoch. »Und du hast morgen diesen Job in dem Tattoo-Laden in Provincetown, oder?«

»Stimmt. Tattoo-Laden … Ich werde den ganzen Tag heiße Jungs und Mädels verschönern.« Sky beugte sich hinunter und umarmte Jessica. »Wir sehen uns hoffentlich bald wieder.«

»Hoffe ich auch. Hat Spaß gemacht mit euch.« Nachdem sie Sky umarmt hatte, fiel Jessicas Hand auf Jamies Bein, wo sie sie einfach beließ.

»Ich bringe unser kleines Leichtgewicht auch mal lieber ins Bett.« Tony nahm Amy mühelos auf den Arm, woraufhin sie sich mit einem Seufzer an seine Brust kuschelte. Sie legte ihre Hand um seinen Hals, ließ sie dann jedoch auf ihren Bauch sinken. »Ich hab's einfach drauf mit den Frauen, oder? Gute Nacht zusammen.«

»Nacht, Tony. War schön, dich kennenzulernen.« Jessica sah ihn in der Dunkelheit verschwinden und fragte sich, wie Amy sich am nächsten Morgen wohlfühlen würde. Oder ob sie vielleicht doch Freunde mit Vorzügen waren? Auch wenn es sich nicht so angehört hatte, als Amy im Ferienhaus über ihn geredet hatte.

»Dann sind wohl nur noch wir beide übrig.«

Jamies tiefe Stimme war wie ein Streicheln, schenkte ihr einen warmen Schauer und ließ ihre weiblichen Zonen lodern. Wie zum Teufel schaffte er es, so gelassen und sinnlich zugleich zu sein? Und warum machte es sie so an? Sie schaute auf ihre Hand, die noch auf seinem Oberschenkel lag, und spürte die angespannten Muskeln darunter. Das Feuer war fast erloschen, nur noch wenige Scheite glühten in der Dunkelheit. Wahrscheinlich sollte sie nach Hause gehen. Es war schon viel später als sie normalerweise wach blieb, und morgen hatte sie einen wichtigen Tag. Oder? Hatte sie das nicht immer? Sie musste üben und … Nein. Das stimmte nicht. Sie übte im Moment nicht. Sie machte Urlaub. Sie hatte alle Zeit der Welt.

Ihr wurde bewusst, dass sie auf Jamies Bemerkung noch nichts erwidert hatte. Anstatt zu antworten, neigte sie den Kopf und sah ihn an. Sah ihn richtig an. Er sah zu gut aus, und sie war sich ziemlich sicher, dass es nicht nur an dem Tequila lag. Seine braungrünen Augen waren verführerisch dunkel und schmal. Seine gebräunte Haut passte so gut zu dem sexy Dreitagebart, und seine vollen Lippen waren leicht geöffnet. Am liebsten wäre sie mit dem Finger über seine Lippen gefahren, um zu spüren, wie weich sie waren.

»Was ist?«, fragte er leise.

»Ich habe nur …« *Gedacht, dass ich gern deine Bartstoppeln berühren würde. Und vielleicht deine Lippen. Und dieses Fältchen an deinem Mund, wenn du lächelst. Da ist es wieder. Oh, ich liebe dieses Fältchen. Und deine Hände! So gern würde ich wissen, wie deine Hände sich anfühlen.* »… gedacht …« Mehr brachte sie nicht heraus, ohne sich lächerlich zu machen.

»Dass du mich wieder mit deinem Handy bewirfst?«

Das hatte sie schon fast wieder vergessen. Sie biss sich auf die Unterlippe und schüttelte den Kopf. Dann hob sie den Arm und streichelte ihm über die Wange. Du meine Güte, und was taten ihre Augen? Sie schlossen sich, und Jessica versank in dem Gefühl, ihn zu spüren. Oh Himmel, seine Haut war weich, die Bartstoppeln rau und kratzig. Sie ließ die Finger über seinen Kiefer wandern und strich leicht über seine Lippen, die sich bei ihrer Berührung weiter öffneten. Sein Atem traf heiß auf ihre Finger und entlockte ihr von irgendwoher aus ihrem Innersten einen Seufzer. Einen langen, verträumten Seufzer, den sie selbst zu spät wahrnahm und der sie zurück in die Realität holte. Sie öffnete die Augen und ihre Hand verharrte auf seinen Lippen.

Seine Augen wurden noch dunkler. Jessica hielt seinem Blick stand und ließ die Hand auf seine Brust sinken. Warum auch nicht? Sie hatte ihre Karten schon auf den Tisch gelegt. Er wusste, dass sie nicht ganz bei Trost war. Warum dann nicht einen Schritt weitergehen? Noch eine Gelegenheit bekäme sie vielleicht nicht. Himmel, seine Brust war so hart, so hart. Sie legte die Hand flach auf sein Herz und spürte, wie schnell es schlug, wodurch ihr eigener Herzschlag sich ebenfalls beschleunigte. Ihre Hand glitt über seine Brustmuskeln, und die ganze Zeit schaute er sie an, als wäre er allein zu ihrem Vergnügen da. Sein Herz verriet ihr, was sie wirklich wissen wollte. Ihm gefiel die Berührung ebenso sehr, wie es ihr gefiel, ihn zu berühren.

In der Stille der Nacht gab es nur sie beide und das Geräusch ihrer schnellen, betörenden Atemzüge. Ihre Finger wanderten unter sein offenes Hemd, durch seine leichte Brustbehaarung hin zu der heißen Haut darunter. Noch nie hatte sie das getan, so genüsslich einen Mann berührt, während er jede ihrer Bewegungen verfolgte. Noch nie hatte sie den ersten Schritt getan. Sie war keine Jungfrau. Einen Kerl hatte sie immerhin an sich herangelassen. Auf der Highschool, als sie dagegen rebelliert hatte, die perfekte, Cello spielende Tochter ihrer Mutter zu sein. Seitdem hatte sie ein paar Männer gedatet, sich aber nie so weit geöffnet, dass sie wieder mit einem geschlafen hatte. Und noch nie hatte sie das hier bei jemandem machen wollen. Die Berührung allein reichte aber eindeutig nicht aus, denn sie war zwischen den Beinen schon feucht. Du meine Güte, es war Ewigkeiten her, dass ihr *das* spontan passiert war. Sie zog die Hand unter seinem Hemd hervor, doch er hielt sie fest.

»Hör nicht auf«, sagte er leise. »Das fühlt sich gut an.«

Du hast keine Ahnung wie gut. Er schaute ihr tief in die Augen, und sie wollte einfach nur in dieses sinnliche Meer aus

Emotionen eintauchen, die sie darin sah.

»Tut mir leid. Normalerweise bin ich nicht so.« Warum flüsterte sie? Sie waren allein im Dunkeln. In den Ferienhäusern brannte kein Licht mehr. Sicher konnte sie niemand hören. Aber sie wollte die Stille mit Jamie. Sie wollte Stille, Dunkelheit und …

Er legte den rechten Arm um ihren Rücken, fasste ihre Haare zusammen und schob sie über eine Schulter.

»Es muss dir nicht leidtun. Ich bin normalerweise auch nicht so. Ich kann einfach nicht aufhören, dich anzusehen, und ich muss meine ganze Kraft aufbringen, um nicht das zu tun, was ich wirklich tun möchte.«

»Du kennst mich doch gar nicht.« *Halt den Mund, verdammt!*

Er schüttelte den Kopf. »Aber ich würde dich gern kennenlernen.«

Ihr Puls raste. Ihre Hand lag noch immer auf seiner Brust, und sie hatte nicht vor, sie in nächster Zeit wegzuziehen.

»Wa… Was möchtest du denn wirklich tun?« Sie presste die Lippen aufeinander und konnte es gar nicht glauben, dass sie das gefragt hatte, während sie gleichzeitig so dankbar war, dass sie es gefragt hatte. Bella schien einen schlechten Einfluss auf sie zu haben.

Er zog die Augenbrauen zusammen. »Die ganze Nacht hier mit dir sitzen und mich mit dir unterhalten. Deine wunderbaren Lippen küssen und herausfinden, ob du ebenso süß schmeckst, wie du aussiehst. Meine Hand in deinen herrlichen Haaren vergraben …« Er schob die Hand unter ihre Haare, machte eine Faust und zog ihren Kopf so ein wenig nach hinten. »Und meine Lippen auf deinen Hals legen.« Es folgte ein Kuss auf ihren Hals, der ihre Gehirnzellen explodieren ließ.

Er öffnete den Mund und seine weichen Lippen jagten Wogen der Lust durch ihren ganzen Körper. Seine Zunge – *Oh Gott!* – glitt über ihre Haut, während er sich küssend bis zu der zarten Stelle unter ihrem Ohr vortastete. Sie wusste gar nicht, dass sie dort so empfindlich war, doch sie zitterte. »Und dich kosten, bis du dich so sehr windest, dass du meine Küsse erwidern musst.«

Sein Flüstern raubte ihr den Atem. Einen klaren Gedanken konnte sie bei all dem Begehren, das sie durchflutete, gar nicht fassen. Er nahm ihr Ohrläppchen zwischen seine Zähne, saugte es dann in seinen Mund, und sie fürchtete, auf der Stelle zu sterben, so ein Rausch erfasste sie. Sie krallte sich in sein Hemd und ein keuchendes Flüstern entwich ihr.

»Küss mich.«

Für den Bruchteil einer Sekunde trafen sich ihre Blicke, bevor er seine fantastischen Lippen auf ihre senkte und sie ihn zum ersten Mal kosten durfte. Sie spürte seinen ersten Zungenschlag bis in ihre Fußspitzen, so weich und unnachgiebig zugleich war er. Sein Mund war heiß, seine Zunge ungeduldig und hungrig. Er vertiefte den Kuss, und das weckte in ihr einen Drang nach mehr, den sie nicht verstand, gegen den sie aber auch nicht ankämpfen wollte. Sie vergrub die Hände in seinen Haaren und wurde mit einem tiefen, männlichen Stöhnen belohnt, das aus seinem Innersten drang und in seiner Brust vibrierte, als er sie näher an sich zog. Noch nie war sie so geküsst worden. Und sie hatte keine Ahnung gehabt, dass ein Kuss sie derart überwältigen konnte. Wie konnte jemand so küssen und dann je wieder etwas anderes tun? Ihr Kuss wurde zu einer langsamen, leidenschaftlichen Begegnung, die sich durch jeden Zentimeter ihres schaudernden Körpers brannte. Er küsste sie nun sanfter, zog seine Lippen zurück, doch sie hielt ihn fest, denn noch wollte sie nicht von ihm lassen. Es war zu köstlich, zu fesselnd, zu befreiend. Er entsprach ihrem Verlangen und vertiefte den Kuss wieder. Ihre Zungen prallten aufeinander, die Luft strömte aus seiner Lunge in ihre und dann wieder zurück. In ihr flatterte etwas wie die Flügel eines Vogels, und als sie sich schließlich – zögerlich – voneinander lösten, spürte sie seine Zunge über ihre Unterlippe gleiten, sodass ihr ein sehnsüchtiger Laut entwich.

»Das wollte ich, seit ich dich das erste Mal gesehen habe.« Sein Flüstern war tief und rau.

Sie öffnete den Mund, wollte etwas sagen, doch was? Sie hatte keine Ahnung. Sie konnte nicht denken. Sie konnte nicht reden. Sie konnte nur wollen. Sie zog ihn wieder an ihren Mund und verschmolz mit ihm, als sich ihre Lippen erneut trafen, und dann wurde sie mutiger … Sie packte ihn am Hemd und wollte mehr von seinem sündhaft köstlichen Mund. Du meine Güte, was tat sie da bloß? Sie musste aufhören. Sie wusste, dass sie aufhören sollte. So eine Art Frau war sie nicht. Keine, die Männer auf diese Weise attackierte und sich an ihnen festklammerte, als gehörten sie ihr. Aber … er roch so gut, und er war so stark, drückte sie an sich und erwiderte ihr Verlangen mit einer Intensität, von der sie nur hatte träumen können. Sie küsste ihn ungestümer. Die ganze Nacht hätte sie ihn küssen können. Etwas anderes war gar nicht nötig, nur diese Verbundenheit, die zwischen ihnen aufflammte. Mehr hatte sie noch nie für irgendetwas empfunden. *Außer für das Cello.* Sie liebte das Cellospielen ebenso, wie sie es liebte, ihn zu küssen. *Nein, nein, nein!* Das hier war viel besser, heißer, befriedigender, berauschender. Sie brauchte Sauerstoff, doch sie konnte sich nicht losreißen. Wollte sich nicht losreißen. Lieber würde sie in seinem Kuss ertrinken. Morgen würden die Mädels herauskommen und ihren Körper von innen verglüht vorfinden, leblos auf der Bank liegend, aber mit einem Lächeln auf den Lippen, und eine von ihnen würde fünf Dollar gewinnen. Als sie gerade aus Atemnot doch von ihm lassen wollte, atmete er Luft in ihre Lunge. Oh, sie war ihm verfallen, seinen Küssen verfallen. Es war hoffnungslos. Nur langsam nahm sie wieder seinen Herzschlag unter ihrer Hand wahr. Seine unregelmäßigen Atemzüge, die ihren eigenen ähnelten. Seine Hand in ihrem Nacken, die andere fest um ihre Hüfte gelegt. Die in sein Hemd gekrallten Finger entspannten sich, alles in ihrem Kopf kam zur Ruhe und mündete in einem letzten atemraubenden Kuss.

Sie musste sich bewegen. Sie war gefährlich nah davor, weiterzugehen, seine Lippen an ihre Brüste zu ziehen, ihre Rippen … *Stopp. Stopp. Stopp.*

Sie kannte ihn gar nicht. Mehrmals blinzelte sie, um diese Hitze loszuwerden, die ihr die Sicht verschleierte, und sie zwang sich, ihn von sich wegzudrücken.

So. Abstand. Gut.

Nicht gut. Schlecht. Ganz schlecht. Sie wollte diesen Abstand nicht. Das fühlte sich überhaupt nicht gut an.

Auf seine Lippen trat ein sexy, ein so leichtes Lächeln, das sie fast wieder zu ihm zog.

»Ich sollte …« Sie zeigte zu ihrer Wohnung.

Er legte die Hände um ihr Gesicht. »Jessica, was machst du morgen?«

»Dich hoffentlich küssen.« Sie schlug die Hand vor den Mund und kniff die Augen zu. Das hatte sie nicht laut aussprechen wollen. Als er lachte – dieses tiefe, verheerend männliche Lachen –, sah sie ihn an. »Es tut mir leid. Das liegt am Tequila.«

»Ich kaufe morgen eine Flasche.«

Das Funkeln in seinen Augen brachte sie noch um den Verstand.

»Was machst du morgen?«, wiederholte er seine Frage.

»Morgen? Ähm … keine Ahnung.« Ihr Kopf war nun wieder etwas klarer, aber ihr Herz raste noch immer. Sie versuchte, sich daran zu erinnern, was sie am nächsten Tag vorgehabt hatte. »Ich will herausfinden, wer diese Auktion gewonnen hat.«

»Ich gehe morgen Vormittag mit Vera auf den Flohmarkt. Möchtest du mitkommen? Wir könnten uns besser kennenlernen.«

Besser kennenlernen. Du meine Güte, das brachte die Realität auf den Plan. Sie kannten sich erst seit einem Tag, und sie hatte ihn schon mit ihrem Handy attackiert und sich ihm wie ein billiges Flittchen an den Hals geworfen.

Plötzlich fühlte sie sich entblößt. Ihr wurde bewusst, dass sie praktisch auf ihm saß, ihr Oberkörper lag quer über seinem Schoß. Sie schaute auf ihre Beine hinab und sah, dass ihr Kleid fast bis zum Schritt hochgerutscht war. Sie zupfte am Saum und spürte, wie sie errötete.

Er half ihr, das Kleid glatt zu streichen. »Ich habe nicht geschaut, keine Sorge.«

Sie lächelte. Alles an ihm war leicht. Er war leicht zu küssen – viel zu leicht! –, leicht zu mögen, leicht zu berühren, es war unglaublich leicht, seine Gegenwart zu genießen.

Sie rutschte von der Bank und schwankte ein wenig, als sie aufstand. Sofort war er da, legte einen starken Arm um ihre Taille und griff mit der anderen Hand die ihre.

»Alles in Ordnung?«

»Mhm, tut mir leid. Ich trinke sonst nie. Und benehme mich auch nicht …« *Wie eine Schlampe. Eine Verführerin. Du meine Güte, denkst du das vielleicht von mir?* »Wie eine Frau, die einen Kerl küsst, den sie noch nicht einmal einen Tag lang kennt.«

Wieder lächelte er. Dieses verdammte Lächeln. Man musste es mit einem Lächeln beantworten. Sie konnte sich selbst nicht einmal übel nehmen, dass sie ihn geküsst hatte. Jede Frau, die bei Sinnen war, hätte das Gleiche getan. Er war süß, heiß und hatte einen beeindruckenden Körper. *Wirklich* beeindruckend.

»Es ist nicht deine Schuld. Man kann mir nur schwer widerstehen.« Seine Augen blitzten verschmitzt.

»In der Tat, Mr. Reed.« Sie ging einen Schritt in Richtung ihres Apartments, um sich nicht auf die Zehenspitzen zu stellen und ihn wieder zu küssen.

»Du behauptest also, keine Handy-Werferin oder Küsserin zu sein. Was für eine Frau bist du denn dann?« Sein Arm lag immer noch um ihre Taille, als sie über den Kiesweg zu ihrer Wohnung gingen.

Sie zuckte mit den Schultern. »So genau weiß ich das nicht. Deshalb habe ich mir auch den Sommer freigenommen. Um es herauszufinden.«

»Tja, auch wenn wir uns nicht geküsst hätten, hätte ich dich trotzdem gebeten, mich morgen zu begleiten, nur damit du es weißt. Was immer du auch für eine Frau bist, ich mag sie.« Er begleitete sie die Treppe zu ihrem Apartment hinauf. »Wovon hast du dir freigenommen?«

Auf der Veranda drehte sie sich zu ihm um und aus irgendeinem Grund fanden ihre Hände die seinen. Es war so schön mit ihm. Sie wollte nicht, dass es seltsam wurde, und ihre Welt war seltsam, voller guter Manieren, anständiger Kleidung und ungewöhnlicher Arbeitszeiten, alles Gründe dafür, dass sie all das einmal vergessen wollte. Er sah sie erwartungsvoll an. Er musste zumindest etwas von dem Leben erfahren, das sie führte, allein schon wegen des Berufs seiner Großmutter. Sie atmete tief ein und langsam wieder aus.

»Ich bin Musikerin.« So. Einfach das, keine große Erklärung.

Er zog die Augenbrauen zusammen, so als glaubte er ihr nicht. Wem wollte sie denn etwas vormachen? Sie würde niemals der verallgemeinernden Bezeichnung *Musiker* glauben. Als Rockstar oder auch als Sängerin ginge sie ja wohl niemals durch. Für beides war sie viel zu zurückhaltend.

»Ich bin Cellistin.« Bei dem Wort musste sie lächeln. Sie liebte es. Alles daran – wie es ihr über die Lippen glitt, sich weiblich und exotisch anhörte und die wunderschöne Musik, die es beinhaltete –, nur nicht das Leben, das sie dadurch hatte führen müssen.

»Cellistin.«

»Ja.«

Jamie schüttelte den Kopf. »Vera wird dich lieben, und ich habe das Gefühl, ich werde morgen wohl blöd in die Röhre gucken. Vielleicht sollte ich meine Einstellung zu diesem Date noch einmal überdenken.«

Ihr wurde mulmig und sie senkte den Blick.

Während ihre Hände noch miteinander verschränkt waren, hob er mit einem Finger ihr Kinn an und schaute ihr in die Augen. Er beugte sich hinunter und küsste all die Sorgen fort, die sich in ihrem Innersten zusammengebraut hatten. Als sich ihre Lippen voneinander lösten, trat er noch näher an sie heran, sodass sich ihre Schenkel berührten. Wieder wurde ihr vor Verlangen ganz heiß.

»Jess, ich habe meine Einstellung überdacht und es gefällt mir sogar noch besser. Verbringst du den Tag morgen mit mir?«

Jess. Vier Buchstaben, gegen die ihre Mutter ihre ganze Jugend über angekämpft hatte. Ihr vollständiger Name lautete Millicent Jessica Bail-Ayers, nach ihrer Großmutter väterlicherseits. Zum Glück hatten ihre Eltern es erlaubt, dass sie den Namen Jessica statt Millicent benutzte, doch in ihrem beruflichen Umfeld war sie als Millicent J. Bail bekannt. Ihre Eltern waren klug genug gewesen, diese Richtung vorzugeben, um ihr außerhalb des Orchesterlebens eine gewisse Anonymität zu verschaffen. Abgesehen von dem Zugeständnis, ihren zweiten Vornamen nutzen zu dürfen, hielt ihre Mutter jedoch verkürzte Namen weder für angemessen noch für ansprechend, und Jessica hatte sich so daran gewöhnt, dass ihre Mutter andere oft belehrte – *Jessica, nicht Jess, bitte. Das ist einer Dame ungebührlich –*, dass sie Jamie fast korrigiert hätte. Bisher hatte sie jeden korrigiert, aber von ihm hörte sie es gern.

Ihre Mutter irrte sich. *Jess* klang weich und weiblich, zumindest aus Jamies Mund.

Sie ging auf Zehenspitzen und küsste ihn, denn hätte sie es nicht getan, hätte sie die ganze Nacht damit gehadert.

»Ja, ich komme gern morgen mit.«

Bis dahin musste sie sich noch einmal in Erinnerung rufen, wie man sich zu benehmen hatte. Lektion eins: kein Tequila.

Vier

Am Freitagmorgen war Jamie schon bei Sonnenaufgang wach, nachdem er den Großteil der Nacht damit verbracht hatte, sich durch E-Mails zu arbeiten und an Jessica zu denken. Seine Gedanken kreisten unaufhörlich um sie, sodass er den Versuch, die Problemberichte zu lesen, die seine Mitarbeiter ihm geschickt hatten, nach ein oder zwei Seiten schon aufgegeben hatte. Er hatte fast damit gerechnet, dass Jessica ihn abwies, als er gestern Abend das erste Mal seine Lippen auf ihre gelegt hatte, auch wenn sie ihn gebeten hatte, sie zu küssen. Überrascht war er gewesen, als sie seinen Kuss wie eine ausgehungerte Frau erwidert hatte. Und später hatte er sehr wohl den sorgenvollen Schatten bemerkt, der über ihr Gesicht gehuscht und dann ebenso schnell wieder verschwunden war. Er war sich nicht sicher, was er von ihr halten sollte, aber nach einem Kuss, den er bis tief in seinen Körper hinein gespürt und der all seine Sinne auf nie gekannte Art geweckt hatte, wollte er herausfinden, was möglich war.

Als er zu seiner Joggingrunde aufgebrochen war, hatte Caden schon startbereit auf seiner Veranda gestanden. Jetzt beendeten sie gerade ihren Vier-Meilen-Lauf. Es war erst halb acht, doch die Sonne brannte schon auf sie herab.

»Du gehst also mit ihr auf den Flohmarkt?«, fragte Caden. »Du weißt, dass die Mädels das in Nullkommanichts spitzbekommen, oder?«

»Wie kommst du darauf, dass sie es nicht bereits wissen?«, fragte er zurück.

»Guter Punkt. Aber Bella meinte, du datest keine Mieterinnen.«

»Na ja, das ist keine von Theresas Regeln und auch keine von meinen. Ich … habe es eben einfach noch nicht gemacht. Aber es gibt für alles ja ein erstes Mal.« Sie joggten über eine Nebenstraße in Richtung der Ferienhaussiedlung. Jamie konzentrierte sich auf das Geräusch ihrer Schritte auf dem Asphalt, ein angenehmer, gleichmäßiger Rhythmus.

»Und ein letztes Mal«, sagte Caden. »Ich bin davon überzeugt, dass hier auf dem Cape irgendetwas seine Wirkung entfaltet, das Paare zusammenkommen lässt.«

»Ach ja? Also ich komme seit dreißig Jahren nach Wellfleet, und die Frauen, mit denen ich hier ausgegangen bin, kann ich an einer Hand abzählen.« Jamie hielt seine Hand hoch, als sie gerade in den Kiesweg zur Siedlung einbogen. »Falls du es noch nicht bemerkt hast, ich bin noch Single.«

»Hast du schon auf OneClick nach ihr gesucht? Um herauszufinden, ob sie vielleicht irgendeine durchgeknallte Tusse ist?«

Selbst nach acht Jahren war es immer noch seltsam, den Namen seiner Firma anstelle von Google zu hören. »Nein, ich habe mich bewusst entschieden, sie nicht übers Internet zu überprüfen. Da ist so viel Mist online, und ich habe keine Lust, irgendeinem Ex auf Facebook zu begegnen oder mir wegen irgendeinem Blog Sorgen zu machen, auf dem ein Schnappschuss sie in einer blöden Situation zeigt und sie wie ein leichtes Mädchen aussehen lässt.«

»Mann, hältst du das für schlau?«, fragte Caden. »Da draußen gibt's eine Menge geldgieriger Leute und du gehörst nicht gerade der Mittelschicht an.«

Jamie zuckte nur mit den Schultern. »Ich merke es, wenn eine Frau es auf mein Geld abgesehen hat.«

»Muss ganz schön hart sein, ein paar Millionen auf dem Konto zu haben.«

Ein paar? Mehrere Hundert Millionen träfe es da schon eher. Jamie war davon ausgegangen, dass Bella Caden mittlerweile erzählt hatte, wie wohlhabend er tatsächlich war. Dass sie es nicht getan hatte, zeigte ihm, wie tief ihre Freundschaft war. In Seaside passte man aufeinander auf, auch wenn es nur darum ging zu verhindern, dass man wegen seines Vermögens anders wahrgenommen wurde.

Reich war Jamie, weil er hart arbeitete. Doch er definierte sich nicht über sein Geld, und er fand auch nicht, dass es ihn besser oder wichtiger machte als andere. Es gab ihm ein Gefühl der Sicherheit, das schon. Aber seinen Beruf hatte er gewählt, weil er ihm Spaß machte. Technische Probleme zu enträtseln und Lösungen zu finden – das war für Jamie der größte Nervenkitzel, abgesehen natürlich von den üblichen männlichen sexuellen Fantasien.

Sie erreichten die Weggabelung, an der der Kiesweg sich teilte, bevor er kreisförmig durch die Siedlung verlief. Linkerhand lagen die Ferienhäuser von Bella und Jenna, das Waschhaus und das Haus von Theresa mit der Wohnung, die Jessica gemietet hatte. Das »Große Haus«, wie sie es nannten, war ursprünglich das einzige Gebäude auf dem Gelände gewesen, bis die Feriensiedlung mit den kleinen Sommerhäusern gebaut worden war. Der Kiesweg führte weiter bis zum Pool am gegenüberliegenden Ende des Grundstücks und dann vorbei an den Häusern von Jamie, Leanna, Tony und Amy, die auf der rechten Seite der Siedlung lagen, wieder bis zur Gabelung. Jamie und Caden liefen links herum.

»Hast du eine masochistische Ader? Dir ist doch klar, dass sie vielleicht alle bei Bella auf der Veranda sind«, sagte Caden.

Jamie wusste, dass die Mädels mit großer Wahrscheinlichkeit dort sitzen und Kommentare abgeben würden, aber ihre Sticheleien würde er in Kauf nehmen, wenn er dafür die Chance hätte, Jessica zu begegnen.

Caden stieß ihn mit dem Ellbogen an. Jamie folgte seinem Blick zu Jennas Veranda, auf der Jessica und die anderen Frauen Kaffee tranken. Pepper, Leannas flauschiger weißer Labradoodle, rannte bellend auf sie zu. Jamie wurde langsamer und ging in die Hocke, um Pepper zu streicheln. Caden kniete sich neben ihn.

»Glaubst du, sie haben sie schon verschreckt?« Caden grinste schief und hob eine Augenbraue.

»Das werden wir gleich herausfinden.« Jamie stand wieder auf. »Komm mit, Pepper.« Der Hund rannte voraus auf Jennas Veranda.

»Guten Morgen, Ladys.« Jamie spürte alle Blicke auf sich, als er seine Hand auf die Rückenlehne von Jessicas Stuhl legte. Er musste all seine Beherrschung aufbringen, um sich nicht hinunterzubeugen und sie auf die Wange zu küssen, und sie überraschte ihn damit, dass sie die Hand auf seine legte. Er hob den Zeigefinger und nahm ihren darunter gefangen.

»Sieh mal einer an! Wenn das nicht das heißeste Jogging-Duo in Wellfleet ist.« Bella ergriff Cadens Hand, schaute aber Jamie unverwandt an. »Und du gehst heute also mit deinem Date auf den Flohmarkt.«

Jessica schaute auf und lächelte, wobei sich wieder diese

Grübchen zeigten. Ein warmes, angenehmes Gefühl machte sich in seinem Brustraum breit. »Ich habe ihnen erzählt, dass wir heute mit Vera dorthin gehen.«

Er ließ seine Hand von der Lehne auf ihre Schulter wandern und lächelte sie an. Sie trug ein weißes Sommerkleid und Sandalen. Die Träger eines rosafarbenen Bikini-Oberteils waren in ihrem Nacken zusammengebunden. Er schaute in die Runde. Die anderen trugen ebenfalls diesen typischen Seaside-Dress aus Bikini und Sommerkleid. Nur Leanna hatte die Haare zu einem hohen Pferdeschwanz zusammengebunden und trug ein blaues Tanktop mit kurzen Jeansshorts – beides mit roter Marmelade vollgeschmiert. Jessica fügte sich bereits nahtlos ins Bild und schien sich äußerst wohlzufühlen.

»Kommt doch bei mir am Stand vorbei. Dann gebe ich jedem von euch ein Glas Strawberry Spice, das ist meine neue Sorte.« Am Wochenende verkaufte Leanna ihre Marmelade auf dem Flohmarkt in Wellfleet. »Mit Erdbeerwein und Habanero-Chilis. Das sorgt für jede Menge Süße und das richtige Maß an Schärfe.«

Treffender hätte sie Jessica nicht beschreiben können. Spontan drückte er Jessicas Schulter. Sie hatte genau die Süße und die Schärfe, die er brauchte.

»Machen wir. Danke, Leanna.«

»Pepper und ich müssen los, um den Stand aufzubauen.« Leanna umarmte alle. »War schön, euch zu sehen. Ich vermisse es, hier zu sein, aber ich habe für dieses Wochenende einen riesigen Auftrag, also bleiben wir ein paar Tage in Kurts Haus. Ich komme aber so oft wie möglich vorbei.«

»Wir haben dich lieb, Lea, egal wo du wohnst.« Amy nahm Pepper auf den Arm und trug ihn zu Leannas Auto. »Und danke, dass du den Kleinen mitgebracht hast. Den habe ich auch vermisst.« Pepper leckte ihr voller Zuneigung über das Gesicht.

»Wo ist Tony?«, erkundigte sich Caden.

»Er wollte schon zum Strand«, sagte Amy. »Er surft heute am Outer Beach in Orleans. Er sagte, die Wellen sind dort in letzter Zeit großartig.«

»Hat er sich gestern Abend anständig verhalten?«, fragte Jamie. »Ich hab kurz überlegt, ob ich den Anstandswauwau geben soll.«

»Wie ich gehört habe, hättest du selbst gut einen Anstandswauwau gebrauchen können«, konterte Jenna lachend.

Jessica lief rot an.

»Tut mir leid, Jessica, das konnte ich mir nicht verkneifen.« Jenna gab ihr einen Muffin. »Hier, das hilft gegen Verlegenheit.«

Jessica schaute kurz zu Jamie, als sie den Muffin nahm, und senkte dann den Blick.

Es überraschte ihn, dass sie den anderen erzählt hatte, was sich zwischen ihnen abgespielt hatte, aber vielleicht hatte sie auch nur gesagt, dass sie sich noch unterhalten hatten. Ob sie, wenn er und Jessica ihre Beziehung fortführten, intime Einzelheiten mit den Mädels besprechen würde? Er wollte sich lieber nicht vorstellen, dass Bella und die anderen über seine Schlafzimmergeschichten auf dem Laufenden sein würden.

»Ich springe dann wohl mal unter die Dusche. Ich hole dich ab, sobald Grandma fertig ist, ja? So gegen zehn?«

»Klingt gut.« Sie lächelte ihn wieder an, und die Erinnerung an ihren Körper, der sich an seinen schmiegte, kam in ihm hoch. Sofort schoss ihm die Hitze in die Lenden.

Das wird dann wohl eine kalte Dusche.

Jamie wiederzusehen – und dann auch noch so sexy und fast nackt – ließ die unanständigen Gedanken in Jessicas Kopf nur so schwirren. Sie ging lieber zurück zu ihrer Wohnung, bevor die anderen Mädels sie durchschauen würden. Solche Gedanken hatte sie noch nie gehabt. *Also echt … wer kommt denn auf die Idee, mit der Zunge über die Brustmuskeln eines Mannes lecken zu wollen? Ich anscheinend.* Sie musste zur Besinnung kommen, bevor sie zum Flohmarkt aufbrachen.

Hatte sie sich so in ihrem Beruf verschanzt, dass sie dieses Begehren in sich all die letzten Jahre übersehen hatte? Oder hatte sie einfach nie den richtigen Mann getroffen, der es aus ihr hervorlockte? Waren diese unanständigen Wünsche schon immer Teil von ihr gewesen? In der nächsten Viertelstunde würde sie keine Antwort darauf finden, deshalb versuchte sie, die lustvollen Gefühle zu verdrängen, und beäugte stattdessen den an der Wand lehnenden Cellokasten, um sich abzulenken.

Sie hatte sich selbst das Versprechen abgenommen, mindestens eine Woche lang nicht zu spielen, aber nachdem sie Veras Streichquartett gehört hatte, sehnte sie sich nach den Schwingungen der Musik, die sich im Raum ausbreiteten und in ihrem Körper vibrierten. Also gab sie dem Ruf ihres Cellos nach und nahm es aus dem Kasten. Sie strich über ihr Instrument, als wäre es ein vertrauter Geliebter. Ach, wie hatte sie das vermisst. Sie hatte ein Sitzkissen für Cellisten mitgebracht, da sie ja hier keinen Cellostuhl zur Verfügung hatte, und als sie sich jetzt mitten im Zimmer daraufsetzte, atmete sie gleich etwas entspannter. Zu Hause spielte sie ein Amati-Cello, das einer der Gönner des Orchesters ihr zur

Verfügung gestellt hatte, doch sie hatte es nicht gewagt, so ein wertvolles Instrument mit in den Urlaub zu nehmen.

Während sie die richtige Position einnahm, vernahm sie den jahrelangen Unterricht wie ein Flüstern in ihrem Ohr. *Becken aufrecht, Kinn parallel zum Boden und Knie nach außen.* Sie stellte die Füße flach auf den Boden und lehnte den Körper des Cellos an ihren Oberkörper. Die vertraute Leichtigkeit zauberte ihr ein Lächeln ins Gesicht. Mit dem Bogen in der Hand schloss sie die Augen und atmete tief durch. Es war ein seltsames Gefühl, dass sie spielen konnte, was sie wollte – ohne den Druck, ein Konzert vorbereiten zu müssen. Die Wahl fiel ihr leicht. Wie von allein bewegten sich ihre Finger. Sie schloss die Augen, während der lange Strich des Bogens die Sarabande aus Bachs Suite Nr. 6 zum Leben erweckte. Das Stück klang für sie wie der Gesang von Engeln. Wenn sie allein war, ohne die Erwartungen des Orchesters oder die geflüsterten Korrekturen ihrer Mutter, gab es keinen Ort, an dem sie lieber war als hinter ihrem Cello. Ihre Gedanken wanderten weit fort, von der Musik getragen. Ihr Körper fühlte sich leichter an und aller Stress der Welt fiel von ihr ab.

In etwa so wie beim Kuss mit Jamie.

Als das Stück zu Ende war, saß sie noch lange so da, mit dem Cello zwischen den Beinen, und genoss das Gefühl, bis sie sich an die Komplikationen erinnerte, die das Spielen in ihr Leben brachte, und schon schwand die Freude.

Sie fragte sich, ob es der übervolle Stundenplan war, der sie am meisten störte, oder der Druck und die Tatsache, ständig auf dem Prüfstand zu stehen. Sie wusste, dass der Drang, die Beste zu sein, sie zu diesem Arbeitspensum antrieb, und dass die permanente Kontrolle zu einer Anspannung führte, die rund um die Uhr präsent war. Sie wollte einfach nur ein normales

Leben. Einfach einmal die Notwendigkeit, perfekt zu sein und ihre Mutter zufriedenzustellen, vergessen. Sie fragte sich auch, ob ihre Position im Orchester für den Stress verantwortlich war oder eher der unterschwellige Druck, den ihre Mutter ausübte. Genau das hoffte sie, während ihrer Auszeit herauszufinden.

Behutsam packte sie das Cello wieder ein.

Ein normales Leben. Es wurde Zeit, sich wieder hineinzustürzen.

Sie zwang sich, sich auf die Suche nach dem Verkäufer des Baseballs zu machen. Das war die Ablenkung, die sie gewählt hatte – auch wenn Jamie sich als weitaus bessere Ablenkung erwies. Als hätte sie einen Schalter in ihrem Kopf umgelegt, konzentrierte sie sich jetzt nicht mehr auf ihr Cellospiel, sondern wieder darauf, den Baseball zu finden.

Nur dass ein Laptop kein schönes Cello war. Es war ein dämlicher, technischer Haufen Metall, mit dem sie nicht zurechtkam. Sie klappte den Laptop auf und atmete einmal tief durch. Wenn sie das Cello beherrschte und als Beste ihres Jahrgangs an der Juilliard School abschließen konnte, dann schaffte sie auch das.

Vielleicht.

Nachdem sie zwanzig frustrierende Minuten lang versucht hatte, herauszufinden, wie sie wieder auf diese Seite von Ebay gelangte, auf der sie den Baseball hatte ersteigern wollen, war sie kurz davor, das dämliche Teil über die Veranda zu schleudern. Sie hatte im Laufe der Jahre so selten das Internet genutzt, dass sie sich wirklich kaum damit auskannte. Missmutig sah sie das blöde Ding an und fragte sich, wie das schwieriger sein konnte als alles andere, was sie jemals in Angriff genommen hatte. Tief und geräuschvoll durchatmend versuchte sie es noch einmal. Schließlich fand sie den Link zum Verkäufer des Baseballs und schickte ihm eine Nachricht.

Sie schob den Stuhl vom Tisch weg. Zumindest machte sie kleine Fortschritte in Sachen Normalität. Sie hatte neue Freunde gefunden. In ihrem Fall war das alles andere als ein *kleiner* Fortschritt. Es war riesig, wundervoll und erhebend. Sie war etwas nervös gewesen, als Jenna, Amy, Leanna und Bella sie vorhin auf einen Kaffee eingeladen hatten, aber sie waren unkompliziert, und nach der ersten unverschämt direkten Frage von Bella – *Und? Hat Jamie sich an dich rangemacht?* –, auf die sie geantwortet hatte: *Nein, eigentlich habe ich mich an ihn rangemacht* –, hatte sie sich amüsiert und die Unterhaltung war unbeschwert gewesen. Sie hatte keine Ahnung, woher der Mut für ihre Antwort gekommen war, und sie war immer noch nicht sicher, ob es der Wahrheit entsprach oder nicht. Um genau zu sein, hatte sie an seinem herrlichen Oberkörper herumgefummelt, bevor er ihren Hals geküsst hatte, also vielleicht traf es tatsächlich zu.

»Hallo, schöne Frau.«

Jamies Stimme ließ sie zusammenfahren. Wieder wurden ihre Beine ganz zittrig, so wie auch schon zuvor am Morgen, als er mit nichts als Laufshorts aufgetaucht war. Jamie öffnete die Fliegentür und beugte sich – Gott sei Dank – herunter, um ihr einen Kuss auf die Wange zu geben. Sie brauchte einen Moment, bis ihre Beine wieder funktionsfähig waren.

»Du hast mich erschreckt. Ich bin es so gewohnt, allein zu sein, und ich habe ganz vergessen, dass die Tür auf war.« Sie klappte den Laptop zu. Er trug Shorts und ein schwarzes Tanktop, was bei ihren ohnehin schon zittrigen Beinen nicht gerade hilfreich war.

»Tut mir leid. Woran arbeitest du gerade?« Er nahm ihre Hand und zog sie zu sich hoch.

»Ich versuche, die Person ausfindig zu machen, die den Baseball ersteigert hat.« Wie magnetisch wurden ihre Hände an seine Brust gezogen. Sie versuchte erst gar nicht, gegen den Drang anzukämpfen, ihn zu berühren. Sie wusste, es wäre aussichtslos. Die halbe Nacht hatte sie im Bett gelegen und an all diese Muskeln gedacht, die sie am Abend zuvor hatte berühren dürfen. Und an diesen Kuss. Du meine Güte, sie konnte gar nicht daran denken, ohne ihn wieder küssen zu wollen.

»Falls du möchtest, helfe ich dir dabei, wenn wir zurückkommen.«

Noch bevor sie etwas sagen konnte, drückte er seine frisch rasierte Wange an ihre und umarmte sie. Wieder flatterten die Schmetterlinge in ihrem Bauch, und ihre Lippen waren eifersüchtig auf ihre Wange.

»Ich würde dich zu gern zur Begrüßung küssen«, sagte er. »Aber wenn du bereust, was gestern Abend …«

Sie umfasste die Träger seines Tanktops und zog ihn zu sich herunter, um ihre Lippen auf seine zu drücken. Sofort schlang er den Arm um ihre Taille und vertiefte den Kuss mit langsamen, sinnlichen Zungenschlägen, bis sie keine einzige funktionierende Hirnzelle mehr hatte.

»Anscheinend bereust du es nicht«, sagte er an ihren Lippen.

»Mhm-mhm.« Sie legte die Arme um seinen Hals und küsste ihn noch einmal. Es war wirklich schlimm mit ihr. So draufgängerisch zu sein, war sicher nicht angebracht, doch sie wusste gar nicht, wie sie ihr Verlangen kontrollieren sollte. Das musste an ihm liegen, er hatte irgendetwas an sich …

Jamie Reed, ein Küsser der Extraklasse.

Sie zwang sich, sich von ihm wegzudrücken, und atmete laut aus.

»Tut mir leid.« Sie legte die Hand auf ihr Herz, als könnte sie es so beruhigen. »Ich betatsche dich, komme einfach nicht von deinen unglaublichen Lippen los und …« Sie schaute auf. Der Blick in seinen Augen war so süß. Fast hätte sie ihn noch einmal geküsst.

»Meine *unglaublichen* Lippen?« Seine Mundwinkel zuckten.

»Oh …« Wieder glühten ihre Wangen. So oft war sie nicht errötet, seit sie angefangen hatte, Cello zu spielen, und das war mit sechs Jahren gewesen. Doch die Worte sprudelten einfach so hervor. »Du bist unwiderstehlich. Wie hast du es so lange geschafft, Single zu bleiben?«

Er legte die Hand in ihren Nacken und küsste sie auf die Stirn. »Das Gleiche könnte ich dich fragen.«

Sein Blick fiel auf den Cellokasten. »Ich habe dich vorhin gehört. Du hast wunderbar gespielt.«

»Du hast mich gehört? Ich habe hoffentlich niemanden gestört.« Über die mögliche Lärmbelästigung hatte sie gar nicht nachgedacht. Hoffentlich machte es Theresa nichts aus. Nächstes Mal musste sie darauf achten.

»Ich würde dich gerne mal spielen sehen.«

»Wirklich? Irgendwann mal vielleicht.« Sie versuchte, es beiläufig klingen zu lassen, auch wenn es in ihrem Kopf lautlos ratterte. *Normal. Ich will Normalität. Mein Leben war noch nie normal.*

Als sie sein Ferienhaus erreichten, wartete Vera mit ihrer Handtasche auf dem Schoß und einem aufgeschlagenen Taschenbuch in der Hand auf der Veranda. Sie hatte die Haare hübsch frisiert und trug eine Baumwollhose sowie eine weiße kurzärmelige Bluse. Dazu feste, bequeme Schuhe und einen Strohhut mit breiter Krempe. Lächelnd legte sie das Buch auf den Tisch. »Guten Morgen, meine Liebe.«

»Guten Morgen«, begrüßte Jessica sie. »Danke, dass ich Sie heute begleiten darf. Ich war bisher noch nicht auf dem Flohmarkt.«

Vera schaute zu Jamie. »Damit hatte ich nichts zu tun, aber ich freue mich, dass Sie mitkommen. Waren Sie das, die die Sarabande gespielt hat?«

»Ja, mir war nicht klar, dass man es so weit entfernt hören kann. Ich habe Sie hoffentlich nicht gestört.«

»Du meine Güte, nein! Es war wunderschön, eines meiner Lieblingsstücke. Wir sollten irgendwann einmal zusammen spielen.«

»Sehr gern!« Das war das Problem bei dem Versuch, ein normaler Mensch zu sein. Ein so großer Teil von ihr sehnte sich danach, Cello zu spielen, dass sie jede Chance ergreifen würde, es zur Hand zu nehmen. Jessica vernahm die Schönheit der Musik bereits in ihrem Kopf, spürte sie in ihrem Körper – und jedes Mal, wenn es sie überkam, ging es auf Kosten von allem anderen in ihrem Leben.

»Das schönste Duett weit und breit. Bist du fertig, Grandma?« Jamie nahm Veras Arm und begleitete sie zum Auto, bevor er Jessica die hintere Tür öffnete. Dabei strich er mit der Hand über ihren Unterarm und lächelte, als sie einstieg. Es war eine sanfte Berührung, ein Schön-dass-du-hier-bist-Moment, der Jessica ein wohliges Gefühl vermittelte und sie beruhigte.

Jamie bezahlte den Eintritt, als sie auf den Parkplatz des Autokinos von Wellfleet fuhren, auf dessen Gelände der Flohmarkt stattfand. Es war erst kurz nach zehn, doch es standen sicher schon hundert Autos dort. Direkt hinter dem Parkplatz befanden sich ein Kiosk und ein Spielplatz, der schon voller lachender und spielender Kinder war, und dahinter schlossen sich unzählige Reihen mit Verkaufsständen unter bunten Markisen an, so weit das Auge reichte.

Als sie den ersten Gang zwischen den Ständen betraten, nahm Jamie Veras Arm. Er lächelte Jessica an und legte die andere Hand auf ihre Hüfte.

»Wenn wir zu langsam sind, kannst du dich gern auch ohne uns umsehen. Wir holen dich dann schon irgendwann ein.«

Seine Aufmerksamkeit rührte sie. »Mach dir um mich keine Sorgen. Ich schlendere gern umher. Auf so einem Flohmarkt könnte ich den ganzen Tag verbringen, und ich komme so selten dazu, solche Sachen zu machen, dass ich wahrscheinlich diejenige bin, die zu langsam ist.«

»Niemals.« Mit einem lässigen Lächeln wandte er seine Aufmerksamkeit einem Tisch mit Perlenketten und Ohrringen zu.

Vera nahm ein paar Ketten in die Hand und ließ sie sich über die Finger gleiten. »Kommen Sie mal her, meine Liebe.«

Jessica stellte sich zu ihr und Vera hielt ihr eine hübsche Halskette aus Jade an. Sie hob das Kinn und begutachtete ihre Wahl.

»Das ist Ihre Farbe.« Vera schaute zu Jamie auf.

»Sie betont deine Augen, Jess.«

»Danke.« Jessica war es nicht gewohnt, dass man ihr so schmeichelte. So unangenehm es ihr war, so fühlte sie sich dadurch doch auch willkommen.

Vera schaute sich noch ein paar andere Artikel an und dann gingen sie zum nächsten Stand. Bunte Taschen und Beutel hingen dekorativ an der Markise. Den ganzen Vormittag schlenderten sie von einem Stand zum anderen. Die verschiedensten Dinge wurden hier angeboten, von Kleidung und Schmuck über Haaraccessoires bis hin zu Messern und

Lederwaren.

Als sie zu Leannas Stand kamen, umarmte sie alle drei ganz herzlich. »Ich freue mich so, dass ihr gekommen seid.«

In ihrer Auslage türmten sich Marmeladengläser, geziert von Aufklebern in leuchtendem Grün und Rot. Selbstgebackene Brote und Muffins lagen dort und mittig hatte sie einige offene Marmeladengläser zum Probieren platziert.

Leanna reichte Jessica ein Messer und ein Stück Brot.

»Ihr müsst unbedingt Strawberry Spice probieren.« Sie zeigte auf ein geöffnetes Glas und gab dann auch Jamie und Vera jeweils ein Stück Brot. »Hier ist heute wahnsinnig viel los, aber bedient euch einfach selbst, ja?«

Jessica hielt Vera das Messer hin, damit sie zuerst probieren konnte. »Kaum zu glauben, dass sie die selbst macht. Seht euch die wundervollen Geschmacksrichtungen an: Aprikose-Limette, Frangelico-Pfirsich, Wassermelone. Die könnte ich den ganzen Vormittag essen, so sehr liebe ich Marmelade.«

»In Ihrem Alter habe ich Pound Cake zum Frühstück gegessen, Rührkuchen mit richtiger Butter gemacht.« Vera lächelte und berührte Jamies Arm. »Und selbst als Jamie ein kleiner Junge war, habe ich immer noch jeden Morgen einen halben Kuchen gegessen, stimmt's, Jamie?«

»Ja, und wenn ich versucht habe, mir ein Stück zu stibitzen, hat sie immer gesagt: *Ein Scheibchen, dann musst du aber deine Eier essen.*« Jamie lachte. »Ich glaube, sie wollte den Kuchen für sich allein haben. Kann mich nicht daran erinnern, dass Grandpa je etwas davon gegessen hat.«

Vera verdrehte die Augen. »Dein Großvater konnte Süßes nicht ausstehen. Weißt du noch, wie er einmal früh von der Arbeit nach Hause kam und uns dabei erwischt hat, wie wir kurz vorm Abendessen noch Eis gegessen haben? Ich war mir sicher, er würde einen Wutanfall bekommen.« Sie wedelte mit der Hand in der Luft. »Du erinnerst dich sicher nicht mehr. Da warst du vielleicht gerade mal sieben.« Ihr Lächeln schwand und Jamie wandte den Blick ab.

Um sie herum entstand eine schwermütige Stimmung, die sich Jessica nicht erklären konnte. Sie versuchte, die Situation aufzulockern. »Meine Mutter hätte es mir niemals erlaubt, vor einer Mahlzeit Eis zu essen.«

Jamie lächelte, doch es war ein verhaltenes Lächeln. Sie aßen ihr Brot und die Marmelade, und als Leanna zu ihnen zurückkam, hatte sich die Anspannung wieder etwas gelegt.

Leanna gab Jamie einen mit Marmeladengläsern gefüllten Stoffbeutel. »Hier, Marmelade für euch alle. Tut mir leid, dass ich gerade nicht reden kann, aber ...« Sie schaute zu einer Gruppe von Leuten, die hinter ihnen darauf warteten, die Marmeladen probieren zu können.

»Danke, Leanna. Das war köstlich«, sagte Jessica und sie verabschiedeten sich.

Ein paar Reihen weiter kamen sie an einen Stand, der ein ganzes Sammelsurium von verschiedensten Dingen anbot. Neben alten Happy-Meal-Spielfiguren, Büchern und Antiquitäten entdeckte Jessica überrascht Wackeldackel, Baseball-Karten und andere Sportsouvenirs. Der Baseball ihres Vaters konnte nicht darunter sein, er war ja erst am Tag zuvor verkauft worden, aber dennoch beschleunigte sich ihr Puls.

Sie spürte eine Hand auf ihrer Hüfte.

»Hoffst du, den Baseball deines Vaters zu finden?«, fragte Jamie.

Wie er so nah an sie herankam und so leise mit ihr redete, war herrlich, als wäre jedes einzelne Wort nur für ihr Ohr gedacht, egal wie banal das Thema war.

»Nein, eigentlich nicht. Die Versteigerung war schließlich erst gestern, aber wenn ich hier die Sportsachen sehe, muss ich an meinen Vater denken, und das macht mich immer glücklich.«

»Du bist also ein Papa-Kind?« Er stellte sich neben sie, behielt aber die Hand auf ihrer Hüfte.

Sie schaute zu ihm auf. Sie war tatsächlich ein Papa-Kind. War das in Ordnung oder ließ es sie unreif wirken? Und würde ihr das etwas ausmachen? War sie nicht hierhergekommen, um herauszufinden, wer sie war – abgesehen von einer Cellistin? Losgelöst von den Erwartungen ihrer Mutter? Sie war es satt, eine Rolle zu spielen. Aus welchem Grund auch immer.

»Das bin ich wohl«, gab sie also zu und es fühlte sich verdammt gut an.

Er legte einen Arm um ihre Schulter. »Dann haben wir wohl etwas gemeinsam, denn du hast sicher schon bemerkt, dass ich ein ziemliches Oma-Kind bin.«

Wenn sich die Männer in den letzten Jahren, in denen sie damit beschäftigt gewesen war, sich die Seele aus dem Leib zu spielen, nicht grundsätzlich geändert hatten, dann war Jamie mit seiner Ehrlichkeit ebenso einzigartig wie mit dem, was er von sich preisgab. Immer wieder überraschte er sie, und je mehr er das tat, umso mehr mochte sie ihn.

Der Vormittag verging zu schnell. Vera kaufte ein Halstuch, Jamie suchte sich ein paar historische Romane aus und später aßen sie unter einem Sonnenschirm neben dem Kiosk zu Mittag. Obwohl Jessica die Zeit genoss und noch stundenlang hätte herumschlendern können, ohne sich auch nur im Geringsten zu langweilen, war es angenehm, aus der heißen Sonne herauszukommen. Sie und Jamie saßen Schulter an Schulter an einem Picknicktisch gegenüber von Vera.

Sandwiches und Eistee hatten noch nie so gut geschmeckt.

Vera legte ihre Serviette auf den Tisch. »Spielen Sie beruflich Cello?«

»Ja. Ich nehme mir gerade eine kleine Auszeit.« Sie nippte an ihrem Eistee und versuchte, die aufsteigende Nervosität zu ignorieren. Sie war noch nicht bereit, zu offenbaren, dass sie für das Boston Symphony Orchestra arbeitete.

Vera hob die Augenbrauen. »Eine Auszeit. Oh ja, wie ich davon geträumt habe. In den größeren Orchestern wird so etwas üblicherweise nicht gern gesehen, abgesehen von Krankheiten natürlich oder etwas ähnlich Unvermeidlichem. Aber geträumt habe ich davon, von einer Pause von den unendlichen Übungsstunden und davon, an den meisten Abenden zu arbeiten. Ich war verheiratet und mein Mann mochte vielleicht keine Süßigkeiten, aber er liebte meine Musik. Er hat mich sehr unterstützt. Aber eine junge alleinstehende Frau wie Sie? Wie schaffen Sie es, da noch ein Privatleben unterzubringen?«

Vera verstand sie. Jessica atmete auf. Sie spürte Jamies Blick auf sich und schaute kurz zu ihm. Hm, immer noch unverschämt gut aussehend. Und er wartete darauf, etwas über ihr nicht vorhandenes Privatleben zu hören. Warum war es ihr unangenehm, dass sie keines hatte?

»An dem Aspekt in meinem Leben arbeite ich gerade.«

»Na, dann wird dieser Sommer ja vielleicht für euch beide Gutes bringen.« Vera stand auf und Jamie stellte sich ihr sofort zur Seite. »Entspann dich, mein Lieber. Ich gehe nur mal für kleine Mädchen. Setz dich und unterhalte dich mit Jessica.«

»Ich bringe dich hin.« Jamie hielt ihren Arm weiterhin fest.

»Ich komme zurecht, mein Schatz.« Vera schaute an ihm vorbei zu Jessica. »Er ist manchmal schlimmer als jede Mutter. Aufmerksam bis zum Gehtnichtmehr.« Sie tätschelte seine

Wange. »Hab dich gut erzogen.«

Jamie sah ihr hinterher. »Ich mache mir Sorgen, dass sie fallen könnte«, sagte er, als er sich rittlings neben Jessica auf die Bank setzte.

Es gefiel ihr, wie er seine Großmutter umsorgte. Warum machte ihn alles, was er tat, noch anziehender?

»Sie ist wunderbar. Du hast großes Glück. Ich kannte meine Großeltern kaum.«

»Ja.« Er berührte Jessicas Haarspitzen. »Ich habe großes Glück.«

»Hast du mit deinen Eltern bei deinen Großeltern gewohnt, als du klein warst?«

Da wurde sein Blick wieder ernst, wie vorhin an Leannas Stand. Er spielte mit einer Haarsträhne. Ihr Haar war so lang, dass sie oft von Menschen gefragt wurde, ob sie es mal berühren durften. Doch Jamies Berührung war anders … intimer. Als wären sie schon so lange zusammen, dass er es ganz selbstverständlich tun durfte. Jessica war diese Art von Intimität nicht gewohnt. Sie hatte nie mit den Haaren ihrer Freundinnen gespielt und überhaupt auch ihre Haare nur selten offen getragen. Ihre Orchesterfrisur, wie sie sie nannte, war ein strenger Dutt mit zig Nadeln, die dafür sorgten, dass sich auf keinen Fall eine Strähne löste.

Er rutschte näher, wobei sie ein kräftiges Bein hinter sich spürte und das andere an ihrem Knie lag.

»Meine Eltern sind gestorben, als ich sechs Jahre alt war. Vera und mein Großvater haben mich großgezogen.« Jamie blinzelte einige Male, und als er zu Jessica aufschaute, konnte sie seinen Schmerz geradezu spüren. Ihr Brustkorb schien enger zu werden und ihre Hand wanderte unmittelbar zu seinem Knie.

»Das tut mir leid. Ich kann mir gar nicht vorstellen …«

»Es war ein grauenhafter Unfall während einer Safari in Afrika. Ein Angriff von einem Löwen.« Er atmete tief durch.

»Oh Jamie …«

»Gott sei Dank war Vera da, mehr kann ich gar nicht sagen. Sie war die beste Ersatzmutter, die ich mir hätte vorstellen können.«

»Lebst du noch in ihrer Nähe?«, fragte sie. »Sie sagte, sie wohnt in Boston.«

»Wenn wir nicht am Cape sind, lebt sie in einer Einrichtung für Betreutes Wohnen. Ich wohne nur fünf Minuten entfernt. Ich besuche sie jeden Tag nach der Arbeit und am Wochenende. Gehe mit ihr aus und so etwas.« Sein Blick wurde sanfter. »Normalerweise komme ich im Sommer am Wochenende her, aber die Zeit vergeht so schnell. Deswegen bin ich in diesem Jahr den ganzen Sommer über hier. Ich möchte so viel Zeit mit ihr verbringen wie möglich.«

Als Vera zurückkam, wirkte sie hocherfreut. Offenbar gefiel ihr, was sie sah. »Ziemlich warm heute. Wie wär's, wenn ihr mich zurück nach Seaside bringt, dann könntet ihr beide noch den Strand genießen.«

Nachdem sie gerade gehört hatte, dass Jamie so viel Zeit wie möglich mit seiner Grandma verbringen wollte, konnte Jessica ihn jetzt nicht für sich beanspruchen.

»Ach, danke«, sagte Jessica. »Aber Sie wollen doch sicher an den Pool zum Abkühlen. Ich komme heute Nachmittag gut allein zurecht.«

Jamie nahm Veras Arm, als sie über den Parkplatz zum Auto gingen.

»Ich hatte genug für einen Tag. Ihr jungen Leute solltet die Sonne genießen.«

»Bist du sicher, Grandma?« Jamie half ihr ins Auto.

»Ganz sicher, mein Lieber.«

Jamie hielt nun Jessica die Autotür auf. »Was meinst du? Hast du Lust, ein bisschen an den Strand zu gehen?«

Du in Badeshorts? Wie zum Teufel soll ich meine Lippen von dir lassen?

»Klar, sehr gern.«

Fünf

Jamie war schon bei Regen, Nebel, glühender Hitze und an so herrlichen Tagen wie heute am Strand gewesen, und egal wie das Wetter war, es war immer etwas los. An den Stränden am äußeren Cape hatte man mit dem Handy keinen Empfang und das machte die dort verbrachten Tage noch entspannender. Heute war er besonders froh darüber. Gestört zu werden, während er mit Jessica hier Zeit verbrachte, war das Letzte, was er wollte. Außerdem arbeitete er sehr viel, und da verdiente er mal eine kleine Erholung, ohne von E-Mails und Textnachrichten in Beschlag genommen zu werden.

Jessica lag in ihrem hellrosa Bikini auf dem Rücken und sah aus, als wäre sie direkt aus einem Hochglanzmagazin auf die Decke an den Strand gesprungen. Das Bikinihöschen wurde an den Seiten von Bändern zusammengehalten. Zum Glück war es kein Tanga. Jamies Körper reagierte sowieso schon jedes Mal, wenn sie sich nahe kamen.

Er lag auf der Seite, auf einen Ellbogen gestützt und mit einem Buch vor sich, doch gelesen hatte er noch keine einzige Seite. Zu sehr war er von Jessica gefesselt.

»Was liest du da?« Sie hatte die Augen geschlossen, ihre Mundwinkel waren zu diesem süßen Lächeln nach oben gezogen, das sie manchmal zu unterdrücken versuchte, und sie war so verdammt schön, dass es ihm schwerfiel, sie nicht anzustarren.

»So richtig zum Lesen komme ich nicht, aber es ist einer von Kurt Remingtons Krimis: *Wenn das Böse naht.* Kurt ist Leannas Verlobter.«

Sie drehte den Kopf zu ihm und schirmte die Augen mit einer Hand gegen die Sonne ab. »Er ist Schriftsteller?«

Jamie nickte. »Ein Bestseller-Autor. Er ist richtig gut.«

Sie legte sich nun auch auf die Seite, und ihr Bikini-Oberteil verrutschte ein wenig, sodass es die weiße Fülle ihrer Brüste offenbarte. Er versuchte, nicht zu starren, aber seine Augen kehrten immer wieder zu dem Anblick zurück.

»Das ist ja cool.«

»Deshalb ist er diesen Sommer auch nicht so oft in Seaside. Sein Abgabetermin sitzt ihm im Nacken, aber du wirst ihn sicher irgendwann kennenlernen. Er ist ein toller Typ.« Er wollte sie berühren, die Hand auf ihre Hüfte legen, ihre Lippen küssen, aber er würde auf keinen Fall riskieren, sie am Strand in Verlegenheit zu bringen. Stattdessen legte er das Buch beiseite und rückte näher, sodass nur noch wenige Zentimeter zwischen ihnen waren.

»Ich hoffe, es hat dir nichts ausgemacht, dass Vera heute Morgen mit uns unterwegs war. Ich bin froh, dass du mitgekommen bist.«

»Ich mag deine Großmutter wirklich sehr. Sie ist so nett und du bist so lieb zu ihr. Ich glaube, mir hat es sogar mehr Spaß gemacht, euch beide zu beobachten, als mich auf dem Flohmarkt umzuschauen.«

Jamie strich mit den Fingerspitzen über ihre Hand und lächelte. »Möchtest du ins Wasser gehen?«

»Vielleicht gleich. Im Moment möchte ich einfach nur hier mit dir liegen.« Ihre Augen verdunkelten sich. »Ich verbringe gern Zeit mit dir.«

Seine andere Hand verselbstständigte sich und lag plötzlich auf der heißen, sonnenverwöhnten Haut ihrer Hüfte. Sie schaute ihn an, einladend, verführerisch, und er näherte sich ihr noch weiter, bis ihre Oberschenkel sich berührten.

»Ich verbringe auch gern Zeit mit dir. Wenn wir wieder in Seaside sind, kümmern wir uns um den Verkäufer dieses Baseballs, ja?« Es gefiel ihm, dass die Familie ihr so wichtig war, dass sie dieses Erinnerungsstück für ihren Vater finden wollte.

»Das wäre schön.«

»Macht es dir etwas aus, wenn ich frage, wovon du dir eine Auszeit nimmst? Wo spielst du Cello?«

Eine Gruppe Teenager rannte vorbei und verteilte dabei Sand auf Jessicas Beinen und Rücken, noch bevor sie antworten konnte. Sie lehnte sich vor, gegen seinen Oberkörper. Himmel, fühlte sie sich gut an! Spontan wischte er den Sand von ihren Beinen, dem Hintern und dem Rücken fort. Sie lehnte sich zurück, die Hand noch immer auf seiner Brust, und ihre Lippen öffneten sich leicht. Mit der flachen Hand auf ihrem Rücken zog er sie an sich und senkte die Lippen auf ihre. Sie drückte die Finger in seine Haut und er vertiefte den Kuss. Seine Hand glitt an ihrem Rücken hinauf, bis er sie in ihren Haaren vergrub und ihren Hinterkopf umfasste. Sie hatte die sinnlichsten Lippen, die er je geküsst hatte, und als er sanft ihren Kopf neigte, öffnete sie sich ihm noch ein wenig mehr und ließ sich auf den Rücken sinken. Er war steinhart an ihrem Oberschenkel, als er sein Bein über ihres legte. Gott, sie mussten damit aufhören, doch sie roch nach warmer Kokosnuss und schmeckte heiß und süß. Er musste einfach seine Hüfte an ihren Oberschenkel pressen, damit sie spürte, was sie bei ihm auslöste. Die Lippen von ihren zu lösen, war das Letzte, was er gerade wollte, doch es blieb ihm keine Wahl, wenn er sie nicht vollends in Verlegenheit bringen wollte, denn im Grunde hatte er hier am belebten Strand, nur wenige Meter vom Rettungsschwimmer entfernt, fast Sex mit ihr.

Zögernd öffnete sie die Augen und ein Lächeln trat in ihr Gesicht. Keinerlei Bedauern war in ihren Augen zu sehen. Himmel, es war ein Traum, sie zu küssen, und wie sie ihn ansah … Er berührte ihre Wange und küsste sie noch einmal leicht auf die Lippen.

»Ich werde nicht einmal so tun, als wollte ich dich nicht weiter küssen.«

Sie errötete. »Hm, das würde ich auch gerne.«

Sie öffnete die Tür und er marschierte geradewegs hindurch. Ihre Lippen trafen sich zu einem weiteren heißen Kuss. Sein Entschluss, sich zurückzuhalten, löste sich in Luft auf und seine Hand glitt über ihre Rippen hinunter zu ihrer Hüfte und über die leichte Wölbung ihres Oberschenkels. Schließlich rückte er etwas von ihr ab, küsste sie noch ein paar Mal zart auf den Mund, bevor er sich mühevoll von ihr löste.

»Jetzt werde ich so tun, als wollte ich dich nicht küssen, sonst werden wir noch wegen Erregung öffentlichen Ärgernisses vom Strand verbannt.«

Sie lachte leise. Er zog das Bein von ihrem herunter und gab ihr etwas Freiraum. Sie blieb auf dem Rücken liegen, und er sah den heftig schlagenden Puls an ihrem Hals, zwei feste Spitzen unter ihrem Bikini-Oberteil und ein zufriedenes Lächeln auf ihren Lippen.

»Sollen wir zum Abkühlen ins Wasser gehen?«, fragte sie.

»Ich glaube, ich brauche noch eine Minute.« *Oder zehn, um*

meine Latte loszuwerden.

Den restlichen Nachmittag verbrachten sie mit Schwimmen, Küssen und Sonnenbaden. Als die Nachmittagssonne verschwand und der Abend hereinbrach, sammelten sie ihre Sachen zusammen und gingen zum Parkplatz. Jamie konnte sich nicht erinnern, wann er sich das letzte Mal so entspannt und glücklich gefühlt hatte. Sie warfen ihre Sachen ins Auto und er nahm ihre Hand, um sie ganz nah an sich zu ziehen.

»Ich möchte nicht, dass unser gemeinsamer Tag schon endet. Wie wäre es, wenn wir kurz nachsehen, ob du wegen des Baseballs eine Nachricht hast, schnell duschen und im Ort etwas essen und spazieren gehen?« Er schaute ihr in die Augen und sie lächelte, was wieder ihre Grübchen zum Vorschein brachte.

»Ich bin mir nicht sicher, ob ich dich schon gut genug kenne, um mit dir zusammen zu duschen.« Sie hob schmunzelnd die Augenbrauen und er musste sie einfach wieder küssen.

»Mist. Ich hatte all meine Hoffnungen auf die Dusche gesetzt.« Er öffnete ihr die Autotür und half ihr hinein.

»Was ist mit Vera? Vielleicht sollten wir sie zum Essen einladen?«

»Es ist schön, dass du an sie denkst, aber ich glaube nicht, dass es ihr etwas ausmacht, wenn wir allein gehen.« Er setzte sich hinters Lenkrad. »Ich bin mir sogar ziemlich sicher, dass sie hofft, wir bleiben den ganzen Abend fort. Da war heute Mittag eindeutig eine Verkupplungsabsicht bei ihr zu erkennen.«

In Jessicas Apartment stellten sie fest, dass sie noch keine Nachricht von dem Verkäufer erhalten hatte, daher schrieben sie ihm noch einmal.

»Wir können wahrscheinlich auch einfach die Website des

Verkäufers finden und ihm dahin eine Nachricht schicken. Hast du danach schon gesucht?« Jamie stand hinter Jessicas Stuhl und sah über ihre Schulter auf den Laptop.

»Auf Ebay gesucht?« Sie sah ihn mit so großen und unschuldigen Augen an, dass er ihr einen Kuss auf die Stirn gab.

»Nein, auf OneClick.«

Sie zog die Augenbrauen zusammen. »Ist das nicht so etwas wie Google? Ich verzettele mich immer total, wenn ich etwas suche. Dann wandere ich letzten Endes nur von einer Website zur nächsten und hab nach einer Stunde immer noch nicht gefunden, was ich suche.«

»Komm, ich zeig's dir.« Er setzte sich neben sie, tippte OneClick.com ein und sofort poppte die Suchmaske auf. »Gib einfach ein: *My Mom Threw Out My Baseball Cards.*«

»Was ist das?«

»So heißt sein Shop. Hast du das nicht auf Ebay gesehen?«

Sie schüttelte den Kopf. »Ich habe nur *Verkäufer* gelesen.«

Er legte den Arm um sie und küsste sie auf die Wange. »Wenn wir damit fertig sind, gebe ich dir eine kleine Lektion in Sachen Ebay.«

»Nein, schon gut. Wenn ich diesen Baseball gefunden habe, reicht mir das. Dieser Kram ist zu kompliziert. Gib mir ein Blatt Noten oder spiel einfach nur ein kleines Stück Musik, dann habe ich es sofort drauf, aber das hier?« Sie zeigte auf den Computer. »Das ist für mich gleichbedeutend mit heftigen Kopfschmerzen.«

»Was würde es einfacher machen?« Er suchte nach dem Shop und fand heraus, dass es ihn nicht mehr gab. Dann wandte er sich wieder Jessica zu und entschied, später am Abend seine eigene Suche anzustellen.

»Es wäre einfacher, wenn du es für mich machen würdest.«

Sie lehnte sich zu ihm und küsste ihn. »Ich könnte dich in Küssen bezahlen.«

Er zog sie auf seinen Schoß. »Also das Geschäft kann ich nicht ausschlagen.«

Seine Lippen legten sich auf ihre, sie schlang die Arme um seinen Hals und küsste ihn wie am Abend zuvor, nur wusste er dieses Mal, dass sie nicht unter dem Einfluss von Alkohol stand. Es war noch schöner sie zu küssen, ohne sich fragen zu müssen, ob sie sich am nächsten Morgen noch daran erinnern würde oder ob sie es vielleicht bereuen würde. Unter ihrem Strandkleid trug sie noch den Bikini, und sie fühlte sich so verdammt gut an, dass seine Hände zu ihren Hüften wanderten, zu ihren Oberschenkeln und dann unter ihr Kleid zu den Kurven ihres Hinterns. Noch fester legte sie die Arme um seinen Hals und drückte ihre Brust gegen seine. Sie war bereit, den nächsten Schritt zu gehen, aber Jamie war noch nie der Typ für schnelle Nummern gewesen, und er mochte Jessica wirklich. Vielleicht mehr, als er es nach zwei Tagen sollte.

Als er seine Lippen von ihren löste, entwich ihm ein tiefes Stöhnen.

»Du hast gestöhnt.« Verspielt lächelte sie ihn an.

»Ja, ich weiß.« Er atmete laut aus. »Entweder das oder … Du musst von meinem Schoß runter, sonst landen wir vielleicht bei etwas, was du bereuen könntest.«

Sie sah ihn vielsagend an. »Warum sollte ich es bereuen?«

»Keine Ahnung. Weil du eine Frau bist und …« Er hob sie mit leichter Hand von seinem Schoß und setzte sie auf den anderen Stuhl, um sich dann in dem Versuch, die lusterfüllten Gedanken aus dem Kopf zu verbannen, mit beiden Händen durch die Haare zu fahren.

»Und? Bereuen Frauen oft, mit dir zusammen gewesen zu

sein?« Ihre Stimme war ernst, auch wenn es in ihren Augen neckisch funkelte.

Er nahm ihre Hände. »Nicht, dass ich wüsste, aber ... Es ist leicht, schnell in die Kiste zu steigen.« Er senkte die Stimme. »Auch wenn ich gern tief in dir versinken würde ... Mist! Ich kann nicht einmal darüber sprechen, ohne ...«

Wieder errötete sie – verdammt, ihm gefiel ihre Reaktion.

Er küsste sie auf den Handrücken. »Ich möchte dich kennenlernen, Jess. Ich möchte etwas über dein Leben erfahren, deine Familie, warum du eine Auszeit nimmst. Wenn wir mit einer sexuellen Beziehung anfangen ... keine Ahnung. Ich mag dich dafür einfach zu sehr. Es würde sich so anfühlen, als fingen wir es am falschen Ende an.«

Sie atmete langsam aus. »Wirklich? Es würde dir nichts ausmachen, wenn wir warten?«

»Nichts ausmachen? Nein, Jess! Dir? Vielleicht bin nur ich es, aber das hier ist anders als einfach nur irgendein Date. Mit dir zusammen zu sein, fühlt sich anders an.«

Sie senkte den Blick auf ihre Hände und biss sich auf die Unterlippe. Er hob ihr Kinn an, damit er ihr in die Augen sehen konnte.

»Was ist?«

»Ich ... Also, es ist wirklich nicht leicht, es laut auszusprechen, aber ...« Sie schloss kurz die Augen, atmete ein und öffnete sie dann wieder mit einem nervösen Lächeln. »Ich bin etwas erleichtert.«

»Habe ich dich unter Druck gesetzt?«

»Nein, nein, gar nicht. Mein Körper hat mich unter Druck gesetzt. Ich will dich die ganze Zeit berühren, weiter gehen, aber ich bin all das nicht gewöhnt. Ich habe fast nie Dates, Jamie. Faulenze nicht stundenlang am Strand oder laufe mit einem heißen Typen und einer Frau, mit der ich mich ewig unterhalten könnte, auf einem Flohmarkt herum. Mein Leben besteht aus Stunden am Cello und abendlichen Konzerten. Ich bin fast immer im Orchester-Modus. Du weißt schon … adrett, anständig, sittsam. Seit meiner Kindheit ist mir das in Fleisch und Blut übergegangen.«

»Jess, ich mag dich so, wie du bist. Alles an dir.« Jamie fand es wunderbar, dass sie so offen und ehrlich war, und er sah ihr an, dass es ihr nicht leichtfiel, ihm das zu offenbaren. Er wollte sie beruhigen, sie wissen lassen, dass er sie nicht drängen würde. »Wir gehen es langsam an.«

Sie nickte, schluckte und blinzelte den feuchten Schleier auf ihren Augen fort. »Ich weiß ja nicht einmal, ob ich es langsam angehen lassen will. Noch nie habe ich so etwas empfunden. Noch nie wollte ich jemanden so berühren, wie ich dich berühren möchte. Du bist wie … Chips mit Schokoladenüberzug. Süß und salzig. Ein herrliches Laster. Oh Gott, ich rede nur Unsinn!« Sie schlug die Hände vors Gesicht und er nahm sie in den Arm.

Wirklich alles, was sie tat, machte sie in seinen Augen noch liebenswerter. Sie war so vollkommen anders als jede Frau, die er bisher kennengelernt hatte, und dafür mochte er sie umso mehr.

»Das ist gar kein Unsinn.«

Sie legte die Hände auf seine Wangen und sah ihm in die Augen. »Glaub ja nicht, dass ich dich nicht will. Seit dem Moment, in dem ich dir mein Handy an den Kopf geworfen habe und du mich angelächelt hast, wollte ich dich, und als wir uns dann geküsst haben … war es ganz um mich geschehen. So erleichtert ich auch bin, dass wir es langsam angehen lassen wollen, lass es uns nicht zu langsam angehen, in Ordnung?«

Er lachte und legte dann die Stirn an ihre. »Und das heißt?«

»Weiß ich nicht genau. Vielleicht sollten wir Regeln festlegen, eine Drei-Dates-Regel oder so etwas.« Sie zuckte mit der Schulter und errötete.

»In Ordnung. Was immer du willst, ich gebe mein Bestes, auch wenn das bedeutet, dass ich drei Mal am Tag kalt duschen muss. Was ist eine Drei-Dates-Regel?«

»Na, also, wir gehen uns drei Dates lang nicht an die Wäsche, und danach …« Sie zuckte noch einmal mit der Schulter. »Danach machen wir, wonach uns ist.«

»Drei Dates? Wir waren auf dem Flohmarkt und am Strand. Sind das schon zwei?«

Sie lachte. »Ich glaube nicht, dass das so funktioniert.«

»Okay, also drei Dates lang nicht anfassen.« Er nickte. »Das schaffe ich.«

Ihr Lächeln schwand.

»Was hast du?«

»Ich dachte, wir reden über richtig an die Wäsche gehen, nicht übers Anfassen.«

Er stöhnte auf. »Da gibt es zu viele Grauzonen für mich. Ich lande garantiert in der Strafecke, weil ich irgendeine Grenze nicht erkannt habe.«

»In Ordnung. Wie wäre es damit: Drei Dates lang nichts unterhalb der Gürtellinie.« Sie hielt sich die Hand vor die Taille. »Für keinen von uns.«

»Danke für die Klarstellung. Ich dachte schon, ich hätte vielleicht Glück.« Lachend zog er sie an sich. Nichts unterhalb der Gürtellinie. Er kam sich fast wie ein kleiner Junge vor, der mehr von einem Mädchen wollte, als er wahrscheinlich sollte. Er wollte sie unterhalb der Gürtellinie, er wollte sie oberhalb der Gürtellinie. Er wollte alles von ihr. Aber wenn Jessica sich mit dieser Regel wohl und sicher fühlte, machte es ihm nichts aus, sich zurückzuhalten. »Ich würde einen Monat warten, wenn du es wolltest.«

»Das heißt aber schon, dass du mich immer noch küssen darfst, weißt du.« Sie schürzte die Lippen.

»Wenn es sein muss …« Er zog sie zu einem gierigen Kuss an sich, der ihnen beiden den Atem raubte.

Jamie hielt auf dem Parkplatz vor der Pizzeria Zia an.

»Essen wir Pizza?« Jessica liebte Pizza, auch wenn sie sich selten welche erlaubte. Sie gab sich abgesehen vom Cello kaum irgendwelchen anderen Freuden hin. Jetzt wollte sie nichts mehr als das.

»Wenn du möchtest.« Er stellte den Motor aus und stieg aus.

Als er ihr in seinem weißen T-Shirt, das eng über seiner Brust lag und wie eine zweite Haut seine muskulösen Arme betonte, die Tür öffnete, trug ein Windhauch den Duft seines männlich-würzigen Aftershaves zu ihr und jagte ihr einen Schauer durch den Körper.

Wie zum Teufel soll ich drei Dates überstehen, wenn du so duftest?

Jessica trug Jeans und ein schwarzes Tanktop mit Spitze. Sie war so daran gewöhnt, elegante Kleidung zu tragen, wenn sie ausging, dass sie es im Moment voll auskostete, eine Pause von ihrem *wahren* Leben zu haben und all das anziehen zu können, was sie sonst nie tragen konnte. Weit oben auf der Liste standen immer noch ihre kurzen Jeansshorts, ein enges Minikleid, für das sie wahrscheinlich gar nicht die richtige Figur hatte, und außerdem ein kurzer Overall, der ihr an der Schaufensterpuppe so gefallen hatte, als sie ihre Sommerklamotten eingekauft hatte. Aber für den wartete sie noch auf die passende Gelegenheit.

Sie wandte sich in Richtung Pizzeria, während ihr bereits das Wasser im Munde zusammenlief. Jamie legte einen Arm um ihre Schulter und steuerte stattdessen mit ihr auf ein Eiscafé zu.

»Jeder sollte mal in den Genuss von Eis zum Abendessen kommen.«

Es verschlug ihr den Atem. »Du hast einen sehr schlechten Einfluss auf mich, und das gefällt mir wirklich sehr!« Sie lehnte den Kopf an seine Schulter und hatte das Gefühl, die glücklichste Frau auf Erden zu sein. Nicht wegen des Eises, sondern wegen des Gedankens dahinter. Jamie hatte sich gemerkt, was sie seiner Großmutter erzählt hatte, und das bedeutete ihr viel. Die wenigen Männer, die sie gedatet hatte, waren sehr mit sich selbst beschäftigt gewesen, und sie war sich immer wie etwas Nebensächliches vorgekommen.

Nachdem sie sich Eiswaffeln mit genügend Eis für drei Leute geholt hatten, fuhren sie an den Nauset Beach und aßen es dort, während sie am Wasser entlangspazierten. Jamie hielt ihre Waffel, während sie sich das mitgebrachte Sweatshirt überzog und die Jeans hochkrempelte, und sie hielt sein Eis, als er sich seine Hose hochkrempelte.

»Ist dir nicht kalt?«, fragte sie und gab ihm sein Eis zurück.

»Du sorgst dafür, dass mir von innen heraus ziemlich heiß ist.« Er nahm ihre Hand, und selbst nach allem, was sie sich im Laufe des Tages schon gesagt hatten, spürte sie, dass ihr die Röte in die Wangen stieg.

In der Ferne blinkte ein rotes Licht am Leuchtturm. Es war schön, Hand in Hand und mit dem Geräusch der neben ihnen brechenden Wellen zu laufen.

»Das musst du mal probieren.« Sie hielt ihm ihre Waffel hin.

»Ich glaube, Schokolade mag ich nicht. Lass mich das mal so probieren.« Er zog sie an sich und küsste sie. »Ja, Jessie-Schokolade mag ich lieber.«

»Du Witzbold.«

Er lachte. »Erzähl mir etwas von dir, Jess. Ich weiß, dass du Schokoladeneis magst, Cello spielst, Technik nicht ausstehen kannst – was ich ändern werde, wenn ich darf –, und dass du deinen Vater liebst. Was weiß ich nicht?«

»Schwierige Frage, denn ich bin es so gewohnt, mich auf meine Arbeit zu konzentrieren, dass ich mir über alles, was mich sonst betrifft, gar nicht so richtig im Klaren bin. Das Einzige, was ich sicher nicht mag – abgesehen von Technikkram –, ist es, siebenundzwanzig Jahre alt zu sein und das Gefühl zu haben, das Leben eines viel älteren Menschen zu leben. Allerdings habe ich eins schon herausgefunden, was ich mag, und zwar deine Freunde. Durch sie ist mir bewusst geworden, wie viel ich all diese Jahre verpasst habe, weil ich keine engen Freunde habe. Und ich weiß außerdem, dass ich vielleicht eines Tages etwas tun möchte, um Kindern zu helfen, auch wenn ich noch nicht weiß, was das sein könnte. Ich lese wahnsinnig gern und im Moment verbindet mich eine Hassliebe mit meinem Cello. Aber die Liebe überwiegt eigentlich schon. Ich habe mir immer gewünscht, dass ich Geschwister gehabt hätte, und ich lebe in Boston.« Sie aß ihr Eis auf und fügte dann hinzu: »Und meine Lieblingsbeschäftigung in genau diesem Moment ist es, Schokoladeneis zu essen und dabei deine Hand zu halten.« Sie lächelte zu ihm auf. »Du bist dran.«

»Hm, lass mich überlegen. Es gefällt mir schon auch, deine

Hand zu halten und mein Eis aufzuessen, aber das hat wohl eher mit dir als mit dem Eis zu tun.« Er zog sie an seine Seite, denn das Wasser stieg mit der Flut und schwappte über ihre Füße. »Geschwister habe ich mir nie gewünscht, denn dann hätte ich meine Großmutter teilen müssen, und sie war mir immer sehr wichtig. Und das ist sie auch heute noch. Ich lebe ein ziemlich einfaches Leben, ebenfalls in Boston, wie du ja schon weißt.«

»Was machst du beruflich?«

»Ich bin ein Computerfreak.«

»Oh Gott, wirklich? Tut mir leid. Hätte ich doch bloß nichts über meine Abneigung gegenüber Technologie gesagt.«

Eine Welle brach am Ufer und raste auf sie zu. Jamie schlang einen Arm um ihre Taille und hob sie über die schäumende Gischt in die Höhe. Sie kreischte und lachte, als er mit ihr auf den Armen über den Strand hin zu den Dünen rannte. Begleitet von einem Lachanfall fielen sie in den Sand.

»Du bist schnell!« Sie war ganz außer Atem vor Lachen, und es fühlte sich so gut an, dass ihre Wangen vom Lächeln schmerzten. Sie konnte sich nicht daran erinnern, wann sie das letzte Mal so herzlich gelacht hatte. Ihre Haare wehten im Wind umher. Sie nahm sie zusammen und verknotete sie im Nacken.

»Wow!« Er sah sie gebannt an. »Du bist immer schön, aber jetzt sehe ich dein Gesicht besser, und deinen Hals und …« Er beugte sich zu ihr und küsste sie. Dann zog er seine Knie an und legte lässig die Arme darauf.

Die Luft um sie herum schwirrte vor Hitze, und sie wusste, dass er sich abgewandt hatte, um die aufsteigende Leidenschaft abzukühlen und so zu versuchen, ihre neuen Regeln zu respektieren.

»Erzähl …« Sie schluckte, um den Drang, ihn zu küssen, zu

verdrängen. »Erzähl mir von Jamie, dem Computerfreak.«

Er lehnte sich mit der Schulter gegen ihre und lachte. »Jamie, der Computerfreak? Tja, also, diese Suchmaschine, die du so verabscheust … OneClick, weißt du?«

»Wenn du die *schreckliche* Suchmaschine meinst, ja, die kenne ich viel zu gut für meinen Geschmack«, scherzte sie.

»Die habe ich entwickelt.« Er sah hinaus aufs Meer, als hätte er ihr gerade erzählt, dass er Jamie hieß oder dass er schwarze Haare hatte.

»Entwickelt? Also, sie quasi gemacht?« Sie konnte sich gar nicht vorstellen, was man alles an technischem Wissen haben musste, um so etwas zu können.

Er nickte. »Du hast hoffentlich nichts gegen den Computerfreak.«

»Nicht, wenn du nichts gegen meine Unfähigkeit hast.« Sie rutschte näher, damit sie ganz eng beieinandersaßen. »Ich klaue dir deine Wärme.«

Er legte den Arm um sie und küsste sie auf die Schläfe. »Ich teile meine Wärme gern mit dir.«

»Wie sieht dein Job denn dann so aus?« Sie stellte sich vor, wie er den ganzen Tag vor dem Computer saß, aber sie hatte keine Ahnung, was er darüber hinaus wirklich machte.

»Es ist ungefähr so, als würde man mit fünfzig Bällen gleichzeitig jonglieren. Meine Firma hat zwölfhundert Mitarbeiter in Boston und noch einmal fünfzehnhundert im Ausland. Im letzten Sommer habe ich gerade ein neues Projekt auf den Weg gebracht, das mehrere Bereiche unserer Suchtechnologie vereint und den Usern schnellere Ergebnisse mit mehr Optionen liefert, indem wir verschiedene Algorithmen …« Er legte den Arm fester um ihre Schulter. »Ich fasele hier von etwas, das dich überhaupt nicht interessiert. Wie langweilig. Tut mir leid. Im Grunde mache ich den ganzen Tag irgendwelchen Computerkram und habe jede Menge Besprechungen.« Er vergrub die Zehen im Sand.

»Deine Augen leuchten, wenn du darüber redest, also scheint es dir Spaß zu machen.« Sie liebte das Lächeln, das mit diesem glücklichen Gesichtsausdruck einherging, und sie wollte ihn am liebsten schon wieder küssen.

»Ich wache auf und habe Lust loszulegen, und wenn ich abends ins Bett gehe – was manchmal erst um zwei oder drei Uhr morgens ist, weil ich nachts am besten arbeiten kann –, dann falle ich zufrieden in die Kissen.«

»Klingt, als würdest du von einer Geliebten reden.« Sie schlang den Arm um sein Bein und kuschelte sich noch enger an ihn, während sie die Meeresbrise, die über sie hinwegwehte, tief einatmete.

»Ja, kann sein. Aber das ist eine andere Art von Befriedigung.« Er strich ihr über den Rücken, um sie zu wärmen. »Und wie ist es bei dir? Erzähl mir von deinem adretten und anständigen Orchester-Modus.«

Sie drehte den Kopf zu ihm und erwartete, einen scherzhaften Ausdruck in seinen Augen zu sehen, aber sie waren dunkel und ernst. »Willst du das wirklich wissen?«

»Ich will alles wissen, was du bereit bist, mir zu erzählen.«

Alles? Das gab ihr zu denken. Sie hatte nie das Gefühl gehabt, dass ihr Leben besonders interessant war. »In Ordnung, also, um es auf den Punkt zu bringen … Ich spiele Cello, seit ich ein kleines Mädchen bin. Meine Mom sagt, dass ich schon immer spielen wollte, und ich erinnere mich nicht an eine Zeit, in der es nicht so war, also muss ich ihr wohl glauben. Aber ich denke auch, dass ich ihr gefallen wollte. Sie ist eine unglaubliche Cellistin, doch sie hat es nie in die großen Symphonieorchester geschafft. Ich wollte das für sie erreichen. Glaube ich jedenfalls. Was die Gründe für all das angeht, bin ich mir nicht mehr so sicher, aber ich kann die Uhr nicht zurückstellen. Ich kann nur weitermachen und versuchen, einen Sinn darin zu finden. Dieser Sommer soll mir dabei helfen.« Sie legte den Kopf auf seine Schulter. »Wenn ich sehe, wie deine Großmutter dich behandelt, führt es mir vor Augen, wie viel ich mit meiner Mutter verpasst habe. Ich sehne mich danach, eine Mutter zu haben, die mich so behandelt, als wäre ich etwas Besonderes, und zwar nicht wegen meiner musikalischen Fähigkeiten. Vera schaut dich an und man sieht, dass sie dich als den Menschen liebt, der du bist. Bei meinem Vater ist es auch so, und das entschädigt mich für das, was mir von meiner Mutter immer gefehlt hat, aber trotzdem.«

»Ach, Süße.« Er strich ihr über den Rücken.

»Das ist schon in Ordnung, wirklich. Ich kann mich nicht bemitleiden, denn auch wenn meine Mutter nicht herzlich war, als ich klein war, so hat sie mir doch alles beigebracht, was ich brauchte, um in meinem Bereich Erfolg zu haben. Und ich habe ihr musikalisches Talent geerbt, also sollte ich ihr wirklich dankbar sein.«

Er nahm sie in die Arme und hielt sie ganz fest. Sie schloss die Augen und sog das Gefühl in sich auf. Diese Gedanken hatte sie noch nie laut ausgesprochen, und ihr war nicht bewusst gewesen, wie tief der Stachel saß – bis zu diesem Moment, als der Kloß in ihrer Kehle größer wurde und ihr Tränen in die Augen stiegen.

»Wäre es nicht großartig, wenn wir uns unsere Eltern aussuchen könnten?« Jamies Stimme klang ernst.

Jessica erinnerte sich auf einmal daran, dass seine Eltern gestorben waren. Sie hob den Kopf und sah Mitgefühl in seinem Blick. »Jamie, es tut mir so leid. Ich habe nicht nachgedacht. Hier sitze ich und beschwere mich über meine Mutter, und deine ist …«

»Nicht mehr da.«

»Ja.« Noch mehr Tränen traten ihr in die Augen. »Es tut mir so leid.«

Er nickte. »Weißt du … Ich habe so viel Wut mit mir herumgetragen. Das habe ich noch nie jemandem erzählt, aber ich bin mir sicher, dass meine Großmutter weiß, wie wütend ich war. Meine Eltern hatten viel Geld. Mein Vater hat an der Wall Street gearbeitet. Er kam immer spät nach Hause, und ich hörte, wie sie sich unterhalten haben, wenn ich im Bett war. Er kam oft noch in mein Zimmer, streichelte mir über den Rücken, um mich aufzuwecken und mit mir über meinen Tag zu reden. An viel erinnere ich mich nicht, nur an Bruchstücke. Aber dass meine Mutter immer gelächelt hat, daran erinnere ich mich. Sie liebte die Natur, und ich glaube, deshalb hat sie sich auch so auf die Safari gefreut. Endlich konnte sie all die schönen Tiere sehen, von denen sie geträumt hatte und die sie nur von Bildern kannte. Und mein Dad? Er tat alles, um sie lächeln zu sehen. Am bemerkenswertesten an ihm war die Art, wie er meine Mutter angesehen hat, als wäre sie der unglaublichste Mensch, den er kannte. Fast so, als würde er sich immer wieder neu in sie verlieben, wenn er sie nur sah. Die Wochenenden haben wir immer als Familie verbracht, und ich fühle – mehr als ich mich daran erinnere –, wie sehr sie mich geliebt haben. Aber als sie ihre Reise planten, habe ich sie angefleht, nicht zu fahren. Daran erinnere ich mich genau.«

»Oh Jamie.« Sie streichelte seine Wange.

Er schüttelte den Kopf und schaute in die Ferne. »Keine Ahnung, warum ich so dagegen war. Sie haben mir die

Broschüren gezeigt, und sie freuten sich so auf diese Safari, die mir aus irgendeinem Grund eine Scheißangst machte.«

»Glaubst du, du wusstest, sie würden in Schwierigkeiten geraten? Ich habe davon gehört, dass Kinder Vorahnungen haben. Es heißt, manche Kinder sind solchen Dingen gegenüber offener.« So eine esoterische Unterhaltung hätte sie mit ihren Eltern nie führen können, doch mit Jamie hatte sie das Gefühl, über alles sprechen zu können.

Er zuckte mit den Schultern. »Vielleicht. Oder vielleicht war ich auch nur ein ängstlicher kleiner Junge, der nicht für einen ganzen Monat in den afrikanischen Busch wollte, oder vielleicht wollte ich einfach nur nicht, dass meine Eltern weggingen. Keine Ahnung.«

»Warst du bei ihnen, als …?«

»Vera wollte nicht, dass sie mich mitnehmen. Sie hat gesagt, es wäre nicht gut, wenn ich einen Monat lang die Schule verpasse. Also kam sie nach New York, um auf mich aufzupassen. Deswegen habe ich mich immer ein wenig schuldig gefühlt.« Ein dunkler Schatten legte sich über sein Gesicht und er wandte den Blick ab.

»Es tut mir so leid, und es ist furchtbar, dass nichts, was ich sage, dir diesen Schmerz nehmen kann.« Sie kletterte auf seinen Schoß, schlang die Arme um seinen Hals und drückte ihre Wange an seine. »Ich wünschte, ich wäre für dich da gewesen, als du klein warst. Ich hätte dich umarmt und dir gesagt, wie sehr du geliebt wirst. Ich hätte dir zugehört, als du wütend warst, und mit dir geweint, als du traurig warst.«

Seine starken Arme legten sich um sie. »Das kann ich mir gut vorstellen.« Er seufzte. »Es ist lange her.«

Lange saßen sie so da und schwiegen, eingebettet in das Rauschen des Meeres und den Duft der See. Schließlich –

Jessica wusste nicht, wie viel Zeit vergangen war – löste sich seine Umarmung. Ihre Blicke trafen sich, und als ihre Münder zueinanderfanden, verschwand die Welt um sie herum. Es gab nur noch ihren Atem, das schnelle, heftige Schlagen ihrer Herzen und die geradezu verzweifelte Leidenschaft, mit der sie sich küssten. Sie fuhr mit den Händen durch seine Haare, über seinen Hals und über jeden Zentimeter seines muskulösen Rückens, den sie erreichen konnte, während seine Hände über ihre Flanken glitten, über die Seiten ihrer Brüste strichen und ihr Verlangen nach mehr weckten. Die Traurigkeit ihrer Geständnisse wurde mit jedem Atemzug weniger und stattdessen entstand etwas anderes, eine Verbindung, wie ein Faden, der sie miteinander verwob.

»Jess«, stieß er heiß keuchend hervor.

Drei Dates. Drei Dates. Drei Dates. Oh Gott! Drei ganze Dates?

Sie konnte nicht antworten. Sie konnte ihn einfach nur weiter küssen. Seine Hände glitten unter ihr T-Shirt und – *Oh Gott, ja!* – er streichelte ihre Brüste und jagte einen sehnsuchtsvollen Schauer durch sie hindurch. Ihre Brustwarzen wurden schon bei der ersten Berührung durch seine Finger hart, und als er mit der anderen Hand ihren Hinterkopf umfasste und ihren Hals küsste, dann mit der Zunge darüberleckte, konnte sie sich nur noch in sein T-Shirt krallen, um nicht nach mehr zu betteln. Aber sie wollte mehr! Mit den Zähnen öffnete er den Reißverschluss ihrer Sweatjacke, und es brachte sie fast um, seinen Mund so nah an ihrer Haut zu wissen. Kurz wich er zurück.

»Über der Gürtellinie?«

»Über der Gürtellinie.« *Ogottogottogott.*

Er hob ihr T-Shirt und legte die Hände um ihre Brüste in

dem schwarzen Spitzen-BH, bevor er mit der Zunge über ihr Dekolleté fuhr. Ihr Körper stand unter Strom. Sie konnte es kaum glauben, dass sie am Strand rummachte. So etwas tat sie nicht! Aber die Berührungen seiner Zunge trieben sie höher, bis sie nicht mehr denken und es nicht mehr aushalten konnte. Sie öffnete den Vorderverschluss ihres BHs. Er stöhnte auf, ein kehliger, männlicher Laut der Anerkennung, und dann fand sein Mund ihre Brustwarze. Er küsste sie, reizte sie, liebkoste sie mit seiner Zunge und seinen Fingern. Sie würde gleich hyperventilieren. Dessen war sie sich sicher. Sie kam kaum zu Atem, außer um zu betteln.

»Mehr. Oh Gott, Jamie!«

Er saugte und leckte, bis sie ganz benommen war und ihr ganzer Körper nur noch aus übersensiblen Nerven zu bestehen schien. Jeder Kuss, jede Berührung brachte sie dem Gipfel näher.

Sie ließen sich in den Sand sinken, berührten und küssten sich leidenschaftlich, während ihre Hüften aneinander rieben. Er war hart und sie war feucht … so feucht. Ihr T-Shirt war bis über ihre Brüste hochgeschoben und der BH geöffnet, sodass die kühle Luft über ihre Brustwarzen strich. Gänsehaut breitete sich aus, als seine großen Hände sich um ihre Flanken legten und er sich über die Mitte ihres Bauches hinunterküsste, um am Bauchnabel zu verharren. Mit der Zunge kreiste er darum und stieß dann hinein. Seine Daumen strichen über die empfindliche Haut an ihren Hüften, und sie hatte das Gefühl, jeden Moment zu zerbersten. Sie vergrub die Hände in seinen Haaren, während er mit den Zähnen über ihre Taille strich und sein harter Schaft an ihren Oberschenkel drückte. Dann kam er höher, Hüfte an Hüfte, presste seine Erektion gegen ihre Mitte. So gut fühlte er sich an, so hart, so … *Oh Gott!* Er saugte an ihrem Hals, während er mit der Hitze seiner Erregung an ihrer feuchten Mitte lag. Ein Prickeln breitete sich in ihren Armen und Beinen aus. Etwas Unbekanntes, Sündhaftes und Wildes tobte in ihrem Inneren, zerrte, reizte, schwoll an und zentrierte sich zwischen ihren Beinen. Sie hatte von solchen Empfindungen gelesen, sie aber nie wirklich gespürt. *Oh Gott.* Ihr Herz raste immer schneller. Sie war so nah dran. Das war es also, was an Sex so besonders war. Sie spürte das Kribbeln des bevorstehenden Höhepunkts. Ihr Mund wurde trocken, taub, und sie kniff die Augen zu, so sehr sehnte sie sich danach. Sehnte sich danach mit Jamie. Sie war so kurz davor, spürte Feuer und Eis zugleich in ihrer Brust. Oh Gott, sie wollte es so sehr.

Oberhalb der Gürtellinie. Oberhalb der Gürtellinie. Himmel, von der Taille abwärts waren sie vollständig bekleidet, und doch war sie peinlich kurz davor, ihren ersten Orgasmus zu haben. Seine Hand glitt an ihrem Körper hinab und packte ihren Hintern. *Ogottogottogott.* Sie atmete stockend ein, und er nahm wie am Abend zuvor ihr Ohrläppchen behutsam zwischen die Zähne.

»Wie nah dran bist du?«, flüsterte er.

Sie miaute. *Miaute!* Er wusste es? Das war beschämend und gleichzeitig erregend.

»Sehr nah ... glaube ich.«

Er drückte ihren Hintern fester und bewegte die Hüfte so, dass jeder Zentimeter von ihm sich an ihr rieb. Dann küsste er sie, so intensiv, so fordernd, und stieß die Zunge in rhythmischem Einklang mit seinen Hüftbewegungen in ihren Mund. Es war erotisch und sinnlich und so verdammt heiß, dass sie jegliche Beherrschung verlor und hinter ihren Augenlidern Feuerwerke explodierten. Zwischen ihren Beinen zogen sich die Muskeln zusammen und pulsierten, jagten heiße Blitze durch ihren gesamten Körper. Ihr Höhepunkt erfasste sie mit voller Wucht. Er fing ihre Schreie mit seinem Mund auf und hielt sie fest umschlungen, während ihre Hüfte auf dem Sand zuckte. Dann passierte etwas so Wundersames – er atmete für sie. Ein und aus, ein langer Atemzug nach dem anderen, bis sie auch das letzte Pulsieren dieses berauschenden Orgasmus ausgestanden hatte und er von ihr abließ, um Luft zu holen.

Sie keuchte, war verlegen und so vollkommen eingenommen von diesem geduldigen und mitfühlenden Mann, der auch noch teuflisch sexy war und ihre Welt auf den Kopf stellen konnte, obwohl sie beinahe vollständig bekleidet waren. Jessica legte sich den Arm über die Augen. Sanft schob Jamie ihn wieder zur Seite und küsste ihre Augenlider.

»Hey«, flüsterte er. »Versteck dich nicht. Du bist umwerfend, Jess.«

Sie kniff die Augen zu. Sie wünschte, sie könnte verschwinden, unter den Sand kriechen und im Meer abtauchen. Doch selbst hinter ihren geschlossenen Lidern spürte sie sein Lächeln und die Wärme seines Blickes. Sie öffnete die Augen und er lächelte tatsächlich auf sie hinab.

»Oh Gott«, flüsterte sie.

»Nicht.« Sein Flüstern streichelte sie, nahm ihr die Sorge. »Du bist wunderschön.«

»Aber ich …« Sie schaute an sich hinunter. Ihre Brüste waren entblößt, ihr T-Shirt bis unter die Arme hochgeschoben, und er war vollständig bekleidet und hart wie Stein. »Du …«

»Alles in Ordnung.« Er schloss ihren BH, küsste die Haut zwischen ihren Brüsten und zog dann ihr T-Shirt hinunter, bevor er sich neben sie auf die Seite legte und einen Arm auf ihrem Bauch ruhen ließ.

»Aber ich … und du nicht.«

»Oberhalb der Gürtellinie, du erinnerst dich?« Er küsste sie sanft.

»Na ja, das ganze Feuerwerk hat sich zumindest bei mir unterhalb der Gürtellinie abgespielt.« Sie drehte sich auch auf die Seite und war noch immer davon überwältigt, wie ihr Körper auf ihn reagierte. Krampfhaft überlegte sie, was sie sagen und tun sollte. »Ich kann … mit der Hand …«

Er führte ihre Hand an seine Lippen und küsste sie sanft. »Nein. Ich habe das nicht getan, weil ich eine Gegenleistung wollte. Ich wollte dich. Unbedingt. Ich bin nur meinem Gefühl gefolgt.«

»Wow, du bist so selbstlos.« Sie lachte und vergrub ihr Gesicht in seinem T-Shirt. »Es ist mir total peinlich. Das habe ich noch nie gemacht, und ich wusste nicht einmal, dass ich dazu in der Lage bin.«

»Warum ist es dir peinlich? Wir fahren aufeinander ab. Das ist doch gut.«

»Ja, aber ich habe sonst nicht … du weißt schon. Und dann ohne … du weißt schon.« *Du meine Güte, halt den Mund.* Ihre Wangen glühten.

»Du hast sonst nicht *du weißt schon*? Also, daran müssen wir dringend etwas ändern, findest du nicht?«

Er schloss sie wieder in die Arme und küsste sie zärtlich. »Du bist unglaublich. Dir muss in meiner Gegenwart nie etwas peinlich sein. Ich finde dich unglaublich liebenswert.« Erneut küsste er sie. »Und so was von sexy.« Er küsste ihren Hals. »Die süßeste Frau, die ich kenne.« Er schaute ihr tief in die Augen. »Ich möchte mehr Zeit mit dir verbringen und ich möchte, dass du noch oft … *du weißt schon.*«

Oh ja, jetzt *wusste* sie.

Und sie wollte … *du weißt schon* … noch viel mehr.

Sechs

Jamie blieb die halbe Nacht wach, um zu arbeiten, und dachte dabei an Jessica. Das Beste an seiner Arbeit war, dass er sie fast von überall aus machen konnte, doch er war ein praktisch veranlagter Mann, wenn es um seine Firma ging, und er hatte auf die schmerzhafte Weise gelernt, dass es nach hinten losgehen konnte, wenn er zu viel Kontrolle abgab. Zum Glück war sein Anwalt Mark Wiley schon seit den Anfängen von OneClick an seiner Seite und behielt auch jetzt die Vorgänge in der Firma tagtäglich aus juristischer Sicht im Auge. Jamie besiegelte keine Deals mehr per Handschlag, und auch wenn Mark etwas überängstlich Jamie und seine Interessen beschützte und ihn vor geldgierigen, aufstrebenden Angestellten und Frauen warnte, so gaben sie doch ein gutes Team ab.

Er las eine kurze E-Mail von Mark, der ihn auf ein Problem hinwies. *Wir haben einen Bug im Programm gefunden. Prüfung läuft gerade. Mach dir keine Sorgen. Genieß die Sonne und amüsier dich. Melde mich, wenn es was Ernstes ist.* Mark konnte so ziemlich alles regeln. Jamie schickte ihm einen kurzen Dank und machte sich dann auf die Suche nach dem Besitzer des Shops mit den Baseball-Karten. Es war ein Leichtes, ihn über öffentliche Website-Listen und Foren aufzuspüren, und Jamie staunte nicht schlecht, als er herausfand, dass Steve Lacasse, so hieß der Mann, ebenfalls in Massachusetts lebte, und zwar in Plymouth. Offenbar verkaufte Steve seine Artikel auf Ebay und wie viele Händler hier in der Gegend war er während des Sommers auch mit einem Stand auf dem Flohmarkt in Wellfleet vertreten.

Jamie traf am Samstagmorgen bereits auf dem Flohmarkt ein, als die Verkäufer ihre Stände noch aufbauten. Er klapperte in jedem Gang alle Stände ab, die auch nur einen einzigen Sportartikel hatten, doch Steve fand er nicht.

Nachdem er wieder ins Auto gestiegen war, fuhr er zu Kurt Remingtons Haus an der Bayside, um mit Leanna zu sprechen.

Kurts Haus und das alte Atelier, in dem Leanna arbeitete, standen auf einer Düne mit Blick auf die Cape-Cod-Bay. Jamie parkte hinter Leannas Happy-Mobil, einem alten VW-Bus, den ihr Vater für sie ausgebaut und mit bunten maritimen Motiven bemalt hatte, als sie ihren College-Abschluss gemacht hatte. Er ging gar nicht erst zur Haustür, sondern machte sich gleich auf den Weg ums Haus herum. Kurt war ein Gewohnheitstier, und er war ebenso strukturiert veranlagt, wie Leanna unorganisiert war. Morgens drehte er immer eine Joggingrunde und trank dann auf der Veranda Kaffee, während er sich über die neuesten Nachrichten informierte. Ab spätestens neun Uhr hämmerten seine Finger den nächsten Bestseller in die Tastatur. Leanna war das genaue Gegenteil. Sie beeilte sich bestimmt gerade, um noch schnell nach Seaside zu fahren und die Mädels zu sehen, bevor sie auf dem Flohmarkt ihren Stand öffnete – wie immer zu spät. Zumindest hoffte Jamie das.

Er hörte ihre Stimmen, noch bevor er die Stufen zur Veranda erreichte. Pepper stürmte auf ihn zu, sprang mit hängender Zunge an ihm hoch und bellte um Aufmerksamkeit heischend. Jamie nahm ihn auf den Arm und streichelte sein wuscheliges weißes Fell.

»Wie geht's dir, Pepper?«

»Jamie?« Leanna spähte zur Treppe, als er die Stufen hinaufging. Die Haare fielen ihr locker über die Schultern und ihr weißes T-Shirt war mit Marmelade beschmiert. Sie begrüßte ihn mit einem freudigen Lächeln. »Möchtest du ein Brötchen? Ganz frisch.«

»Nein, danke. Ich wollte dich nur kurz etwas fragen.« Er setzte Pepper ab und umarmte Leanna, bevor er Kurt kumpelhaft auf den Rücken klopfte.

Kurt schaute von einer Online-Zeitung auf, die er gerade las. »Hey, Mann. Wie geht's? Wie ich höre, hast du die neue Kleine von Seaside an der Angel.«

»Ey!« Leanna beugte sich über seine Schulter und fuhr mit den Händen über seine Brust. »Nenn sie nicht so. Sie heißt Jessica, ist aber wirklich eine süße Kleine.«

Jamie ließ sich in einem Liegestuhl nieder. »Alle wissen schon Bescheid? Das hat ja nicht lange gedauert.«

»Jenna hat mich heute Morgen angerufen. Ich bin zu spät dran, um noch dort vorbeizufahren.« Leanna ging kurz ins Haus und kam gleich darauf mit einem Becher Kaffee für Jamie wieder heraus.

»Danke, Leanna.« Zu den Dingen, die Jamie an seinen Sommerfreunden so mochte, gehörte, dass ihre Türen immer offenstanden. Sie brauchten keine Handys oder E-Mails, um miteinander in Kontakt zu bleiben. Auch wenn er seine Arbeit und Boston liebte, so empfand er die Zeiten am Cape mit seinen Freunden immer auf eine Art als erholsam, wie es nirgendwo anders und mit keinen anderen Freunden möglich war.

»Leanna, kennst du einen Steve Lacasse auf dem Floh-markt?«

Leanna runzelte die Stirn und schüttelte den Kopf. »Die Nachnamen der Leute da kenne ich gar nicht, aber es gibt ein paar Steves. Was verkauft er denn?«

»Baseball-Sachen, nehme ich an, aber ich bin nicht sicher. Ihm gehörte einmal ein Laden namens *My Mom Threw Out My Baseball Cards* in Orleans, den er vor etwas mehr als einem Jahr dichtgemacht hat. Ich habe etwas nachgeforscht, und er verkauft auch auf Flohmärkten, hier und in Dennis, und auch im Internet. Ich will mich nur mal mit ihm unterhalten.«

»Auf dem Flohmarkt gibt es drei Typen mit Sportsachen, aber an einen Steve kann ich mich nicht erinnern. Ich hör mich heute mal um.«

Kurt fuhr sich durch die dichten dunklen Haare. »Da ist doch dieser Steve mit dem gelben Pick-up. Er verkauft alles Mögliche, Platten, Bücher, Angeln. Aber ich habe an seinem Stand auch schon Sachen gesehen, die etwas mit Sport zu tun hatten. Ihn könnte man mal fragen.« Dann wandte er sich wieder seinem Laptop zu.

»Stimmt, du hast recht.« Leanna griff nach einer großen, bunten Tasche und hängte sie sich über die Schulter. »Zumindest könnte er wissen, wer der Kerl ist. Wenn du möchtest, Jamie, rede ich heute mal mit ihm und sag dir dann Bescheid. Worum geht's überhaupt?«

Allein der Gedanke an Jessica ließ ihn lächeln. Sie war so schön gewesen, als sie am Abend zuvor unter ihm zerflossen war, und danach war sie so offen und ehrlich zu ihm gewesen, dass es nun zwar noch schwerer war, auf mehr Intimität zu warten, aber gleichzeitig war er auch froh darüber. Schon jetzt hatte er das Gefühl, dass dies der Beginn einer viel bedeutenderen Beziehung war als die, die er in der Vergangenheit gehabt hatte.

»Jessica. Dieser Steve hat im Internet einen Baseball verkauft, von dem sie glaubt, dass er ihrem Vater als Kind gehört hat, und sie möchte den neuen Besitzer finden.«

»Schicksal.« Kurt wandte den Blick nicht mal vom Bildschirm ab. Er war ein Mann der wenigen Worte, doch dieses verblüffte Jamie.

»Was meinst du damit?«

»Steve. *My Mom Threw Out My Baseball Cards?* Ich nehme an, die Eltern von ihrem Vater haben den Ball irgendwann einmal verloren und er ist bei diesem Typ gelandet, wahrscheinlich nachdem er durch ein Dutzend Hände gegangen ist.« Kurt sah zu Jamie auf. »Denk wie ein Schriftsteller. Verbinde die Punkte.«

Bis zu diesem Zeitpunkt war es ihm gar nicht aufgefallen, wie verrückt der Name des Ladens angesichts von Jessicas Situation war. »Dann ist es also Schicksal, dass er hier arbeitet?«

Leanna gab Kurt einen Kuss auf die Wange und klopfte ihm auf die Schulter. »Bis nachher. Ich muss mich beeilen. Ich werde mit den Steves reden, die ich kenne, und vor allem mit dem, den Kurt meint, und dann schreibe ich dir.«

»Bis später, Leanna. Danke.« Jamie wandte sich wieder Kurt zu. In Anbetracht des frühen Todes seiner Eltern glaubte er nicht unbedingt an das Schicksal, aber er war neugierig zu erfahren, was sein Freund meinte.

Kurt lehnte sich zurück und verschränkte die Arme hinter dem Kopf. »Schicksal. Du weißt schon, etwas das vorherbestimmt ist. Die Abfolge von Ereignissen, die jenseits der Kontrolle durch die Menschen liegt. Jamie, sieh dir mal mich und Leanna an, oder Bella und Caden. Hättest du uns jemals als Paar gesehen? Schicksal, Mann. Jessica ist hier, du bist hier, Steve ist *vielleicht* hier. Das ist alles Schicksal.«

Kurt tippte weiter, und Jamie wusste, dass es neun Uhr sein musste.

Auf der kurzen Fahrt zurück nach Seaside dachte Jamie über das Schicksal nach. Wie konnte das sein? Hatte das Schicksal etwa dafür gesorgt, dass der Safari-Jeep seiner Eltern im Busch eine Panne hatte? Hatte das Schicksal sie an jenem Morgen ohne ihren Ranger in den Busch getrieben? Oder die hungrigen Löwen dorthin geschickt, als seine Mutter das Fahrzeug verließ – wahrscheinlich um sich zu erleichtern? Hatte das Schicksal die Videokamera in die Hände seines Vaters gelegt, der in die andere Richtung filmte und dabei ihre Schreie als Hintergrundgeräusch zu der schönen Landschaft aufnahm, – oder hatte es die Kamera auf den Boden fallenlassen, sodass nur noch die panischen Schritte seines Vaters zu hören gewesen waren, als er mit kehligen, furchterregenden Schreien zu seiner sterbenden Frau gerannt war? Entgegen Veras inständigen Bitten hatte Jamie darauf bestanden, sich das Video anzusehen, als er Ende zwanzig gewesen war. Diese Aufnahme hatte aus der Geschichte vom Tod seiner Eltern Wahrheit werden lassen. Wieder und wieder hatte er es sich angesehen, zehn, zwanzig, vielleicht dreißig Mal nacheinander, und dann hatte er die Bilder und Laute so tief in sich vergraben, dass er hoffte, sie würden nie wieder an die Oberfläche gelangen. Doch manchmal, wenn sein Geist nicht beschäftigt war, taten sie es doch.

Als Jamie in die Siedlung fuhr, kam ihm ein schmerzhaft vertrauter Gedanke. War sein Vater bei dem Versuch gestorben, seine Frau zu retten, oder hatte er sich den Löwen ausgeliefert, weil er sie zu sehr geliebt hatte, um ohne sie weiterzuleben?

Jamie glaubte nicht ans Schicksal, egal wie gut es gerade in sein und Jessicas Leben passte. Das Schicksal war ein unsichtbarer Feind, der in seinen Augen eine böse Vergangenheit hatte und besser die Finger von seiner Zukunft lassen sollte.

Mit dem Laptop unter dem Arm bückte Jessica sich, um ein paar Wildblumen zu pflücken. Sie trug sie quer über den Platz zu Jamies Ferienhaus, um Vera die Blumen zu geben und Jamie zu bitten, den Ebay-Verkäufer zu finden, nachdem sie gestern Abend etwas abgelenkt worden waren. *Herrlich abgelenkt.*

»Jessie, huhu!« Jenna stand winkend auf Amys Veranda. »Komm, setz dich zu uns.«

Jessica fand es unglaublich nett, dass sie sie einbezogen. Sie trat auf die Veranda und stellte fest, dass Bella und Amy noch ihre Pyjamas trugen. Bellas Schlafshirt bedeckte nur knapp ihren Hintern, während Amy eine rosa karierte Pyjamahose und ein Tanktop trug, auf dem eine sexy Katze mit Wespentaille abgebildet war, in schwarzem Bikini und mit einer Flasche Wein in der Pfote. Die Aufschrift *Bring mich zum Schnurren* prangte darauf. Jenna bugsierte Jessica auf einen Stuhl, stemmte die Hände in die Hüfte und musterte Jessicas Outfit von oben bis unten.

Jessica musste schlucken. Sie und Jenna trugen beide kurze Jeansshorts, ein weißes Tanktop und darunter einen Bikini. Jenna war so kurvenreich wie Megan Fox, während Jessica eher so wie Jennifer Aniston gebaut war, aber sie sahen aus, als hätten sie ihre Outfits abgesprochen, und nach Jennas Gesichtsausdruck zu urteilen, war das nicht gut.

»Tja, schau mal einer an.« Sie kniff die Augen zusammen und betrachtete Jessica erneut eingehend, während Amy im Ferienhaus verschwand.

Schluck.

»Jetzt sind wir richtige Seaside-Schwestern!« Jenna beugte sich hinunter und umarmte Jessica. »Keine Sorge. Ich kann dir dabei helfen, deine Sandalen farblich besser abzustimmen. Blau wäre gut, passend zu deinem Bikini.« Sie hob den Fuß und wackelte mit den Zehen. »Siehst du? Grün. Passend zu meinem Bikini.«

»Für eine von deinen Ordnungsfimmel-Lektionen ist es viel zu früh.« Bella verdrehte die Augen. Amy kam mit einem Becher Kaffee wieder heraus und stellte ihn vor Jessica ab. »Setz dich, Jenna. Jessica, lass sie nicht in die Nähe deiner Wohnung, sonst wird sofort alles nach Farben sortiert, alphabetisch geordnet und was weiß ich noch alles.«

Jenna ließ sich in einen Stuhl fallen und schob schmollend die Unterlippe vor.

Amy tätschelte Jennas Schulter. »Wir lieben deine organisatorischen Fähigkeiten. Keine Sorge. Bella ist gestern Abend nicht auf ihre Kosten gekommen, also ist sie schlecht gelaunt.«

Bella warf ihr einen *Halt-den-Mund*-Blick zu.

»Bist du …?«, fragte Jenna Jessica mit großen Augen.

»Ich?« Jessica erstarrte.

»Ach, komm schon. Wir wissen, dass du den ganzen Tag mit Jamie verbracht hast, und er ist so ein Schatz. Also, echt jetzt. Angenehm fürs Auge und zuckersüß.«

»Was für ein Klischee«, sagte Bella. »Marmeladensüß.«

»Der war gut«, sagte Amy.

»Kurt hat mir ein Wörterbuch gegeben, weil ich Caden immer als *heiß* beschrieben habe und er es nicht mehr hören konnte.« Bella lächelte und strich sich die blonden Haare hinters Ohr. »Jetzt benutze ich andere Wörter wie *sexy, feurig, heißblütig ...«*

»Okay, okay, zurück zu Jessica und Jamie.« Jenna legte die Hand auf Jessicas Arm.

»Jenna! Sie muss uns gar nichts erzählen«, schimpfte Amy mit ihr. »Sie steckt ihre Nase immer in die Angelegenheiten anderer, Jessica. Tut mir leid.« Sie nahm einen Schluck von ihrem Kaffee und fügte dann hinzu: »Aber wir sind alle neugierig. Wir haben Jamie unglaublich gern, und wir wollen, dass er glücklich ist.«

»Genau, also falls du vorhast, ihn nur zu benutzen und dann fallenzulassen, vergiss es, denn dann fahre ich meine Klauen aus.« Mit einem ernsten, dunklen Blick pustete Bella auf ihre Fingernägel.

Ich wüsste gar nicht, wie das geht, einen Kerl benutzen und dann fallenlassen.

Ein Lächeln trat in Bellas Gesicht. »Wir passen aufeinander auf.«

Sie wusste nicht, was sie sagen sollte, aber ihr Herz wummerte nervös.

»Als ich klein war, haben sie mir Angst eingejagt«, flüsterte Amy ihr zu.

Jenna stieß Amy spielerisch gegen den Arm. »Haben wir nicht. Bella hat bloß ne große Klappe, Jessica. Also, wie war dein Date?«

Nun hatte sie Angst zu antworten, und sie war sich ziemlich sicher, dass das Wort, das ihr spontan in den Sinn kam, nicht angebracht wäre. *Orgasmisch.* Sie öffnete den Mund, wollte etwas Harmloses sagen – *Es war nett* oder *Wir hatten eine schöne Zeit* –, aber ihre Stimme verselbstständigte sich und heraus kam ein langer, verträumter Seufzer, gefolgt von: »Wundervoll!«

Die Mädels quietschten auf. Sie spürte, dass sie rot wurde, aber ihre adrette und anständige Erziehung hatte hier gerade keine Chance. Die Mädels freuten sich ebenso sehr wie sie selbst. Sie spürte, dass sie ihnen vertrauen konnte. Es dämmerte ihr, dass die drohende Neckerei, das Verhör und das Lächeln, das sie ihr schenkten, allesamt Bestandteil der schwesternhaften Freundschaft waren, die sie verband, und sie wollte dazugehören.

»Er ist so ... Ich brauche auch dieses Wörterbuch.« Sie lachte.

»Oh là là.« Amy hob die Augenbrauen.

»*Das* haben wir nicht getan.« Das Anständige in ihr kam durch. »Er ist so warmherzig und freundlich, ein toller Zuhörer. Interessant und großzügig.«

Jenna und Bella verdrehten die Augen.

»Und?«, drängelte Jenna.

Vergiss anständig, ich will ein Gespräch unter Freundinnen. Sie beugte sich vor und senkte die Stimme. »Und der beste Küsser auf Erden.«

Bella und Jenna klatschten sich ab.

»Leute, wenn ihr das macht, erzählt sie euch nie wieder etwas«, warnte Amy. Zu ihr gewandt sagte sie: »Jamie datet hier nie irgendwelche Frauen, und er redet auch nie über die Frauen, mit denen er sich zu Hause trifft. Er ist wie unser süßer, braver, sehr verschlossener Bruder. Wir freuen uns für dich.«

»Danke. Ehrlich gesagt freue ich mich auch für mich.« Allein beim Gedanken an Jamie musste sie lächeln.

»Du warst also gerade auf dem Weg zu ihm und wolltest so

tun, als bräuchtest du Hilfe mit dem Computer?« Jenna deutete auf den Laptop.

»So tun? Mein Computer hasst mich. Ich bin quasi das Gegenstück zu jedem Technologiefreak. Gebt mir ein Cello und ich habe alles unter Kontrolle. Aber ein Handy oder ein Computer? Das sind fremde Welten für mich. Jamie hilft mir also tatsächlich. Ich versuche, einen Baseball aufzuspüren, der meinem Dad als Kind gehört hat.«

»Ich wusste, dass du Musikerin oder so etwas bist. Neulich Abend hast du Vera mit funkelnden Augen beobachtet«, sagte Amy.

»Sie hat Jamie angeglotzt, du Dummerchen«, warf Bella ein.

»Wahrscheinlich beides«, gestand Jessica.

»Wo wir gerade vom wundervollen Küsser reden …« Bella deutete auf Jamies Auto, das soeben über den Kiesweg fuhr und vor seinem Haus hielt.

Jessicas Herzschlag nahm an Fahrt auf. »Bitte erzählt ihm nicht, was ich gesagt habe.«

Alle drei schworen mit der gleichen Geste ihr Still-schweigen.

Jamie kam auf sie zu, und als ihre Blicke sich trafen, blitzte Begehren in seinen Augen auf.

»Hallo, schöner Mann«, sagte Bella.

»Möchtest du einen Kaffee?«, fragte Amy.

Er ging an ihnen vorbei und direkt zu Jessica. »Nein, danke.« Er beugte sich hinunter und drückte ihr einen zärtlichen Kuss auf die Lippen. »Hallo, meine Schöne. Hast du gut geschlafen?«

Ich bekomme keine Luft! Die Hitze schwirrte so heftig zwischen ihnen, dass sie fürchtete, die Veranda würde Feuer fangen.

»Jaaah«, brachte sie schließlich heraus.

Er legte eine Hand auf ihre Schulter und betrachtete die aufgerissenen Augen und das Grinsen auf den hübschen Gesichtern der Mädels. Seine Mundwinkel zuckten.

»Seid ihr auf dem neuesten Stand? Bin ich *ein toller Typ?*«

Oh je!

»Du bist *ein toller Typ*, seit du ein kleiner Junge bist.« Amy lächelte Jessica an. »Und jetzt bist du *ein toller Typ* mit einer wunderbaren Freundin, die sich weigert, aus dem Nähkästchen zu plaudern.«

Am liebsten hätte sie Amy umarmt. *Danke!*

»Aber wir haben sie trotzdem ins Herz geschlossen.« Bella zwinkerte Jessica zu.

Sie sah zu Jamie auf, der hinter ihr stand, die Hände auf ihren Schultern hatte und dieses unbeschwerte Lächeln auf den Lippen trug, das sie so liebte. »Ich habe Blumen für Vera dabei, und ich hatte gehofft, dass du mir vielleicht helfen könntest, den Typ mit dem Baseball ausfindig zu machen.«

Er beugte sich hinunter und flüsterte: »Schon passiert. Komm mit, ich erklär's dir.«

Als er sie auf die Wange küsste, seufzten alle Mädels einstimmig auf. Anscheinend gewöhnte sie sich schon an sie, denn sie spürte dieses Mal nicht, dass sie rot wurde. Gott sei Dank. Es war peinlich, eine siebenundzwanzigjährige Frau zu sein, die ständig errötete.

Jessica bedankte sich bei Amy für den Kaffee und begleitete Jamie zu seinem Ferienhaus.

»Sein Laden war in Orleans, aber er hat ihn vor einer Weile geschlossen. Er wohnt in Plymouth, und – du wirst es nicht glauben – im Sommer ist er auf den größeren Flohmärkten am Cape unterwegs, während er natürlich gleichzeitig übers

Internet seinen Kram verkauft.«

»Woher weißt du das alles?«

»Ich bin den Spuren gefolgt. Computerfreaks wissen, wie man Leute stalkt. Jedenfalls war ich auf dem Flohmarkt, habe ihn da aber nicht gefunden, also bin ich zu Leanna gefahren. Sie wird mit allen Steves reden, die heute auf dem Flohmarkt sind, und herausfinden, ob einer von ihnen der Richtige ist. Kurt meinte, dass einer von ihnen es sein könnte. Jedenfalls sagt sie uns Bescheid, wenn sie ihn findet, damit wir ihn anrufen können.«

Sie standen auf seiner Veranda. Jessica hakte sich mit einem Finger in seinen Shorts ein. »Das alles hast du für mich getan?«

Er lächelte und zuckte lässig mit der Schulter.

»Vielen Dank.« Sie ging auf Zehenspitzen und küsste ihn gerade, als die Glastür aufgeschoben wurde. Jessica stolperte auf ihren hochhackigen Sandalen rückwärts, und er hielt sie an der Hüfte fest, als Vera mit einer Strandtasche auf die Veranda trat.

»Tut mir leid, dass ich euch erschreckt habe. Bitte, macht ruhig weiter.« Mit einem verschwörerischen Lächeln winkte sie ab und setzte sich in einen der Liegestühle.

Jamie strich mit der Hand über Jessicas Arm und schaute sie an, was ihr ein wohlig-warmes Gefühl gab.

»Guten Morgen, Grandma. Möchtest du einen Kaffee?«

»Nein danke, mein Lieber. Ich hatte schon einen. Habt ihr euch gestern Abend gut amüsiert?« Vera nahm ein Buch aus ihrer Strandtasche.

»Haben wir«, bestätigte Jamie.

Ein Zucken seines Mundwinkels und das Aufblitzen in seinen Augen brachte die Erinnerung an die Momente zurück, in denen sie unter ihm gelegen hatte. Sein Gewicht auf ihr, seine Kraft, die Leidenschaft in jedem hitzigen Kuss. *Oh, du lieber Himmel, ich atme schon wieder so heftig.*

Er drückte ihren Arm. In seinem Gesicht las sie, dass er ihren schwindeligen Zustand erkannte. Sie musste den Blick abwenden, und daher gab sie Vera die Wildblumen, um sich von Jamie abzulenken.

»Die habe ich für Sie gepflückt.«

»Sind die aber hübsch! Danke, Jessica.«

»Ich hole eine Vase.« Jamie ging ins Haus und Jessica nahm gegenüber von Vera Platz.

»Das wird ein sehr schöner Tag. Haben Sie und Jamie irgendwelche Pläne?«, fragte Vera.

»Nein, haben wir nicht.« Ihr wurde gerade klar, dass das zutraf, und doch fühlte es sich selbstverständlich an, dass sie etwas zusammen unternehmen würden.

Jamie kam mit der Vase wieder heraus und stellte die Blumen ins Wasser. »So. Was möchtest du heute machen, Grandma?«

»Ich bin noch etwas müde, also werde ich eine Weile lesen. Warum unternehmt ihr beiden nicht etwas Schönes?« Sie lächelte Jessica an.

Jessica bemerkte den Verkupplungsversuch, den Jamie schon erwähnt hatte, und als sie zu ihm schaute, wusste sie, dass es ihm auch aufgefallen war.

Er berührte ihre Schulter. »Fährst du gerne Fahrrad?«

»Fahrrad? Du meine Güte, ich habe nicht mehr auf einem Rad gesessen, seit ich ein Kind bin.« Sie konnte sich allen Ernstes nicht daran erinnern, wie lange es her war, doch sie hatte ein vages Bild von sich auf einem Fahrrad vor Augen, bevor das Cello all ihre Freizeit in Anspruch genommen hatte.

»Oh Jamie, das ist eine gute Idee. Jessica kann eines von unseren benutzen.« Vera tätschelte Jessicas Bein. »Das ist wie

Notenlesen. Das vergisst man nicht.«

»Klingt wunderbar.«

Kurze Zeit später befestigte Jamie die Räder auf dem Fahrradträger seines Autos und dann fuhren sie zum Salt Pond Visitor Center in Eastham. Das Besucherzentrum aus Glas und Backstein stand direkt an der Route 6.

»Warst du schon einmal hier?« Jamie nahm ihre Hand, als sie aus dem Auto stieg.

»Nein. Abgesehen von einem Wochenendausflug als Teenager war ich auch noch nicht auf dem Cape.« Die Luft roch nach nasser Erde und Schwefel. »Was ist das für ein Geruch?«

»Das kommt von der Nauset Marsh, die liegt direkt hinter dem Gebäude. Lass uns hineingehen, bevor wir Rad fahren. Das solltest du nicht verpassen. Ich komme jedes Jahr hierher, auch wenn ich es schon Hunderte Male gesehen habe.«

Seine Hände waren groß und leicht schwielig, männlich und stark, wie er. Ihre Hand fühlte sich herrlich in seiner an. Er trug olivgrüne Cargoshorts mit einem weißen T-Shirt und sah aus wie die Worte, die Bella benutzt hatte, um Caden zu beschreiben. Nur noch besser.

»Haben die Mädels dich heute Morgen in die Zange genommen?«, fragte er.

»Ein wenig, aber es war offensichtlich, dass sie nur auf dich aufpassen wollten. Besonders Bella.«

Er hielt ihr die Tür zum Besucherzentrum auf. »Bella hält ihre schützende Hand über uns alle, aber du weißt ja, Hunde, die bellen, beißen nicht.«

In der großzügigen Eingangshalle des Besucherzentrums tummelten sich Ausflügler. Sie sprachen mit den Rangern hinter der Info-Theke und beugten sich über ein Modell vom

Ökosystem des Golfs von Mexiko, das in der Mitte der Halle stand. Das Panoramafenster bot einen spektakulären Blick auf die Marschlandschaft. Jamie führte Jessica durch die Halle zu einem Flur.

»Es gibt auch einen Buchladen, in den wir nachher noch gehen können.« Er deutete im Vorbeigehen auf einen kleinen Shop, trat aber mit ihr durch eine schwere Holztür. »Das hier ist meine Lieblingsausstellung.«

Sie betraten ein kleines Museum mit ausgestopften Vögeln und anderen Tieren, die hier präsentiert wurden. Es gab zahlreiche Ausstellungsstücke, die den Wandel im Bootsbau und der Industrie und andere Aspekte der Seefahrtsgeschichte von Cape Cod darstellten. Es war faszinierend, und Jamie drängte sie überhaupt nicht, obwohl er das alles schon unzählige Male gesehen hatte. Geduldig stand er neben ihr, während sie sich jedes der Objekte ansah, und als sie schließlich zum Buchladen gingen, in dem es auch Geschenkartikel gab, kaufte er zwei Schlüsselanhänger mit ihren Namen auf einer Seite und den Umrissen des äußeren Capes auf der anderen. Jessica gab er den Anhänger, auf dem *Jamie* stand.

»Jetzt gehöre ich dir.« Er küsste sie zärtlich.

Es gefiel ihr, dass er ihr etwas so Simples und doch so Bedeutungsvolles geschenkt hatte.

»Und du mir«, sagte er. Er befestigte den Anhänger mit ihrem Namen an seinem Schlüsselring und fuhr dann mit dem Finger über ihre Wange. »Da du eine drakonische Erziehung genossen hast, hattest du sicher nie viel Zeit für diese Art von Freund-Freundin-Sachen.«

»Auf der Highschool hatte ich nicht einmal einen richtigen Freund.« Sie war zu sehr mit ihren Übungsstunden ausgelastet gewesen.

»Na ja, ich weiß, es ist albern, aber jedes Mädchen sollte Dinge erleben, die ihm sagen, wie besonders es ist. Auch wenn es etwa zehn Jahre später als üblich ist.«

Sie holte ihre Schlüssel aus der Handtasche und er befestigte den Anhänger mit seinem Namen an ihrem Schlüsselring. Er hatte recht. Sie fühlte sich besonders.

Sie schlenderten noch eine Weile durch das Besucherzentrum, luden dann die Fahrräder ab und verstauten Jessicas Handtasche im Kofferraum.

»Dreh doch erst mal ein paar Runden über den Parkplatz, damit du ein Gefühl für das Rad bekommst.« Er war so umsichtig, so wie auch heute Morgen, als er den Internetverkäufer ausfindig machen wollte.

»Ich komme mir so albern vor, weil ich das üben muss«, gestand sie.

»Also, du siehst ziemlich heiß aus, und wenn *albern* so aussieht, dann bin ich ein Fan davon.« Er klopfte auf den Sattel. »Komm, ich möchte sicher sein, dass du dich darauf wohlfühlst.«

Sie stieg auf das Rad, und nach einer Minute wackeliger Eingewöhnung erwachte das Muskelgedächtnis und sie sauste mit einem Gefühl von Freiheit, Leichtigkeit und unglaublichem Glück über den Parkplatz.

Gemeinsam fuhren sie über den gepflasterten Fahrradweg durch einen Wald und an mehreren Geschäften vorbei bis hin zu dem Kreisverkehr in Orleans, wo ihnen mehrere Radfahrer entgegenkamen. Zum ersten Mal, seit sie sich erinnern konnte, fühlte Jessica sich normal. Wie sehr hatte sie sich danach gesehnt, das Leben so zu erfahren, wie andere es taten, ohne jede Stunde zu verplanen, ohne stets adrett gekleidet zu sein und darauf zu achten, angemessene Antworten zu geben. Plötzlich hatte sie Freunde, lachte und hatte mehr Spaß als je zuvor. Ihr war nie bewusst gewesen, wie wunderbar eine Beziehung sein konnte, bis sie Jamie kennengelernt hatte. Egal, was sie taten, es kam ihr ganz natürlich vor, mit ihm zusammen zu sein. Er gab auf sie acht und behandelte sie gut, ganz zu schweigen von diesen Küssen, die immer ihren Herzschlag aussetzen ließen und die er wie Süßigkeiten an sie verteilte.

Unter dem Schutz der hohen Bäume war es auf dem Radweg kühl. Sie fuhren nebeneinander, wenn der Weg breit genug war, und wenn Jamie vorausfahren musste, schaute er sich oft nach Jessica um. Sie waren von Wald umgeben und genossen den Geruch des Meeres. Es war, als wären sie in ihrem privaten Paradies unterwegs. Als der Wald sich lichtete und sie die Stadt erreichten, war es, als kehrten sie in die Realität zurück. Sie folgten dem Fahrradweg hinter einem Fahrradverleih entlang und ein paar Meter weiter kreuzten sie die Main Street. Mit seinen zerzausten Haaren und der glänzenden Haut sah Jamie unverschämt gut aus, als er neben Jessica anhielt, ihren Lenker ergriff und sich zu einem Kuss zu ihr beugte.

»Ich möchte dir etwas zeigen.« Er deutete mit einer Kopfbewegung die Main Street hoch zu einer Ampel.

»Den Chocolate Sparrow?«, fragte sie hoffnungsvoll und schaute zu dem Geschäft mit den Schokoladenspezialitäten auf der anderen Straßenseite. Sie hatte in Reisezeitschriften davon gelesen, und als jetzt der Schokoladenduft zu ihr drang, konnte sie es praktisch schon schmecken.

»Klar, aber ich hatte an etwas anderes gedacht.«

Sie folgte ihm zu einer Ampel, wo sie die Straße überquerten und dann in die Hauptstraße einbogen. An einem Haus, das wie ein verlassenes Bürogebäude aussah, stellten sie ihre Fahrräder auf dem leeren Parkplatz ab.

»Was ist das?« Sie betrachtete das holzverkleidete Gebäude. Die Fenster waren trüb und an keinem der Büros waren Schilder angebracht.

»Das zeige ich dir.« Er nahm ihre Hand und führte sie zwischen zwei Gebäuden eine Treppe hinauf zu einem Eingang. Über der Tür hing ein Schild, das wie ein Baseball aussehen sollte und auf dem in Schwarz stand: MY MOM THREW OUT MY BASEBALL CARDS.

»Oh …« Ihr stockte der Atem. »Jamie, wie hast du das gefunden?« Sie ließ die Hand über die Metalltür gleiten.

»Ich bin den Spuren gefolgt, habe ich doch gesagt.« Er zog das Handy aus seiner Hosentasche und scrollte durch die Nachrichten. »Leanna hat geschrieben, dass der Besitzer, Steve, heute nicht auf dem Flohmarkt war, aber sie hat von der Marktleitung seine Telefonnummer bekommen.« Er lächelte sie an und gab ihr sein Handy. »Du kannst ihn anrufen.«

»Jamie, du hast es geschafft. Ich kann es kaum glauben, dass du all das für mich getan hast.«

Sie setzten sich auf die oberste Stufe. »Ich löse eben gerne Rätsel.«

Sein verführerischer Blick und die Sanftheit in seiner Stimme verrieten ihr, dass das nicht der einzige Grund gewesen war.

»Danke, dass du mir dabei hilfst, meines zu lösen.« In vielerlei Hinsicht.

»Rufst du an?«

»Ja, gleich.« Sie nahm seine Hand. »Ich habe außerhalb meiner Arbeit nicht viele Freunde, und du sollst wissen, dass ich dir wirklich dankbar für das bin, was du getan hast. Es bedeutet mir sehr viel. Da anzurufen, macht mich allerdings etwas nervös. Als ich ans Cape kam, wollte ich herausfinden, wie es mir gelingen kann, normal zu sein, und den Ball von meinem Dad zu finden, sollte etwas sein, worauf ich mich konzentrieren kann, damit ich nicht Tag und Nacht ans Cellospielen denke.«

»Worüber machst du dir Sorgen? Dass du plötzlich stundenlang übst, wenn du den Ball erst einmal gefunden hast?« Er fasste ihre Haare zusammen und legte sie ihr über die Schulter, bevor er ihre Wange küsste. »Was ist daran so schlimm?«

»Was daran so schlimm ist? Ich würde das hier verlieren. Dich. Die Fähigkeit, normal zu sein.« Ihr Innerstes zog sich zusammen.

»Süße, der Tag hat vierundzwanzig Stunden. Zwei, drei, vier oder auch fünf Stunden üben? Das ist nichts.« Er legte die Stirn an ihre. »Außerdem habe ich dich gerade erst gefunden. Um nichts auf der Welt werde ich dich so leicht wieder davonkommen lassen.«

»Du verstehst es nicht. Das Üben ist nur ein Teil meines Lebens. Meine Arbeitstage sind wirklich irre lang. Freundschaften jenseits von anderen Musikern zu unterhalten, ist fast unmöglich, und bei Musikern hat man oft diese Cliquenbildung, wie auch in anderen Branchen, nehme ich an, aber die können weinerlich und zickig sein. Ach, das ist eine ganz andere Welt.«

»Das klingt nicht viel anders als in anderen Branchen. Vielleicht denkst du nur, dass dein Leben so anders ist, weil es das einzige ist, das du kennst. Ich arbeite auch ständig bis spätabends, und in jedem Büro gibt es Cliquen und Quengler. Da steht man einfach drüber, arbeitet drumherum, ignoriert es, so gut es geht, und macht weiter.« Er drückte sein Bein gegen ihres. »Was sonst noch?«

»Vielleicht hast du recht. Ich weiß es nicht. Wie du sagst, Teil eines Orchesters zu sein, ist wirklich alles, was ich kenne. Alles, was ich je kennengelernt habe. Ich könnte immer so weiter jammern, aber es ist nicht so, dass ich nicht gerne tue, was ich tue. Ich liebe es! Es gibt Zeiten, da brauche ich es so dringend wie eine Droge. Aber es gibt Schattenseiten. Man ist viel auf Reisen, oft im Ausland. Das kann anstrengend sein ... und einsam.« Das war ihr erst jetzt bewusst geworden, doch nachdem sie Zeit mit Jamie verbracht hatte, wusste sie, was sie verpasste. »Was rede ich nur? Ich habe einen Job, für den tausend andere ihren Augapfel geben würden, und ich beschwere mich wie ein kleines Kind. Ich will nur eine kleine Auszeit davon, und der Baseball sollte mich vom Cello ablenken, denn ich fühle mich wirklich so davon angezogen, als wäre es meine ganz persönliche Droge.«

»Okay, ich höre also heraus, dass du es liebst zu spielen, dass du manchmal einsam bist und dass dieser Urlaub sich um etwas anderes als das Cello drehen soll. Wenn du also den Baseball von deinem Dad findest, brauchst du eine andere Ablenkung, bis du herausfindest, was du beruflich wirklich weiter machen willst, stimmt's?« Er sah sie ernst an.

Sie verdrehte die Augen. »Lächerlich, oder?«

Er nahm sie in den Arm und küsste sie leicht auf die Lippen. »Ganz und gar nicht. Ich würde sagen, das ist mein Glückssommer, denn ich bin wirklich gut im Ablenken und sogar noch besser im Gesellschaftleisten.« Dann folgte ein tiefer, leidenschaftlicher Kuss, der ein Kribbeln in Jessicas ganzem Körper auslöste.

»Darin bist du unglaublich gut«, sagte sie an seinen Lippen.

»Komm, ich lenke dich noch einmal ab.«

Sie schmolz an seinen Lippen, so warm und willig war sie.

Er war so viel mehr als eine Ablenkung. Er wurde zu der Luft, die sie zum Atmen brauchte.

Schließlich wählte sie die Nummer und konnte es kaum glauben, dass sie so kurz davor war, den Baseball zu finden. Ihr Vater wusste nicht einmal, dass sie danach suchte. Es war ein Glückstreffer gewesen, dass sie den Ball, der ganz bestimmt ihm gehört hatte, im Internet entdeckt hatte, und sie hatte ihn nur aufgespürt, weil eine Kollegin erzählt hatte, dass sie ihre Geige auf Ebay verkaufen wollte. Sie hatte ihr gezeigt, wie sie die Seite auf ihrem Handy finden und mitbieten konnte. Das Glück war auf ihrer Seite gewesen – denn auch wenn sie den Baseball nicht ersteigert hatte, so war sie doch Jamie begegnet, und das war all den Frust wert gewesen.

Steve ging nicht ans Telefon. Sie hinterließ eine Nachricht mit ihrem Namen und der Nummer und gab Jamie sein Handy zurück.

»Jetzt müssen wir wohl warten.« Sie ermahnte sich, nicht allzu große Hoffnungen zu hegen, aber sie konnte nicht anders. Die Hoffnung wurde immer größer.

»Das denke ich nicht. Wir genießen jetzt ein wenig das Leben.« Er zog sie hoch und schenkte ihr noch einen köstlichen Kuss. »Am Ende des Tages hast du sicher die Schnauze voll von mir.«

»Unmöglich.«

»Übrigens, dies ist unser zweites Date.« Er ließ seinen Blick lüstern über ihren Körper gleiten, als sie die Treppe hinuntergingen.

Geradezu nackt fühlte sie sich, wenn er sie so ansah, und sie konnte es kaum fassen, dass sie sich genau das wünschte.

Auf dem Rasen an der Windmühle in Orleans aßen sie eine Kleinigkeit, während sie aufs Wasser hinausschauten und die

Sonne genossen, bevor sie quer über die Straße zum legendären Bird Watcher's General Store gingen, bei dem es alles rund ums Thema Vögel zu kaufen gab. Als sie das Auto beim Besucherzentrum wieder erreichten, war es fast sechs Uhr.

»Würde es dir etwas ausmachen, wenn ich Vera kurz anrufe und frage, ob bei ihr alles in Ordnung ist?«

»Natürlich nicht. Ich verschwinde in der Zeit kurz mal.« Auf der Damentoilette war das Neonlicht hell und gnadenlos, und als sie sich ihr Gesicht abtrocknete, betrachtete sie sich im Spiegel. Selbst in dem grellen Licht stellte sie einen Unterschied in ihrem Aussehen fest. Ihre Augen strahlten mehr, und obwohl sie die halbe Nacht wach gelegen und an Jamie gedacht hatte, waren die zarten Linien, die sie in den letzten Monaten um ihre Augen herum gesehen hatte, verschwunden. Sie fühlte sich nicht nur glücklicher und wohler, sie sah erfreulicherweise auch weniger gestresst aus. Bevor sie ans Cape gekommen war, hatte sie sich allmählich doppelt so alt gefühlt, wie sie eigentlich war, und sie fragte sich, wie viel von der Veränderung Jamie zu verdanken war und wie viel auf die Auszeit vom Orchester zurückzuführen war.

Als sie nach draußen ging, wartete Jamie auf sie.

»Wie geht es Vera?«, fragte sie und fühlte sich etwas schuldig, weil sie ihn den ganzen Tag in Beschlag genommen hatte.

»Prima. Sie hat ein paar Stunden am Pool verbracht und hat schon zu Abend gegessen.« Er legte den Arm um ihre Taille. »Was hältst du von einer Weinprobe?«

Sie schaute an sich herunter. »Wahrscheinlich sollte ich zuerst duschen und mich umziehen, aber es klingt gut.«

»Du bist so ein Quälgeist. Du musst wirklich aufhören, vom gemeinsamen Duschen zu reden.« Er sah sie mit dunklen Augen an.

Ihr stockte der Atem bei der Vorstellung, nackt neben ihm zu stehen. *Unter ihm zu liegen. Oh Gott.* »Ich … ich habe nie etwas von *gemeinsam* gesagt.«

»Dann muss ich mir das wohl in meiner Fantasie zusammengereimt haben.«

Seine Lippen trafen zu einem köstlichen Kuss auf ihre und schalteten ihr Hirn aus. Seine Hände glitten an ihrem Rücken hinunter, bis ihre Hüften aneinander lagen und ihr ganzer Körper durch seine spürbare Erregung in Wallung geriet. Er war so heiß. Alles, was er sagte und tat, war heiß, sinnlich, sexy. Kein Wunder, dass sie immer dahinschmolz, sobald er in ihrer Nähe war. Wenn das so weiterging, würde er sie nach ihrem dritten Date ins Bett gießen müssen.

Sieben

Die Truro Winery war normalerweise abends nicht geöffnet, aber in dieser Woche fand das jährliche Weinfest statt und die Kellerei organisierte eine Weinprobe und Führungen bis Mitternacht. Die Veranstaltung war ausverkauft, aber Jamie kannte den Inhaber, und nach dem Telefonat mit Vera hatte er Cliff angerufen, der sich freute, von ihm zu hören und mehr als gewillt war, die beiden dort zu begrüßen. Wie jede andere Veranstaltung am äußeren Cape war es eine informelle Angelegenheit. Sie hätten auch direkt von ihrer Fahrradtour kommen können, doch Jessica hatte darauf bestanden zu duschen – allein, leider. Sie war eine Augenweide in ihrem waldgrünen Etuikleid mit der Raffung an der Taille. Ihr schlichtes goldenes Armband und die passende Halskette waren elegant und feminin und wurden perfekt durch hängende Ohrringe ergänzt.

Mit all den anderen Gästen gingen sie in dem alten Kapitänshaus von einem Raum in den anderen. Unter der hohen offenen Decke waren dicke Holzbalken zu sehen, und in jedem Raum, die allesamt mit Dielen und Holzmöbeln ausgestattet waren, konnten sie einen anderen Wein probieren, deren Herkunft ihnen von Mitarbeitern erklärt wurde.

Jessica hatte sich bei Jamie eingehakt, als sie sich ein Glas Erdbeerwein teilten. Nachdem sie einen kleinen Schluck genommen hatte, leckte sie sich über die Lippen, die anschließend einladend glänzten.

»Der ist so süß. Probier mal«, forderte sie ihn auf und blinzelte ihn mit ihren blauen Augen verführerisch an.

Er ignorierte das Glas und kostete direkt ihre Lippen. Als Cliff und seine Frau die Gruppe aus dem Raum führten, versteckte Jamie sich mit Jessica in einer Nische. Sie blickte ihn zögerlich an, als er sie in der dunklen Ecke an die Wand drückte.

»Wir bekommen Ärger«, flüsterte sie.

»Nein, bestimmt nicht.«

Er senkte den Mund auf ihren und küsste sie, wie er es den ganzen Abend schon gern getan hätte, während er hatte zusehen müssen, wie jeder Mann um sie herum verstohlen zu ihr herübersah. Verübeln konnte er es ihnen nicht. Sie war so hinreißend, dass er sie am liebsten auf der Stelle vernascht hätte. Zumindest musste er sie kosten, und als er den Kuss vertiefte, rieb sie ihre Hüfte an seiner und schob die Hände in seine Gesäßtaschen. Er war so hart und ihr Körper war so weich. Er wollte in ihrem Kuss aufgehen und ihre Körper die Kontrolle übernehmen lassen. Mit Mühe riss er sich los.

»Richtigen Ärger«, sagte sie heiß keuchend an seinen Lippen. »Die erwischen uns beim Rummachen wie die Teenager.«

Er glitt mit den Händen an ihren Seiten hinauf und strich mit den Daumen über ihre Brüste.

»Jamie.«

Heiliger ... Er hörte in ihrer Stimme das Flehen, nicht aufzuhören – er liebte ihre Stimme und wie sie ihn ansah, als könnte sie kaum einen klaren Gedanken fassen, wenn sie einander so nah waren –, aber er sah auch den Anflug von Sorge in ihren Augen, weil sie Angst hatte, erwischt zu werden.

»In Ordnung, wir hören auf.« Seine Hände glitten an ihren Seiten wieder hinab und umklammerten ihre Hüfte.

»Nein, ich meinte, küss mich, Jamie.«

Sie drückte ihre Lippen auf seine und hielt ihn fest, als wollte sie ihn nie wieder loslassen. Ihre Münder prallten aufeinander, die Zungen umspielten einander, die Zähne stießen gegeneinander, und er konnte nichts dagegen tun. Er brauchte mehr von ihr. Seine Hand glitt unter ihr Kleid und spürte die lieblichen Kurven ihres bloßen Hinterns. Er zog sich zurück und sah ihr in die Augen, wobei er ein Stöhnen unterdrückte, als er ihre nackte Haut fühlte.

»Tanga.« Hungrig zog sie ihn wieder an ihre Lippen.

Er drückte und streichelte, und Himmel noch mal, seine Finger schoben sich zwischen ihre Schenkel und sie war heiß und feucht.

»Über …« Sie küsste ihn erneut. »Der Gürtellinie.«

Verdammt. Mit einem Stöhnen ließ er ihr Kleid hinuntergleiten und legte die Hände über den Stoff an ihre Taille.

»Sind Regeln nicht dazu da, gegen sie zu verstoßen?«, murmelte er an ihren Lippen.

Stimmen näherten sich dem Raum, in dem sie sich gerade versteckten. Jessica hielt die Luft an. Er drückte seinen Körper an ihren und legte einen Finger auf ihre Lippen, benutzte dann jedoch seinen Mund, um sie zum Schweigen zu bringen. Seine Zunge umspielte ihre, bis all die Anspannung aus ihrem Körper wich und sie unter seinen Berührungen wieder schmolz. Die Stimmen wurden lauter, kamen näher und beide öffneten die Augen. Jessica fing an zu kichern und er küsste sie inniger. Mit einem Stöhnen schlossen sich ihre Lider, während sie in den Kuss sank. Doch dann riss sie die Augen wieder auf und gab ein quiekendes Geräusch von sich. Um Himmels willen! Er musste lachen, während sie die Hand vor den Mund hielt. Als er ihr Kleid glattstrich, verrieten sie nur ihre festen Brustwarzen.

Hand in Hand gingen sie an dem älteren Paar vorbei, das sich neben der Nische unterhielt. »Verzeihung.«

Lachend eilten sie in den nächsten Raum. Sobald sie das Haus verlassen hatten, zog er sie wieder in seine Arme.

»Zu knapp entkommen für deinen Geschmack?«

Sie biss sich auf die Unterlippe. »Irgendwie aufregend.«

»Heiliger … Komm her, du kleine Verführerin.« Nach einem weiteren gierigen Kuss riss er sich von ihren Lippen los. »Noch ein ganzer Tag?«

»Noch ein ganzes Date«, korrigierte sie ihn.

»Bis wir zusammenkommen, werde ich so ein Verlangen nach dir haben, dass ich nicht lange durchhalte.«

Errötend hob sie die Augenbrauen. »Vielleicht sollte ich diese ganze Beziehung noch einmal überdenken.«

»Vielleicht solltest du …?« Von wegen. »Du bist so zart und unanständig. Alles, was du tust, turnt mich an.« Mit dem Handrücken strich er ihr über die Wange. »Glaub mir, ich kann so lange durchhalten, bis du mich anflehst, dass ich aufhören soll. Aber wenn wir das erste Mal zusammenkommen – das wird weder zart noch behutsam.« So wie sein Herz aufging, wenn er nur in ihrer Nähe war, und wie die Lust in ihm tobte, konnte er sich gar nicht ausmalen, wie gut es sich anfühlen würde, endlich in ihr zu versinken. Er legte die Wange an ihre und hielt sie so nah, dass er jeden ihrer Atemzüge spürte. »Aber das nächste Mal, das übernächste und jedes Mal danach? Zart, heiß, sinnlich, grob, verspielt. Wir machen alles, wovon du je geträumt hast. Nur noch besser.«

Sie atmete stockend ein. »Versprochen?«

Grundgütiger, er war im Paradies gelandet.

Acht

Jamie Reed war allzu geduldig. Er war nett, großzügig und wohl der beste Freund, den man haben konnte. Er war loyal wie ein Hund und vertrauenswürdig wie das Gesetz. Zumindest war er immer so gewesen, bis zu diesem Moment. Wieder hatte er die halbe Nacht mit Arbeit verbracht, und die andere Hälfte mit dem Versuch, sich davon zu überzeugen, sich nicht schnelle Erleichterung zu verschaffen. Sein Geduldsfaden riss gegen fünf Uhr dreißig am Sonntagmorgen, als die Krähen anfingen zu krächzen und Bilder von Jessica in ihrem Bett vor seinem geistigen Auge abliefen. Natürlich trug sie in seiner Fantasie nichts als ein winziges seidenes Negligé und jedes Wort aus ihrem Mund hatte damit zu tun, wie sie es ihm oder er es ihr besorgen sollte. Gegen sechs Uhr war er kurz davor zu explodieren. Auch eine kalte Dusche half da nicht.

Er warf ein paar Bagels in eine Papiertüte, dazu noch ein Glas Instantkaffee und ging zur Tür.

»Wohin so eilig?«, fragte Vera hinter ihm.

»Eine Runde joggen.« Er war noch nie ein guter Lügner gewesen.

»Mit einer Papiertüte und so angezogen?«

Jamie schloss die Augen und blieb mit dem Rücken zu

seiner Großmutter stehen. »Ich habe ein Frühstücksdate mit Jessica.«

»Willst du dann nicht etwas Netteres mitnehmen? Muffins vielleicht?« Er hörte das Lächeln in ihrer Stimme. »Ich könnte euch welche machen.«

Er hörte, wie sie in ihren Pantoffeln in die Küche schlurfte. Jamie drehte sich um und wusste, dass sie ihn durchschaute, so wie sie ihn durchschaut hatte, als er im Alter von sechzehn Jahren das erste Mal aus dem Haus geschlichen war, um sich mit einem Mädchen zu treffen.

»Danke, Grandma, aber ich glaube, sie mag Bagels.«

In ihrem rosa Hausmantel und mit einem Lächeln auf den Lippen sowie jeder Menge Liebe in den Augen kam sie auf ihn zu und strich ihm die Haare aus dem Gesicht. »Du hast bis früh in den Morgen gearbeitet.«

»Konntest du wegen mir nicht schlafen? Das tut mir leid, ich versuche, leiser zu sein.« Er versuchte, nicht ungeduldig zu klingen, aber mehr als alles andere auf der Welt wollte er Jessica sehen.

Sie nahm seine Hand und führte ihn zum Sofa. »Setz dich kurz zu mir, bevor du davoneilst. Es dauert nur einen Moment.«

Er würde alles für sie tun, aber in diesem Moment fühlte sich jede Sekunde unendlich an. Sie ließen sich in die Polster sinken, und die Papiertüte raschelte vernehmlich unter seinem Griff.

Vera tätschelte seine Hand. »Ich mag sie, Jamie. Sie ähnelt deiner Mutter sehr.«

Das brachte ihn vollkommen aus dem Konzept. Sie sprachen nur selten über seine Eltern. Soweit er sich erinnern konnte, gab es keinen bestimmten Grund oder Zeitpunkt, an dem sie aufgehört hatten, über sie zu reden. Sie waren einfach in den Hintergrund ihres Lebens getreten. Es war seltsam. An einem Tag war er noch von Trauer erfüllt gewesen, und ein Jahr später hatte er diese Trauer in eine Form gebracht, die er beiseiteschieben konnte, um weiterleben zu können.

»Wirklich? Ich erinnere mich nicht sehr gut an Mom. Die Bilder in meinem Kopf fühlen sich eher wie Fotos an, die du mir gezeigt hast, und nicht so sehr wie richtige Erinnerungen.«

»Deine Mutter liebte die Liebe, Jamie. Sie hat deinen Vater so sehr geliebt, dass es ihr aus den Poren drang. Und du? Du warst ihr Ein und Alles.«

Der Kloß in seiner Kehle wurde größer.

»Sie hat dich immer beobachtet, wenn du geschlafen hast, und dir die Haare aus dem Gesicht gestrichen, so wie es alle Mütter tun.«

»Das machst du bei mir.« Er flüsterte fast.

»Ja.« Sie nickte. »Das mache ich. Und ich habe es auch bei ihr gemacht, als sie noch ein Kind war. Das ist Liebe, Jamie. Es gibt nichts Stärkeres als die Sprache der Liebe.«

Er senkte den Blick, damit sie nicht all die Emotionen sah, die in ihm aufkamen.

»Man hat ein gewisses Funkeln in den Augen, wenn man liebt. Dein Großvater hatte es, als er mich kennenlernte. Ich wollte diesen Blick einfach nur genießen und ihn bewahren. Kennst du dieses Gefühl, wenn du dich bis an dein Lebensende an etwas erinnern willst?«

Vera fand stets die Worte, die die Sache haargenau auf den Punkt brachten. »Ich glaube, jetzt kenne ich es.«

»Er hat mich den Rest seines Lebens jeden Morgen so angesehen. Oh, er hatte so seine Momente. Die Eis-vor-dem-Essen-Momente.« Sie lachte. »Aber wenn etwas einfach nur richtig ist, dann kannst du es nicht zu etwas Falschem machen.

Erwarte nicht nur eitel Sonnenschein. So ist die wahre Liebe nicht. Liebe kann gleichzeitig schmerzhaft und wunderschön sein. Manchmal schnürt sie dir die Kehle so heftig zu, dass du sicher bist zu ersticken, und dann zieht sie dich herunter und prügelt auf dich ein, bis du dir wünschst zu sterben. Und ebenso schnell füllt sie deine Lunge mit Helium und du hast das Gefühl zu schweben. Und schließlich, wenn du deine Schuld beglichen und die Mauern eingerissen hast, die den weichen Kern deines Herzens all die Jahre beschützt haben, dann gibst du dich der Zweisamkeit hin.«

»Warum erzählst du mir das jetzt, Grandma?«

»Weil du ein vorsichtiger Mann bist. Du triffst dich ein paarmal mit einer Frau und dann vergräbst du deine Gefühle im Computer. Es ist an der Zeit, diesen Kreislauf zu durchbrechen und zuzulassen, dass du liebst und geliebt wirst. Dies ist dein Sommer, mein Schatz. Ich fühle es tief in mir drinnen. Ich sehe dieses Funkeln in deinen Augen. Und was diese kleine Biene da oben angeht, mit diesem schönen Lächeln und den Augen, die dich ansehen, als wärst du der süßeste Nektar, den sie je gefunden hat – ich habe das Gefühl, dass es auch ihr Sommer ist. Geh. Sei glücklich.«

Jamie hatte nicht gedacht, dass er die Zustimmung seiner Großmutter brauchte, um seine Gefühle zuzulassen, doch als er die Treppe zu Jessicas Apartment hinaufging, wurde ihm klar, dass ein Teil von ihm tatsächlich nicht bereit gewesen war, sich zu sehr auf etwas einzulassen – aus Angst davor, nicht für Vera da zu sein. Wie hatte sie das erkennen können, während er keine Ahnung gehabt hatte?

Es war noch nicht einmal halb sieben, als er an Jessicas Tür klopfte und die Tüte mit den Bagels als ziemlich fadenscheinigen Vorwand hochhielt.

Die Tür wurde nur einen Spalt weit aufgemacht, und Jessica blinzelte ihn an. Ein Lächeln breitete sich auf ihren Lippen aus und ließ ihre Augen strahlen.

»Hallo.«

Ihre Stimme klang so verschlafen und sinnlich, dass er sie am liebsten gleich in den Arm genommen hätte und eins mit ihr geworden wäre, solange ihr Körper noch warm von den Laken war. Er war gar nicht in der Lage, etwas anderes vorzugeben.

»Ich …«

Sie öffnete die Tür und lehnte sich dagegen, wobei sie die Beine an den Fußgelenken überkreuzte und den Rücken leicht durchbog. Die zerzausten Haare fielen über das seidene Top mit den Spaghettiträgern, das ihr gerade bis zum Bauchnabel reichte und einen Streifen Haut zeigte, den Jamie nur zu gut kannte. Die Erinnerung an ihre süße, heiße Haut an seinen Lippen und ihre Reaktion auf ihn war noch frisch. Sein Blick wanderte weiter abwärts zu dem Spitzenhöschen, und es war um ihn geschehen.

»Ich habe unser drittes Date mitgebracht. Ich meine das Frühstück, natürlich.«

Die Grübchen erschienen mit ihrem Lächeln, als sie die Fliegentür aufstieß und er hindurchtrat. Sie roch wie ein Frühlingsnachmittag, nur wärmer. Mit der Tüte in einer Hand beugte er sich hinunter und küsste sie. Sie schlang die Arme um seinen Hals, während er die Tür hinter sich mit dem Fuß zustieß. Himmel, er verlor in ihrer Gegenwart jegliche Beherrschung. Er sollte sie zu einem Drei-Gänge-Champagner-Frühstück ausführen, das hätte sie weiß Gott verdient. Aber als ihm die Tüte fast entglitt und er sie gerade noch auf dem Boden abstellen konnte, hatte er große Mühe, überhaupt noch ans Atmen zu denken. Mit einem starken Arm um ihre Taille hob er sie hoch, und ihre Beine legten sich wie selbstverständlich um seine Hüfte, während er den Kuss vertiefte und sie gegen die verschlossene Tür drückte. Sie schob die Hände in seine Haare und krallte sich hinein – Gott, das heizte ihm noch mehr ein –, um dann mit der Zunge über seine Unterlippe zu fahren und ihm ein hungriges Stöhnen zu entlocken.

»Ist das unser drittes Date?« Ihr Blick verdunkelte sich.

»Ja, endlich. Hunger?«

»Nur auf dich.« Sie presste die Lippen aufeinander und lächelte dieses freche Amor-Lächeln, das ihm direkt ins Herz schoss und ihn jedes Mal fast umbrachte.

Sein Mund landete auf der pulsierenden Stelle an ihrem Hals, sodass er den schneller werdenden Rhythmus unter seiner Zunge spürte. Er küsste und saugte sich bis zu ihrem Schlüsselbein, an ihrem Kiefer hinauf und zu ihrem Mund. Der drängende Kuss war rau und gierig. Er brauchte sie noch mehr als vor fünf Sekunden. Mit einer Hand an ihrem Hintern drückte er sie an die Tür, mit der anderen zog er ihr das Top über den Kopf und warf es zu Boden.

»Himmel, du bist wunderschön.« Er nahm ihre Brust in den Mund, liebkoste zunächst den einen Nippel, dann den anderen, und ließ sie beide hart werden, als er seinen Mund noch fester darauf drückte.

»Mehr, Jamie. Oh Gott, du fühlst dich so gut an.«

Er knabberte mit den Zähnen an ihren Brustwarzen, leckte, kostete, saugte fest, während sie die Hüften an ihm kreisen ließ.

»Schlafzimmer«, stieß sie heiß keuchend hervor.

Er trug sie hinüber, doch bevor er sie auf das Bett legte, schob er die Hand in ihren Nacken und sah ihr in die Augen.

»Ich will mehr als das hier mit dir, Jess. Viel mehr. Mehr als einen Tag, als eine Nacht. Mehr als nur Sex.«

Er verschloss ihren Mund mit seinen Lippen und legte sie sanft mit dem Rücken auf das Bett. Die Laken waren noch warm. Rasch zog er sich das T-Shirt über den Kopf und griff dann nach dem Knopf seiner Jeans. Sie kam auf die Knie und legte die Finger auf seine.

»Lass mich das machen.« Sie leckte sich über die Lippen und das machte ihn fertig.

Sie hielt den Blick auf ihn gerichtet, während sie die Jeans aufknöpfte und den Reißverschluss so langsam aufzog, dass er sich nur schwer zurückhalten konnte, es selbst zu tun. Er zwang sich, geduldig zu sein. Sie fasste den Bund seiner Jeans und mit einem kräftigen Ruck zog sie sie hinunter und seine erwartungsvolle Männlichkeit war nur wenige Zentimeter von ihren Lippen entfernt. Sie schaute ihn weiterhin fest an, leckte über seine ganze Länge und jagte einen heißen Blitz durch seinen Körper. Er sah – kaum atmend – zu, wie sie ihre zarte Hand um seine imposante Männlichkeit legte. Bei dem Anblick, dem Gefühl, während sie ihn streichelte, über die Spitze leckte und ihn dann in den Mund nahm, war er kurz davor zu kommen. Sie umfasste seine Hüfte und zog ihn vor und zurück, während sie ihn fast vollständig aufnahm, sodass er spürte, wie er immer wieder gegen ihren Rachen stieß.

Es war der erregendste und schönste Anblick, den er je genossen hatte, und seine Begierde setzte sich durch. Er zog sich von ihren schönen, sinnlichen Lippen zurück. Schmollend zog sie die Augenbrauen zusammen.

»Hey!« Sie legte wieder die Hand um ihn und nahm in ganz in sich auf.

Er biss die Zähne zusammen, um nicht zu kommen, und vergrub die Hände in ihren Haaren, zog sie einmal vor und zurück, noch einmal, um sich dann ganz herauszuziehen und sich der Jeans zu entledigen.

»Ich brauche dich ganz, Jess.«

Er half ihr beim Aufstehen, nahm eine Brust in den Mund und saugte fest, wobei er genau ihre Reaktion verfolgte. Wieder hielt sie seinen Kopf an sich gedrückt und verlangte stöhnend nach mehr. Er benutzte die Zähne, reizte sie, und dann schob er die Hand in ihr Höschen, zwischen ihre Beine, zu ihrer heißen, feuchten Mitte.

»Ja, mehr, Jamie!«

Er glitt mit den Fingern in ihre samtene Hitze und umspielte gleichzeitig ihren Nippel mit Zeigefinger und Daumen, während er die andere Brust mit der Zunge liebkoste. Sie schrie auf und er ließ ihre Brustwarze los.

»Tut mir leid, Süße.«

Sie zog ihn zurück an ihre Brust. »Mehr. Fester. Ich bin so kurz davor.«

Verdammt, ja! Sie mochte es derb, und das kam ihm sehr entgegen. Er küsste sie ungestüm, während er seine Finger tief in sie stieß und ihre Brustwarze kniff. Sie packte seinen Hintern und drückte seine Erektion gegen ihren Bauch.

»Sieh mich an, Jess«, sagte er an ihren Lippen. »Ich will dich sehen, wenn du kommst.«

Jessica öffnete die Augen, während ihre Zungen noch miteinander spielten und seine Finger sich tief und schnell in ihr bewegten. Ihre Augen wurden schmal, die Lider fielen herab und wurden dann wieder aufgerissen, als sie an seinem Mund aufschrie und die Fingernägel in seinen Hintern grub. Ihr ganzer Körper zitterte und bebte, pulsierte um seine Finger. Sie löste sich ein wenig von ihm, keuchend und die Hand noch immer auf seinem Hintern. Jamie musste sie anschauen. Von der Taille aufwärts war sie nackt und ihre frechen Nippel glühten nach seiner Berührung rosa. Als sie ihn wieder an sich zog, atmete sie noch schwer, seine Finger waren noch in ihr vergraben.

»Du bist verdammt noch mal so schön.« Er riss ihr das Höschen herunter.

Er war bereit, voller Verlangen, in ihr zu sein, doch er brauchte mehr von ihr. Er wollte sie noch einmal zum Höhepunkt bringen, sie all die Lust spüren lassen, die sich in den vergangenen Tagen aufgebaut hatte, damit sie nicht ungeduldig war oder es eilig hatte, wenn sie ihn schließlich in sich aufnahm. Sie sollte einfach nur bereit sein, so bereit, dass er seinerseits Erlösung fand. Er schob eine Hand in ihr Haar und bog sachte ihren Kopf zurück. Ihre Lippen öffneten sich für ihn mit einem tiefen Atemzug. Mit der anderen Hand strich er an ihrem Rücken herunter und glitt mit den Fingern zwischen ihre Pobacken. Seine Zunge vergrub er in ihrem Mund, während er sie reizte, bis sie wieder vor Lust zitterte. Ihr Atem stockte. Mit den Oberschenkeln spreizte er ihre Beine und spürte, wie ihr Körper unter seiner Berührung bebte, und dann glitt er an ihr hinab, leckte sie von der Brust hinunter bis zum Bauchnabel. Seine Zunge liebkoste die süße Haut oberhalb ihres Schambeins, und ihr köstlicher Duft steigerte sein Verlangen, sie zu kosten. Mit einer Hand reizte er sie noch immer von hinten, als er mit der Zunge über ihre sensiblen, feuchten Falten fuhr.

»Ja!«, forderte sie.

Noch einmal strich er mit der Zunge über sie, und sie klammerte sich an seine Schultern, während ihr Körper zitternd den seinen berührte.

»Du bist so süß, so herrlich empfänglich für meine Berührungen.«

Er umspielte den geschwollenen Punkt, an dem alle Nervenenden zusammenkamen und von dem er wusste, dass er sie wieder in die berauschenden Höhen treiben würde. Sie krallte sich wieder in seine Haare und die Mischung aus Lust und Schmerz steigerte seine Erregung noch. Nirgendwo sonst wollte er sein als dort, wo er ihr mit dem Mund und den Händen Wonne bereiten und sie auf sein unfassbares, heißes Verlangen vorbereiten konnte. Er spürte den nahenden Orgasmus. Ihre Oberschenkel waren angespannt und ihre Fingernägel gruben sich in seine Haut. Eine Sekunde lang setzte ihre Atmung aus, dann fiel ihr der Kopf in den Nacken, und ihre Hüfte zuckte, während ihre inneren Muskeln unaufhörlich pulsierten und sie seinen Namen ausstieß, so erfüllt und lustvoll, dass es ihm durch Mark und Bein ging.

»Nicht … aufhören.«

Er leckte und saugte. »Du bist so wunderschön, wenn du kommst. Ich werde nie aufhören.«

Er spürte, wie die Anspannung in ihren Oberschenkeln nachließ, legte sie aufs Bett und liebkoste sie weiter mit dem Mund. Innerhalb von Sekunden kam sie erneut und warf den Kopf keuchend hin und her. Er griff nach seiner Jeans, um ein Kondom herauszuholen, doch sie packte ihn am Arm.

»Lieb mich«, flehte sie.

»Schutz«, brachte er nur heraus.

»Pille. Ich brauche dich, Jamie. Jetzt, bitte.«

Er legte seine Hüfte auf ihre und spürte die Hitze und Feuchtigkeit an der Spitze seiner Männlichkeit.

»Bist du sicher?« Er benutzte immer Kondome, doch er wollte sie so dringend spüren, dass er sie nicht abweisen würde.

»So sicher wie noch nie in meinem Leben. Bitte, Jamie, lass mich nicht warten.«

Er legte seinen Mund auf ihren, schob die Hand unter ihren Oberschenkel und hob ihr Knie an, als er in sie glitt. Sie war so unglaublich eng, dass es schwierig war, in sie zu dringen. Zu schwierig. Er konzentrierte sich, hielt inne und sah ihr in die Augen.

»Jess, hast du das schon einmal gemacht?«

Sie nickte. »Einmal.«

Himmel! »Einmal?« Schuldgefühle kamen in ihm auf. Sie musste es ihm angesehen haben, denn sie legte beide Hände um seine Wangen.

»Ich bin keine Jungfrau. Du hast nichts falsch gemacht.« Sie lächelte und die Intensität ihrer Gefühle, die er in ihren Augen sah, ließ ihn seine Stirn an ihre legen.

»Ich war so fordernd. Ich hätte nicht so grob sein dürfen. Mein Gott, Jess, du verdienst Zärtlichkeit.« Er keuchte. Sie fühlte sich so verdammt gut an und er war kurz davor zu kommen, doch nun machte er sich Sorgen. Sie hatte behutsame Liebe verdient, und er hatte gedacht, dass sie später auch dazu kommen würden, aber wenn er es gewusst hätte, hätte er es langsamer und fürsorglicher angehen lassen.

»Ich wollte es genau so. Mit dir. Ich wollte keine liebliche Zärtlichkeit. Also, klar, schon auch, aber es ist genau so, wie ich mir Sex mit dir vorgestellt habe. Ich bin glücklich, Jamie.« Sie hob den Oberkörper an und küsste ihn, wobei sie ihn noch tiefer in sich aufnahm.

»Du hast gesagt, du nimmst die Pille. Du hast mich berührt, als hättest du das schon Tausende Male getan. Ich dachte einfach …« *Ich bin ein Mistkerl. Einfach nur denken reicht nicht.*

»Ich nehme die Pille, um meinen Zyklus zu regulieren. Ich habe dich so berührt, wie mein Herz es mir gesagt hat, nicht weil ich so viel Übung habe. Es ist peinlich zuzugeben, aber ich habe solche Dinge noch nicht gemacht.«

Er küsste sie sanft und legte die Hände unter ihren Kopf. »Liebling, du musst mit mir reden, damit ich dir nicht wehtue oder dich um etwas bitte, womit du dich nicht wohlfühlst.«

Sie biss sich auf die Unterlippe und nickte. »In Ordnung.«

»Dir muss mit mir nichts peinlich sein. Ich finde dich wunderbar. Ich möchte dich auf jede erdenkliche Weise glücklich machen, sexuell und in unserem täglichen Leben, aber ich muss darauf vertrauen, dass du mir alles sagst.« Er legte wieder seine Stirn an ihre.

»Versprochen. Ich wollte dich nicht täuschen.«

»Das hast du nicht, das ist ein viel zu hartes Wort. Es ist nur, dass ich … verdammt, ich mag dich so sehr, Jess. Ich will alles richtig machen.«

»Dann liebe mich, wie du es möchtest. Ungezügelt, langsam, schnell, was immer dein Herz dir sagt. Jamie, ich wünschte, du wärst mein Erster.«

Sie zu lieben, wie er es wollte, war leicht, denn nachdem sie ihm die Schuldgefühle – fast ganz – genommen hatte, sehnte er sich am meisten nach der körperlichen und geistigen Verbindung mit Jess. Und da er nun wusste, dass er für sie ebenso besonders war wie sie für ihn, ließ die Dringlichkeit nach und tiefere Gefühle wuchsen in ihm.

Mit jedem Mal, das er in sie eindrang, ging er etwas tiefer, genoss ihre Enge und zog die Wonnen für sie beide in die Länge. Ihre Küsse wurden heißer, und sie bewegten sich in perfektem Einklang, schneller, tiefer, küssend und streichelnd, bis das Schuldgefühl vollends verschwunden war. Er umklammerte ihren Hintern und kippte ihr Becken gerade so, dass er den Punkt traf, der sie in die höheren Sphären katapultierte. Dort hielt er sie, keuchend und an seine Schultern geklammert, während sie nach mehr bettelte, bis auch er so weit war und sie beide sich einem Rausch aus lusterfüllten Schreien, Stöhnen und liebevollen Berührungen hingaben, der Teile seines Inneren weckte, von denen er gar nicht wusste, dass sie geschlafen hatten.

Vom ersten Moment an, in dem er Jessica in die Augen gesehen hatte, hatte er mit ihr schlafen wollen, und nun, danach, wurde er von einer inneren Ruhe erfasst, dem Wunsch, ihr nah zu sein, wie er ihn noch bei keiner Frau empfunden hatte. Normalerweise drehte er sich danach zur Seite und war mit den Gedanken schnell woanders. Bei Jessica wollte er sich nicht regen, doch er fürchtete, zu schwer für sie zu sein. Er verlagerte etwas sein Gewicht, doch sie drückte die Hand auf seine Hüfte, damit er in ihr blieb.

»Bitte nicht bewegen. Seit Tagen habe ich davon geträumt, in deinen Armen zu liegen, unter dir, dich in mir zu spüren. Bitte bleib noch.«

Himmel, sie waren so im Einklang. »Ich gehe nirgendwohin, aber ich muss es wissen, Jess. Du bist bisher nur mit einem Mann zusammen gewesen. Warum ich? Warum so schnell? Wir hätten warten können.«

Ihre Finger strichen leicht über seine Haut, den Rücken hinauf und wieder hinab, und als sie sprach, füllte sich ihr Blick mit einer Ernsthaftigkeit, verbunden mit einem so tiefen Gefühl, dass er darin hätte ertrinken können.

»Ich habe immer gedacht, dass ich es einfach wissen würde, wenn der richtige Mann in mein Leben tritt. Der Mann, dem ich mich vollkommen hingeben will. Das erste Mal … da war ich sehr jung. Ich habe versucht, mich in meinem zweiten Jahr an der Highschool anzupassen … dazuzugehören. Wir haben nicht einmal gedatet. Es war fast so, als wollte ich in einer

Mutprobe bestehen. Wir haben uns nach der Schule getroffen und es in seinem Zimmer getan, während seine Eltern bei der Arbeit waren.« Eine Traurigkeit huschte über ihr Gesicht und verschwand genau so schnell wieder. »Ich habe auf die blödeste Art überhaupt rebelliert.«

»Ach, Süße, das tut mir so leid. Highschooljungs können so fies sein.« Er küsste sie sanft und verlagerte sein Gewicht so, dass sein Oberschenkel auf ihrem lag und sein Arm auf ihrem Oberkörper ruhte. Er stellte sich vor, wie irgendein blöder Teenager sie dazu überredet hatte, ihre Jungfräulichkeit aufzugeben, und das machte ihn sauer. Er wollte sie beschützen und ihr ein Gefühl der Sicherheit vermitteln. Er zog das Laken bis über ihre Taille hoch und legte den Arm fest um sie.

»Das ist schon in Ordnung. Es war eigentlich eine gute Lektion, und ich wollte es ja so. Ich wurde nicht gezwungen oder so. Ich wollte einfach unbedingt normal sein und dachte, so wäre ich es vielleicht. War ich nicht, aber es war nicht schrecklich. Irgendwie war es so, als ob man etwas probiert, was man nicht mag, aber du probierst es trotzdem, weil alle sagen, dass es richtig lecker ist. Jedenfalls habe ich danach beschlossen, dass meine Rebellion auf sicherere Art stattfinden muss, und außerdem habe ich gemerkt, dass Sex nicht dafür sorgt, sich weniger einsam zu fühlen. Ich war immer noch einsam. Aber das kam, wie mir klar wurde, aus meinem Inneren. Ich habe gelernt, mit der Einsamkeit umzugehen, und ich habe rebelliert, indem ich die Musik gespielt habe, die ich wollte, und nicht die, die meine Mutter ausgesucht hatte. Ich bin schwach, ein Sonderling, egal, aber es hat funktioniert.«

»Aber Jess, all die Jahre? Hat es dir nicht gefehlt, berührt zu werden?« Er war ein sinnlicher Mann, und er liebte es, berührt zu werden, ebenso wie er es genoss, jemanden zu berühren. Er konnte sich nicht vorstellen, all die Jahre nie mit einer Frau intim geworden zu sein.

»Du verstehst vielleicht nicht, wie fokussiert ich all die Jahre gewesen bin. Dating gehörte nie zu meinem Alltag. Auf dem Konservatorium habe ich ununterbrochen geübt, hab den besten Abschluss meines Jahrgangs gemacht und danach ...« Sie zuckte mit den Schultern. »Ich bin keine Heilige, Jamie. Mit ein paar Männern bin ich ausgegangen, aber ich habe nie etwas für sie empfunden, über die Fummelphase ging es also nie hinaus.« Sie wurde wieder rot. »Und jetzt ... bin ich hier mit dir.«

»War dies dann also ... war ich ... eine Art Rebellion?«

Sie fuhr mit dem Finger über seine Lippen. »Nein, meine rebellische Zeit liegt hinter mir. Ich bin jetzt bei der Selbstfindung angelangt. Als ich hier ankam, eine Woche, bevor ich dich kennengelernt habe, haben mich Männer angebaggert. Einige sogar im Laufe der Woche. Wenn das hier meine Art der Rebellion wäre, hätte jeder von denen gereicht. Wie gesagt, ich rebelliere nicht mehr mit meinem Körper. Ich bin siebenundzwanzig, Jamie, und in all den Jahren habe ich mich noch nie so zu einem Mann hingezogen gefühlt wie zu dir.« Sie atmete tief ein und ganz langsam wieder aus. »Außerdem wusste ich nie, was ich verpasse. Ich habe mir ausgemalt, wie es wohl wäre, Sex mit jemandem zu haben, den ich sehr mag, und ich habe gehofft, dass es so wäre, aber vor dem ... was wir am Strand gemacht haben, hatte ich nie ... du weißt schon.«

Er zwinkerte mehrmals und fragte sich, ob sie gerade das sagte, was er dachte, verstanden zu haben. »Du hattest vorher noch nie einen Orgasmus?«

Sie schüttelte den Kopf.

»Du hast dich nie selbst befriedigt?«

Sie biss sich auf die Unterlippe und schüttelte den Kopf.

»Kam mir nicht einmal in den Sinn.«

Wenn ich deinen Körper hätte, würde ich gar nicht mehr aufhören, ihn zu berühren. »Aber du warst mir gegenüber so offen. Du wusstest genau, was du zu tun hattest, wie du agieren musstest.« Er hatte noch nie so jemanden wie sie kennengelernt, so echt und ehrlich. So unverhohlen liebevoll.

Sie sah ihm in die Augen. »Weil ich nicht *agiert* habe. Ich habe mir einfach endlich gestattet, all das zu vergessen, was man mir darüber beigebracht hat, wie man sich zu benehmen hat, was richtig und was falsch ist. Die haben auf dem Konservatorium nämlich keine anständige Orgasmusetikette unterrichtet.« Sie lachte so ein süßes, sinnliches Lachen, an das er sich immer erinnern wollte. »Ich habe einfach zugelassen, dass ich fühle, dass ich annehme, was du zu geben hattest, und ich gab, was ich geben wollte.«

Er zog sie an sich, wollte sie umsorgen und ihr auf alle möglichen Arten zeigen, wie sie es verdiente, geliebt und wertgeschätzt zu werden.

»War es für dich in Ordnung?«, fragte sie fast flüsternd.

Er lehnte sich etwas zurück und erwiderte ihren Blick. »Mit dir zusammen zu sein, bevor wir uns geliebt haben, war nie nur in Ordnung. Durch dich habe ich anders gedacht, gefühlt und gewollt als je zuvor. Ich habe mich noch nie in meinem Leben jemandem so nah gefühlt.«

Und ich bezweifle, dass es je der Fall sein wird.

Neun

Nachdem sie sich noch einmal geliebt hatten und dann endlich die Bagels gegessen hatten, verbrachten sie den Tag mit Vera und den anderen am Pool. Jamie, Caden, Kurt und Tony saßen an einem der runden Tische unter einem Sonnenschirm und spielten Poker. Bella hatte ein Radio mitgebracht und ließ Hits laufen. Jessica, Bella, Jenna und Amy sonnten sich auf Liegestühlen. Leanna war noch auf dem Flohmarkt und Vera las unter einem Sonnenschirm in der Nähe der Mädels.

Jamie schwirrte noch der Kopf nach dem Morgen mit Jessica. Er staunte noch immer darüber, wie vertrauensvoll sie war. Nicht, dass man ihm nicht vertrauen konnte, aber was Jessica anging, hatte er fast keine Kontrolle über sich. Sie kannte ihn kaum. Er hätte ein Mistkerl sein können. Vielleicht war er ja einer. Woher sollte er das wissen. Hätte ein Mistkerl weiter Sex mit ihr gehabt, nachdem er gemerkt hatte, dass er erst der zweite Mann war, mit dem sie je zusammen gewesen war? Sie übte eine ungeheure Macht über seine Gefühle aus, und mit jeder gemeinsam verbrachten Sekunde wurde sie stärker. Er war kurz davor gewesen, sie zu fragen, ob sie mit ihm duschen wollte, doch er zwang sich zur Zurückhaltung. Denn wenn er all diese nackten köstlichen Kurven unter dem Duschstrahl schimmern gesehen hätte, wäre die Erinnerung daran, wie gut sie sich unter ihm angefühlt hatte, zu frisch gewesen. Vielleicht hätte er dann ohne nachzudenken mehr gewollt und sie überfordert. Stattdessen hatte er sich allein abgeduscht und ihren Duft im Badezimmer genossen.

»Mann, Junge, willst du sie den ganzen Tag anstarren oder legst du jetzt mal die Karten auf den Tisch?«, fragte Tony mit vielsagendem Blick.

Die Doppeldeutigkeit entging Jamie nicht, doch das konnte er auch. »Nicht jeder hat die Chance auf so einen Trumpf in der Hand.«

»Es sei denn, man schwingt ein längeres Schwert«, fügte Kurt grinsend hinzu. »Kommt schon, Jungs, vergesst mal eure Dödel einen Moment lang und konzentriert euch aufs Spiel.«

Jamie legte vier Asse auf den Tisch. »Ich habe nur von meinen Karten gesprochen.« *Und an Jess gedacht.* Er hatte noch nie Sex mit einer Jungfrau gehabt, aber wenn, dann hätte er gedacht, dass es sich ganz anders anfühlen würde als das mit Jess, für die es vor ihm nur einen Jungen gegeben hatte, und zwar mindestens zehn Jahre zuvor. Ihm wurde heiß. Er rückte auf seinem Platz hin und her und versuchte, so gut es ging, sich abzulenken.

»Idiot.« Tony warf seine Karten auf den Tisch. »Ich dachte, du hängst deinen Tagträumen hinterher.«

Caden legte seine Karten verdeckt ab. »Ihr seid mir heute zu heiß. Ich muss Evan bei TGG abholen. Braucht ihr irgendwas aus der Stadt?«

»Kondome, Jamie?«, fragte Tony. »Da gibt's auch kleine Größen.«

»Stimmt, deshalb kann ich sie auch nicht da kaufen, wo du sie kaufst.« Jamie verschränkte die Arme hinter dem Kopf und lehnte sich entspannt zurück. »Die haben da keine in 3XL.«

Kurt schüttelte den Kopf. Er warf seine Karten ebenfalls auf den Tisch und lehnte sich zu den anderen hinüber. »Ich glaube, Tony ist neidisch.«

»Pah, ich hab so viele Frauen, ich weiß mir schon kaum noch zu helfen.« Tony strich sich über die Brustmuskeln.

»Genau da liegt das Problem.« Caden stand auf. »Nicht die Masse macht's. Wir sehen uns später.«

Kurt erhob sich ebenfalls. »Warte, ich muss auch los. Ich muss noch ein paar Seiten schaffen.«

Jamies Telefon klingelte. Er beobachtete Jessica, die zur Treppe am Pool ging und die Zehen ins Wasser steckte. Sie hielt sich am Metallgeländer fest und trat auf die erste Stufe, wobei sie in ihrem rosa Bikini verdammt sexy aussah. Sein Handy klingelte noch immer.

»Geh ran, Junge.« Tony schob ihm das klingelnde Handy hin.

Es war Mark, sein Anwalt, also ging er ran, doch seine Aufmerksamkeit galt Tony, der sich zu Jessica auf die Stufen des Pools gesellte. Tonys hellbraune Haare hatten von der Sonne gebleichte hellere Strähnen. Seine Muskeln glänzten in der Sonne, und Jamie wusste, dass die Art, mit der er sich am Rand des Pools abstützte – die Hände flach auf den Boden und die Ellbogen nach hinten –, eine beabsichtigte Pose war, um seine Armmuskeln zur Schau zu stellen. *Mistkerl.*

»Tut mir leid, Mark. Was hast du gesagt?« Er war zu sehr damit beschäftigt gewesen, Tony im Auge zu behalten, dass er nicht mitbekommen hatte, was Mark erzählt hatte.

»Meine Herren, Jamie. Konzentrier dich, das ist wichtig! Irgendetwas stimmt nicht mit der Suchmaschine, und es ist schlimmer, als wir dachten. Ein Programmfehler. Immer wenn die Kids eine Suche …« Marks Stimme verschwand im Hintergrund, als Jessica ins Wasser stieg und Tony ihre Hand nahm, um sie tiefer hineinzuziehen. *Was zum Henker tut er da?*

»Was hältst du davon?«, fragte Mark.

»Was?«, schnauzte Jamie. Er war wütend auf Tony, der da um Jessica herumscharwenzelte, obwohl er doch genau wusste, dass Jamie mit ihr zusammen war. Tony machte nie so einen Mist. Jamie hatte keine Ahnung, was mit seinem Kumpel los war. Es war fast so, als wäre er auf einen Streit aus.

»Verdammt, Jamie! Was ist los? Dieser Urlaub war ein Fehler. Das habe ich dir gesagt. Du solltest hier sein und dich um diese Probleme kümmern.« Mark schäumte vor Wut.

»Das ist mein erster Urlaub seit acht Jahren, Mark.«

Tony zog eine Luftmatratze heran und hob Jessica darauf. Er hatte seine dreckigen Pfoten um ihre Taille gelegt, und als sie sich auf der Luftmatratze zurechtrückte, war ihr Hintern nur wenige Zentimeter von seinem Gesicht entfernt. Verflucht noch mal. Jamie schaute zu Amy hinüber, die mürrisch guckte – im Gegensatz zu Bella und Jenna, die die Augen verdrehten.

»Ich muss Schluss machen, Mark. Du kannst das so regeln, wie du es für richtig hältst.« Er beendete das Telefonat, marschierte zum tiefen Ende des Pools und sprang hinein. Auf der anderen Seite von Jessicas Matratze kam er wieder an die Oberfläche und sah Tony finster an.

Jessica griff nach seiner Hand. »Hallo.«

»Hallo, Süße. Genießt du die Sonne?« Er sah sie an. Zum Glück war er im Wasser, denn allein ihr Anblick erregte ihn schon, trotz seiner Wut auf Tony, der nun davonschwamm.

»Ja, es ist herrlich. Willst du zu mir heraufkommen?« Sie klopfte auf die Luftmatratze.

»Das ist wohl keine so gute Idee.«

Sie zog die Augenbrauen zusammen, dann riss sie die Augen auf, als ihr dämmerte, warum das keine gute Idee sein mochte, und mit einem sexy Lächeln schaute sie aufs Wasser. »Ach so!«

Bella, Amy und Jenna sprangen ins Wasser und bespritzten sie beide. Jamie zog sich halb auf die Matratze, um Jessica vor den Spritzern zu schützen.

»Seht euch diesen Kavalier an!«, rief Jenna, die im tiefen Wasser herumstrampelte.

»Blöder Vorwand, um sich ranzumachen«, ätzte Tony.

»Was ist denn mit dem heute los?«, wollte Jamie von Bella wissen.

»Amy hatte gestern Abend ein Date.« Bella versetzte Jenna einen leichten Klaps, als die versuchte, sich an ihr festzuhalten. »Seitdem ist er mies drauf.«

»Armer Kerl. Tja, er hatte seine Chance. Wie ist es gelaufen, Amy?« Jamie rutschte von Jessicas Matratze herunter, hielt aber weiterhin ihre Hand.

Amy hatte eine Schwimmnudel unter den Armen und trieb damit in ihrem babyblauen Bikini im Pool. »Es war nett. Wir gehen heute Abend noch einmal aus.«

»Wir ziehen alle los, damit wir ihn uns angucken können.« Jenna schnappte sich auch eine Nudel und ließ sich dann zu Jessicas Matratze treiben. »Ihr beiden solltet auch mitkommen. Am Marconi Beach spielt eine Band. Und ich werde dafür sorgen, dass Pete mit mir tanzt.«

»Ich habe noch nie einer Band am Strand zugehört.« Jessica drückte Jamies Hand. »Glaubst du, Vera würde mitkommen wollen?«

»Du hast keine Ahnung, wie schön ich es finde, dass du sie einbeziehen willst, aber sie geht in letzter Zeit früh ins Bett. Ich frage sie, aber wahrscheinlich möchte sie nicht mit. Macht es dir etwas aus, wenn ich mich eine Weile zu ihr setze?«

»Natürlich nicht. Geh nur.«

Nach einem kurzen Kuss schwamm er durch das Becken, nahm sich ein Handtuch und ging zu Vera. Den Anruf von Mark hatte er schon vollkommen vergessen.

»Man kann ein Loch durch einen Mann hindurchbrennen, wenn man ihn zu sehr anstarrt«, scherzte Bella.

»Gibt es denn Ganzkörperschutzanzüge zu kaufen? Denn ich werde mich in nächster Zeit keinesfalls an ihm sattsehen.« Jessica konnte es kaum glauben, dass sie das laut ausgesprochen hatte, aber ihr lief fast das Wasser im Mund zusammen, als Jamies Muskeln nur so zuckten, während er seinen göttlichen Körper abtrocknete – wobei ihr noch sehr präsent war, wie der geschmeckt hatte.

»Sagt die Frau, die verdächtigerweise heute Morgen um halb acht nicht an die Tür gegangen ist«, meinte Bella mit erhobenen Augenbrauen.

»Bella!«, rief Amy. »Wir haben gesagt, wir bringen sie nicht in Verlegenheit.«

Jessica zog Amys Schwimmnudel näher heran und fragte leise: »Seid ihr wirklich vorbeigekommen?«

Amy nickte. »Keine Sorge. Wir waren nicht lange da oder haben gelauscht oder so. Aber wir haben genug gehört, um zu wissen, dass wir dich nicht stören sollten.«

»Du meine Güte!« Sie hielt die Hand vor den Mund und sah zu Jamie. Er und Vera lachten gerade. Es war so schön, mitanzusehen, wie aufmerksam er seiner Großmutter gegenüber war. »Oh nein! Hat Vera uns auch gehört?«

»Nein, Vera hat Geige gespielt«, beruhigte Amy sie. »Tony war zu sauer auf mich, weil ich ein Date hatte, als dass er irgendetwas bemerkt hätte, Kurt war mit seinem Computer beschäftigt und Caden war joggen. Also waren nur wir Mädels da.«

»Oh, Gott sei Dank! Tut mir leid, dass ich nicht aufgemacht habe.« Nein, das stimmte eigentlich nicht. Sie hatte den besten Morgen ihres Lebens gehabt, und jedes Mal, wenn sie sich an Jamies Gewicht auf ihrem Körper erinnerte oder daran, wie seine Zunge über ihre intimsten Stellen glitt oder … Sie musste aufhören, an ihn zu denken. Ihre Nippel waren schon ganz hart.

»Muss es nicht. Zumindest bist du nicht wie Leanna.« Amy lachte. »Sie lässt ihr Fenster immer offen und ganz Wellfleet kann alles hören. Das ist wahrscheinlich der eigentliche Grund dafür, dass sie meistens in ihrem Haus an der Bayside schlafen und nicht hier im Ferienhaus.«

»Oh, wie grauenhaft. Falls wir das jemals tun sollten, bitte sagt es uns, denn das wäre mir so peinlich.« Ihr wurde klar, dass sie *wir* gesagt hatte. Und es fühlte sich natürlich an. Richtig gut fühlte es sich an.

»Ihr beiden seid so ein süßes Paar. Ich wünschte, mein Lieblingssurfer würde mich um ein Date bitten. Seit Ewigkeiten bin ich schon in ihn verliebt.« Amys Blick wurde ganz verträumt, als sie zu Tony sah, der in einem Liegestuhl saß.

»Wenn er so sauer ist, weil du ein Date hattest, dann bedeutet es doch, dass er dich mag. Ich weiß, dass er mir nur auf die Luftmatratze geholfen hat, um dich eifersüchtig zu machen.« Jessica fügte flüsternd hinzu: »Er hat geradewegs an mir vorbei geguckt und dich angestarrt.«

»Hm, so benimmt er sich aber nicht gerade. Jedenfalls mag

ich den Kerl wirklich, den ich gerade date«, erklärte Amy. »Jake Ryder, der jüngere Bruder von Blue.«

»Der viel jüngere Bruder. Sie steht auf junges Gemüse«, sagte Jenna.

Stand Jamie also auch auf junges Gemüse?

»Er ist erst achtundzwanzig, aber so ein heißer Bergretter, daher …« Jenna zuckte vielsagend mit den Augenbrauen.

Amy gab Jenna einen Klaps auf den Arm.

Jamie und Vera kamen vorbei und Jamie hockte sich an den Beckenrand. »Ich werde Vera nach Hause bringen und ihr dort behilflich sein. Sie will heute Abend nicht mitkommen, also gehen wir allein. In Ordnung?«

»Klingt gut.« Jessica winkte Vera zu. »Sie werden uns heute Abend fehlen.«

»Danke, meine Liebe. Amüsiert euch gut.«

Sie sah Jamie hinterher, der Vera durch das Tor führte, und seufzte. Sie hatte das Gefühl, die glücklichste Frau auf Erden zu sein. Sie stieg aus dem Wasser, um sich in die Sonne zu legen, als ihr Handy klingelte und eine unbekannte Nummer erschien.

»Hallo?«

»Hallo, spreche ich mit Jessica Ayers?«

»Ja.« Sie beobachtete, wie die Mädels sich um die Luftmatratze stritten.

»Hier ist Steve Lacasse. Sie haben mir neulich eine Nachricht hinterlassen.« Seine Stimme klang lebhaft und freundlich.

»Oh! Steve, ja, danke für den Rückruf. Sie hatten einen Baseball zu verkaufen, auf dem das Autogramm von Mickey Mantle rot vollgekritzelt war.«

»Ja, aber der ist verkauft. Habe ich neulich verschickt.«

»Ja, ich weiß, dass er verkauft wurde, ich habe nämlich

leider die Ebay-Auktion verloren. Ich bin mir zu neunzig Prozent sicher, dass genau dieser Ball meinem Vater als Kind gehört hat, und ich würde gern den Eigentümer kontaktieren, um ihn vielleicht von ihm zurückzukaufen. Würden Sie mir eventuell seine Kontaktdaten geben?« *Bitte, bitte, bitte.*

»Tut mir leid, Jessica, aber persönliche Informationen kann ich nicht rausgeben. Sie können ihn vielleicht über Ebay ausfindig machen.«

»Das habe ich schon versucht. Würden Sie mein Anliegen denn vielleicht übermitteln?«

»Das kann ich machen. Wie lautet Ihre E-Mail-Adresse?«

»Es wäre mir lieber, wenn Sie ihm stattdessen meine Telefonnummer geben könnten.«

»Bin mir nicht sicher, ob das eine so gute Idee ist. E-Mail ist viel sicherer.«

Bei seiner Fürsorglichkeit musste sie lächeln, aber sie nutzte E-Mail fast nie, und je weniger sie sich auf den Computer verlassen musste, umso besser. »Danke, ja, das verstehe ich, aber wenn Sie es trotzdem machen könnten …?«

Er war einverstanden, und als sie das Gespräch beendete, war sie voller Hoffnung, den Baseball ihres Vaters zu finden.

Sie legte sich auf das Handtuch, als Amy sich neben ihr gerade abtrocknete.

»Hältst du mich für verrückt, weil ich mit jemandem ausgehe, der jünger ist als ich?« Amy legte das Handtuch auf ihren Stuhl und strich sich die nassen Haare hinters Ohr.

»Ich bin nicht unbedingt die beste Adresse für Dating-Ratschläge, aber ich bin auch jünger als Jamie. Ich denke, du solltest deinem Herzen folgen.«

Amy seufzte. »Das habe ich versucht.« Mit finsterem Blick schaute sie zu Tony, der in einen Roman vertieft war. »Ich will noch mal zu dem verrückten Laden. Kommst du mit?«

»Was ist der verrückte Laden?«

»Ach, stimmt ja, entschuldige. Kennst du die beiden Souvenirläden in South Wellfleet, die einander gegenüberliegen? Direkt an der Route 6?«

Jessica schüttelte den Kopf.

»Die mit den ganzen Schwimmreifen und aufblasbaren Sachen?«

»Ach, die. Ja.«

»Wir hatten hier mal Mieter, deren kleine Tochter die Geschäfte die verrückten Läden genannt hat, und das ist irgendwie hängengeblieben. Jedenfalls haben die auch Batikkleider, und ich wollte mal sehen, ob ich da eines für heute Abend finde.«

Eine Stunde später kamen Jessica, Amy, Bella und Jenna mit jeder Menge Tüten aus dem verrückten Laden. Jessica hatte sich ein witziges neues Kleid ausgesucht, das perfekt zu ihrem neuen Leben passte. Für Jamie hatte sie einen Stimmungsring gekauft und für Vera hatte sie eine süße Strandtasche gefunden.

Als sie zurück nach Seaside kamen, hörte Jessica Vera auf der Geige spielen. Sie ging ums Haus zur hinteren Veranda und sah Jamie mit dem Rücken zu ihr am Computer sitzen. Vera spielte »Csárdás« von Vittorio Monti, ein Stück, das Jessica schon immer geliebt hatte. Eine Minute lang schloss sie die Augen und ließ sich von der Musik umarmen. Ihre Finger bewegten sich wie von allein. Sie sehnte sich danach, wieder zu spielen. Sie öffnete die Augen, gerade als Jamie von seiner Arbeit am Laptop aufschaute und lächelte.

»Hey, Jess.«

»Hallo. Ich habe Vera eine Kleinigkeit mitgebracht. Das Stück, das sie gerade spielt, mochte ich schon immer sehr gern.«

»Das ist auch eines meiner Lieblingsstücke.« Er ergriff ihre Hand, als sie auf die Veranda trat, und küsste sie auf die Wange.

»Diese Tasche habe ich im verrückten Laden entdeckt, und ich dachte mir, sie könnte Vera für den Pool gefallen.«

»Der verrückte Laden. Da warst du bestimmt mit den Mädels.« Er hielt die Tasche in die Höhe, um sie Vera zu zeigen. »Sieh mal, was Jess dir mitgebracht hat.«

Vera hörte auf zu spielen und kam zu ihnen an den Tisch. »Das ist wirklich sehr reizend. Vielen Dank. Sie ist wunderhübsch.«

»Es freut mich, dass sie Ihnen gefällt. Und ich liebe es, Ihnen beim Spielen zuzuhören.« Jessica beschloss, Jamie sein Geschenk erst zu geben, wenn sie allein waren. Ein Stimmungsring war nicht einfach nur ein albernes Geschenk. Er implizierte eine gewisse Nähe, und sie war immer noch etwas schüchtern, nach dem, was Amy gesagt hatte.

»Danke, so lange es mir meine Finger gestatten, werde ich nach Herzenslust spielen.«

Dieses Gefühl war Jessica nur allzu vertraut. Sie konzentrierte sich auf den Baseball ihres Vaters, um die Lust, mit Vera zu spielen, zu unterdrücken. »Jamie, ich habe von Steve gehört. Er wird dem Käufer meine Nummer geben.«

»Das ist ja wunderbar.« Jamie schloss sie in die Arme und drückte sie ganz fest. »Du bekommst den Baseball also vielleicht doch noch.«

»Das hoffe ich. Ich werde diese Tüten mal in meine Wohnung bringen. Dann möchte ich auch noch meinen Vater anrufen, um zu hören, was es Neues gibt.«

»Ich habe dir noch immer keine Nachhilfe in Sachen Internet gegeben. Tut mir leid, dass wir noch nicht dazu gekommen sind. Sollen wir das jetzt machen?«

Sie konnte nicht sagen, ob das Verlangen in seinen Augen nur in ihrer Fantasie vorhanden war oder ob er einen Vorwand suchte, damit sie allein sein konnten. Schon jetzt fehlte es ihr, ihn zu spüren, und seit er im Pool angedeutet hatte, wie erregt er gewesen war, hatte sie gegen die Erinnerung an die Momente in seinen Armen angekämpft, in denen er sie mit seinen Händen, seinem Mund, seinem Körper verwöhnt hatte. *Gütiger!* Sie musste nach Hause, bevor Vera merkte, was mit ihr los war.

»Das ist schon in Ordnung. Du arbeitest und verbringst Zeit mit Vera. Hoffentlich ruft der Käufer mich an, also besteht da keine Eile.«

»Jessica, wollen Sie nicht vielleicht Ihr Cello holen und mich bei einem Stück begleiten? Ich würde Sie sehr gern einmal spielen hören.« Vera tätschelte Jamies Schulter. »Komm, Jamie. Hilf ihr, das Cello herüberzuholen.«

»Ich möchte nicht stören.« Jessica konnte nicht die Gänsehaut ignorieren, die ihr bei der Vorstellung, mit Vera zu spielen, über die Arme huschte. Für Jamie zu spielen, war eine Sache, aber Vera war eine ausgebildete Musikerin. Sie würde Jessicas Musikalität zu schätzen wissen, und das wäre aufregend, aber sie würde auch ihre Schwächen bemerken.

»Was hältst du davon, Jess?« Jamie stand auf.

Wie konnte sie Vera das abschlagen? »In Ordnung. Danke, Vera.« Sie gingen über den Platz zu ihrer Wohnung.

»Wohin geht ihr?«, rief Bella von ihrer Veranda, auf der sie gerade grillte. Der Duft von gewürzten Steaks umgab ihr Ferienhäuschen.

»Jess spielt mit Vera«, antwortete Jamie. »Komm doch auch rüber.« Er wandte sich Jessica zu und fragte leise: »Es macht dir doch nichts aus, oder?«

»Nein, das ist in Ordnung.« Sie war sich nicht sicher, ob sie so nervös war, weil sie vor allen spielen würde oder weil sie das Cello vielleicht nicht mehr aus der Hand legen würde, wenn sie erst einmal wieder gespielt hätte.

»Ich bringe Steaks mit.« Bella beugte sich über das Geländer ihrer Veranda und brüllte: »Jenna! Pete! Jessica spielt mit Vera. Bringt Salat mit!«

Jenna kam in ihrem neuen Batikkleid mit Joey auf den Fersen herausgerannt. »Wirklich? Oh, toll! Ich sage Amy Bescheid. Könnt ihr Kurt und Leanna holen? Ach, und Tony!«

»Amy trifft sich gerade mit Jake.« Bella trat von ihrer Veranda herunter.

»Und Tony ist hier.« Tony winkte von seinem kleinen Garten an der Seite seines Hauses herüber. »Ich bin in ein paar Minuten da.«

»Los, macht euch fertig!« Bella scheuchte Jamie und Jessica davon.

Jessica sah Jamie nervös an, der sie stolz anlächelte, während sich ihr der Magen umdrehte.

»Siehst du? Alle wollen dich spielen hören.« Er legte einen Arm um ihre Schulter, als sie die Treppe zu ihrer Wohnung hinaufgingen.

Jessica wurde klar, worin der eigentliche Grund für ihre Anspannung lag. Sie hatte vor Tausenden Leuten gespielt, vor Pressevertretern, sogar dem Präsidenten, und da war sie nicht so nervös gewesen wie jetzt, wo sie vor ihren neuen Freunden spielen würde. Sie wollte für sie einfach nur Jessica Ayers sein, und sie wusste, dass Vera von der ersten gespielten Note an sofort wissen würde, wie vollendet Jessica als Musikerin wirklich war. Und auch wenn den anderen nicht klar sein würde, welches Niveau sie besaß, so würden sie doch feststellen, dass sie überdurchschnittlich gut Cello spielte. Sie hoffte, dass Jamie recht hatte und dass sie es falsch einschätzte, wie ihr Cello Teil der realen Welt sein konnte – und noch wichtiger: Teil ihrer Beziehung.

In ihrer Wohnung krallte sie sich in Jamies T-Shirt und küsste ihn. Sie musste sich von ihrer Nervosität ablenken und sie hatte sowieso dauernd an seine Lippen gedacht.

»Darauf habe ich schon den ganzen Tag gewartet.« Wieder legte er die Lippen auf ihre und innerhalb von wenigen Sekunden wurde ihr ganz schwummerig, doch ihre Nerven beruhigten sich.

Er hatte sie wohlig verzaubert. Als er sich von ihr löste, war sie außer Atem.

»Bist du nervös?«

»Merkt man das?«

Er legte die Hand auf ihre, die immer noch sein T-Shirt festhielt. »Du hast da eine Handvoll Brusthaare drin. Und auch etwas Haut.«

Sie lockerte den Griff. »Tut mir leid.«

»Warum bist du nervös? Hast du nicht gesagt, dass du in einem Orchester spielst?« Er zog diese sexy Augenbrauen zusammen.

»Ja.« Sie holte ihr Cello, bevor einer von ihnen beiden noch eine falsche Bewegung machte und sie im Bett landeten anstatt auf seiner Veranda, wo alle darauf warteten, dass sie spielte.

Ogottogott.

Zehn

Jessica schloss die Augen, als ihre Finger vor dem Hintergrund der untergehenden Sonne über das Griffbrett des Cellos tanzten. Der Bogen bewegte sich anmutig, dann kraftvoll, dann wieder voller Anmut über die Saiten. In den wenigen Tagen, die Jamie sie kannte, hatte er nie einen so friedvollen Ausdruck in ihrem wunderschönen Gesicht gesehen. Es war, als wäre die Musik in ihren Körper eingedrungen und hätte ihn mit Gelassenheit erfüllt. Während er von den Menschen umgeben war, die er am meisten liebte, öffnete sie die Augen nur den Bruchteil einer Sekunde lang und suchte unmittelbar nach seinen – und in dieser Sekunde war es vollends um ihn geschehen.

Ein Lächeln ließ ihre Grübchen erscheinen und um ihn herum drehte sich alles. Im nächsten Moment schloss sie die Augen wieder und die Musik und Jessica erfüllten sein ganzes Ich.

»Mann, sie ist unglaublich«, flüsterte Tony.

»Ja«, brachte er nur hervor. Jamie hatte seiner Großmutter in genügend Konzerten gelauscht, um ein herausragendes Cellospiel zu erkennen, wenn er es hörte.

Als sie fertig waren, nahm Vera ihre Geige herunter und sah Jessica an. Jamie hatte seine Großmutter nie voller Bewunderung für jemanden erlebt. Doch der Blick, mit dem sie Jessica betrachtete, die bescheiden und geradezu liebevoll auf ihr Cello herabschaute, war unmissverständlich. Jamie sah sich zu den anderen um, die klatschten, lächelten und sowohl Vera als auch Jessica bekundeten, wie sagenhaft sie gespielt hatten, und auf ihren Gesichtern sah er die gleiche Bewunderung für das Duo, die er auch empfand. Schließlich schauten Jessica und Vera sich lange an. Jamie konnte die wortlose Botschaft, die sie austauschten, nicht deuten, aber er spürte die Kraft einer geheimen Welt, einer geheimen Liebe. Eine Verbundenheit. Wenn er eines verstand, dann dass seine Großmutter etwas in Jessica erkannt hatte, das keiner von ihnen sehen konnte, und er wollte eingeweiht sein.

Während die anderen sich um den Tisch versammelten und ihre Teller mit den Leckereien des Büfetts füllten, zu dem jeder etwas beigetragen hatte, verstaute Jessica ihr Cello im Kasten und Jamie trat zu Vera.

»Das war wunderschön, Grandma.«

»Ja, überwältigend«, sagte sie und legte die Geige in ihren Kasten. Sie zog sich den dicken Pullover um die Schultern, verschränkte die zarten Arme vor der Brust und atmete langsam aus. »Überwältigend«, wiederholte sie flüsternd, während ihr Blick wieder zu Jessica wanderte. »Sei so lieb und hol mir doch etwas zu Essen, bitte. Ich sterbe vor Hunger.«

Jamie wusste, wann er zu gehen hatte. Er sah, dass sie allein mit Jessica reden wollte, und erneut wünschte er, Veras Gedanken lesen zu können, um zu verstehen, was sie gesehen hatte.

Er nahm einen Teller und füllte ihn mit Salat, einem Steak und einem Stück von Leannas selbst gebackenem Brot, auf das er ihre leckere Erdbeer-Chili-Marmelade strich.

»Hat Jessica neulich Abend nicht gesagt, dass sie *ein wenig* spielt?«, fragte Bella.

»Ja, so hat sie sich ausgedrückt.« Jamie respektierte die Privatsphäre seiner Großmutter und gab sich bewusst Mühe, ihre Unterhaltung mit Jessica nicht zu belauschen, aber er konnte einfach nicht anders, als zu der Frau hinüberzuschauen, die in seinen Augen immer unglaublicher wurde. In jeglicher Hinsicht, von ihrer Freundlichkeit und Großzügigkeit bis hin zu ihrer entzückenden Art und intuitiven Sinnlichkeit. Mit verschränkten Händen stand sie vor Vera und wiegte sich nur ein ganz klein wenig hin und her, wie ein Grashalm im Wind. Ihre Lippen waren auf diese besondere Weise aufeinandergepresst, die sagte: Es ist mir peinlich, aber ich bin auch glücklich, und die es ihm so angetan hatte. Aber ihre wunderschönen Augen sahen ernst aus. Sie nickte und sagte etwas, woraufhin Vera staunend den Mund öffnete, um dann breit zu lächeln.

»Also, ich glaube, sie spielt mehr als nur ein wenig.« Bella gab Caden einen Teller und fragte dann Evan, ob sie ihm einen Teller auffüllen sollte.

»Meine Herren, Jamie. Sie ist hinreißend und talentiert.« Tony hatte sich ausgiebig mit Steak, Kartoffeln, Salat und Brot versorgt. »Glückspilz.«

Vera umarmte Jessica und gemeinsam kamen sie in seine Richtung.

»Das bin ich wirklich. Was ist mit dir und Amy? Hast du es vollends vermasselt?«, fragte er.

Tony presste die Kiefer aufeinander. »Da gibt's nichts zu vermasseln.«

»Ach ja? Sah für mich anders aus, aber was weiß denn ich schon?« Jamie klopfte ihm auf den Rücken. »Kommst du heute

Abend zur Strandparty?«

»Klar.« Tony legte den Kopf zur Seite, sodass ihm die Haare über die Augenbrauen fielen, als er einen Arm um Jamies Schulter legte und leise sagte: »Das Surfen stillt nur eine Art von Sehnsucht in diesem Prachtkörper.«

Der schmerzvolle Neid in der Stimme seines Freundes entging Jamie nicht, und als Tony sich zu Kurt, Caden und den anderen gesellte und Jessica zu ihm kam, fühlte er mit ihm mit. Er wusste, dass kurze Affären nur ein oberflächliches Begehren lindern konnten. Und da er nun erleben durfte, wie es sich anfühlte, mit jemandem zusammen zu sein, der ihm so wichtig war, wusste er, dass die sinnliche Liebe eine tiefere, erfüllende Erfahrung war, die sein Freund hoffentlich auch eines Tages finden würde.

»Danke, mein Lieber.« Vera nahm den Teller von Jamie entgegen.

»Gern.« Er wandte sich Jessica zu und legte die Arme um ihre Taille. »Du hast mir nicht gesagt, dass du sogar besser spielst als Jacqueline du Pré.« Er küsste sie sanft und bemerkte, dass ihr Blick zu Vera huschte, die sich an den Tisch setzte.

»Bitte, so gut bin ich nicht, aber danke.« Sie schaute zu Boden.

»Hey, alles in Ordnung?«, fragte er leise. »Du solltest vor Stolz nur so strahlen, aber du siehst besorgt aus.«

»Ich muss dir etwas sagen, denn ich habe es irgendwie für mich behalten, weil ich nicht wollte, dass es zwischen uns komisch wird, aber ich habe es gerade Vera erzählt, und jetzt habe ich ein schlechtes Gewissen, weil ich es dir nicht zuerst gesagt habe.« Sie schob einen Finger in die Gürtelschlaufe seiner Jeans. »Jamie, ich nehme mir gerade eine Auszeit vom Boston Symphony Orchestra.«

Das Boston Symphony Orchestra war eines der fünf bedeutendsten Orchester im Land und mehr als nur eine große Sache. Es war herausragend, und eine Auszeit von einem so renommierten Orchester zu nehmen, war sicherlich nichts Alltägliches.

»Wow, in so einem wichtigen Orchester zu spielen ist etwas ganz Besonderes. Warum möchtest du das vor anderen, vor allem vor mir, geheim halten?«

Sie zuckte mit den Schultern. »Ich wollte einfach nur versuchen, ein normales Leben zu führen und herauszufinden, was ich verpasse. Die Leute werden seltsam, wenn sie hören, dass ich in einem der fünf großen Orchester spiele. Ganz zu schweigen davon, dass ich für einen Platz bei den Chamber Players in Erwägung gezogen werde, was noch etwas wäre, das mich von anderen in meinem Alter unterscheidet.« Die anderen führenden Orchester der USA neben dem BSO waren die großen Orchester von New York, Chicago, Philadelphia und Cleveland.

»Die Chamber Players? Das ist gewaltig, oder? Dieses Kammerorchester ist unglaublich renommiert.« Jamie wusste, wie angesehen es war, und er fragte sich, warum Jessica es nicht freudig allen mitteilte.

»Ja, ist es.« Sie seufzte, und als sie den Blick abwandte, spürte er, wie unangenehm ihr dieses Thema war.

Jamie hatte selbst immer wieder erlebt, wie die Leute anders mit Vera umgingen, sobald sie von ihrer beruflichen Karriere vor ihrer Jamie-Zeit erfuhren, und er wusste genau, wie sich das Verhalten der Menschen änderte, wenn sie erfuhren, dass er zu den ziemlich gut Situierten gehörte. Deshalb hatte er sich auch entschieden, einen unauffälligen Lebensstil zu führen und nicht den der Reichen und Schönen. Aber er war sich nicht sicher, ob ihre Freunde in Seaside etwas über die Welt der Orchester wussten, beziehungsweise ob es sie interessieren würde. Sie hatten ihn jedenfalls nie als Milliardär behandelt. Er wünschte, Jessica würde ihnen die Möglichkeit geben, ihr zu zeigen, wie sie reagierten. Doch ihm wurde allmählich klar, welche zentrale Rolle das Orchester in Jessicas Leben spielte und wie fern jeglichen Lebens außerhalb der Orchester- und Musikwelt sie gelebt hatte. Alles ergab allmählich Sinn, sowohl ihre Unerfahrenheit mit Männern als auch ihre Angst, nicht dazuzugehören. Sie war so schön, dass sie – wenn sie denn abends in Bars unterwegs wäre – schneller eine ganze Traube von Bewunderern um sich geschart hätte, als sie *Cello* sagen könnte.

Er fragte sich, ob mehr hinter ihrer Auszeit steckte, als nur der Wunsch, ein normales Leben zu führen. Denn er wusste von Vera, dass so etwas in den großen Symphonieorchestern nicht besonders gern gesehen wurde. Was auch immer der Grund dafür war, er wollte die Situation nicht noch unangenehmer für sie machen, als sie es ohnehin schon war.

Er küsste sie und flüsterte: »Dein Geheimnis ist bei mir sicher.«

Elf

Der Marconi Beach lag nur wenige Minuten südlich von Seaside. Während er tagsüber als familienfreundlicher Strand mit Rettungsschwimmern und großzügigen Waschräumen bekannt war, wurde er abends zu einem Tanzclub am Meer. Bunte Scheinwerfer beleuchteten eine improvisierte Bühne, die für die Band aufgebaut und vor dem nächsten Morgen wieder abgebaut wurde. Heute Abend tummelten sich jede Menge Leute auf dem breiten Strand unterhalb der hohen Dünen. Einige tanzten barfuß im Sand, andere standen in Grüppchen, unterhielten sich und lachten. Strandliegen standen im Kreis um mehrere Lagerfeuer herum oder unten am Wassersaum. Jessica war noch nie auf einer solchen Veranstaltung gewesen, und obwohl sie mit ihrem neuen Batikkleid, einer offenen Kapuzenjacke und den Flipflops, die sie an der Düne stehen gelassen hatte, passend angezogen war, raste ihr Herz.

Tony öffnete die Kühlbox und gab beiden ein Bier. »Freunde, lasst die Party beginnen!«

»Danke, Tony.« Jamie öffnete die Flaschen und reichte Jessica eine.

»Komm mit.« Leanna zog Jessica an der Hand Richtung Band. »Sogar Kurt will tanzen. Komm schon, Jamie! Die anderen sind alle schon hier.« Sie führte sie durch die Menge, Tony folgte ihnen, und inmitten von einem Haufen spärlich bekleideter Zwanzigjähriger tanzten all ihre Freunde, einschließlich Petes Schwester Sky und Blue Ryder – und Amy und Jake.

Jessica schaute zu Tony. Seine Miene war finster und verbissen. Sie ging auf die Zehenspitzen und flüsterte Jamie zu: »Kann Tony mit uns tanzen?«

»Drei sind einer zu viel«, meinte er ernst. »Aber solange ich dich nicht später noch teilen muss, ist es in Ordnung.«

Er legte die Hand auf ihre Hüfte, doch noch bevor Jessica etwas zu Tony sagen konnte, tanzte schon eine süße Brünette mit ihm.

»Entschuldige, aber er tat mir einfach leid.«

Er legte die Stirn an ihre. »Du bist zu gut für diese Welt.« Jamie begann, sich zur Musik zu bewegen, und Jessica passte sich ihm mühelos an. Es war leicht, mit ihm im Einklang zu sein. Er bewegte sich flüssig, ohne Anspannung oder Sorge, was die anderen denken mochten. Während ihre Freunde um sie herum tanzten und lachten, Witze machten und ihr Bier tranken, war Jamies Blick in Jessicas versunken. Seine Hüfte lag an ihrer und das verführerische Lächeln auf seinen Lippen jagte ihr einen Schauer durch den ganzen Körper.

Er drückte seine unrasierte Wange an ihre. »Den ganzen Tag denke ich schon daran, wie süß du schmeckst, und ich kann es nicht erwarten, dich heute Abend wieder zu kosten.«

Sein heißes Geflüster an ihrer Haut, das Kratzen seiner Bartstoppeln auf ihrer Wange und die verlockenden Andeutungen heizten ihr ein. Jessica legte die Arme um seinen Hals, und ihre Hüften bewegten sich in ihrem eigenen langsamen, sinnlichen Rhythmus, während die Band ein schnelles Stück spielte. Jessica hatte sich um ihre Sicherheit nie Sorgen gemacht, da sie immer mit den Musikern gereist war, mit denen sie auch arbeitete, aber hier am Strand inmitten all der Menschen fühlte sie sich in Jamies Armen sicher. Sie hatte sehr wohl bemerkt, wie er direkt zu ihr in den Pool gekommen war, als Tony sich ihr zu sehr genähert hatte, und später … Anstatt sie mit Fragen über das Orchester und ihre Auszeit – oder ihre Zukunft – zu bombardieren, hatte er ihr Geheimnis einfach für sich behalten. Und jetzt, als sie die Wange an seine Brust drückte und seinen Duft einatmete, als sie seinen steten Herzschlag fühlte, wusste sie, dass sie sich in ihn verliebte. Zu irgendeinem Zeitpunkt mussten all diese Fragen beantwortet werden. Aber nicht heute Abend. Heute Abend wollte sie die Zeit mit ihren neuen Freunden genießen und in Jamies Berührung aufgehen.

»Ich habe dir etwas mitgebracht.« Sie nahm den Stimmungsring von ihrem Daumen und zeigte ihn Jamie.

»Ein Ring? Was genau möchtest du mir damit sagen?« Er hob eine Augenbraue.

»Dass wir damit sehen können, was du fühlst. Siehst du, dass er jetzt eher violett ist? Das ist ein Stimmungsring. Violett bedeutet: *Ich bin verliebt, sinnlich, neckisch.* Steck ihn dir an. Mal sehen, was du bist.« Sie beobachtete, wie er ihn ansteckte, während sie weiter tanzten. »Wir müssen uns nur Sorgen machen, wenn er schwarz wird.«

»Was bedeutet schwarz?«

»Das absolute Nichts. Ein schwarzes Loch. Eine so tief sitzende Angst, dass man sich nicht daraus befreien kann.«

»Ich kann dir auch ohne einen Ring sagen, was ich fühle.« Er drückte seine Hüfte an ihre, und als sie seine Erregung spürte, jagte wieder ein Schauer durch sie hindurch. Der Ring wurde dunkelblau.

»Uh, du bist liebestoll. Tiefenentspannt«, flüsterte sie.

Er zog sie fester an sich. »Ich bin nicht tiefenentspannt. Überaus erregt, hart wie Stein, aber nicht entspannt.« Er sprach mit leiser und tiefer Stimme, und sie verfiel wieder seinem Zauber, als er die Lippen auf ihre senkte und ihr erneut einen hirnvernebelnden Kuss schenkte.

Das Lied war zu Ende, und Jenna winkte alle hinüber zu einem der Lagerfeuer, an dem Pete Stöcke und Marshmallows verteilte. Jamie beugte sich hinunter und küsste Jessica leidenschaftlich, während er ihren Körper an sich drückte. Jeder Zungenschlag war, als würde er ihren Mund lieben. Atemlos sah sie ihn danach an, unfähig zu denken, geschweige denn zu gehen.

»Verdammt, ich liebe es, wie dein Körper auf mich reagiert«, flüsterte Jamie ihr ins Ohr.

»Meine Beine sind ganz weich«, gab sie zu.

»Zu schade, dass ich dich hier nicht gleich auf den Boden legen und deinem ganzen Körper dieses Gefühl geben kann.«

Omeingott. Jede einzelne Nervenfaser in ihrem Körper loderte. Sie war bereits feucht, und dabei waren sie gerade erst an den Strand gekommen. Wie sollte sie den Abend überstehen, ohne zu zerfließen? Alles, was er sagte, jede Berührung seiner Wange, jeder Anflug eines Lächelns auf seinen sexy Lippen ließ ihr Inneres erschaudern. Ihr Körper verzehrte sich nach ihm, zumal sie nun wusste, wie es sich anfühlte, nackt in seinen Armen zu liegen, ihm so nahe zu sein, wie sich zwei Menschen nur nahe sein können, und so konnte sie kaum einen klaren Gedanken fassen, der nicht *damit* zu tun hatte. Die Meeresbrise, die Musik, Jamie … all das war so romantisch. Der perfekte Abend, um ihn mit Freunden zu verbringen und zu entspannen.

Und was machte sie? Sie dachte daran, ihm die Klamotten vom Leib zu reißen und ihn wie eine E-Gitarre zu spielen, wild und ungehemmt, dann wieder langsam, und sich das Gefühl jedes seiner Zentimeter einzuprägen.

Sie schüttelte den Kopf, um die schmutzigen Gedanken loszuwerden, und merkte, dass Jamie sie die ganze Zeit beobachtet hatte. Wieder drückte er die Wange an ihre und flüsterte: »Ich liebe diesen Ausdruck in deinen Augen. Da bekomme ich Lust, dich gleich hier zu nehmen.«

Oh Gott, ja! Sie klammerte sich an seine Taille.

»Soll ich dir ein Marshmallow grillen, um dich von dem abzulenken, was wir eigentlich gern tun würden?«, fragte er.

Marshmallow, ja, das ist gut. Marshmallows haben nichts mit Sex zu tun. Das müsste helfen, um ihre Gedanken aus der Gosse zu holen. Sie hatte vorher nie eine schmutzige Fantasie gehabt, und so überraschend und neu auch alles war, sie kämpfte nicht dagegen an. Sie genoss es und fragte sich, was mit ihr geschah.

Sie sah zu Jamie auf. *Du geschiehst mir.* »Klar, Marshmallow klingt gut.« Sie gingen zu den anderen ans Feuer.

»Pete macht meines goldbraun«, erklärte Jenna. »Nicht golden, nicht braun, sondern goldbraun. Ach, das erinnert mich doch …« Sie fuhr sich durch die dunklen Haare und holte dann aus ihrer Tasche eine Plastikkrone, die sie sich auf den Kopf setzte.

»Und hier ist dein Marshmallow, Prinzessin.« Pete hielt es in die Höhe, damit sie es begutachten konnte.

Jenna hob das Kinn und betrachtete die Süßigkeit mit prüfendem Blick. Mit einem breiten Lächeln zog sie das Marshmallow vom Stock.

»Perfekt! Danke!«

Pete beugte sich hinunter und küsste sie, bevor er dann

Jamie angrinste. »Man muss sie schon so behandeln, wie sie es verdienen.«

Jenna schaute anhimmelnd zu Pete auf.

»Du meine Güte, wie süß. Wie lange seid ihr schon zusammen?«, fragte Jessica.

»In meiner Vorstellung? Sechs Jahre. Aber im echten Leben ein Jahr«, erklärte Jenna.

Bella, Caden, Leanna und Kurt kamen zu ihnen.

Pete legte von hinten die Arme um Jenna. »Manche Männer brauchen ewig, bis sie etwas kapieren, wurde mir zumindest erzählt.« Sein Blick wanderte zu Tony, der noch mit der Brünetten tanzte.

»Nicht alle. Caden und Kurt wussten, was sie wollten, und haben nicht gezögert.« Bella lehnte sich an Caden.

»Hey! Hör auf, meinen Kerl zu dissen!« Jenna hob die Fäuste und tat so, als wollte sie mit Bella boxen.

»Nimm deine Händchen runter, Jenna, sonst bringe ich deinen Schrank durcheinander«, neckte Bella sie.

Jenna ließ die Hände sinken und schaute zu Pete auf. »Ich habe immerhin versucht, dich zu verteidigen.«

»Braves Mädchen.« Er küsste sie erneut.

Bella legte einen Arm um Jessicas Schulter und schaute zu Jamie, der am Feuer hockte. »Zumindest ist Jamie nicht so langsam«, meinte Bella lächelnd.

Jessica biss sich auf die Wangen, um nicht zu sagen: *Doch, ist er. Er kann langsam und gefühlvoll, und soo gut.* »Nein, er scheint ständig genau zu wissen, was ich denke.«

»Du warst heute Abend am Cello echt der Hammer«, sagte Bella. »Du solltest professionell spielen.«

»Genau das versuche ich, in diesem Sommer zu entscheiden. Ob ich weiter in meinem Orchester spiele oder ob ich eine Zeit lang etwas anderes mache. Vielleicht Kindern Musikunterricht geben oder so etwas in der Art.« Sie hatte noch nicht wirklich über etwas nachgedacht, das jenseits vom Orchester möglich wäre, aber die Vorstellung, mit Kindern zu arbeiten, gefiel ihr. Sie hoffte, eines Tages eine Familie zu haben, und sie liebte Kinder. Es war sicher erfüllend, Kinder und Musik auf eine unterhaltsame Weise zusammenzubringen anstatt mit so viel Druck, wie sie es hatte ertragen müssen.

»Komm, Schatz, lass uns tanzen, damit ich einen Vorwand habe, um deinen Körper an meinen zu drücken.« Caden zog Bella an sich.

»Du brauchst doch nie einen Vorwand.« Bella lachte und winkte, als sie Arm in Arm über den Strand zur Band gingen.

»Wartet auf uns!« Leanna schnappte sich Kurts Hand und sie folgten den beiden.

Jessica schob den Gedanken ans Unterrichten erst einmal beiseite. Dafür war später noch Zeit. Innerhalb dieser Gruppe von Freunden herrschte so viel Liebe. Sie hatte das Gefühl, sie hätte nicht nur Boston verlassen, sondern wäre auf einem vollkommen neuen Planeten gelandet. Sie setzte sich zu Jamie ans Feuer.

»Na, du?« Er nahm das Marshmallow, das er gerade gegrillt hatte, vom Stock und fütterte sie damit.

Sie biss ein Stück ab und führte die Hand dann an seinen Mund, wobei sie versuchte, nicht über seine zuckerverklebten Finger zu lachen.

Er schüttelte die Hand. »Ich glaube, das bleibt lebenslänglich«, scherzte er.

Sie schluckte ihr Stück Marshmallow und griff nach seiner Hand. Ihre Blicke trafen sich. Er wusste, was sie vorhatte. Sie sah es daran, wie dunkel seine Augen wurden, spürte es an der

Anspannung in seiner Hand. Sie hatte keine Ahnung gehabt, dass es sie auf so verruchte Pfade führen würde, wenn sie ihrem Herzen folgte, doch sie folgte ihm, als sie seinen Finger in ihren Mund schob und mit der Zunge über die süße Masse fuhr, daran saugte, bis nur noch der Geschmack nach ihm übrig blieb. Sie hielt seinen Blick fest, während sie seinen Finger langsam aus ihrem Mund zog. Jamie atmete heftig. Seine kräftige, heiße Hand legte sich in ihren Nacken, und ihre Lippen fanden sich zu einem hungrigen Kuss, der ihre Gedanken weiter auf dem verruchten Pfad vorantrieb. Noch ein Zungenschlag, und sie würde ihm auf den Schoß klettern, und sie fragte sich, ob sie seine Hose öffnen und sich unter ihrem Kleid lieben könnten, ohne dass es jemand merkte. Sie krallte sich in seine Schultern, seine Brust und – *Oh Gott* – ein Stöhnen strömte aus ihrer Lunge in seine. Sicher dachten alle um sie herum, dass sie sich jeden Moment die Kleider vom Leib zerren würden. Und wie sehr sie das wollte!

Sie riss sich von seinen Lippen los. Ein kurzer Blick über den Strand verriet ihr, dass es niemanden interessierte, dass sie feucht und er wahrscheinlich hart wie Stahl war, oder dass sie kurz davor gewesen war, allen ein interessantes Spektakel zu bieten.

»Lass uns sehen, dass wir von hier wegkommen.« Das war keine Frage. Jamie zog sie hoch und marschierte über den Strand, als hätte er etwas Dringendes zu erledigen. »Wir sind weg!«, rief er über die Musik hinweg ihren Freunden zu. Mit einem Arm um sie geschlungen führte Jessicas zielstrebiger Freund sie ihn Richtung Dünen.

Zwölf

Jamie schwitzte, er war hart und scharf wir eine Chilischote. Das Bild von Jessica, die mit diesem verführerischen Blick seinen Finger ableckte, tauchte immer wieder vor seinem geistigen Auge auf. Sie hatten die Hälfte des Weges zu den Dünen hinter sich, der Parkplatz war drei Minuten entfernt. Höchstens vier. Auf keinen Fall würde er es so lange aushalten. Er musste sie spüren. Sie waren von Dunkelheit umgeben, weit entfernt von der Band und den Lichtern. Er riss Jessica in seine Arme und umfasste ihren herrlichen Hintern. Sie war voller Begehren und Emotionen und ihre Lider schlossen sich halb. Himmel, um nichts auf der Welt hätte er seine Gefühle für sie noch ignorieren können. Er zwang sich, langsamer zu machen. Nachdem er so ungestüm gewesen war, wollte er dieses Mal jeden Zentimeter von ihr wertschätzen, ihr zeigen, wie gut sich Zärtlichkeit statt impulsiver Ungeduld anfühlen würde. Mit dem Daumen fuhr er über ihre Unterlippe und hörte, wie der Atem aus ihrer Lunge strömte.

»Jess.« Auch er atmete schwer, während er sich ermahnte, liebevoll und zärtlich zu sein und seine Begierde zu zügeln. Er senkte den Mund, nur Millimeter von ihrem entfernt, sodass sie dieselbe Luft atmeten. Er musste sie kosten, die Frau spüren, die sich so schnell in sein Herz gestohlen hatte. Mit der Zunge strich er über ihre Unterlippe und sie atmete stockend ein – ein verführerischer, berauschender Laut, der ihn fast in die Knie zwang. Seine Lippen glitten über ihre, er küsste sie sanft und widerstand dem Drang, den Kuss zu vertiefen. Seine Hand wanderte weiter an ihrem Hintern hinunter und durch den seidenen Stoff ihres Höschens spürte er ihre Hitze. Seine Zunge umspielte ihre und dann die glatten Flächen und kantigen Ecken ihrer Zähne. Ihr Mund öffnete sich noch mehr und sie schmolz ihm entgegen, lieferte sich ihm aus, wie sie es vom ersten Kuss an getan hatte. Sie ließ ihn die Innenseiten ihrer Lippen ebenso kosten wie die Spalten und Ecken, während er jeden Winkel ihres süßen Mundes verinnerlichte.

Er konnte kaum denken, so sehr sehnte er sich danach, in ihr zu sein. Er wich zurück, schaffte Abstand zwischen ihren Lippen, doch nicht zwischen ihren Hüften. Um nichts auf der Welt würde er sie loslassen.

Sie öffnete die Augen und ein zufriedenes Lächeln trat in ihr Gesicht. »Hallo«, flüsterte sie, woraufhin er seine Stirn an ihre legte.

»Hallo.«

»Küss mich weiter.«

»Ich werde dich die ganze Nacht küssen.« Nur mit Mühe löste er seine Hände von ihrem Hintern, umfasste dann ihre Taille und hob sie hoch. Ihre Beine legten sich geschmeidig um seine Hüften, als ihre Lippen sich wieder zu einem unendlichen Kuss trafen. Irgendwann, vielleicht eine Minute später, vielleicht auch zehn, merkte er, dass seine Hände wieder auf ihrem Hintern lagen, unter ihrem Höschen, und näher zu der verheißungsvollen Region wanderten. *Was zum Teufel tue ich hier?*

Er löste sich von ihren köstlichen Lippen und seine kräftigen Beine trugen sie den sandigen Pfad hinauf auf die Dünen. Jessica legte den Kopf auf seine Schulter, sodass ihr heißer Atem auf seinen Hals fiel, während sie mit den Fingern durch seine Haarspitzen strich.

»Beeil dich«, flüsterte sie, als er ihre Flipflops aufsammelte, die sie dort an der Düne gelassen hatte.

Ihre Worte trieben ihn an. Es war kühler geworden und ein kalter Windhauch erfasste sie. Ihr Körper war so verdammt weich, als sie sich fester an ihn klammerte und an ihn kuschelte.

»Düne oder Bett?«

»Was immer schneller geht«, antwortete sie.

Er griff in ihre Haare und zog sie sanft zurück, sodass er ihr in die Augen schauen konnte.

»Süße, ich möchte jeden Zentimeter deines Körpers so lieben, wie du es verdienst, geliebt zu werden. Du sollst spüren, wie gut sich dein Körper anfühlen kann, du sollst jede einzelne deiner sensibelsten Stellen kennenlernen. Eile ist nicht das, was mir vorschwebt.«

Ihr Blick verdunkelte sich. »Bett.«

Er trug sie zum Auto und setzte sie auf den Beifahrersitz. Himmel, es war herrlich, sich um sie zu kümmern. Jamie setzte sich hinter das Lenkrad und beugte sich zu einem weiteren Kuss zu ihr hinüber. *Bett, Bett, Bett.* Er ließ den Motor an und legte beim Fahren eine Hand auf ihren Oberschenkel. Sicher kam er in die Hölle, denn er glitt mit der Hand aufwärts, bis er ihre Hitze fühlte. Als sie ihre Beine spreizte und den Kopf mit geschlossenen Augen zurücklehnte, schob er die Finger unter ihr Höschen und strich über ihre schon feuchte, sensible Spalte. Er versuchte, sich auf die Straße zu konzentrieren, aber sein Blick schoss zu Jessica. Er liebte es, wie ihr Körper auf ihn reagierte.

Keuchend verlangte sie nach mehr. Sie leckte sich die Lippen und rutschte auf ihrem Sitz etwas herunter, damit er mit den Fingern in sie gleiten konnte.

»Mhm.« Eine Hand krallte sie in ihr Kleid, mit der anderen packte sie die Kante ihres Sitzes. »Oh Gott!«

Hinter ihm hupte jemand, und Jamie wurde bewusst, dass er langsamer geworden war. Er wollte sie nicht hängen lassen, aber sie waren noch einige Straßen von Seaside entfernt. Er bog in einen dunklen, verlassenen Weg ab und stellte den Motor aus. Ohne die Fahrgeräusche war es nun still im Auto, bis auf Jessicas heftiges Atmen. Er lehnte sich über die Mittelkonsole und zog ihr Höschen bis zu den Oberschenkeln hinunter. Sie versuchte, die Beine noch weiter zu spreizen, doch der dünne Stoff hinderte sie daran. Seine Finger glitten tiefer in sie, dann hob er das Kleid, beugte sich hinunter und liebkoste ihre Perle mit dem Mund, ließ die Zunge kreisen, nahm sie zwischen die Zähne, saugte, leckte, reizte. Kleine sexy Laute erfüllten das Auto, während Jessica sich unter seinen Berührungen räkelte, nach mehr flehte und seinen Kopf festhielt, sodass er gar nicht anders konnte, als weiterzumachen. Ein Schauer erfasste ihn. Er liebte es, wenn sie ein wenig die Kontrolle übernahm, und er konnte es nicht erwarten, herauszufinden, was ihr sonst noch alles gefiel. Er streichelte ihre feuchte Zone mit der Zunge und spürte die Anspannung in ihren Oberschenkeln.

»Sieh mich an«, flüsterte sie.

Dass sie seine Worte wiederholte, steigerte seine Erregung ins Unermessliche, als er aufsah und erblickte, wie sie ihre Brüste umfasste und ihre Nippel so drückte, wie er es am Abend zuvor getan hatte.

»Himmel, du bist so sexy.« Seine Zungenschläge wurden schneller, er spürte, wie der Höhepunkt sie erfasste, ihr Körper pulsierte und anschwoll. Er beobachtete, wie sie die Augen zukniff und den Mund aufriss.

»Jamie! Jamie! Jamie!«

Geflüsterte Rufe, die dafür sorgten, dass er seine harte Länge in sie stoßen wollte.

Wenige köstliche Minuten später öffnete sie die Augen und er verschloss ihren Mund mit seinem. Es war ein verzweifelter Kuss, und beide sehnten sich nach mehr, als sie ihre Süße von seiner Zunge leckte.

»Nach Hause«, flüsterte sie.

Kurz darauf standen sie vor der Tür zu ihrer Wohnung. Jessica hantierte mit dem Schlüssel herum, während Jamie ihren Nacken küsste und seine Hände unter ihrem Kleid den festen Bauch und die Unterseiten ihrer Brüste erforschten.

Sie drehte sich in seinen Armen um und hielt die Hände in die Höhe, um sich ihm wieder zu ergeben. »Ich krieg die Tür nicht ...«

Er drückte den Mund an ihre Halsbeuge.

»Mach die Tür auf«, flüsterte sie.

Seine Hüfte drückte gegen ihre, während er ihre Handgelenke an die Tür presste.

»Ich denke, es könnte etwas peinlich werden, wenn alle nach Hause kommen und mich hier auf der Veranda tief in dir vergraben vorfinden.« Allein der Gedanke brachte seinen Körper noch mehr in Wallung.

Sie wehrte sich gegen seinen Griff, reckte den Hals und versuchte, ihn zu küssen. Er senkte den Mund und ließ nur einen Spalt Luft zwischen ihnen.

»Oder sie finden mich auf Knien zwischen deinen Beinen.«

»Jamie ...«, stöhnte sie mit flehendem Blick.

»Oder dich auf Knien ...«

Verführerisch sah sie ihn an und leckte sich über die Lippen. »Mach ... die ... Tür ... auf!«

Er führte ihre Handgelenke an dem weichen Holz der Tür zusammen und hielt sie mit einer Hand fest, während er den Träger ihres Kleides beiseiteschob und den Mund auf die seidene Haut über ihren Brüsten senkte.

»Jetzt wirst du aber fordernd.« Er lächelte zu ihr auf, während er ihr Dekolleté mit Küssen bedeckte.

»Machst du bitte die Tür auf? Du machst mich fertig.«

Erschrocken ließ er ihre Handgelenke los. »Habe ich dir wehgetan? Das tut mir leid, Liebling.« Er nahm ihr Gesicht zwischen die Hände und sie beugte sich vor, um ihn zu küssen.

»Nein, du Dummkopf. Du machst mich auf eine schöne Art fertig.« Sie gab ihm den Schlüssel, legte dann die Arme um seine Taille und drückte die Wange an seine Brust.

Erleichtert atmete er aus.

»Wir brauchen ein Codewort.« Er fummelte mit dem Schlüssel herum.

»Ein Codewort? Wie ein Stoppsignal?«

Jamie schloss die Tür hinter ihnen und warf den Schlüssel auf den Tisch. Er schlang die Arme um sie und legte die Stirn an ihre.

»Ja, du weißt schon, damit ich dir nicht wehtue.«

Sie zog die Augenbrauen zusammen und dachte offensichtlich darüber nach. »Und was ist, wenn ich dir wehtue?«

Er lachte. »Ich bezweifle irgendwie, dass das passieren wird.«

»Was ist, wenn ich dich fessele und es ist zu eng? Oder wenn ich etwas mache, was dir nicht gefällt?« Sie legte die Hände auf seine Brust und lächelte frech zu ihm auf.

»Mich fesseln? Ich dachte, du warst erst mit einem Mann

zusammen?«

»Zwei. Mit dir auch, schon vergessen?« Sie schlüpfte aus ihren Flipflops und warf sich die langen Haare über die Schulter.

»Und du willst mich fesseln?«, erkundigte sich Jamie mit erhobener Augenbraue.

»Nein. Nicht jetzt.« Röte stieg ihr in die Wangen und sie wandte sich ab.

Er drehte sie an den Schultern wieder herum und zog sie an sich. »Du kannst mich fesseln, anbinden, mich in den Himmel und wieder zurück reiten, Jess. Es muss dir nicht peinlich sein.«

Sanft legte sie die Hände wieder auf seine Brust, was er mittlerweile als ihren Platz ansah. »Keine Ahnung, was ich tun will, aber wenn ich ein Codewort brauche, dann möchte ich, dass du auch eines hast.«

»Es geht also um Gerechtigkeit?« Ein Mundwinkel zuckte nach oben. »In Ordnung, wie wäre es mit dem Wort *rot*?«

»Rot?«

»Rot.«

Sie schob die Hände unter sein T-Shirt und hob es bis unter seine Achseln hoch. Sie drückte die Lippen auf sein Sixpack, küsste sich dann hinauf zu seinen Brustmuskeln, während ihre Finger über seine Nippel tanzten und jeden einzelnen Nervenstrang entzündeten.

»Und wenn ich dann *grün* sage, das heißt dann *mach weiter*?«, fragte sie.

Er zog ihr das Kleid über den Kopf und atmete laut aus.

»Grün. Grün. Grün«, flüsterte sie.

Viel später lag Jessica zufrieden und etwas wund auf der Seite, mit dem Rücken an Jamies Brust gekuschelt, und lauschte dem gleichmäßigen Rhythmus seiner Atmung. Wie versprochen hatte er sie langsam und sinnlich geliebt, und nach einer kurzen Gnadenfrist hatte er sie ungestüm, schnell und auf alle möglichen Weisen dazwischen geliebt. Sie schaute zum Sessel neben der Schlafzimmertür, auf dem Jamies Jeans über der Armlehne hing und sein T-Shirt auf der Rückenlehne ausgebreitet war. Sie konnte sich daran gewöhnen, in seinen Armen einzuschlafen, doch sie wusste, dass dies ein gefährlicher Gedanke war, solange sie noch keine endgültige Entscheidung bezüglich ihrer Karriere getroffen hatte. Er hatte eine Firma zu leiten und eine Großmutter, um die er sich kümmerte. Sie würde auf Reisen sein, und auf keinen Fall würde sie ihn bitten, auf seine Zeit mit Vera zu verzichten. Es war leicht, im Urlaub Mann und Frau zu spielen. Sie war sich nicht so sicher, ob es ebenso leicht sein würde, wenn sie wieder zu Hause war, mit Dutt und Terminen und langen Arbeitstagen.

Sie dachte daran, wie gut es sich angefühlt hatte, mit Vera zu spielen und das Lob entgegenzunehmen, mit dem Vera sie anschließend überhäuft hatte. Sie hatte sie sogar gebeten, am Donnerstagabend mit ihrem Quartett zu spielen. *Und ich habe glatt vergessen, das Jamie zu erzählen.* Sie hatte sogar vergessen, nachzuschauen, ob der neue Besitzer des Baseballs vielleicht eine Nachricht auf ihrem Handy hinterlassen hatte. Sie legte die Hand auf Jamies und im Schlaf zog er sie näher an sich. Bevor sie ans Cape gekommen war, hatte ihr Leben klare Strukturen gehabt und ihr Tagesablauf war vom Cello bestimmt worden. Jetzt wusste sie genau, was ihr gefehlt hatte. Jetzt kannte sie Jamie.

Ich liebe es, Cello zu spielen.

Sie schaute zu dem Kasten, der direkt vor dem Schlafzimmer an der Wand lehnte, und ihr Herz zog sich zusammen. Täuschte sie sich? Konnte sie eine Beziehung führen und ein gesundes Gleichgewicht zwischen dem Mann, in den sie sich gerade verliebte, und dem Instrument, das ihr so viel bedeutete, finden? Ihr Blick fiel auf die Uhr an der Wand. Es war Viertel nach drei in der Nacht. Sollte sie Jamie aufwecken? Musste er nicht nach Hause, damit seine Großmutter sich keine Sorgen machte? Würde sie sich Sorgen machen? Er war ein erwachsener Mann. Vielleicht war es ihr egal. Aber eine Frau aus dieser Generation? Wahrscheinlich war es ihr nicht egal.

Du meine Güte, was tat sie nur? Sie musste ihn aufwecken, damit er selbst entscheiden konnte, aber er fühlte sich so gut an, so warm. So sicher. Sie versuchte, den nächsten Gedanken zurückzuhalten, doch er drängte sich so heftig auf, dass er ihr die Luft zum Atmen nahm und sie ihn herauslassen musste.

So voller Liebe.

Sie rückte mit der Hüfte etwas hin und her und zog das Laken über ihre Oberschenkel. Früher hätte sie sich nie vorstellen können, sich nackt vor irgendjemandem wohlfühlen zu können, und schon gar nicht vor einem Mann, den sie erst so kurz kannte, aber mit Jamie fühlte sich alles natürlich an.

»Vorsicht mit solchen Bewegungen. Du wirst Teile von mir aufwecken, die du vielleicht lieber schlafen lassen willst.« Jamies Stimme vibrierte tief und rau an ihrem Nacken.

Sie drehte sich in seinen Armen um, sodass sich ihre Nasen fast berührten, und strich ihm über seine stoppelige Wange. »Musst du nicht nach Hause?«

Er öffnete die Augen und zog sie an sich. »Wirfst du mich raus?«

»Keine Ahnung. Warst du schon mal über Nacht weg, wenn

du hier bei Vera warst?« Verführerisch flüsternd fragte sie dann: »Oder bin ich dann ein böses Mädchen, wenn du hierbleibst?« Sie spürte, dass er hart wurde, als er sie fester an sich drückte.

»Ich glaube, diese Sache mit dem bösen Mädchen hast du schon ganz gut drauf, aber das bleibt unser Geheimnis.« Er küsste sie sanft und lächelte. »Ich habe Vera noch nie über Nacht allein gelassen, wenn ich bei ihr am Cape war, aber ich bin mir ziemlich sicher, dass sie weiß, dass wir miteinander schlafen.«

»Hm, ja, aber muss man ihr das unter die Nase reiben?«

Er wich zurück. »Du wirfst mich tatsächlich raus.«

»Nicht, weil ich es will«, protestierte sie. »Sondern weil ich nicht will, dass sie mich morgen komisch anguckt. Als hätte ich ihren perfekten Enkel beschmutzt.« Sie strich ihm über die Wange.

Theatralisch seufzend drehte er sich auf den Rücken und legte den Arm über die Augen. »Du willst nicht, dass man mich früh morgens aus deiner Wohnung kommen sieht – darum geht es dir.«

Sie legte einen Arm über seine Brust und drückte sich hoch, sodass sie auf ihn hinabsah. Ihre Haare hingen wie ein Vorhang um ihre Gesichter.

»Mir doch egal, wer dich sieht. Ich will nur nicht respektlos gegenüber Vera sein.«

»Ja, ja.« Er sagte es mit ernstem Tonfall, und obwohl sie seine Augen unter dem Arm nicht sehen konnte, sah sie sein kleines sexy Lächeln sehr deutlich.

Sie drückte ihre Lippen auf seine.

Er zog sie auf sich, Brust an Brust, Oberschenkel an Oberschenkel, nur seine harte Länge war zwischen ihnen. Sie kam wieder in Fahrt und fragte sich, wie sie siebenundzwanzig

Jahre ohne Jamie Reeds Arme um sich hatte überstehen können.

»In Ordnung, ich gehe in einer Minute.« Er fasste ihre Haare zusammen und legte sie über eine Schulter, um dann mit dem Finger über ihren Wangenknochen und ihren Kiefer zu streichen. »Ich bin dabei, mich ziemlich heftig in dich zu verlieben, Jess.«

Ogottogottogott. Er fühlte es auch. »Du bist also nicht mit jeder Frau, die du datest, so liebevoll und sinnlich?«

»Nicht einmal annähernd.« Er suchte ihren Blick und runzelte die Stirn. »Oh je! Ich habe meine Karten zu früh auf den Tisch gelegt, oder?«

Sie musste lächeln. Wie konnte er denken, dass sie sich nicht ebenso in ihn verliebte? Sie hatte das Gefühl, es war ihr auf den ersten Blick anzusehen. »Nicht einmal annähernd zu früh.«

Mit dem nächsten Atemzug rollte er sie unter sich und küsste sie. Seine braungrünen Augen waren voller Emotionen, die ihre eigenen intensiven Gefühle widerspiegelten.

»Ich bin nicht dabei, mich in dich zu verlieben.« Sie versuchte, keine Miene zu verziehen, aber als das Lächeln aus seinen Augen schwand, konnte sie den Scherz nicht fortsetzen. »Du hast mich mitgerissen, Jamie, wie die *Vier Jahreszeiten* von Vivaldi. Du beginnst weich und wundersam, und auf einmal ist da diese Intensität, die mir den Atem raubt und meinen Körper in Flammen aufgehen lässt, und dann ist da wieder diese Weichheit. Und gerade wenn ich denke, dass wir uns so nah sind, wie man sich nur nah sein kann, überraschst du mich mit etwas so Simplem wie einem Kuss auf die Schläfe – was ich übrigens sehr mag. Und ...« Sie merkte, dass sie ohne Punkt und Komma von ihm schwärmte, und er lächelte sie an, als wäre sie alles, was er je bräuchte.

»Ich will ja nicht so rumfaseln, aber ich fühle mich mit dir so wohl, als wären wir schon seit Ewigkeiten zusammen, dabei gibt es so viel, was wir noch nicht übereinander wissen. Und das sollte mir eine Heidenangst machen, tut es aber nicht.« Sie atmete tief durch.

»Weil du vor nichts Angst haben musst, wenn du mit mir zusammen bist, Jess.«

Sie spürte, dass das stimmte, doch plötzlich war es nicht mehr genug, einfach nur zu sagen, dass sie sich mit ihm wohlfühlte, denn was sie fühlte, war so viel mehr.

»Wusstest du, dass der Bogen ohne das Kolophonium nicht mehr als einen leisen, flüsternden Ton oder sogar gar keinen Ton erzeugt, wenn er über die Saiten streicht? Dieses Geigenharz sorgt für die nötige Reibung, die für die Entstehung des Tons notwendig ist. Vor dir, Jamie, habe ich mich durchs Leben geflüstert. Mit dir bin ich ganz. Ich bin melodisch und klangvoll. Pure Musikalität.« Sie lächelte ihn an. »Du bist mein Kolophonium, Jamie.«

»Jessie«, flüsterte er und legte die Stirn an ihre.

Mehr musste er nicht sagen. Sie spürte, wie seine Gefühle seine Poren durchdrangen und in ihre Seele gelangten, wo sie sich mit ihren vereinten und all die einsamen, leeren Winkel füllten, die sie schon immer in sich gespürt hatte.

Dreizehn

Jamie und Jessica verbrachten die nächsten Tage miteinander, genossen die Sonne und ihre Freunde. Jamie machte seine üblichen morgendlichen Joggingrunden mit Caden, Evan und Kurt, sofern er da war. Gestern war auch Pete mitgekommen, während Jessica mit den Mädels frühstückte. Nachdem er sich sorgenvoll überlegt hatte, wie viel von ihrer Beziehung Jessica den Mädels erzählte, hatte Jamie schließlich all seinen Mut zusammengenommen und sie gefragt, ob sie ihre intimen Schlafzimmerdetails mit ihnen besprach. Jessica war die Röte ins Gesicht gestiegen. *Nein, ich rede nicht mit ihnen darüber, aber nicht, weil es mir peinlich ist, sondern weil ich nicht will, dass sie auf diese Art an dich denken.* Diese etwas besitzergreifende Bemerkung hatte ihm gefallen, vor allem, weil sie sich sonst überhaupt nicht besitzergreifend gab. Er hatte noch nie eine Frau gedatet, die ihn nicht beobachtete, wenn andere Frauen in der Nähe waren. Jessica hatte eine entspannte Selbstsicherheit an sich. Als würde es ihr nie in den Sinn kommen, dass er sich für andere interessieren könnte – und das war gut, denn er war so loyal wie ein Hofhund, und er würde ihr nie wehtun.

Vera war auf ihren nachmittäglichen Ausflügen an die Bucht und in die nahe gelegenen Orte wie Chatham und

Brewster mit von der Partie. Jessica und Vera verstanden sich gut, waren mittlerweile per Du und freuten sich beide darauf, dass Jessica an diesem Abend das Quartett begleitete. Abends bereiteten Jessica und die Mädels von Seaside meist Salate zu und grillten, und gemeinsam aßen sie dann alle auf dem Rasenplatz. Wenn es dunkel wurde, fielen Jessica und Jamie in ihr Bett oder in die Dünen am Meer und liebten sich, bis sie zu erschöpft waren, um sich noch zu regen. In den frühen Morgenstunden kehrte Jamie in sein eigenes Ferienhaus zurück und versuchte, mit seinen E-Mails auf den neuesten Stand zu kommen, aber nach ein oder zwei Nachrichten war er meist zu erledigt, um sich noch konzentrieren zu können, und so gönnte er sich zumindest ein paar Stunden Schlaf. Die ganze Zeit über sehnte er sich nach dem Tag, an dem er mit Jessica in seinen Armen würde aufwachen können. Bisher hatten sie sich dazu entschieden, ihre günstige Wohnsituation nicht gänzlich auszunutzen. Vera war so nett, Jamies frühmorgendliche Rückkehr nie zu erwähnen, und auch wenn er bezweifelte, dass es ihr etwas ausmachen würde, wenn er bis zum Morgen bei Jessica blieb, so hätte er trotzdem Schuldgefühle.

Donnerstagmorgen wollte er sich gerade auf den Weg machen, um mit Kurt und Caden zu laufen, als sein Handy klingelte. Er seufzte, überlegte, ob er den Anruf ignorieren sollte, doch dann setzte sich sein Verantwortungsbewusstsein durch, als er Marks Namen auf dem Display sah. *Mist.* Er hatte ein paar Mails von Mark und einer Reihe von anderen Mitarbeitern an den letzten beiden Abenden unbeachtet gelassen, weil er einfach zu erschöpft gewesen war, und heute Morgen hatte er sie auch noch nicht geöffnet.

»Hallo, Mark, wie geht's?« Er drehte den Stimmungsring an seinem Finger herum. Jedes Mal, wenn er ihn ansah, dachte er an Jessica.

»Wie es geht? Dein Ernst? Du wusstest, dass hier die Kacke am Dampfen ist, und hast meine Mails und anderen Nachrichten vollkommen ignoriert!«

»Was? Warte mal.« Jamie scrollte die Nachrichten auf dem Handy durch. Von Mark war keine einzige Nachricht dabei. »Mark, ich habe hier keine Nachricht von dir.« Er ging im Ferienhaus auf und ab, wollte eigentlich zum Joggen aufbrechen und hoffte, dass Mark nur überreagierte.

»Von wegen! Ich habe dir etwa sieben Mal geschrieben, zwischen zehn Uhr morgens und zwei Uhr nachmittags. Ich habe angerufen, aber die Sprachbox ging gleich ran, und ich habe dir E-Mails geschickt.«

Verdammt. Er und Jessica waren gestern am Strand gewesen. An keinem der Strände hier hatte man Handy-Empfang. Es war, als stünde die Zeit still. Sobald man die Düne hinabging, hatte man keine Verbindung zur Außenwelt mehr, bis man wieder zurück zum Parkplatz kam.

»Was zum Teufel ist los?«, wollte Mark wissen. »Weichst du mir aus irgendeinem bestimmten Grund aus?«

»Mark, komm mal runter. Du hast mir wahrscheinlich geschrieben, als ich am Strand war. Die Nachrichten kommen da nicht durch. Das weißt du.« Jamie ging nach draußen auf die Veranda. Vera schaute von dem Buch auf, das sie gerade las, und lächelte ihn an. Er drückte im Vorbeigehen ihre Schulter.

»Guckst du dir deine Nachrichten nicht an?«

»Die kommen einfach nicht durch. Das ist verd...« Er schaute zu Vera. »Das funktioniert nicht. Die kommen gar nicht an. Was ist denn los, dass du so angespannt bist?«

»Warum ich so angespannt bin? Ich erzähl dir, warum ich so angespannt bin! Erinnerst du dich an das Problem, um das ich mich kümmern sollte?«

Jamie fuhr sich durch die Haare und zerbrach sich das Hirn. Vage erinnerte er sich daran, dass er Mark gesagt hatte, er solle sich darum kümmern, als er am Pool gewesen war, aber er war von Tony und Jessica abgelenkt gewesen. »Hilf mir auf die Sprünge.«

Mark schnaufte noch einmal frustriert. Jamie sah ihn vor sich, wie er mit zusammengezogenen buschigen Augenbrauen und wütendem Blick in seinem Büro im fünfzehnten Stock auf – und abmarschierte. »Ich werde dir auf die Sprünge helfen, Junge. Programmfehler in der Suchmaschine. Kinder, die nach Spielzeug, Videospielen und Filmen mit Drachen suchen, bekommen Werbung für Militärausrüstung und Munition. Wenn die Presse Wind davon bekommt, sind wir erledigt. Die Mütter toben jetzt schon.«

Mist. »Ok, also hat unser Team den Fehler gefunden, ja? Setz die PR-Abteilung darauf an, damit die für Schadensbegrenzung sorgen, und dann beruhigt sich das wieder.«

»Willst du mich verarschen, verdammt noch mal? Hast du mir zugehört? Kinder und Waffen passen nicht zusammen. Was rauchst du denn da am Cape? Hörst du dir selber überhaupt zu?« Er äffte Jamie nach: »*Unser Team hat den Fehler gefunden, ja?*« Wieder schnaufte er vernehmlich durch – eine Angewohnheit, wenn er zu sauer war, um eine Antwort geben zu können.

»Das alles ist eine Riesenscheiße. Wenn die den Fehler gefunden hätten, hätte ich dich dann angerufen? Wir haben unser Cybercrime-Team darauf angesetzt, um herauszufinden, ob wir gehackt wurden«, erklärte Mark. »Du musst vor Ort sein. Du musst zurückkommen und die Sache in die Hand nehmen.«

»Mark, du hast unsere Leute darauf angesetzt und die vom

Cybercrime auch. Lass die ihre Arbeit machen.« Bevor er Jessica kennengelernt hatte, hätte Jamie seine Sachen gepackt und wäre zurück nach Boston gefahren. Aber das war vorbei. Jetzt wollte er keine Minute mit ihr verpassen, und er vertraute darauf, dass seine Mitarbeiter die Probleme in den Griff bekamen, ohne dass er sie überwachen musste.

»Jamie, wenn das bekannt wird, dann hast du einen mega Shitstorm am Hals.«

Mark hatte recht. Wenn es dazu käme, hätten sie ein größeres Problem, aber er hatte die besten Programmierer im Land eingestellt. Vor Ort zu sein, würde absolut nichts ändern. Zumindest sah er das so – zum ersten Mal in seinem Leben – und stellte somit sein Privatleben über seine Firma.

Jessica kam gerade in einem Schlafshirt ohne BH darunter und kurzen Jeansshorts aus Amys Ferienhaus. Sie winkte Jamie zu, wobei ihre Brustwarzen sich unter dem dünnen Stoff abzeichneten, und er musste an den gestrigen Abend denken. Um Mitternacht hatten sie ihre Bettlaken gewaschen, weil sie Körperöl darauf geschüttet hatten, und als sie noch später ins Waschhaus gingen, um sie aus dem Trockner zu holen, war es dort heiß – und sie auch. Das Ganze endete damit, dass sie schließlich Sex auf dem warmen Trockner hatten.

»Hörst du mir überhaupt zu?«, schnauzte Mark ihn an.

Mist. Er war mit den Gedanken woanders gelandet. Er winkte Jessica zu, als sie zu ihrer Wohnung ging. Mein Gott, hatte sie einen süßen Hintern.

»Jamie!«, rief Mark.

»Ja, tut mir leid. Hör zu, ich fahre hier nicht weg. Was immer ich tun muss, kann ich auch von hier aus machen. Organisier einfach eine Videokonferenz. Gib mir den Termin dann durch.«

»Ganz schlecht, Jamie. Du musst hier sein, um denen Feuer unterm Hintern zu machen. Ich sag's dir, es ist von entscheidender Bedeutung, dass das im Keim erstickt wird.«

Jamie war sich sicher, dass seine persönliche Anwesenheit dort nicht mehr ausrichten würde als eine Videokonferenz. Er vertraute seinem Cybercrime-Team und er vertraute Mark, aber er wusste auch, dass Mark es nicht mochte, wenn man seinen Ratschlag ignorierte. Er musste offen und ehrlich mit ihm reden, sonst würde er nie nachgeben. Er wusste auch, wie sehr Mark darauf bedacht war, ihn zu beschützen. Jede Frau, mit der er sich traf, ließ Mark auf FBI-Level durchleuchten, und auch wenn es Jamie mitunter nervte, so war er doch auch dankbar, dass Mark auf ihn aufpasste.

»Mark, ich habe jemanden kennengelernt. Ich fahre hier nicht weg.«

Vera schaute auf und lächelte. Jamie wusste, dass Vera verstand, wie ernst es ihm mit Jessica war, da er selten mit jemandem über sein Privatleben sprach. Besonders nicht mit Mark. Aber sein Anwalt und Kumpel seit Collegezeiten hatte so seine Methoden, um stets auf dem Laufenden zu sein, also hätte er es auch ohne Jamies Hilfe herausgefunden.

»Wegen irgendeiner Braut lässt du die Firma hängen? Acht Jahre mit herausragendem Ruf könntest du mit einem Schlag wegen eines miesen Hackers aufs Spiel setzen ... für eine Braut?«

»Sie ist nicht nur irgendeine Braut.« Wut brodelte in Jamies Innerem.

Mark lachte. »Wenn du so ein Risiko eingehst, sollte sie lieber eine goldene Muschi haben, Junge.«

»Mark! Hör auf mit dem Mist.« Er hätte ihm gern gesagt, dass er nie wieder so über Jessica reden sollte, aber Mark war bereits in Rage, und Jamie wollte, dass er sich auf die Probleme konzentrierte und nicht auf seine Beziehung.

»In Ordnung, ich komme zu dir. Heute Nachmittag kann ich da sein. Wir arbeiten eine Strategie aus und dann kümmere ich mich darum. Bist du bei Vera?«

Jamie atmete frustriert aus. Es war ein Zeichen von Marks Loyalität, dass er kommen wollte, anstatt sich mit einer Videokonferenz zufriedenzugeben, und Jamie war ihm dafür dankbar. Mark hatte sich oft über seine Pflichten hinaus ins Zeug gelegt, und im Gegenzug dafür bezahlte Jamie ihn auch gut. Außerdem ging ihre Freundschaft weit über das berufliche Verhältnis hinaus. Gut. Okay. Heute Abend fand Jessicas Auftritt mit Veras Quartett statt und er wollte dort sein. Der Tod seiner Eltern hatte ihn gelehrt, wie unberechenbar das Leben sein konnte, und er würde Jessicas Auftritt nicht verpassen wollen, nicht einmal für Mark.

»In Ordnung. Ich habe um halb acht etwas vor, also komm davor.«

»Ich denke, heute Abend wird es mal wieder Zeit für die *Nackte Wahrheit*«, sagte Bella, während sie aufs Wasser hinausschaute. Die Mädels gönnten sich ein spätes Mittagessen bei Mac's Seafood am Hafen. Pete, Kurt und Caden arbeiteten und Jamie bereitete eine Besprechung mit seinem Anwalt vor.

»Was meint ihr damit?« Jessica war mit den Gedanken zeitweise woanders. Sie dachte an Jamie. Er war heute Morgen so abwesend gewesen, als sie nach seiner Joggingrunde mit Vera Kaffee getrunken hatten. Er hatte erwähnt, wie viele Anrufe und

Mails er von seinem Anwalt verpasst hatte, und Jessica machte sich Sorgen, dass sie ihn von der Arbeit abhielt.

»Nacktbaden«, erklärte Jenna. »Für normal gebaute Frauen.« Sie blickte Amy finster an. »Die Superdürre da darf trotzdem mit.«

»Ach, komm«, winkte Amy ab. »Meinst du, du wärst normal gebaut? Du Dolly-Parton-Verschnitt?«

Jenna legte die Hände um ihre Brüste und schob sie hoch. »Meine sind viel besser als die von Dolly. Außerdem bin ich brünett, also sowieso viel …«

»Fang gar nicht erst wieder damit an.« Bella zeigte mit dem Finger auf Jenna. »Wir führen nicht schon wieder die Diskussion, dass Brünette mehr Spaß haben.«

»Ich bin nicht sicher, ob ich mitkommen kann«, sagte Jessica.

»Was? Warum nicht?«, fragte Bella.

»Weil ich heute Abend mit Veras Quartett spiele.« Zum Glück, denn sie hatte noch nie nackt gebadet, und die Vorstellung, vor anderen als Jamie nackt herumzulaufen, gefiel ihr nicht besonders. »Außerdem … jagen die Haie nicht nachts?«

Leanna tätschelte Jessicas Hand. »Unsere Nackte Wahrheit findet nicht im Meer statt. Wir gehen in den Pool.«

»In den Pool?« Sie riss die Augen auf. »Was ist mit all den anderen? Macht es euch nichts aus, wenn die Männer euch nackt sehen?«

Alle lachten. »Deswegen machen wir es ja auch nach Mitternacht, wenn alle schlafen. Erzähl es bloß nicht Theresa. Es verstößt gegen die Regeln.«

»Oh.« Jetzt war sie noch unsicherer. Jessica verstieß nie gegen Regeln, auch wenn sie und Jamie am Strand herumgemacht hatten. Das war immerhin nachts und sie waren vollständig bekleidet gewesen. Als sie jünger war, hatte sie sich so schuldig gefühlt, nachdem sie sich einmal nachts aus dem Haus geschlichen hatte, dass sie es ihrem Vater erzählt und sich dann bei ihm dafür *bedankt* hatte, dass er ihr Hausarrest gegeben hatte. *Ich habe ein wohlbehütetes Leben gehabt.*

»Du spielst heute Abend, und nachdem du und Jamie … du weißt schon …« Jenna zuckte vielsagend mit den Augenbrauen. »Wenn er zurück zu Vera geht, ziehen wir los.«

Sie senkte den Blick, damit die anderen nicht sahen, wie entsetzt sie darüber war, dass sie von Jamies nächtlichem Heimweg wussten.

»Sie dachte, wir wussten es nicht«, sagte Amy leise. »Jessica, wir sind alle Freunde. Und wir sind alle Frauen. Wir verstehen es, und außerdem ist Jamie kein Hallodri. Wir wissen also, dass er dich wirklich sehr mag.«

Ihre Atmung normalisierte sich ein wenig. Ein wenig. Dieser Sommer der Selbsterkundung wurde zu viel mehr. Wenn sie wüssten, was für sexy Dinge sie und Jamie taten, würden sie es dann noch immer verstehen? Oder würden sie sie für eine Schlampe halten?

»Ja, solange wir uns keine pinken Flauschhandschellen am Bettpfosten ansehen müssen … Stimmt's, Bella?« Jenna stieß Bella an.

»Was?« Bella lachte.

»Was wäre, wenn Evan sie gesehen hätte?«, fragte Jenna.

»Er ist ein Teenager«, sagte Bella. »In das Schlafzimmer seines Vaters zu spazieren, ist das Letzte, was er will.«

»Stimmt auch wieder«, meinte Jenna.

»Wir … Ich habe keine …« Nein, keine Handschellen, aber seine Hände machten das verdammt gut.

»Wirklich nicht?«, fragte Bella. »Solltet ihr mal versuchen.

Aber jetzt mal im Ernst: Wir urteilen über niemanden. Dafür sind Freundinnen nicht da. Freundinnen sind dazu da, einem zu sagen, wenn man Mist baut, um einen zu unterstützen, wenn man niedergeschlagen oder genervt ist, und …« Sie zuckte mit den Schultern. »Am wichtigsten ist vielleicht, dass wir immer bedingungslos und ohne Urteil füreinander da sind.«

Unaufhaltsam stieg Neid in ihr auf, und bevor sie etwas dagegen tun konnte, sagte sie: »Ihr habt wirklich Glück, dass ihr euch habt.«

Die anderen tauschten Blicke aus, die sie nicht deuten konnte, und im nächsten Moment versammelten sich alle um sie herum und umarmten sie.

»Du hast Glück, du Dummerchen«, sagte Amy.

»Ja, du bist jetzt eine Seaside-Schwester.« Jenna gab ihr einen laut vernehmbaren Schmatzer auf die Wange.

»Genau«, sagte Bella.

»Willkommen in unserem kleinen Kreis«, fügte Leanna hinzu.

Als sie sich wieder setzten und Jessica vor Dankbarkeit der Kopf schwirrte, fragte Leanna: »Jamie trifft sich also heute mit seinem Anwalt?«

»Ja, da gibt es irgendwelche Probleme in seiner Firma.« Jamie hatte ihr am Morgen versichert, dass sie ihn nicht von seiner Arbeit abgehalten hatte, doch sie machte sich trotzdem Sorgen.

»Der Typ ist ein Idiot«, sagte Bella. »Vor ein paar Jahren war er einmal hier wegen irgendwas, und er war so … Keine Ahnung. Schleimig. Ich mag ihn nicht.«

»Er ist Anwalt, was erwartest du?« Leanna nahm einen Schluck von ihrem Drink. »Die müssen knallhart sein.«

»Ich habe ihn auch kurz kennengelernt«, sagte Jenna. »Als er damals hier war. Weißt du noch, Bella? Der ist nicht knallhart. Der ist wie eine Schlange im Gras. Hat mir die ganze Zeit auf die Brüste geglotzt, sich dann zu mir gestellt und mir – natürlich ohne weitere Verpflichtungen – den besten Sex ever angeboten.« Beim letzten Teil ihrer Ausführungen malte sie Anführungszeichen in die Luft.

»Jamie hat gesagt, er sei ein enger Freund. Es hörte sich so an, als wären sie schon ewig befreundet. Hast du ihm das erzählt?«, fragte sie Jenna.

»Natürlich habe ich das.« Jenna zeigte auf ein kleines Mädchen in einem pinken Badeanzug, das neben dem Pier am Wassersaum planschte. »Ach, ist die süß! Jedenfalls hat Jamie es irgendwie abgetan. Hat einen Witz gerissen oder so. Ich hatte das Gefühl, Mark macht so etwas ständig, und im Ernst, was hätte Jamie auch tun sollen? Klar, wenn der mich angefasst hätte, wäre Jamie auf ihn losgegangen, aber bei einem Angebot?« Sie zuckte mit den Schultern.

»Stimmt«, sagte Bella. »Die sind seit Ewigkeiten befreundet. Ich glaube, Jamie weiß gar nicht, wie schleimig der ist, weil er Jamies Firma in der Spur hält. Wahrscheinlich ein guter Kompromiss. Man will kein Weichei als Anwalt. Man will eine Schlange im Gras.«

»Ich kann mir Jamie gar nicht mit so einem Typen vorstellen.« Jessicas Handy klingelte, während sie noch die Information über Mark verarbeitete.

»Fünf Dollar, dass es Jamie ist«, sagte Jenna. »Oh Jessie, du fehlst mir so sehr. Bitte, bitte, komm zurück.« Sie brach in schallendes Gelächter aus.

»Die Nummer kenne ich gar nicht.« Jessica hielt das Handy ans Ohr. »Hallo?«

»Hallo. Spreche ich mit Jessica Ayers?« Jedes Wort wurde

sorgsam präzise ausgesprochen, die Stimme klang zittrig, nach einem älteren Mann.

»Ja, das bin ich.« Sie schaute zu den neugierigen Blicken der Mädels auf und zuckte mit den Schultern.

»Mein Name ist Elliott. Steve Lacasse hat mir eine Nachricht geschickt und angedeutet, dass Sie an dem Baseball interessiert sind, den ich von ihm gekauft habe.«

Ohne nachzudenken, ergriff sie Amys Hand.

Amy sah die anderen besorgt an.

»Ja, Mister Elliott«, antwortete sie. »Ich glaube, der Baseball hat meinem Vater gehört, als er ein Kind war, und ich habe mich gefragt, ob ich ihn Ihnen vielleicht abkaufen könnte. Ich würde das Doppelte von dem zahlen, was Sie bezahlt haben.«

»Oh.« Der Mann schwieg.

»Es würde mir unglaublich viel bedeuten. Mein Vater ist ein wunderbarer Mensch. Er hat so viel für mich getan, und ich möchte nur dies als kleine Geste für ihn tun.« Ihr wurde bewusst, dass sie drauflosplapperte, und so bremste sie sich aus. »Ich bezahle das Dreifache. Was Sie auch wollen. Bitte.«

»Es tut mir leid, Jessica«, sagte er.

Jessicas Herz zog sich zusammen, als er erklärte: »Ich habe den Ball für meinen Enkel gekauft und er hat ihn schon bekommen. Ich kann ihn ihm jetzt schlecht wieder wegnehmen. Er ist erst sechs und schon ein begeisterter Baseballfan. Das würde ihn unglaublich traurig machen.«

»Nein, das können Sie wohl kaum machen. Dann haben Sie vielen Dank für Ihren Anruf, und ich hoffe, Ihr Enkel hat noch viel Freude an dem Ball.« Sie beendete das Gespräch und schwieg enttäuscht.

»Mistkerl«, sagte Bella.

»Blöder Hund.« Amy strich Jessica über den Rücken.

Leanna sah sie mitfühlend an. »Das tut mir leid, Jessica. Ich weiß, dass du gehofft hast, diesen Ball für deinen Vater zu bekommen, aber vielleicht gibt es etwas anderes, worüber er sich freuen würde?«

»Ja! Wir finden da bestimmt etwas«, stimmte Jenna mit viel zu großer Begeisterung zu. »Erzähl uns, was er so treibt. Wir überlegen uns das beste Geschenk überhaupt!« Sie setzte sich wieder und beugte sich über den Tisch. »Ich könnte ein Porträt von dir malen. Welcher Vater würde sich nicht darüber freuen?«

Jessica lächelte angestrengt. »Danke, Leute, aber das ist schon okay. Er *will* nichts. Nie hat er um irgendetwas gebeten. Er nimmt die gleichgültige Art meiner Mutter hin, reißt sich den Hintern auf, um alles bezahlen zu können, was sie haben möchte, und hat selbst nie um irgendetwas gebeten.«

»Klingt so, als wäre er ein wirklich guter Mensch«, meinte Amy. »Er wird es sicher verstehen.«

»Ja, sicher.« Jessica verdrehte die Augen. Dabei war sie schrecklich traurig. »Er versteht immer alles.« Ihr war nicht bewusst gewesen, wie sehr sie den Ball für ihn gewollt hatte. Die Suche danach hatte eine alberne kleine Ablenkung sein sollen, und das hatte auch funktioniert. Doch jetzt, als sich diese Tür schloss, wurde ihr klar, dass sie das Ganze überhaupt nur als alberne kleine Ablenkung gesehen hatte, weil sie die Stimme ihrer Mutter im Ohr hatte. *Denk dran, Jessica, nichts ist vergleichbar mit dem, auf das du hinarbeitest. Sport, Tanzen und all das? Albernheiten. Pure Albernheiten. Was bringt das den Kindern in zehn Jahren? Aber du … du wirst ein Star werden. Die beste Cellistin aller Zeiten.*

Das hatte ihre Mutter immerzu gesagt. Als sie noch ein kleines Mädchen war und am Fenster im Haus ihrer Eltern saß und Cello übte, während sie draußen das Lachen der Kinder hörte. Jedes Mal, wenn ihre Mutter auf dem Weg zum Cello-Unterricht an dem Park vorbeifuhr, in dem ihre Freunde spielten, und als Teenager, wenn die anderen Mädchen zu wichtigen Football-Spielen und Schulbällen gingen und sie sich danach sehnte dazuzugehören.

Die beste Cellistin aller Zeiten.

Sie schaute in die besorgten Gesichter ihrer neuen Freundinnen. Die Frauen, die – ohne überhaupt alle Einzelheiten zu kennen – ihr Gespräch mitangehört hatten, ihre Körpersprache verstanden und ihre Unterstützung zugesagt hatten. Sie dachte an Jamie und daran, dass allein bei dem Gedanken an ihn ihre Welt heller strahlte, und sie wollte das alles. Sie wollte diese Freunde, sie wollte Jamie, sie wollte Veras Gesellschaft, mit ihr gemeinsam die Musik genießen, Kaffee trinken, reden und am Pool sitzen.

Sie aktivierte die Fähigkeiten, auf die sie während ihrer Zeit am Konservatorium vertraut hatte, als es keine Option gewesen war, sich selbst runterzuziehen, oder wenn sie vor einem großen Publikum spielte. Sie straffte die Schultern. Nach Wellfleet zu kommen und den Baseball ihres Vaters zu finden, war vielleicht anfangs eine Ablenkung gewesen, doch nun schien es ein Teil des Weges hin zu einer Tür zu sein, die in ein neues Leben führte und die darauf wartete, geöffnet zu werden.

»Wenn Theresa uns nicht sieht«, fragte Jessica, »können wir dann bei der Nackten Wahrheit Wein trinken?«

Vierzehn

Jamie fuhr sich mit der Hand über das Gesicht und versuchte, sich nicht anmerken zu lassen, wie beunruhigt er war. Kein Wunder, dass Mark sich so aufgeregt hatte. Vor zwei Stunden war er in Seaside angekommen, bewaffnet mit Akten und Daten, die ein viel finstereres Bild von den Problemen zeichneten, als Jamie vermutet hatte.

Sie saßen auf der hinteren Veranda des Ferienhauses mit vier Laptops auf dem Tisch und offenen Ordnern sowie ersten Untersuchungsberichten auf den Stühlen.

»Mark, ich hatte keine Ahnung von den Ausmaßen.«

Mark lehnte sich zurück und atmete laut aus. Er war zwanglos gekleidet in Khakishorts und ein weißes Polohemd. Die vollen dunklen Haare und Augenbrauen verliehen ihm einen grübelnden Ausdruck. Jamie hatte ihn in seinen besten und schlimmsten Phasen erlebt. Mark war ein Arbeitstier. Im Vergleich zu Marks straffem Arbeitspensum waren Jamie seine Wochenenden am Cape immer wie ein Luxus vorgekommen. Als Jamie zum ersten Mal erwähnt hatte, dass er den Sommer mit Vera am Cape verbringen und von dort aus arbeiten würde, hatte Mark fast einen Herzinfarkt erlitten. Drei Wochen lang hatte er versucht, Jamie davon zu überzeugen, dass es eine schlechte Idee wäre – und zwar nicht aus Eigennutz. Er hatte den begründeten Einwand, dass Mitarbeiter ihren Einsatz etwas herunterfahren könnten, wenn der Chef nicht anwesend war und seinen Abteilungsleitern mehr Entscheidungsbefugnisse gab, als sie ohnehin schon hatten. Doch Jamie hatte sich nicht umstimmen lassen. Vera wurde nicht jünger, und wenn seine Mitarbeiter etwas weniger eifrig arbeiteten, wäre das auch kein Weltuntergang. Sie rackerten sich das ganze Jahr über ab, ebenso wie er. Und nun, nachdem er Jessica kennengelernt hatte, wurde ihm klar, dass der Aufenthalt am Cape die beste Entscheidung gewesen war, die er je getroffen hatte.

»Dachte ich mir, dass du keine Ahnung hattest, und ich habe nicht an diesen verdammt miesen Handyempfang hier draußen gedacht. Kannst du nicht das tun, was normale Milliardäre machen und deinen Urlaub in den Hamptons verbringen?«

Jamie brachte ihn mit seinem Auf-keinen-Fall-Blick zum Schweigen.

Mark hob die Hände. »In Ordnung, egal. Verstehe schon. Das Haus deiner Oma, Familienbande und das alles, aber, Jamie, deine Ablenkung hat ein ganz neues Maß angenommen.«

»Ja, ist ja gut. Ich konzentriere mich wieder richtig. Bin etwas nachlässig gewesen.«

»Etwas nachlässig?« Mark lachte. »Mann, vor einem Jahr wärst du zurück nach Boston gerast, sobald ich nur das Wort *Problem* in den Mund genommen hätte. Du hast OneClick allein mit deinem Grips und deinen begabten Programmierfingern auf die Beine gestellt. Bau jetzt keinen Mist.«

Jemand anderem würde er es niemals durchgehen lassen, so mit ihm zu reden, aber Mark war schon an seiner Seite, seit er

OneClick gegründet hatte und kaum einen Bruchteil von dem hatte bezahlen können, was er verdient hätte. An Tagen, an denen Jamie nicht sicher gewesen war, ob die ganze Arbeit sich lohnte, hatte Mark ihm gut zugeredet. Er war es ihm schuldig, seine Mails zeitnah zu lesen.

»Ich baue keinen Mist. Es sieht aber so aus, als hätte unser Team es im Griff.«

»Ja, ja. Ich habe mich darum gekümmert, so gut es ging, aber du bist der beste Programmierer, den es gibt, Jamie. Codes zu durchschauen liegt dir im Blut. Solche Berichte …« Er schob Jamie einen Stapel Papiere über den Tisch zu. »So etwas bist du sonst mit der Lupe durchgegangen. Wenn du dir die angeguckt hättest, wäre dir vielleicht etwas aufgefallen, bevor die große Katastrophe über uns hereinbricht.«

Die Problemberichte hatte er seit einer Woche nicht mehr durchgesehen. Mark hatte recht. Er hatte Mist gebaut.

Jamie wandte sich um, als er Amys Auto auf die Auffahrt auf der anderen Seite des Weges fahren hörte. Über Marks Schulter hinweg sah er die Frauen aussteigen. Jessica schaute sofort herüber zu seinem Ferienhaus. Er beobachtete, wie ihre wunderschönen Augen sein Auto erfassten, dann die vordere Veranda und dann die hintere. Ihre Blicke trafen sich, und er spürte ihre Verbindung bis in sein Innerstes.

Er lächelte und winkte.

Mark drehte sich um und schaute zu Jessica. »Das ist die Kleine?«

»Ja, Jessica.«

Mark lehnte sich zu Jamie und raunte ihm zu: »Sie ist hübsch, Jamie, aber ein Kerl wie du kann an jeder Straßenecke eine hübsche Frau aufgabeln. Was ist es? Gibt sie die besten Blowjobs an der Ostküste?«

Jamie versuchte, den aufkommenden Ärger zu unterdrücken, und erinnerte sich daran, dass Mark schon immer solche Witze gerissen hatte. Er ignorierte die Bemerkung und ging Jessica entgegen, die in den Garten kam.

»Hallo, Süße.« Er ging die Stufen der Veranda hinunter und küsste sie.

»Hallo. Ich möchte nicht stören.« Sie lächelte Mark an, der kurz das Kinn hob.

Vollidiot. Er konnte sich wie ein Idiot benehmen. Das wusste Jamie, hatte es aber immer ignoriert. Doch wenn dieses miese Verhalten Jessica entgegengebracht wurde, reagierte er ganz anders darauf.

Jamie warf Mark einen finsteren Blick zu, wie er es schon unzählige Male in geschäftlichen Besprechungen getan hatte, wenn Mark den harten Verhandler spielen wollte, Jamie aber sicher war, dass es der Situation nicht zuträglich war.

Mark stand auf und streckte die Hand aus. »Mark Wiley, Jamies Anwalt.«

Jessica ergriff sie. »Jessica. Freut mich.«

»Jessica …?« Mark wartete auf ihre Antwort.

Jamie wusste genau, was er tat – Informationen sammeln.

»Jessica Ayers.« Fragend zog sie die Augenbrauen zusammen.

»Tut mir leid. Ich kann mir Namen besser merken, wenn ich den Nachnamen auch gehört habe. Es gibt Tausende Jessicas da draußen.«

Tausende Jessicas? Jamies Geduldsfaden drohte zu reißen.

»Du bist also das hübsche kleine Ding, das Jamie davon abgehalten hat, sich auf die Arbeit zu konzentrieren. Jetzt verstehe ich auch, warum«, sagte Mark.

»Mark«, warnte Jamie.

Mark bedeutete ihm, dass er verstanden hatte. »Was machst du denn beruflich so, Jessica?« Er steckte die Hände in die Taschen. Diese lässige Haltung kannte Jamie nur zu gut. Mark versuchte, Jessica in Sicherheit zu wiegen, während er an Informationen kommen wollte. Das tat er immer bei den Frauen, die Jamie datete, aber jetzt, wo es Jessica betraf, standen Jamie die Nackenhaare zu Berge.

»Sie spielt für das Boston Symphony Orchestra.« Jamie legte beschützend den Arm um Jessicas Schulter und ging mit ihr in Richtung ihrer Wohnung. »Ich bin gleich zurück, Mark. Mach ruhig schon mal weiter.«

Als sie auf ihrer Veranda waren, in sicherer Entfernung, küsste Jamie ihren Handrücken. »Es tut mir leid wegen Mark. Er verhält sich manchmal Frauen gegenüber unmöglich, weil er mich beschützen will. Aber ich werde ihm die Meinung sagen. So etwas wird nicht wieder vorkommen, keine Sorge.«

Sie schlang die Arme um seine Taille. »Das hat mich nicht gestört. Na ja, abgesehen von der Bemerkung mit den Tausenden Jessicas. Das kam mir so vor, als wollte er mich eifersüchtig machen.«

»Du bist die einzige Frau, die ich in meinem Leben will.« Er hob ihr Kinn an und küsste sie sinnlich. »Du hast mir gefehlt, und es tut mir leid, dass die Arbeit so lange dauert. Das Problem ist viel komplizierter, als ich dachte.«

»Schon in Ordnung. Kannst du nachher zum Konzert kommen? Es ist in Ordnung, wenn nicht. Ich möchte dir nicht bei deiner Arbeit im Weg sein.«

»Machst du Witze? Das will ich um nichts auf der Welt verpassen, und im Weg bist du nie. Arbeit ist nun mal Arbeit.« Er zuckte mit den Schultern, aber er wusste, dass Jessica seine gespielte Unbekümmertheit durchschaute.

»Es tut mir leid, dass du so ein großes Problem am Hals hast.«

»Nichts, was ich nicht in den Griff bekomme.« Er schaute über den Platz und merkte, dass Mark sie beobachtete. »Ich gehe lieber mal zurück, damit wir rechtzeitig fertig werden. Wir werden das Abendessen ausfallen lassen müssen. Es tut mir wirklich leid, Liebling, dass ich dich hängen lassen muss.«

»Das ist schon in Ordnung. Ach, fast hätte ich es vergessen: Der Mann mit dem Baseball hat angerufen. Er hat ihn seinem Enkel geschenkt und will nicht verkaufen.«

Er sah die Traurigkeit in ihren Augen. »Dann müssen wir eben den Einsatz erhöhen.«

»Nein, das habe ich versucht. Ich habe ihm das Dreifache von dem angeboten, was er gezahlt hat, aber er meinte, der Ball wäre seinem Enkel sehr wichtig, der anscheinend ein Baseball-Fan ist. Es ist schon in Ordnung. Mein Vater hat ja nicht darum gebeten. Ich wollte mich damit nur ablenken …« Nein, sie würde ihre Gefühle nicht mehr herunterspielen. »Ich wollte etwas für ihn tun. Aber wir haben getan, was möglich war, und dank dir war das schon viel mehr, als ich allein je geschafft hätte.«

»Bedanke dich noch nicht. Es ist nicht vorbei. Wir überlegen uns etwas.« Er küsste sie und sah Mark über den Platz herüberkommen. *Herrgott noch mal!* »Vera hat Mark eingeladen, euch heute Abend auch zuzuhören, aber morgen früh fährt er wieder. Tut mir leid wegen heute. Du weißt hoffentlich, dass ich lieber mit dir zusammen wäre.«

Sie legte die Hände auf seine Brust und ging auf die Zehenspitzen, um ihn zu küssen.

»Das weiß ich, und wenn er weg ist, nehmen wir uns etwas Zeit für uns.«

»Ja, apropos … Ich denke, ich werde Vera einfach sagen, dass ich bei dir übernachte. Es wird ihr nichts ausmachen, und sie weiß, dass wir sie respektieren.«

»Jamie …«, flüsterte sie.

»Bist du bald fertig, Jamie?«, rief Mark hinauf. »Wir haben noch ein paar Stunden Arbeit vor uns.«

»Bin gleich da.« Meine Güte! »Tut mir leid, Jess.«

»Warte! Bist du dir sicher wegen Vera?«

»Natürlich bin ich mir sicher.« Er zog sie an sich, doch sein Blick lag auf Mark, der unten an der Treppe mit dem Rücken zu ihnen stand. »Und mit dir bin ich mir auch sicher.«

Fünfzehn

»Nicht ganz das Boston Symphony Orchestra, hm?« Vera strich sich ihren langen schwarzen Rock glatt und fuhr sich über das Haar. Sie und Jessica waren zusammen zum Hafen gefahren. Es war fast acht Uhr und gemeinsam mit den anderen Musikern von Veras Quartett bereiteten sie sich auf ihren Auftritt vor.

Nur eine Handvoll Zuhörer saß auf den Metallstühlen und wartete auf den Beginn des Konzerts. Jessica schaute immer wieder zum Parkplatz und wartete darauf, dass Jamie eintraf. Sie wusste, dass die Mädels weiter unten an der Straße im Bookstore Restaurant mit ihren Partnern noch etwas tranken und jeden Moment kommen würden.

»Es ist in vielerlei Hinsicht besser als das Symphonieorchester«, sagte sie auf Veras Frage hin.

»Inwiefern?«

»Also, zum einen wird Jamie hier sein, damit ist es schon mal tausend Mal besser.« Sie atmete tief ein. »Und es ist hier so angenehm, Vera. Findest du nicht? Mit der Brise, die vom Meer herüberweht, und den Kindern, die da hinten spielen. Es ist ungezwungen und bei Weitem nicht so stressig. Obwohl ich gestehen muss, dass mein Herz wie verrückt rast. Ich weiß nicht genau, warum ich so nervös bin.«

Vera legte die Hand auf Jessicas Arm. »Weil es dir wichtig ist. Du bist eine Musikerin durch und durch, und wenn du spielst, gibst du in jeden Ton einen Teil von dir.«

Vera verstand sie wahrhaftig, und Jessica wurde dadurch bewusst, dass sie die Gemeinschaft ihrer Musikerfreunde vermissen würde, wenn sie nicht zum Orchester zurückkehrte, und es fehlte ihr tatsächlich auch, Menschen um sich herum zu wissen, die den Druck im Leben eines Musikers verstanden.

Ein kleiner Junge flitzte am Zelt vorbei und Vera lachte. »Ich vermisse es, kleine Kinder um mich zu haben.«

»Das mit deiner Tochter, Jamies Mutter, tut mir leid. Es muss sehr schwer für deine ganze Familie gewesen sein.«

Vera senkte kurz den Blick, doch als sie wieder aufschaute, sah sie Jessica voller Wärme an. »Ja, es war unglaublich schwer, als wir unsere Tochter verloren haben, aber ich hatte Jamie, auf den ich mich konzentrieren musste. Ich glaube, es gibt nur eine Sache, die schlimmer wäre, als mein Kind zu verlieren.« Vera beobachtete die spielenden Kinder einen Moment lang und sah dann Jessica wieder ernst an. »Wenn ich es erst gar nicht gehabt hätte. Ich hätte all die wunderbaren Jahre, die wir zusammen hatten, nicht erlebt. Nichts kann die Zeit ersetzen, die wir mit der Familie verbringen.«

Vera schwieg kurz und sah mit einem sorgenvollen Blick in die Ferne. »Hoffst du, eines Tages eine Familie zu haben?«

»Vor diesem Sommer hatte ich gar nicht die Zeit, darüber nachzudenken, was ich will. Doch in letzter Zeit habe ich viel nachgedacht. Ich möchte eines Tages eine Familie haben, aber bevor das möglich ist, muss ich eine Menge Entscheidungen treffen.«

»Oh, da vertraue ich dir vollkommen.« Vera drückte ihren Arm. »Du wirst schon den richtigen Weg finden.«

Sie nahmen auf ihren Stühlen Platz.

»Versuche, heute Abend nicht zu nervös zu sein. Wir sind jetzt quasi eine Familie. Und was die Entscheidungen angeht, du wirst wissen, was das Richtige ist. Manchmal flüstert uns das Herz etwas zu und wir überhören es. Wenn wir dann bereit sind, hören wir es laut und deutlich.«

Die Worte, die Vera wählte, berührten Jessica. *Manchmal flüstert uns das Herz etwas zu und wir überhören es.* Sie fragte sich, wie oft sie ein Flüstern in ihrem Leben schon überhört hatte – oder ob sie überhaupt etwas überhört hatte. Vera hatte sicher recht damit, dass sie eines Tages die Antwort bekäme – laut und deutlich.

Sie schaute ins übersichtliche Publikum. Ihre Seaside-Freunde waren alle dort, außer Jamie. Jessica schloss die Augen, als sie zu spielen anfingen, und versuchte, nicht daran zu denken, wie sehr sie ihn vermisste. Die Musik trug ihre Sorgen fort. Nach dem ersten Stück öffnete Jessica die Augen und ihr Blick fiel unmittelbar auf den dunkelhaarigen Mann in der zweiten Reihe, der gebannt zu ihr schaute. *Jamie. Mein Jamie.* Sie war so froh, ihn zu sehen, und er schien so stolz auf sie zu sein. Neben ihm saß Mark, der – wie sie plötzlich bemerkte – dem Schauspieler Peter Gallagher sehr ähnlich sah.

Jamie warf ihr einen Luftkuss zu, als sie mit dem nächsten Stück begannen, und Mark schüttelte den Kopf. Sie schloss wieder die Augen und entschied sich, Marks Geste zu ignorieren und die tröstliche Nähe von Jamie in sich aufzusaugen. Sie ließ sich von den Vibrationen des Cellos, den höheren Tönen der Geige und der Energie des musikalischen Werkes mitreißen.

Als ihr kleines Konzert sich dem Ende neigte, waren die Kinder vom Spielplatz verschwunden und die Stühle im Zelt fast alle besetzt. Das Publikum applaudierte und blieb anschließend noch, um mit den Musikern zu reden, Fragen zu stellen und ihnen zu sagen, wie wunderbar sie gespielt hätten. Jessicas Freunde aus der Feriensiedlung umarmten sie und Vera gab Lobeshymnen von sich, bei denen ihr ganz schwindelig wurde. Als es ruhiger wurde und Jessica ihr Cello verstaute, kamen Jamie und Mark schließlich zu ihr.

Jamie gab ihr einen Strauß weißer und rosa Rosen und küsste sie auf die Wange. »Du warst unglaublich. Du bist so schön, wenn du spielst. Als wäre die Musik ein Teil von dir.«

»Danke. Die sind wirklich hübsch.«

»Rosa für deine anmutige Eleganz, wenn du spielst, und weiß für das, was vor uns liegt.«

Die Rosen waren hinreißend, aber es waren noch mehr die Überlegungen zu den Farben und die Bedeutung dahinter, die sie wie einen Teenager dahinschmelzen ließen.

Jamie zog sie an sich und küsste sie.

»Meine Güte, ich bin auch hier, falls ihr es vergessen habt.« Mark wandte sich mit verschränkten Armen ab.

Jessica trat zurück und spürte, dass sie errötete. »Tut mir leid.« Sie drehte sich um und legte das Cello in den Kasten, während Jamie und Mark über ihren Kuss witzelten.

»Jess, ich helfe kurz Vera mit ihrer Geige. Bin gleich wieder da.« Er wandte sich an Mark. »Benimm dich.«

»Ich? Ich bin ja nicht derjenige, der hier Zungenakrobatik vollführt.« Mark lachte und Jamie ging zu seiner Großmutter.

Jessica fühlte sich schon etwas besser, als sie merkte, wie die beiden miteinander scherzten. Vielleicht war Mark doch nicht so ungehobelt, wie die Mädels dachten.

»Du warst gut«, sagte Mark mit gedämpfter Stimme, während sein Blick durch das Zelt huschte. Ihre Freunde standen nur wenige Meter entfernt zusammen.

»Danke.«

»Für das BSO zu arbeiten, ist ein bedeutender Job«, sagte er mit einer Stimme, die Jessica einen eisigen Schauer über den Rücken laufen ließ. Verschwunden war das scherzhafte Lächeln, das er so mühelos zeigte, wenn Jamie dabei war. Jetzt war seine Miene kalt und sein Blick wanderte von einem Menschen zum anderen, zum Strand auf der anderen Straßenseite und zum Tennisplatz rechts von ihnen – überallhin, nur nicht zu ihr.

»Ja, ist es.«

»Du weißt, wer Jamie ist, oder? Natürlich weißt du das.« Er trat näher an sie heran, drückte seine Schulter an ihre, während sie den Cello-Kasten schloss. »Und wahrscheinlich weißt du auch, dass er sich auf sein milliardenschweres Unternehmen konzentrieren muss und diese ganze Herumspielerei einfach auch nur das ist. Herumspielerei.«

Jessica blieb die Luft weg.

»Jamie ist kein Ritter in glänzender Rüstung. Er wird nicht mit dir auf seinem Schimmel in eine blumige Welt davonreiten.«

Sie erstarrte, konnte keinen Gedanken fassen. Ihre Lippen zitterten, und sie schaffte es gerade noch, sich an der Tischkante festzuhalten.

»Jamie Reed kann jede Frau haben, die er will«, sagte er mit einem leisen, bösartigen Knurren. »Du bist nicht anders als all die anderen, mit denen er zusammen war, egal wie hübsch du bist. Er muss sich konzentrieren, und wenn du nicht der Grund für den Untergang seines Imperiums sein willst, schlage ich vor: Verzieh dich.«

Was? Sie war gar nicht in der Lage, das, was er gesagt hatte, zu verarbeiten. *Du bist nicht anders als all die anderen … Verzieh dich.*

»Hübsch lächeln. Mr. Reed im Anmarsch.«

Jessica konnte Jamie nicht ansehen. Sie konnte sich überhaupt nicht bewegen. Sie spürte seine Hand auf ihrer Hüfte. Seine Wange berührte ihre und sie schloss die Augen.

»Hallo, Süße. Die anderen wollen noch etwas trinken gehen. Sollen wir mit?«

Sie öffnete den Mund, aber es kam kein Wort heraus. Die Welt war ins Trudeln geraten, alle Kraft aus ihr gewichen. Ihr war schwindelig und sie griff nach Jamies Hand.

»Jess?«, flüsterte Jamie.

»Sie ist wahrscheinlich müde. Komm mit. Wir amüsieren uns noch ein paar Stunden, bevor ich zurück ins Sheraton gehe.« Mark wollte Jamie am Arm mit sich ziehen.

»Warte.« Er schüttelte ihn ab und ging um Jessica herum, um ihr ins Gesicht zu schauen.

Sie hielt den Blick auf den Boden gesenkt. *Atme. Atme. Atme.* Wenn sie zu ihm aufschaute, würde sie weinen.

»Jess, alles in Ordnung?«

Sie nickte. »Mir … ist nur etwas übel.«

»Dann bleiben wir zu Hause. Wir müssen nicht gehen«, versicherte Jamie ihr.

»Ich bin nur einen Abend hier und du willst mich versetzen?« Mark klang locker und sorglos, so als hätte er nicht gerade Jessicas Welt zerschmettert.

»Du bist ein großer Junge, Mark. Ich denke, du kommst einen Abend auch allein zurecht«, sagte Jamie.

»Geh nur«, flüsterte sie.

»Was hast du gesagt?« Jamie beugte sich näher zu ihr herunter.

»Geh mit ihm. Ich komme klar, bin nur etwas müde.« *Und ich muss über das nachdenken, was Mark gesagt hat.*

»Ich bleibe bei dir. Wir können entspannen, früh zu Bett gehen.« Jamies Stimme war voller Sorge und Liebe, Eigenschaften, wegen derer sie sich überhaupt erst in ihn verliebt hatte.

Selbst wenn Mark nur versuchte, sie zu verscheuchen, so musste es einen Grund dafür geben. *Du bist nicht anders als all die anderen, mit denen er zusammen war, egal wie hübsch du bist. Er muss sich konzentrieren, und wenn du nicht der Grund für den Untergang seines Imperiums sein willst, schlage ich vor: Verzieh dich.* So egal ihr auch die anderen Frauen waren, die er gedatet hatte, so trafen sie Marks Worte doch schmerzhaft, und sie befürchtete in der Tat, dass sie Jamie von der Arbeit abhalten würde. Hatte sie das nicht bereits zur Genüge getan? War Mark nicht genau deshalb hier und befand sich Jamies Firma nicht deshalb in dieser Lage?

Sie schaffte es, kurz zu Mark aufzuschauen, der fast unmerklich den Kopf schüttelte, was sie eindeutig als *Verzieh dich. Hör auf, ihn für dich zu beanspruchen* verstand. Die Geste genügte, um das Gefühl zu haben, ein Messer ins Herz gerammt zu bekommen.

»Nein, geh mit Mark. Ich komme klar.« *Ich muss nachdenken.* Sie hatte ihre eigenen Entscheidungen auch aufgeschoben. Vielleicht war es Schicksal. Vielleicht war dies das Flüstern, von dem Vera gesprochen hatte, und sie sollte die Ohren spitzen und zuhören.

»Bist du sicher, Jess? Es macht mir nichts aus.« Jamie hob ihr Kinn an und versuchte, in ihren Augen zu lesen.

Sie rang sich ein Lächeln ab, streckte den Arm aus und berührte seinen Bauch. Sie liebte ihn so sehr, dass es schmerzte. Sie nickte.

»Ich lasse dich nur ungern allein«, sagte Jamie leise.

Mark schoss ein selbstzufriedenes Lächeln in ihre Richtung ab. Sie musste schlucken, um die Galle, die ihr hochkam, loszuwerden.

»Jessica, brauchst du Jamie heute Abend? Wenn ja, hey, dann verziehe ich mich. Wer bin ich denn, dass ich mich zwischen zwei Turteltäubchen drängen würde?« Er hob ergeben die Arme.

»Nein, es ist schon in Ordnung. Geht nur. Ich bringe Vera nach Hause.«

Jamie schloss sie in die Arme und küsste sie auf den Kopf. »Bist du sicher, dass du fahren kannst?«

»Ja.«

»Okay. Dann komme ich später vorbei, falls du nicht schläfst.«

Sie schaffte es gerade noch zu nicken.

<h1 style="text-align:center">Sechzehn</h1>

Es hatte Zeiten gegeben, da waren fünf Stunden im Beachcomber eine unterhaltsame Angelegenheit gewesen, aber Jamie war jetzt seit zwei Stunden mit Mark und seinen anderen Freunden hier und es kam ihm bereits elendig lang vor. Er versuchte, Jessica anzurufen, doch jedes Mal sprang nur die Mailbox an.

»Geh doch und schau nach, wie es ihr geht«, schlug Bella vor. »Und sag ihr, ich bin total traurig, weil sie krank ist, und wir freuen uns auf die Nackte Wahrheit an einem anderen Tag.«

»Hey, hey, hey.« Mark schlug auf den Tisch. »Gönnt dem Mann doch mal ein bisschen Spaß. Der muss auch mal ein bisschen Dampf ablassen.«

Dampf ablassen? Das war das Letzte, was er jetzt musste. Wie hatte er immer all die Dinge an Mark übersehen können, die ihm jetzt so übel aufstießen? Er musste wissen, ob es Jessica gut ging. Er hätte sie gar nicht erst allein lassen sollen.

Er schaute sich am Tisch um. Caden und Bella flüsterten sich Stirn an Stirn etwas zu. Leanna saß auf Kurts Schoß, wie fast immer, und Jenna zerrte Pete auf die Tanzfläche. Pete verdrehte die Augen, doch das Funkeln in seinen Augen strafte ihn Lügen. Er liebte Jenna so sehr, dass er alles für sie tun würde. Amy tippte etwas in ihr Handy, wahrscheinlich eine Nachricht an ihren neuen Verehrer Jake, und Tony war heute Abend erst gar nicht mitgekommen. *Selbstschutz*, hatte er zu Jamie gesagt. Jamie hatte sich nicht die Mühe gemacht, ihn zu fragen, was er damit meinte. Und dann war da noch Mark, der jede Frau in der Bar beäugte.

Was zum Teufel tat er hier? Er sollte bei Jessica sein. Er wollte nichts trinken und mit Sicherheit wollte er nicht ohne sie tanzen. Er wollte einfach bei ihr sein, und ihr Gesichtsausdruck vorhin hatte ihm gesagt, dass sie ihn ebenso sehr brauchte wie er sie. Aber wie immer hatte er sich von Mark beeinflussen lassen.

Es reichte.

Jamie stieß sich vom Tisch ab. »Ich hau ab. Mark, danke, dass du hergekommen bist. Findest du allein zum Hotel?«

Mark winkte ab und mied Jamies Blick. »Ja, ja, schon klar.«

Amy schaute zu Jamie auf. »Kannst du mich mit zurücknehmen?«

»Klar.« Er legte den Arm um sie und verabschiedete sich von den anderen.

»Alles in Ordnung mit dir, Amy?«, fragte er auf dem Weg zum Auto.

»Ja. Das ist einfach nur ein seltsamer Sommer.« Amy war für Jamie wie eine Schwester. So sehr er sich auch aus dem heraushalten wollte, was zwischen ihr und Tony lief oder eben auch nicht, so erkannte er doch an ihrem Tonfall, dass sie einen Zuhörer brauchte.

»Tony?« Natürlich ging es um ihn.

Amy zuckte nur mit den Schultern.

Er öffnete ihr die Beifahrertür und setzte sich dann hinters Lenkrad. »Was ist mit Jake?«

»Jake.« Sie lächelte und lehnte den Kopf an. »Er ist wunderbar. Habe ich dir erzählt, dass er Bergretter ist? Richtig stark und supersexy. Er ist so nett und immer ein Gentleman.« Seufzend sah sie Jamie an. »Außerdem ist er achtundzwanzig und wahrscheinlich langfristig viel zu wild für mich.«

Jamie bog in die Seitenstraße ein, die zu Seaside führte. »Zu wild?« Er schaute Amy an. Ihr Kopf lehnte noch an der Stütze, und die Haare hingen ihr glatt über die Schultern. Sie trug weiße Shorts und ein hübsches blaues Crinkle-Top. Ihre Haut war gebräunt und seidig glatt. Sie war klug und übermäßig großzügig. Er hatte keine Ahnung, warum sie noch Single war. Allerdings hatte er auch keine Ahnung, warum Jessica noch Single gewesen war.

»Ich bin wild, glaub's mir. Ich hab gern Spaß, auch wenn ich nicht so laut bin wie alle anderen«, versicherte Amy ihm.

»Oh, das weiß ich doch«, meinte er mit hochgezogenen Augenbrauen. Sie war in etwa so wild wie eine Lilie.

Sie gab ihm einen Klaps auf den Arm. »Und ob ich das bin! Ich schaffe es vielleicht nicht, den Alkohol in mir zu behalten oder so versaute Dinge zu sagen wie Bella, aber ich bin auf meine eigene Art wild.«

»Amy, glaubst du, dass die Männer das wollen? Wilde Frauen?« Er konnte es nicht fassen, dass er dieses Gespräch mit Amy führte, aber sie war so verdammt lieb, dass sie unter die Räder kommen würde, wenn sie Männern erzählte, dass sie wild war – selbst wenn sie wie Jessica eine geheime wilde Seite hatte.

»Wollen sie das etwa nicht?« Sie runzelte die Stirn und sprach leise weiter. »Jamie, ich weiß, ich bin das brave Mädchen in der Gruppe. Ich kann nichts dafür. So bin ich nun mal. Aber, weißt du, alle Frauen haben auch eine andere Seite.«

»Amy, du bist lieb, und ja, du bist das brave Mädchen, aber

auch klug, witzig und schön. Du bist alles, wonach der Richtige Ausschau hält. Die Kerle reden darüber, dass sie wilde Frauen wollen, aber das sind nicht die Frauen, die sie heiraten. Die sind … keine Ahnung … die, von denen sie sagen können, dass sie sie gehabt haben.«

Sie schlug die Hände vors Gesicht und stöhnte auf. »Dann ist es also hoffnungslos. Ich habe keine Ahnung, was ich sein soll, aber offensichtlich kommt es bei den Männern nicht so toll an, wenn ich ich bin.«

Als sie in Seaside ankamen, parkte Jamie und wandte sich ihr zu. »Amy, ich muss ehrlich zu dir sein. Wenn Jessica in der Öffentlichkeit verrucht und draufgängerisch wäre, hätte ich sie nie gedatet, und ich bezweifle, dass Caden, Kurt oder Pete sich ernsthaft in Bella, Leanna oder Jenna verliebt hätten, wenn sie es wären. Bella ist auch nicht wild, sie ist frech. Da besteht ein Unterschied. Und außerdem ist sie beständig und liebevoll und sie vergöttert Caden und Evan. Jüngere Kerle mögen das Wilde. Typen in unserem Alter bewahren sich ihre wilden Momente lieber für die intimen Augenblicke mit ihrer Frau auf, und außerdem denke ich, *wild* ist das vollkommen falsche Wort. Ich kann nicht für alle Männer sprechen, aber ich glaube, die meisten Kerle wollen eine Frau, die keine Angst davor hat, im Schlafzimmer die Kontrolle zu übernehmen oder bei einem Date verführerisch sexy zu sein. Du weißt schon, was ich meine – im Privaten leidenschaftlich und die übrige Zeit ausgeglichen. Wenn sie mit uns flirten, okay, aber nur mit uns. Kein Mann will sich darüber Sorgen machen, was seine Freundin anstellt, wenn er nicht da ist.«

»Wirklich? Und das sagst du nicht nur, weil ich es bin?«

Ihr Blick war so ernst und ihre Worte so sorgenvoll, dass er sie in die Arme schloss. »Du bist wunderbar, genau so, wie du bist. Der Richtige kommt schon noch, und dann wirst du merken, dass du dir umsonst so viele Sorgen gemacht hast. Amy, ist es wegen Tony, oder hat Jake dir dieses Gefühl gegeben?«

Sie seufzte. »Nein, es liegt an mir. Ich bin immer *eine* Freundin, nie *die* Freundin. Weißt du, dass ich die Männer, mit denen ich etwas hatte, an einer Hand abzählen kann? Ziemlich erbärmlich, oder?«

Er dachte an Jessica und daran, wie gut es sich angefühlt hatte, als sie endlich vereint gewesen waren – und die zwiespältigen Gedanken, weil sie erst mit einem anderen Mann zusammen gewesen war. Sie hatte sich ihm so vollkommen hingegeben und tat es auch weiterhin täglich. Die Tatsache, dass sie gewartet hatte, bis es sich richtig angefühlt hatte, machte alles an ihr besonders. Manche Frauen nutzten Sex als Machtinstrument, andere, um fehlende Liebe von den Eltern zu kompensieren. Jessica hatte gewartet, weil sie in ihrem Herzen gespürt hatte, dass es so richtig war, und Jamie respektierte das, denn er hatte das Gleiche mit seinen Gefühlen getan. Er hatte sie in sich verschlossen gehalten, bis die richtige Frau gekommen war. Und er hegte keinerlei Zweifel daran, dass Jessica diese Frau war.

»Ganz im Ernst, Amy, ich glaube, das spricht Bände über dein Selbstwertgefühl. Das ist etwas Gutes. Lass dir niemals von jemandem etwas anderes einreden.« Er ging um das Auto herum und öffnete die Tür.

Amy umarmte ihn ganz fest. »Du bist ein so guter Freund, Jamie. Danke, dass du nicht gesagt hast, dass ich eine Loserin bin.«

Er lachte. »Du bist keine Loserin. Und mach dir keine Sorgen: Der richtige Mann wird dich so lieben, wie du bist.«

»Ich hoffe immer noch, der richtige Mann wird irgendwann mal merken, dass ich die richtige Frau bin.« Ihr Blick wanderte zu Tonys Haus.

Jamie wartete, bis Amy hineingegangen war, sah dann nach Vera, die fest schlief, nahm sich saubere Kleidung, hinterließ Vera einen Zettel mit der Nachricht, dass er morgens wieder zurück wäre, und ging hinüber zu Jessicas Wohnung.

Das Apartment war dunkel, aber Jamie hörte im Inneren ganz schwach Musik. Er klopfte leise und kurz darauf wurde die Tür einen Spalt weit geöffnet. Jessica schaute ihn nicht an, er konnte ihr Gesicht nicht sehen.

»Hey, tut mir leid, dass ich so spät bin.«

Sie öffnete die Tür weiter, den Blick gesenkt. Jamie folgte ihr hinein und schlang die Arme von hinten um sie.

»Wie geht es dir?«

Sie zuckte mit den Schultern.

»Jess, warum redest du nicht mit mir? Bist du so krank?« Er drehte sie in seinen Armen um und sein Herz zog sich zusammen. Ihre Augen waren rot und geschwollen, die Nase hellrosa und ihre Unterlippe zitterte.

»Jess? Was ist passiert?« Er zog sie an sich.

Sie krallte sich in sein T-Shirt und ihr ganzer Körper bebte. Er merkte, dass sie noch immer weinte. Er trug sie zum Sofa, hielt sie ganz fest und sicher an sich gedrückt, während Tränen ihr über die Wangen liefen.

»Jessie, was kann ich tun? Was ist denn los?«

Sie schüttelte den Kopf, er strich ihr über den Rücken und hoffte, den Schmerz – was auch immer es war – zu lindern.

»Ist etwas mit deinem Vater? Einem Freund?«

Wieder schüttelte sie den Kopf.

Jessica atmete stockend ein und hob den Kopf von seinem

nun feuchten T-Shirt. Sobald sich ihre Blicke trafen, brach sie wieder in Tränen aus.

»Scht. Was immer auch ist, es kommt wieder in Ordnung. Ich kümmere mich darum. Zusammen schaffen wir das.« Er streichelte ihren Rücken, während sich sein eigener Brustkorb vor Sorge zusammenzog. Er schaute sich im Zimmer um und suchte nach Hinweisen. Ihr Cello lehnte in der Ecke an der Wand, ihr Laptop und das Handy lagen auf dem Tisch. Die kleine Küche war aufgeräumt, und von seinem Platz aus konnte er in das Schlafzimmer sehen, in dem abgesehen von einem zerwühlten Bett alles in einem ordentlichen Zustand war. Ihr Schniefen und Zittern zerrissen ihm das Herz.

»Jess, bitte, sag mir, warum du so aufgelöst bist.«

Sie drückte sich wieder von seiner Brust ab.

Jamie wischte ihre Tränen mit dem Daumen fort. »Alles wird gut. Was immer es auch ist, ich kümmere mich darum.«

»Es … tut mir leid.« Eine einsame Träne begleitete ihr Flüstern.

»Jessie, nichts muss dir leidtun. Es ist in Ordnung zu weinen. Ich möchte dir nur helfen.«

Sie nickte und wischte sich über die Augen. »Ich habe Angst, es dir zu sagen, aber ich will es.«

»Mir was zu sagen? Du kannst mir alles sagen.« Er versuchte, in ihren Augen zu lesen, sah aber so viel Sorge und Traurigkeit, dass er sich nicht vorstellen konnte, was ihr solche Schmerzen bereitete.

»Ich sage es dir, aber du musst mir versprechen, absolut ehrlich zu sein, auch wenn es mir wehtut.«

Es schnürte ihm Brust und Hals zu, als er die Hand an ihre wunderschöne Wange legte. Was war denn bloß los? Er hatte nichts vor ihr zu verbergen, und der Gedanke, dass sie seinetwegen so aufgelöst war, erschütterte ihn zutiefst.

»Ich verspreche es. Ich werde immer ehrlich zu dir sein. Immer.«

Sie richtete sich auf, um tief durchatmen zu können. Mit aufeinandergepressten Lippen nickte sie, als wollte sie sich selbst davon überzeugen, dass es ihr gut ging.

Die Sorge brachte ihn fast um.

»Schatz, bitte«, flüsterte er.

»Heute Abend, nachdem das Konzert zu Ende war und während du Vera geholfen hast …« Sie atmete erneut stockend ein. Er spürte, wie ihre Finger sich in sein T-Shirt krallten. »Da hat Mark gesagt …«

Ein heißer Schwall brach über ihn herein. Seine Muskeln spannten sich an. *Mark? Der verdammte Mistkerl Mark ist hierfür verantwortlich?* Er presste die Kiefer aufeinander, um nicht laut zu werden.

»Was hat Mark gesagt?«

Sie schluckte, hielt seinem Blick aber stand. »Er hat gesagt, dass …« Sie atmete schwer und schluckte noch einmal, bevor sie sich in sein T-Shirt – und seine Brust – krallte. Wieder begann ihr Kinn zu zittern.

»Er sagte, dass du nur mit mir herumspielst und dass du jede Frau haben kannst, die du willst. Dass ich nicht anders bin als all die Frauen, mit denen du zusammen warst, und wenn ich nicht für den Untergang deiner Karriere verantwortlich sein will, soll ich mich verziehen.«

Sie sprach so schnell, dass er eine Minute brauchte, um es zu verarbeiten. Während die Information in sein Bewusstsein drang, atmete er immer heftiger, und gegen die Wut, die von ihm Besitz ergriff, war er machtlos. Er ballte die Fäuste und seine Bizepse wölbten sich. Wortlos hob er Jessica von seinem

Schoß und setzte sie auf das Sofa.

»Jamie?« Tränen liefen ihr über die Wangen, wie sie da zusammengekauert auf dem Sofa hockte, so klein, zerbrechlich und so verdammt gebrochen wirkte, dass es ihn fast umbrachte.

Jeder einzelne seiner Muskeln war angespannt. Feuer tobte in seinen Adern, doch unter dieser Wut brannte seine Liebe zu Jessica, die seinen Zorn bekämpfte. Er hatte Angst, sie zu berühren, ihr zu nah zu kommen, denn er befürchtete, seine Wut auf Mark könnte ihn zu grob werden lassen.

»Bin bald wieder da.« Blind vor Zorn stürmte er zur Tür. Er musste dieses Chaos in Ordnung bringen, musste ihn grün und blau schlagen, weil er Jessica so wehgetan hatte – weil er Zweifel in ihrem wunderschönen Kopf gesät hatte.

»Jamie, warte!« Sie sprang vom Sofa auf und folgte ihm auf die Veranda. »Warte. Ist es wahr? Ist alles ein Spiel für dich?«

»Ein Spiel? Glaubst du das wirklich? Benehme ich mich so, als sei es ein Spiel?« *Ein verdammtes Spiel? Es ist alles andere als ein Spiel.*

»Nein, aber …«

Regungslos stand er da, sein Innerstes glühte. »Aber?«

»Ich bin eine Ablenkung für dich. Das weiß ich, also ist der wichtigste Teil wahr«, flüsterte sie mit zitternder Stimme. »Wegen mir könntest du Schwierigkeiten mit deiner Firma bekommen. Wegen mir könntest du versagen.«

Er schloss die Augen, um den in ihm tobenden Sturm unter Kontrolle zu bringen. Als er sich zu ihr umdrehte, sah sie unfassbar klein und verängstigt aus, wie ein verwundeter Vogel. Und dieser gottverdammte Mark war derjenige, der sie verletzt hatte – und das war Jamies Schuld. Er hatte sie mit einem Hai alleingelassen. Was zum Teufel hatte er sich dabei gedacht?

»Du bist keine Ablenkung.« Es war abscheulich, dass er sie

durch zusammengepresste Kiefer so anzischte, und wahrscheinlich war sein Gesicht hochrot, aber die Worte waren wahr. Er wollte sie in den Armen halten, bis sie wusste, ohne den geringsten Zweifel, dass er sie liebte – aber er war im Moment nicht fähig, sanft zu sein. Dieses wütende Zischen war alles, wozu er im Moment in der Lage war. »Du bist die Frau, die ich liebe. Mein einziges Versagen lag darin, dass ich ihn in deine Nähe gelassen habe.«

Siebzehn

Jamie raste die Route 6 hinunter und war in weniger als fünf Minuten am Sheraton. Er stellte den Motor ab und umklammerte das Steuer so fest, dass seine Fingerknöchel weiß hervortraten. Wieder fragte er sich, was zum Teufel er sich dabei gedacht hatte, Mark überhaupt in Jessicas Nähe zu lassen. Er hatte verdammt noch mal zu viel Vertrauen in Mark, so viel war klar. Seine Muskeln brannten vor Anspannung, vor lauter Wut landete seine Faust auf dem Armaturenbrett – einmal, zweimal, dreimal –, und nachdem er einen Riss in das verdammte Ding geschlagen hatte, ein viertes Mal.

»Scheißkerl«, zischte er.

Über zehn Jahre Freundschaft, und so revanchierte Mark sich dafür.

Sein Blick fiel auf den Ring an seiner rechten Hand.

Schwarz. Das absolute Nichts. Eine so tief sitzende Angst, dass man sich nicht daraus befreien kann. Er atmete schwer, Wut und Liebe und all die außer Kontrolle geratenen Gefühle dazwischen schmerzten in seiner Brust. Er stieg aus und stürmte zum Hotel, wo er fast die Glastür einrannte, die so verdammt langsam aufging, dass er sie am liebsten zerschmettert hätte. Er preschte an der Rezeption vorbei, hörte gar nicht die Begrüßung der

Frau hinter dem Tresen, und marschierte mit gesenktem Kopf und blind vor Wut über den Flur.

Das Zimmer 189 befand sich im hinteren Teil des Gebäudes, und das war auch gut so. Niemand würde es hören, wenn er Mark umbrachte. Er hämmerte gegen die Tür, sodass sie in ihren Angeln wackelte.

»Mach die verdammte Tür auf, Mark!« Es war ihm egal, dass es Mitternacht war oder dass vielleicht Familien in den benachbarten Zimmern schliefen. So ein vernunftgesteuerter Gedanke kam ihm gar nicht. Wie einen tonnenschweren Gorilla spürte er die Last seiner Wut auf sich, die alle seine Nerven unter Strom setzte, bis sie so heiß brannten, dass er kaum noch etwas um sich herum wahrnahm.

Wieder donnerte er gegen die Tür. »Du hast drei Sekunden, dann ramme ich die Tür ein!«

Er hörte, wie der Riegel beiseitegeschoben wurde, die Kette klapperte und sich der Türknauf drehte. Er stieß die Tür auf, packte Mark an seinem weißen T-Shirt, hob ihn hoch und knallte ihn gegen die Wand. Dass die Tür hinter ihm wieder ins Schloss fiel und die Frau im Bett aufschrie und sich das Laken hektisch vor ihren nackten Körper zog, bekam er kaum mit.

»Was soll das, verdammt?«, brüllte Mark.

»Was … hast … du … getan?«, stieß Jamie bedrohlich leise aus.

»Nichts. Verdammt, Jamie, was ist los?« Mark zitterte, sein Blick huschte zum Bett.

Jamie schaute auch hinüber, seine Fingerknöchel waren in Marks Brust gebohrt. »Geh. Sofort«, sagte er zu der verängstigten Frau, wandte sich dann wieder Mark zu und ignorierte, wie sie wimmerte und weinte, ihre Klamotten zusammensammelte und zur Tür hinausrannte.

»Jamie, lass mich runter. Lass uns reden.« Marks Augen waren weit aufgerissen und voller Angst.

»Betteln macht dich noch hässlicher, du Scheißkerl, und reden ist das Letzte, wonach mir gerade ist.«

Mark berührte seine Schulter und sprach leiser weiter. »Jamie, ich bin's. Wir sind Freunde, weißt du noch? Lass mich runter. Wir reden, und wenn du mich danach immer noch in Stücke reißen willst, kannst du es dann machen.« Sein Blick fiel nach unten auf sein nacktes, schlaffes Geschlecht zwischen ihnen.

Mist. Wie zum Teufel hatte er das übersehen können? Jamie schubste ihn zum Bett. »Zieh dir was an, verdammt.« Er marschierte im Zimmer auf und ab. Marks Klamotten waren über einen Stuhl geworfen, ein High-Heel lag neben der Kommode und eine halb leere Flasche Wein stand am Bett. Verdammt noch mal. Mark zog seine Khakishorts an. Angst war in seinen Augen zu lesen, doch dahinter erkannte Jamie auch den berechnenden Blick des Manipulators, von dem er immer gewusst hatte, dass er da war, den er aber wissentlich ignoriert hatte. Jamie hätte sich nie vorstellen können, dass Mark diese schmierige, manipulative Seite zu seinem Nachteil anwenden würde.

»Was zum Teufel hast du zu Jessica gesagt?« Sie standen dicht voreinander, Jamies Fäuste waren geballt.

»Was? Wovon redest du?«

Jamies Faust landete seitlich auf Marks Kiefer, dann packte er ihn am T-Shirt, als er fast umkippte, und riss ihn hoch, sodass sich ihre Nasen fast berührten. »Verarsch mich nicht.«

Blut rann aus Marks Nase. Seine Augen wurden dunkel, als er kapitulierend die Hände hob. »Okay, okay.«

»Sag es. Ich will es aus deinem dreckigen Maul hören.« Der

Sturm, der in Jamie wütete, brachte seinen Arm zum Zittern.

»Lass los. Ich sage kein Wort, bis du mich nicht losgelassen hast.« Mark hielt seinem Blick stand.

Jamie stieß ihn von sich. Er stolperte gegen die große Kommode, berührte das Blut, das ihm über Lippen und Kinn lief und griff nach etwas, das zusammengeknüllt auf der Kommode lag – T-Shirt, Hose, wen interessierte das schon –, um sich damit das Gesicht abzuwischen.

»Einen Anwalt anzugreifen, ist nicht klug.«

Jamie trat wieder auf ihn zu und sah ihn drohend an.

»Okay, ist ja schon gut.« Mark ging zu dem Stuhl, der an dem kleinen Holztisch neben dem Bett stand und setzte sich.

Jamie tigerte auf und ab, seine Wut wurde nur von einem seidenen Faden im Zaum gehalten. Dann blieb er stehen und baute sich mit verschränkten Armen und finsterem Blick vor Mark auf.

»Ich habe ihr die Wahrheit erzählt, nämlich, dass du dich auf deine Firma konzentrieren musst. Jamie, du weißt überhaupt nicht, wer sie ist.«

Jamie packte Marks T-Shirt und der hielt die Hände wieder in die Höhe. »Es ist mir scheißegal, was du *glaubst*, was ich weiß. Was hast du sonst noch zu ihr gesagt?«

»Okay, okay.« Er wischte sich mit dem Unterarm das Blut von der Nase. »Mist, das tut weh. Ich habe gesagt, dass sie nicht anders ist als die anderen Frauen, die du datest, und dass du kein verdammter Ritter in glänzender Rüstung bist, der sie retten wird. Du bist ein Geschäftsmann, der sich konzentrieren muss, bevor du alles verlierst, wofür du gearbeitet hast.«

Jamie stützte sich mit den Händen auf den Armlehnen des Stuhls ab und sah drohend auf ihn hinab. Seine Stimme war eiskalt. »Und was macht dich zum Experten für meine

Gefühle?«

Mark blickte zögerlich auf und lehnte sich so weit zurück, wie es in seiner Position möglich war. »Jamie, ich bin dein bester Freund. Ich kenne dich seit Jahren. Du vertraust mir in allen Angelegenheiten. Ich beschütze dich. Herrgott noch mal, ohne mich hättest du vor Jahren schon dein halbes Unternehmen verloren.«

Darin steckte ein Funken Wahrheit. Leider. Es war Jamie zuwider, aber Mark hatte unzählige Male für ihn den Karren aus dem Dreck gezogen.

»Sie ist die Frau, die ich liebe, und ich brauche nicht vor ihr beschützt zu werden.« Jamie wandte sich ab und ging mit geballten Fäusten wieder auf und ab.

»Die Frau, die du liebst? Mann, Jamie, komm mal wieder auf den Boden. Wie lang kennst du sie? Ein paar Tage? Eine Woche?«

Er wirbelte herum und zischte ihn giftig an. »Scheißegal, wie lange ich sie kenne. Wieso nimmst du dir das Recht heraus, ihr so einen Mist zu erzählen?«

»Weil ich noch nie erlebt habe, dass du deine Firma im Stich lässt, und irgendeiner muss ja mit dem Kopf denken und nicht mit dem Schwanz.«

Jamie trat an ihn heran und Mark hob wieder die Hände.

»Jamie, du hast sie nicht überprüft. Was weißt du denn wirklich über sie? Was sie dir erzählt hat? Du hast das alles schon mal erlebt. Sie könnte mit dir spielen wie mit einer Zwei-Dollar-Fidel, du hättest keine Ahnung. Wie viele Frauen haben dir schon erzählt, sie wären Models, dabei haben sie in irgendeiner Spelunke als Tänzerin gearbeitet und waren auf der Suche nach einem Sugardaddy?«

»Du hast sie spielen gehört, verdammt! Was ihren Beruf

angeht, lügt sie nicht.« Er hatte keinen Beweis, aber bei Jessica hatte er nicht das Gefühl, dass er einen bräuchte. Klar, sie war etwas zögerlich gewesen, diese spezielle Information mitzuteilen, aber er verstand ihre Gründe dafür, zumal auch er den meisten Menschen seine berufliche Tätigkeit vorenthielt.

»In Ordnung, sie spielt also Cello. Beim BSO? OneClick verrät dir in nicht einmal fünf Sekunden, ob das stimmt. Was weißt du sonst noch über sie? Wo lebt sie? Was machen ihre Eltern? Hatte sie schon mal mit der Polizei zu tun? Meine Güte, Jamie. Weißt du überhaupt, mit wie vielen Männern sie schon geschlafen hat?«

Jamie blieb stehen und starrte Mark an. Er wusste nichts von all dem, abgesehen von der Anzahl der Männer. Aber er wusste, dass er sie liebte. Verdammt, er liebte sie so sehr!

»Jamie, dein Blick verrät mir, dass du keine Ahnung hast. Na ja, vielleicht was die Sexsachen angeht. Wenn sie unerfahren ist, wäre sie eine Novizin im Schlafzimmer, aber ...«

Eine Novizin im Schlafzimmer. Er erinnerte sich an ihren Blick, als sie ihn in den Mund genommen und höher getrieben hatte als jede Frau zuvor. Wie sie ihn geritten hatte, während ihre Brüste sein Gesicht berührt hatten, bis er kurz vor der Explosion stand, und wie sie es genossen hatte, durch seine Stärke zurückgehalten zu werden. Sie hatte gesagt, dass all das neu für sie gewesen war, und ihre Augen waren erfüllt gewesen von Ehrlichkeit und einem so tief empfundenen Gefühl, dass er es nicht infrage gestellt hatte.

Nein, er weigerte sich, zu glauben, dass sie in der Beziehung gelogen hatte. Er hatte sie gespürt, war in ihr gewesen, hatte ihre Enge gefühlt, hatte die berauschte Erregung durch das Neue in ihren Augen gesehen. Das konnte er nicht falsch gedeutet haben.

»Lass mich nur eine kurze Suche machen. Gleich jetzt. Nur eine. Keine fünf Sekunden und du wirst erfahren, was du wissen musst. Ich kann später eine komplette Recherche anstellen, aber lass uns nur sehen, ob sie in dem Orchester spielt.« Mark griff nach seinem Laptop.

»Nein.« Er hielt Marks Arm fest. »Gib ihren Namen nicht ein, verdammt. Das ist mein Leben, nicht deines. Vielen Dank für deine Fürsorge, aber falls du jemals …« Er zog Mark näher an sich heran und packte ihn fester am Arm, bis er den Schmerz in Marks Augen sah. »Falls du jemals noch ein Wort zu ihr sagst, bringe ich dich mit bloßen Händen um.« Er stieß ihn aufs Bett und stürmte hinaus.

Achtzehn

Jessica schob ihre Kaffeetasse auf dem kleinen Tisch von sich. Allein der Anblick schlug ihr schon auf den Magen, vom Geruch ganz zu schweigen. Er roch wie die Säure, die in ihrem Bauch brodelte. Sie schaute in ihr Schlafzimmer zu dem ungemachten Bett. Tränen schossen ihr in die Augen, so schnell, als hätte jemand einen heißen Schürhaken in sie gerammt. Sie wandte sich ab und schlurfte in Sweatshirt und Slip durch den Raum. Sie war bis auf die Knochen durchgefroren, trotz der Wärme in der Wohnung im Obergeschoss und der sonnenerhitzten Luft, die durch das offene Fenster hereinströmte. Sie setzte sich aufs Sofa, stand wieder auf. Nichts fühlte sich mehr richtig an. Würde es das jemals wieder? War dies ihr Fenster in die Realität? Dieses Leben außerhalb des Orchesters konnte herrlich und himmlisch sein und sie dann rücksichtslos wieder ausspeien? Sie wollte es nicht glauben, doch sie hatte die ganze Nacht darauf gewartet, dass Jamie zurückkam. Sie hatte sogar ihr dämliches Handy eingeschaltet, für den Fall, dass er eine Nachricht schicken oder sie anrufen würde.

Sie hatte ihn nicht zu seiner morgendlichen Joggingrunde aufbrechen gehört, und dabei hatte sie vom Morgengrauen bis vor zehn Minuten mit dem Ohr am verdammten Fenster gesessen. Dann hatte sie sich in die Küche geschleppt, um sich einen Kaffee zu machen, der aber nur Ekel ausgelöst hatte.

Laut seufzend ging sie Richtung Badezimmer, um zu duschen. Nicht einmal die Mädels waren heute Morgen vorbeigekommen. Warum auch? Sie waren seine Freundinnen, nicht ihre. Zum Nacktbaden waren sie in der Nacht auch nicht gekommen. Wahrscheinlich hatte Jamie ihnen gestern Abend alles erzählt, als er zurückgekommen war.

Ihr Handy klingelte, und Hoffnung erfüllte sie augenblicklich, als sie es eilig in die Hand nahm. Enttäuscht entdeckte sie den Namen des Intendanten auf dem Display.

»Guten Morgen, Charlie.« Sie versuchte, nicht so zu klingen, als würde sie in Traurigkeit ertrinken.

»Millicent, wie geht es dir, Kleines? Du klingst erbärmlich.«

Sie brauchte einen Moment, um sich wieder an ihren Namen in der professionellen Welt zu gewöhnen. War es schon so lange her? Hatte sie all das, wofür sie gearbeitet hatte, so einfach beiseitegedrängt? Sie zwang sich zu einer Antwort.

»Bin heute Morgen nicht ganz in Form.« *Erbärmlich.* Wie passend.

»Tja, also ich hoffe, das wird wieder, denn dein Ersatz ist krank geworden. Bei ihr wird es nicht so schnell wieder, und deshalb brauchen wir dich ab morgen hier.« Charlie sagte das so, als wäre es selbstverständlich, dass sie zustimmte. Es war Teil ihrer Vereinbarung gewesen. Wenn es ein Problem mit ihrem Ersatz gäbe, sollte sie innerhalb von vierundzwanzig Stunden auf der Matte stehen.

Aber da hatte sie nicht gewusst, dass sie ein gebrochenes Herz haben würde.

Wie sollten ihre Hände überhaupt funktionieren, wenn die

schmerzende Sehnsucht nach Jamie mit der Wucht eines Tsunamis durch ihren Körper tobte? Sie konnte das nicht beiseiteschieben, sie konnte ja kaum atmen.

»Millicent?«

Sie räusperte sich und hielt sich am Tisch fest. »Ja, ich bin hier.«

»Morgen früh. Probe ist um zehn. Vielleicht kommst du etwas früher, denn die anderen werden dich begrüßen wollen, und du weißt ja, wie Wiedersehenstreffen sein können. Du wirst alle Einzelheiten deines kleinen Urlaubs zig Mal erzählen müssen.«

Er beendete das Gespräch, noch bevor sie etwas sagen konnte, und was hätte sie auch sagen können? Ich bin nicht sicher, ob meine Arme gut genug funktionieren, um meine Taschen packen zu können?

Als die Sonne am Horizont aufging, saß Jamie immer noch auf den Dünen am Nauset Beach. Dort war er, seit er Mark im Sheraton zurückgelassen hatte. Er wollte so weit weg von ihm sein, wie er nur konnte, und selbst die Strände in Wellfleet schienen zu nah. Dieser verdammte Mistkerl Mark. Bei Tagesanbruch war es noch ruhig in Nauset, und das brauchte er auch, um die Wut in sich zu beruhigen. Der Sand war kühl an seinen bloßen Füßen und das Dünengras raschelte in der morgendlichen Brise. Er war weit durch die Dünen gelaufen, an den Häusern mit Blick aufs Wasser vorbei, vorbei auch an den Abschnitten, in denen Teenager immer die Dünen hinunterglitten und einen Pfad bis hinunter zum Strand hinterließen. Er war gelaufen, bis er zu einer Insel von unberührtem Dünengras gekommen war, und seitdem saß er hier, um über all die Dinge nachzudenken, die er durch seine Suche über OneClick herausgefunden hatte. Beim Boston Symphony Orchestra war keine Musikerin namens Jessica Ayers aufgelistet, ebenso wenig am Konservatorium Juilliard. Er wusste nicht mehr, was er in Bezug auf Jessica glauben sollte, doch es fühlte sich an, als ob sein Herz in ihm zerbrach und Scherben zurückließ, die ihren Namen, ihre Berührung, ihr Bild in ihn ritzten.

Als junge Familien auf dem Strand eintrudelten, war Jamie immer noch nicht bereit zu gehen. Zwei Stunden später drehte er den Ring an seinem Finger herum. Der Stein war orange und grün. Was das zu bedeuten hatte, wusste er nicht. Er starrte das dämliche Ding an. Wahrscheinlich war es ein Drei-Dollar-Geschenk, und doch wusste er, dass er damit immer die Gefühle und Erinnerungen vor Augen haben würde, die ihn mit Jessica verbanden. Er lehnte sich zurück, stützte sich auf den Händen ab und beobachtete, wie sich der Strand füllte. Lachen und Stimmen wurden durch die Luft getragen und verblichen um ihn herum. Als er das Glück der Menschen nicht mehr ertragen konnte, stand Jamie schließlich auf.

Er fuhr in die Siedlung und nahm bewusst die Abzweigung nach rechts, um nicht an Jessicas Wohnung vorbeizufahren. Er war nicht bereit zu reden. Bei Weitem noch nicht bereit, ihr schönes Gesicht zu sehen. Ein Blick in ihre gefühlvollen Augen, und er würde ihr sofort verfallen, ohne auch nur einen vernünftigen Gedanken fassen zu können. Ihm war nicht klar gewesen, wie nah sich zwei Menschen kommen konnten oder wie intensiv körperliche Liebe sein konnte, bis er ihr sein Herz geöffnet hatte. Sie hatte nicht mal versucht, ihn für sich zu gewinnen, zumindest nicht, soweit er es erkennen konnte. Sie spielte nicht diese Spiele, die manche Frauen gern spielten. Sie erwartete keine teuren Restaurants oder verschwenderische Dates. Sie hatte nichts verlangt. Sie hatte sogar versucht, ihm die gemeinsam verbrachte Nacht auszureden, weil es Vera aufregen könnte, wo jede andere Frau die Gelegenheit genutzt hätte, um ihre Krallen noch tiefer zu versenken. Sie war glücklich damit, einfach nur Zeit mit ihm zu verbringen, zu nehmen, was immer er zu geben bereit war. Und er hatte ihr die Welt zu Füßen legen wollen, was ihm nun, als er aus dem Auto ausstieg, nach einer Woche etwas verrückt erschien. Wie kam es, dass es sich anfühlte, als hätte er sie sein ganzes Leben schon gekannt? Hatte Mark recht? Hatte sie ihn so manipuliert, und war er so von ihr geblendet gewesen, dass er es nicht bemerkt hatte?

»Hey!« Bella kam entschlossenen Schrittes von Amys Veranda. »Bleib mal stehen.«

Er schloss die Augen eine Sekunde lang, schlug die Autotür zu, drehte sich dann zu ihr um und hoffte, dass er stark genug war, um nicht zusammenzubrechen.

»Was zum Teufel hast du Jessica angetan?«

Wenn Blicke töten könnten, hätte sie ihn direkt ins Grab befördert.

»Bella, ich …«

Sie hob die Hand. »Versuch erst gar nicht, irgendetwas zu erklären, Jamie Reed. Ich dachte immer, du wärst ein Guter. Ich würde dich immer in Schutz nehmen, aber du hast sie in unsere Gruppe gebracht und wir haben sie alle ins Herz geschlossen. Nicht nur du, du armseliger Hund.«

Amy kam in einem hübschen gelben Strandkleid dazu und schaute traurig.

»Hallo, Jamie.«

Sie klang so bestürzt, dass er die Hand nach ihr ausstreckte. »Alles in Ordnung mit dir?«

Amy nickte. »Nur enttäuscht, dass Jessica weg ist. Ich war mir sicher, dass das mit euch beiden das Richtige war. Wie geht es dir?«

»Weg?« Sein Blick sprang zwischen Bella und Amy hin und her. »Was meinst du damit? Wie *weg*?«

»Sie hat einen Anruf von ihrem Intendanten bekommen«, erklärte Amy. »Sie musste zurück nach Boston. Sie wollte mit dir reden, aber du warst nicht zu Hause. Ich glaube, sie hat bei Vera eine Nachricht und ein paar von deinen Klamotten zurückgelassen.«

Bella verdrehte die Augen. »Als wenn du das alles nicht wüsstest! Komm schon! Ihre Augen waren vom Heulen so rot, als hätte sie Pfefferspray abbekommen. Sie meinte, du könntest es nicht gebrauchen, von der Arbeit abgelenkt zu werden, und wir wissen alle, dass das nur von dir gekommen sein kann, denn keine Frau würde sich so etwas ausdenken.«

»Mark.« Er machte auf dem Absatz kehrt und rannte ins Haus.

Vera schaute besorgt von dem Buch auf, das sie gerade las, und reichte ihm einen Umschlag. Sie musste nichts sagen. Ihr Gesichtsausdruck war genug. Er wusste, sie hätte ihn gern umarmt, doch er musste allein sein. Vera schaute ihn genauso an, wie in seinem letzten Jahr an der Highschool, als das Mädchen, mit dem er damals zusammen war, am Abend vor dem Abschlussball angerufen und die Nachricht hinterlassen hatte, dass sie mit jemand anderem zu der Veranstaltung gehen würde.

»Danke.« Er riss den Umschlag auf und ging in sein Schlafzimmer, wo er die handschriftliche Nachricht las.

Jamie,

danke, dass du mir gezeigt hast, wie es ist, zu leben und zu lieben. Die Zeit mit dir hat mir das schönste Gefühl beschert, das ich je erlebt habe. Nicht nur wenn wir miteinander allein waren, sondern auch wenn wir über den Flohmarkt geschlendert sind, am Strand gelegen haben, ich einfach nur in deiner Nähe sein durfte. Vera ist ein wunderbarer Mensch, und sie hat einen wunderbaren Mann großgezogen. Ich werde euch beide so sehr vermissen, dass es wehtut. Ich wusste nicht, dass ich fähig bin, so glücklich zu sein, aber ich hatte ja zuvor auch nicht das Glück, dich kennenzulernen. Ich werde die Erinnerungen an unsere gemeinsame Zeit für immer in Ehren halten, und ich werde nie einen Mann so lieben, wie ich dich liebe. Ja, ich habe mich in dich verliebt, Jamie, und das bereue ich nicht. Ich wünschte mir allerdings, dass ich es dir hätte persönlich sagen können, aber wahrscheinlich ist es so das Beste. Für mich ist es erstaunlich, dass zwei Menschen sich so schnell einander so nah fühlen können, aber ich habe ein behütetes Leben geführt, also hast du diese Art von Verbindung vielleicht schon viele Male erlebt und ich bin allein mit meinem Staunen. Jedenfalls verstehe ich, dass ich eine große Ablenkung war, und ich hoffe, ich habe nicht zu viel Ärger verursacht. Bitte sei nicht zu wütend auf Mark. Offensichtlich bist du ihm sehr wichtig. Pass auf Vera auf. Sie ist alles, was ich mir für die Beziehung zu meiner Mutter je gewünscht habe und noch viel mehr. Die besten Wünsche für deinen Erfolg und dein Glück.

Jess

Er ließ sich auf einen Stuhl sacken. Der Kloß in seinem

Hals mit all den Emotionen wurde immer größer, als er die Nachricht in Stücken noch ein paar Mal las. *Ich habe mich in dich verliebt, Jamie ... Sei nicht zu wütend auf Mark ... Pass auf Vera auf.* Er atmete tief durch. *Die besten Wünsche ...* Sie hatte sich wieder in den Adrett-und-anständig-Kokon zurückgezogen, dem sie doch entkommen wollte, und das brach ihm das Herz.

Sei nicht zu wütend auf Mark. Das war so typisch für Jessica, die immer zuerst an andere dachte. Doch er war wütend auf Mark, er war wütend auf sich, und jetzt war er wütend auf Jessica, die eine miese Nachricht hinterlassen hatte, um sich zu verabschieden.

Er drehte den Zettel herum und las ihn noch einmal. Jedes Wort versetzte ihm einen Stich. Es war keine miese Nachricht. Es war ein sehr fürsorglicher, gut geschriebener Abschiedsbrief.

Er sprang auf und eilte zur Haustür.

»Wohin gehst du?« Vera klammerte sich an die Armlehne des Sofas und beugte sich vor.

Jamie hörte Hoffnung aus ihrem Tonfall heraus. »Muss was erledigen. Bin bald zurück.«

Er raste die Route 6 entlang. Weit konnte Jessica noch nicht sein. Über die Freisprechanlage rief er sie an, doch nur die Mailbox sprang an. Sollte er eine Nachricht hinterlassen? *Ruf mich an. Lass uns reden.* Doch er legte auf, nachdem er nichts als ein paar Sekunden Stille hinterlassen hatte.

»Lass uns reden? Was zum Teufel soll ich sagen?« Er schüttelte den Kopf. »Hey, ich habe deinen Namen auf der Liste des Boston Symphony Orchestra nicht gesehen. Es gab keine Jessica Ayers am Konservatorium. Was mache ich hier? Ich führe verdammte Selbstgespräche in meinem Auto.«

Er hielt auf dem nächsten Parkplatz an, denn er wusste, dass er nichts von all dem zu ihr sagen würde, denn er fühlte sich schon schuldig, weil er so etwas nur dachte. Und wenn er ihr gegenüberstand, würde er sie nur küssen wollen, sie halten, hören, wie sie sagte, dass sie ihn liebte, sehen, wie sie ihn anschaute, als wäre er alles, was sie je wollte oder brauchte. Er würde es nicht übers Herz bringen, ihr irgendetwas anderes zu sagen, als dass er sie ebenso sehr liebte. Wenn er das tat, wenn er sich erlauben würde, ihre Herzensgüte in sich aufzusaugen, auch nur für wenige Minuten, und wenn er dann herausfinden würde, dass all das doch eine Lüge, ein Spiel gewesen war, würde er sich nie davon erholen.

Niemals.

Neunzehn

»Jamie, bist du sicher, dass du das willst?« Vera stand in der Tür zu seinem Schlafzimmer im Ferienhaus, als er am nächsten Morgen seine Sachen packte. »Du kannst deine Gefühle nicht einfach mit Arbeit zuschütten, egal wie leicht dir das fällt.«

Er bemerkte ihren sorgenvollen Blick, schloss dann aber energisch seinen Koffer. »Ich schütte meine Gefühle nicht zu, sondern gehe zurück an die Arbeit, um mich um das Problem zu kümmern, das Mark aufgedeckt hat. Ich hätte schon vor Tagen dort sein müssen.«

»Kommt mir so vor, als wäre Mark hierhergekommen, um Probleme aufzudecken.«

Seine Muskeln zuckten vor Anspannung. Er presste die Zähne aufeinander und versuchte, die Wut zu zügeln, die ihn zerfraß, seit er gestern herausgefunden hatte, dass Jessica abgefahren war. Vielleicht zweifelte er zu Unrecht an ihr, hatte er noch gehofft, bis er eingebrochen war und sie angerufen hatte — nur um auf ihrer Mailbox zu landen. Fünfzehn Stunden später hatte sie noch immer nicht zurückgerufen. Seine Gefühle waren so verworren, dass er nicht mehr wusste, wo vorne und hinten war. Ignorierte sie seine Anrufe, weil sie wusste, dass er herausgefunden hatte, dass sie ihn angelogen hatte, oder steckte etwas ganz anderes dahinter? Hatte er sie zu sehr verletzt, als er nicht für sie da gewesen war und sie im Unklaren gelassen hatte, während er am Meer versucht hatte, seine Zweifel loszuwerden, als könnte er sie mit jeder hereinbrechenden Welle wegschwemmen?

Er stellte seinen Koffer neben Vera auf den Boden. »Ich weiß es nicht, Grandma. Keine Ahnung, ob es ein Segen oder ein schrecklicher Fehler war, dass er hierhergekommen ist. Normalerweise weiß ich, was richtig und was falsch ist, aber dieses Mal …« Er spielte an dem Ring herum, den Jessica ihm gegeben hatte und den abzunehmen er noch nicht geschafft hatte.

Vera nahm seine Hand. »Weil es dieses Mal nicht um richtig oder falsch geht. Dieses Mal geht es nicht um irgendeinen Code, um Computer oder Puzzleteile, die in nette kleine Ecken passen und Sinn ergeben. Dieses Mal, Jamie, geht es um dein Herz. Du musst das jetzt nicht verstehen, aber es ist gut, dass du etwas fühlst. Du hast ein großes Herz. Weiß Gott, das hast du! Du kümmerst dich so gut um mich, Jamie. Jetzt kümmere dich um dich.«

Er nickte, auch wenn er nicht mehr genau wusste, was es bedeutete, sich um sich selbst zu kümmern.

»Ich komme nächstes Wochenende zurück. Ich muss nur diese Angelegenheit bei der Arbeit unter Kontrolle bringen.« *Und mich hoffentlich auch wieder.*

»Und ich komme hier zurecht, mein Junge. Wenn ich etwas brauchen sollte, werden sich Bella, Tony und die anderen um mich kümmern.« Sie umarmte ihn und streichelte ihm über den Rücken, so wie sie es getan hatte, als er ein kleiner Junge gewesen war.

Er küsste sie auf die Wange. »In Ordnung. Ich hab dich

lieb.«

»Das weiß ich. Ich dich auch, mein Lieber.«

Jamie ging zur Tür.

»Jamie.«

Er drehte sich um. »Ja, Grandma?«

Sie schüttelte den Kopf und ein kleines Lächeln umspielte ihre dünnen Lippen. »Ich wollte nur sagen, dass manche Dinge im Leben einfach sein sollen. Manchmal sind sie gut, manchmal sind sie so schmerzhaft, so heimtückisch, wie man es sich fast nicht vorstellen kann. Diese Dinge kann man nicht aufhalten. Man kann sie nicht verhindern, indem man sie bekämpft oder einen anderen Weg einschlägt, denn sie sind wie die Luft. Ohne Konturen, fließend. Geruchlos und lautlos. Sie durchqueren Herzen und geschlossene Türen und reisen um den Erdball, bis sie ihre Beute finden.«

Ihr Tonfall jagte ihm einen kalten Schauer über den Rücken. Diese Worte hatte sie an dem Tag gesagt, als sie ihm mitgeteilt hatte, dass seine Eltern gestorben waren. Genau diese Worte, genau auf diese Art. Eine Erinnerung blitzte in ihm auf, die er so tief vergraben hatte, dass er dachte, er würde ihr nie wieder begegnen. Kurz bevor ihr diese Worte vor all den Jahren über die Lippen gekommen waren, war sie in der Küche gestolpert, wo sie ihm gerade sein Sandwich mit Grillkäse gemacht hatte. Er war von seinem Stuhl aufgesprungen – *Grandma!* Mit seinen sechs Jahren war er so klein gewesen. Noch immer konnte er das kalte Linoleum unter seinen Füßen spüren, als er zu ihr rannte. Noch immer spürte er ihr Gewicht, als wäre es gestern gewesen, dass er einen dünnen Arm um ihre Taille gelegt und sie zum Küchentisch geführt hatte. Seine Hand war kaum groß genug, um sie um die Holzstäbe des Stuhls zu legen, den er vom Tisch wegzog, um ihr beim

Hinsetzen behilflich zu sein. Woran er sich nicht erinnerte und sich auch nie hatte erinnern können, das war der Telefonanruf, in dem sie vom Tod seiner Eltern erfahren hatte. Egal wie viele Nächte er wach gelegen hatte und diesen Augenblick in Gedanken immer wieder durchgegangen war, er konnte sich nie an das schrille Klingeln des Telefons erinnern.

Jetzt tätschelte sie seine Hand und nickte. »Geh. Du wirst schon wissen, was das Richtige ist.«

»Ich …«

»Jamie, so wie du es damals wusstest, wirst du es jetzt wissen. Wir konnten sie nicht aufhalten. Ich habe sie gewarnt, habe sie angefleht, zu bleiben, aber deine Mutter bestand darauf, und dein Vater wäre ihr ohne zu überlegen in einen Vulkan gefolgt.«

»Du … du hast mir geglaubt.«

»Ich habe dir geglaubt. Du hast mir damals gesagt, dass sie nicht wieder nach Hause kommen werden. Als kleiner Junge warst du sehr im Einklang mit deinen Eltern, aber später … Jamie, ich habe dafür gebetet, dass du diese Verbindung mit der Zeit verlieren würdest, und das hast du. Du hast deinen Kopf mit allem Möglichen beschäftigt. Als hättest du diese Verbindung nie wieder spüren wollen. Das konnte ich dir auch nicht übel nehmen. Nein, ich wusste, dass du recht hattest. Du hast dich in ein Rätsel nach dem anderen vertieft. Ach, all die Stunden, die du mit allen möglichen Rätseln verbracht hast. Ob Zahlenrätsel, Kreuzworträtsel, Matheaufgaben und alle anderen Sachen, die du in deine traurigen und wütenden kleinen Hände bekamst. Du hast deinen Kopf mit so viel Chaos gefüttert, dass all die einsamen Winkel gefüllt wurden, die deine Eltern hinterlassen haben.«

»Grandma.« Er schmunzelte über dieses Bild. »Willst du

damit sagen, dass es nicht nur ein Gefühl war, sondern dass ich eine Vorahnung von Moms und Dads Tod hatte?«

Sie drückte seine Hand. »Im Gegensatz zu deiner Generation glaube ich nicht daran, dass alles benannt werden muss. Sicher ist, dass du wusstest, sie würden nicht zurückkommen, und als ich deine Eltern nicht davon überzeugen konnte, zu Hause zu bleiben, bin ich zu euch gekommen und habe darauf bestanden, dass du bei mir bleibst.« Sie lächelte und wedelte mit der Hand herum. »Du erinnerst dich wahrscheinlich nicht daran, aber sie haben einen ziemlichen Aufstand gemacht, weil ich wollte, dass du zu Hause bleibst. Deine Mutter hat mir einige nette Bezeichnungen an den Kopf geworfen.« Sie hielt inne und Traurigkeit erfüllte ihren Blick.

Er hatte all das wohl verdrängt, denn er erinnerte sich an nichts davon, doch er hatte noch ganz klar vor Augen, wie er vor dem Haus seiner Eltern stand und ihnen nachwinkte, als sie zum allerletzten Mal gegangen waren. Das Gesicht seiner Mutter war tränenüberströmt, ihre vollen dunklen Haare hingen offen und wild herunter und kitzelten ihn an Wange und Nase, als sie ihn ganz fest drückte. *Ich habe dich lieb, Jamie. Du bist der beste Sohn auf der Welt. Ich werde Fotos von deinen Lieblingstieren machen und dir schreiben. Ich habe dich unglaublich lieb.* Und sein Vater, der Jeans und ein schwarzes T-Shirt trug, sah männlich und stark aus. Jamie wusste noch, dass er immer das Gefühl hatte, sein Vater war so groß und stark wie die Eiche in ihrem Garten, und als er Jamie hochhob und die Arme um seinen einzigen Sohn schlang, hatte Jamie den Duft von Old Spice in sich aufgesogen. *Pass auf Mama auf*, hatte er zu seinem Vater gesagt. *Lieber sterbe ich, als dass ich zulasse, dass ihr irgendetwas zustößt*, hatte sein Vater mit dieser tiefen Stimme voller zurückgehaltener Emotion gesagt. Er war niemand, der vor anderen weinte, und als er Jamie wieder absetzte und die kleine Hand seines Sohnes in seiner großen Hand hielt, wusste Jamie, dass sein Vater zu seinem Wort stand und meinte, was er sagte.

Vera drückte noch einmal seine Hand und riss ihn von seinen Erinnerungen los, die er tief vergraben geglaubt hatte.

»Geh«, drängte ihn Vera. »Bevor es spät wird und du im Dunkeln fahren musst. Lass die Vergangenheit hinter dir und konzentriere dich auf deine Zukunft. Dort wirst du deine Antworten finden.«

Zwanzig

Am Montagmorgen saß Jessica vor ihrem Computer und starrte auf die Suchmaske von OneClick, während sie ihr Handy ans Ohr hielt und ihrem Vater zuhörte, der von der Show erzählte, die er und ihre Mutter sich angesehen hatten. Abgesehen von dem Konzert am Samstag, das sie wie ferngesteuert hinter sich gebracht hatte, war sie das ganze Wochenende allein zu Hause gewesen und hatte sich in der schmerzhaften Sehnsucht nach Jamie gesuhlt. Wie sollte sie noch einen Tag überleben? Zum tausendsten Mal gab sie Jamies Namen ein, nur damit sie sein Bild auf dem Bildschirm sehen konnte. Sein Anblick trieb ihr jedes Mal aufs Neue Tränen in die Augen und dennoch quälte sie sich weiter.

»Tut mir leid, dass wir die Karten für die Show nicht zurückgeben und zu deinem Konzert kommen konnten, mein Schatz«, sagte ihr Vater. »Wie ist es gelaufen?«

Sie brauchte einen Moment, bis ihr bewusst wurde, dass er eine Frage gestellt hatte. »Ohne Zwischenfälle.«

»Oh, na ja, das ist wohl besser, als wenn es schlecht gelaufen wäre. Was hast du gestern gemacht? Nachdem wir gehört hatten, dass du zu Hause bist, hatte ich wirklich gehofft, du kommst zum Essen vorbei, und als du nicht zurückgerufen hast, habe ich mir Sorgen gemacht.«

Den Sonntag habe ich im Nebel verbracht. »Tut mir leid, ich war ziemlich müde. Ich versuche, bald mal vorbeizukommen.«

Sie hatte Jamies Nachricht auf der Mailbox abgehört, konnte sich aber nicht überwinden, ihn zurückzurufen. *Ich bin's. Ich würde gern mit dir reden. Bitte.* Er klang so traurig, wie sie sich fühlte, aber jedes Mal, wenn sie überlegte, ihn anzurufen, hörte sie Marks Stimme. *Er muss sich konzentrieren, und wenn du nicht der Grund für den Untergang seines Imperiums sein willst, schlage ich vor: Verzieh dich.* Und sofort danach hatte sie Jamies Entschlossenheit vor Augen, mit der er ihre Wohnung das allerletzte Mal verlassen und mit der er gesagt hatte: *Du bist keine Ablenkung. Du bist die Frau, die ich liebe.*

»Jessica, ich will nicht neugierig sein, aber so niedergeschlagen habe ich dich noch nie gehört. Ist irgendetwas passiert, während du weg warst?«

»Ja, in gewisser Weise … Ich habe jemanden kennengelernt, aber wir sind jetzt nicht mehr zusammen.« Sie war emotional so erschöpft, dass sie sich keine vernünftige Entscheidung zutraute. Wenn Jamie sie liebte, warum war er dann in jener Nacht nicht zurückgekommen, oder am nächsten Morgen? Sie war erst am Nachmittag aus Seaside weggefahren, und angesichts der überraschten Reaktion von Vera darüber, dass Jamie nicht bei ihr war, als sie sich von ihm verabschieden wollte, war klar, dass er die ganze Nacht über weggeblieben war. Vera hatte erzählt, dass er nur eine Nachricht hinterlassen hatte, auf der stand, er wäre am Morgen wieder zurück. Wo konnte er gewesen sein, wenn er nicht bei Jessica war? Und warum sollte er so lange warten, bevor er sie anrief?

»Das tut mir leid. Das Datingleben kann schwierig sein.«

Sie hörte Anspannung in der Stimme ihres Vaters. Sie

hatten nie über Dates geredet, und wenn sie jetzt so überlegte, hatten sie eigentlich nie über irgendetwas anderes als die Welt des Orchesters geredet.

»Dad, woher wusstest du, dass du Mom liebst?«

»Na ja … das wusste ich wohl einfach irgendwie. Keine Ahnung woher, aber alles in unseren Leben passte einfach zusammen. Wir haben uns getroffen und wussten das dann wohl einfach.«

An der Art, wie er lachte, erkannte Jessica, dass ihm die Frage unangenehm war.

»Ich konnte an niemand anderen denken als an sie, ob du es glaubst oder nicht«, erklärte er. »Das ist für dich sicher schwer vorstellbar, wenn man bedenkt, wie gleichmütig deine Mutter sein kann, aber für mich ist sie alles. Das hilft dir sicher nicht viel weiter, aber ich bin wohl nicht so gut in diesen Dingen.«

Sie seufzte. »Es ist nicht schwer für mich zu glauben. Ich bin nur … Ich glaube, wir lenken uns beide zu sehr von der Arbeit ab. Keine Ahnung, ob es mit meinem Beruf überhaupt funktioniert hätte.«

Die Wahrheit war jedoch, dass sie für ihn eine Ablenkung war. Eine riesige. Und er für sie, aber er war die willkommenste Ablenkung, der sie je begegnet war. Sie schloss den Laptop, verschränkte die Arme darauf und ließ den Kopf sinken. Mit geschlossenen Augen konnte sie sich seine Berührung in Erinnerung rufen. Wie er ihr die Haare über die Schulter strich oder seine Wange an ihre gelegt hatte, wie er sie so vollständig ausgefüllt hatte, dass es ihr den Atem raubte, als sie sich das erste Mal geliebt hatten, und das Schuldgefühl in seinen Augen, als ihm bewusst geworden war, dass er erst der zweite Mann war, der ihr je so nah gekommen war. Tränen rannen ihr über die Wangen. Sie hatte den Baseball gefunden, der ihrer

Meinung nach mit Sicherheit ihrem Vater gehört hatte, und sie hatte die Liebe gefunden. Zwei Dinge, von denen sie nie zu hoffen gewagt hatte, sie erreichen zu können. Und nun hatte sie irgendwie beides verloren.

»Kleines, wenn er der Meinung war, dass du die Ablenkung nicht wert bist, dann ist er nicht der Richtige für dich. Jede Liebe ist Ablenkung. Das macht sie ja so besonders.«

»Vielleicht hast du recht«, stimmte sie zu. Warum fühlte es sich dann so richtig an, mit Jamie zusammen zu sein, und warum tat es so unglaublich weh, ihn zu verlieren? Wenn er es nicht wert war, wie konnte irgendetwas anderes es dann sein? Einschließlich des Cellos. Es gab keinen unterschwelligen Zweifel daran, wer Jamie war oder warum er sie liebte. Warum konnte das so falsch sein?

Weil er mich nicht liebt. Anders konnte es nicht sein. Er ist nicht zurückgekommen.

Vielleicht hatte ihre Mutter recht, und alles außerhalb des Strebens, eine herausragende Cellistin zu sein, war die Energie nicht wert. Vielleicht hatte sie nur eine gute Dosis Realitätssinn gebraucht, um sich klarzumachen, wie viel Glück sie hatte, ihren Platz im Orchester zu haben. Mit jeder Träne wog sie ihre Gedanken ab, doch keiner davon war überzeugend.

»Ich lege wohl besser mal auf, Dad.«

»Jessica, Liebes, wenn dir die Sache mit ihm so zu schaffen macht, dann solltest du vielleicht mit ihm reden. Sag ihm, was du fühlst.« Er sprach leise und es klang, als ginge er auf und ab. »Kleines, einige Dinge sind wichtiger, als die beste Cellistin zu sein. Aber wenn du deiner Mutter verrätst, dass ich das gesagt habe, dann werde ich es bis zum Sankt-Nimmerleins-Tag abstreiten.«

Sie hörte das Lächeln in seiner Stimme.

»In Ordnung.« Sie wischte sich die Tränen fort.

»Ich würde alles für deine Mutter tun, das weißt du, aber, Jessica, du musst es nicht. Du kannst in deinem Leben eigene Entscheidungen treffen. Ich weiß, dass du alles in deinen beruflichen Erfolg gesteckt hast, und das hast du verdammt gut hingekriegt. Ob du es zu den Chamber Players schaffst oder nicht, spielt keine Rolle. Mach dir nicht diesen Druck, und wenn ich es getan haben sollte, dann tut es mir leid.«

Ich soll mir den Druck nicht machen? Ein Platz im Kammerorchester ist das, wonach alle streben. Das hatte ihre Mutter ihr eingebläut, seit sie im Symphonieorchester angefangen hatte. »Du hast es verdient, dass du dir selbst das Glücklichsein erlaubst. Es gibt Wege, beides zu haben, weißt du? Deine Karriere und eine Beziehung. Deine Mutter und ich haben es geschafft.«

Sie konnte sich ein Lachen nicht verkneifen. »Nein, du hast es geschafft. Sie macht, was immer ihr gefällt, und du passt dich an.«

»Okay, bis zu einem gewissen Grad vielleicht, aber darum geht es in Beziehungen. Kompromisse. Ich habe dich lieb, Kleines, und wenn du noch einmal reden willst, ruf mich einfach an. Aber denke zumindest darüber nach, mit diesem Mann zu reden, wenn du meinst, dass er es wert ist.«

»In Ordnung. Danke, Dad.« Mehr als je zuvor wünschte sie sich jetzt, sie hätte diesen Baseball für ihn gefunden.

Nach dem Telefonat überlegte sie noch einmal hin und her, ob sie Jamie anrufen sollte, entschied sich aber dagegen. Es gab nur eine Art, auf die sie sich von ihrem Schmerz ablenken konnte. Sie holte ihr Cello hervor und fing an zu spielen.

Sie schreckte auf, als das Telefon zwanzig Minuten später klingelte.

Amy.

Sie überlegte, ob sie den Anruf ignorieren sollte, doch der Gedanke, außer Jamie auch die neuen Freunde zu verlieren, war zu schmerzhaft.

»Hallo?«

»Hi, Süße. Hier ist Amy. Ich habe gerade an dich gedacht und mich gefragt, wie es dir geht.«

Jessica war unsicher, wie viel sie Amy gestehen sollte. Immerhin war sie zunächst einmal eine Freundin von Jamie, und sie wusste, wie eng er und die Mädels sich standen. Sie beschloss, vage zu bleiben.

»Mir geht's ganz gut, danke, Amy. Wie ist es am Cape?« Sie vermisste es, mit den Mädels zu frühstücken. Sie vermisste es, mit ihnen zu reden, zuzuhören, wie sie sich Ratschläge erteilten und sich gegenseitig ärgerten. Sie hatte sich mit ihnen nicht einmal der Nackten Wahrheit gestellt.

»Es ist ruhig ohne dich und Jamie. Aber du weißt ja, es ist immer noch das Cape, also ist es natürlich herrlich.«

»Jamie ist nicht mehr da? Ich dachte, er wollte den Sommer über bleiben.« Er ist abgefahren? Seine Firma musste in Schwierigkeiten stecken. *Ich muss eine schlimmere Ablenkung gewesen sein, als ich dachte.*

»Er ist zurückgefahren, um sich bei der Arbeit um die Dinge zu kümmern, die geregelt werden mussten.«

»Dann ist er also hier in Boston?« Ihr Puls raste plötzlich, auch wenn es gar keinen Grund dafür gab. Boston war eine große Stadt, und er war ja nicht hier, um sie zu sehen. Dennoch, allein zu wissen, dass er in derselben Stadt war, versetzte die Schmetterlinge in ihrem Bauch in Aufruhr.

»Ja, nehme ich an. Er ist einen Tag nach dir abgereist. Ich wünschte, du wärst wieder da. Meinst du, du könntest mal für ein Wochenende kommen? Du hast doch gesagt, du hast die Wohnung für den ganzen Sommer gemietet, oder?«

Jessica hörte die Hoffnung in Amys Stimme, und sie wusste, dass es ehrlich gemeint war. »Keine Ahnung. Mein Terminplan mit dem Orchester ist ziemlich voll, aber selbst wenn ich es könnte, ich glaube, es würde zu sehr wehtun.«

»Ach, du. Hast du schon mit Jamie geredet?«

»Nein, das kann ich nicht. Es würde nur noch mehr wehtun. Ich weiß, dass es vorbei ist. Ich … Ich kann es nur einfach nicht glauben. Und dort zu sein, wo wir uns verliebt haben …«

Amy schnappte nach Luft. »Jamie hat dir gesagt, dass er dich liebt?«

Sie konnte ihre Tränen nicht mehr zurückhalten. Es fühlte sich gut an, mit jemandem reden zu können, es herauszulassen. »Ja, bevor er zu Mark gefahren und nicht wieder zurückgekommen ist.«

»Tja, also Mark ist einfach nur eine miese Ratte. Ich kenne Jamie, seit er ein kleiner Junge ist, und soweit ich weiß, war er noch nie richtig verliebt, also muss das etwas bedeuten. Gib die Hoffnung nicht auf.«

Habe ich schon. »Ja, es bedeutet entweder, dass er es nicht ernst gemeint hat, oder dass ihm klar geworden ist, dass ich eine zu große Ablenkung darstelle und es das nicht wert ist.«

»Sollen die Mädels und ich dich einen Abend besuchen kommen? Du bist nur zwei Stunden entfernt.«

Sie konnte sich nicht vorstellen, vor der ganzen Gruppe krampfhaft die Haltung bewahren zu müssen, und sie waren zuallererst Freundinnen von Jamie. Sie war so durcheinander. Auch wenn Amy ihr helfen wollte, was wäre, wenn sie für Unstimmigkeiten zwischen den Mädels und Jamie sorgen würde? Das hätte sie sich nie verzeihen können.

»Nein, danke. Ich würde euch wirklich gern sehen, aber ich möchte euch keine Umstände bereiten. Außerdem weiß ich bei meinem Terminplan gar nicht, wann ich Zeit mit euch verbringen könnte.«

»Hm, aber wenn du deine Meinung änderst, lass es mich wissen. Und, Jessica, auch wenn du nicht mit Jamie zusammen bist, bist du hier willkommen. Du fehlst uns allen.«

»Danke, Amy. Ihr fehlt mir auch.«

Nachdem sie sich verabschiedet hatten, ging sie in ihr Arbeitszimmer, um zu üben. Die Rosen, die Jamie ihr nach dem Konzert geschenkt hatte, standen am Fenster, das zum Park hinaus ging. Sie schnupperte daran und entdeckte, dass einige der weißen und rosafarbenen Blütenblätter auf die Fensterbank gefallen waren und einige andere braune Ränder bekamen. Das ist vielleicht ein Zeichen. *Nichts hält ewig.* Doch selbst der Gedanke fühlte sich falsch an.

Sie ging zurück ins Wohnzimmer und nahm ihr Handy in die Hand.

Ruf ihn an. Ruf ihn einfach an.

Sie versuchte, sich ihr Gespräch auszumalen. Sie würde sich dafür entschuldigen, dass sie ihn so sehr von der Arbeit ab-gelenkt hatte, und er würde ihr sagen, dass sie keine Ablenkung war. Doch so war es nun mal, und sie hatte keine Lösung dafür. Es gab keine Lösung. Sie liebte ihn und sie wollte Zeit mit ihm verbringen, und dass es keine Lösung dafür gab, war beschissen. Jawohl, *beschissen.* Oder sie könnte ihn anrufen und sagen, dass sie ihn vermisste. Letztlich kämen sie doch wieder auf das Problem mit der Ablenkung. *Auch ein beschissenes Szenario.* Sie verstand nicht, warum er ihr keinen Grund genannt hatte. Er kam ihr nicht wie jemand vor, der etwas auf so eine Art beendete – und in ihrem Herzen wusste sie genau, dass er so nicht war.

Sie starrte auf ihr Handy. *Er hat angerufen. Er will reden.*

Sie tippte auf das Symbol für ihre Mailbox und hörte sich seine Nachricht noch einmal an. Seine Stimme jagte ihr einen Schauer durch die Brust. Sie musste mit ihm reden. Sie setzte sich aufs Sofa, stützte die Ellbogen auf die Knie, ließ die Stirn auf das Handy in ihren Händen sinken und schloss die Augen.

Wenige Minuten später rief sie ihn an, und als seine Mailbox sich meldete, erstarrte sie. *Sag was.* »Hallo. Ich vermisse dich und es tut mir leid. Oh Gott, Jamie, ich vermisse dich so sehr, verdammt.« Sie beendete den Anruf, bevor sie noch etwas anderes sagen konnte und warf das Handy wie eine heiße Kartoffel auf das Sofa.

Was mache ich da? Ich klinge hoffnungslos.
Ich bin hoffnungslos.
Hoffnungslos verliebt.

Die Nachmittagssonne schien durch das Fenster von Jamies Büro im vierzehnten Stock. Seit fünf Uhr morgens steckte er bis zum Hals in Programmcodes und versuchte verzweifelt, den Fehler zu durchschauen, der die Suchmaschine heimgesucht hatte. Das Problem hatte sich durch einen Artikel in der *Tech News Today* verschlimmert, der bereits von den Nachrichtenagenturen aufgegriffen worden war. Dennoch unterbrachen alle paar Minuten die Gedanken an Jessica seine Konzentration. Er fragte sich, ob sie ihre Auszeit noch fortsetzte, und kaum dachte er das, fragte er sich, wovon sie sich eigentlich eine Auszeit nahm – was wiederum ein riesiges Gedankenchaos auslöste. Warum hatte sie sich die Geschichte mit dem Boston Symphony Orchestra ausgedacht? Sehnte sie sich nachts ebenso sehr nach ihm wie er nach ihr? Jedes Karussell drehte sich langsamer als sein Hirn in letzter Zeit.

Es klopfte an der Bürotür. Einen Moment lang starrte er vor sich hin und suchte nach einem Fluchtweg. Er war nicht in der Stimmung, mit irgendjemandem zu reden. Die Tür wurde einen Spalt weit geöffnet und seine Assistentin Amelia Carr steckte den Kopf herein. Die dunklen Haare – fast so lang wie Jessicas – fielen ihr über die Schulter. Auf ihrem jungen Gesicht lag ein nachdenklicher Ausdruck.

»Ich weiß, dass du nicht gestört werden willst, aber Mark Wiley war schon zweimal hier, und jetzt ist er wieder da.«

Die Tür wurde aufgestoßen, und Amelia, deren Hand noch um den Türgriff geklammert war, wurde in den Raum gezogen. Mark rauschte an ihr vorbei.

»Er will mich sprechen.« Er setzte sich mit einem dicken Umschlag auf dem Schoß in den Ledersessel gegenüber von Jamies Schreibtisch – lässig wie eh und je.

Mit weit aufgerissenen Augen besah sich Amelia ihre Hand und rieb sich den Arm.

Jamie warf Mark einen wütenden Blick zu, als er zu Amelia ging. »Alles in Ordnung?«

Sie strich Rock und Bluse glatt, als könnte sie die Peinlichkeit wegwischen. »Ja, danke. Tut mir leid, ich wollte ihn nicht hereinlassen.«

»Schon gut. Danke, Amelia, und ich entschuldige mich für sein unhöfliches Benehmen.«

Sie zog die Tür hinter sich zu und Jamie drehte sich zu Mark um. »Du bist ein Mistkerl. Das hat sie nicht verdient.«

»Wahrscheinlich hast du recht, und wenn du mich die beiden anderen Male, die ich hier war, empfangen hättest, hätte ich nicht so hereinplatzen müssen.« Seine Nase war immer noch etwas geschwollen.

»Du hättest dich entschuldigen müssen, und ich erwarte, dass du das nachholst, wenn du gehst. Sie hat dir nichts getan. Ich bin dein Problem.« Marks Anblick rief die Erinnerung an den erschütterten Ausdruck in Jessicas schönen Augen wach, an das Zittern ihrer Arme, als sie sich an ihn geklammert hatte, nachdem ihr Herz durch Marks Worte gebrochen worden war. Warum musste Mark erst jemandem wehtun, den Jamie liebte, damit er erkannte, wie er wirklich war?

»Auch wenn du in Bezug auf Jessica vielleicht richtig lagst, du hattest nicht das Recht, sie auf so verletzende Art anzugreifen. Du hattest nicht das Recht, Amelia beiseitezustoßen und, wo wir schon dabei sind, du hattest nicht das Recht, dich an Jenna ranzuschmeißen, wie du es vor ein paar Jahren gemacht hast, verdammt noch mal. Du bist zu weit gegangen, Mark, viel zu weit. Wenn du ein Problem hast, kommst du zu mir. Verstanden?«

Marks Gesichtsausdruck war leer wie ein weißes Blatt Papier. »Womöglich habe ich dir einen Gefallen getan. Du hast nicht mehr vernünftig gedacht.«

Mit geballten Fäusten stand Jamie auf und beugte sich über den Schreibtisch. »Du begibst dich gerade auf sehr dünnes Eis. Freund hin oder her.« Er presste die Zähne aufeinander, damit er nicht über den Tisch sprang und ihm die Visage einschlug. »Denk nach, bevor du etwas sagst, und erzähl mir, was zum Teufel du willst. Wenn es mit Jessica zu tun hat, dann schaff deinen Hintern hier raus, denn ich will ihren Namen nie mehr aus deinem Mund hören.«

Wortlos warf Mark den Umschlag auf den Schreibtisch und verließ das Büro, nicht ohne die Tür laut hinter sich zuzuknallen.

Jamie starrte auf die großen schwarzen Buchstaben auf dem Umschlag. JESSICA AYERS.

»Verdammt.«

Jamie nahm den Umschlag in die Hand und ließ sich in seinen Stuhl sinken. Er wusste, was darin stand, ohne es sich anzusehen. Der verdammte Mark hatte sie ohne Jamies Erlaubnis überprüft. Schlimmer noch, er hatte es getan, obwohl Jamie ihn ausdrücklich angewiesen hatte, es nicht zu tun.

Dass Jamie in einem Dilemma steckte, war noch milde ausgedrückt. Mark hatte ihre Freundschaft riskiert und gegen seine direkte Anweisung verstoßen – doch Jamie wusste, dass er nur sein Wohl und das von OneClick im Auge hatte, wie es immer der Fall gewesen war.

Mist.

Er fuhr mit den Fingern über den Umschlag. Wenn er das las, würde er alles wissen, was er wissen wollte, von ihren beruflichen Stationen und früheren Adressen bis hin zu Verkehrsverstößen und – so weit kannte er Mark – einer Liste der Männer, die sie in den vergangenen zwölf Monaten gedatet hatte. Effizient war er schon immer gewesen.

Und er verhielt sich Frauen gegenüber mehr als mies.

Auch Jessica gegenüber.

Jamie warf den Umschlag auf seinen Schreibtisch und tigerte im Raum auf und ab. Das Eckbüro mit den großen Fenstern war mit Mahagoni- und Ledermöbeln eingerichtet und hatte einen Ausblick auf den Park, der Jamie nun Ablenkung bot. Der grüne Rasen und die Menschen, die von einem Ort zum anderen eher schlenderten als eilten, entspannten ihn und erinnerten ihn daran, dass es im Leben mehr gab als das, was innerhalb der vier Wände seines Büros vor sich ging.

Er atmete tief durch, versuchte, einen klaren Kopf zu bekommen, und schaute zum Fenster hinaus. Eine junge Familie mit zwei kleinen Kindern kaufte sich an einem Stand etwas zu essen und ging dann in den Park. Die Mutter wischte dem Jungen das Gesicht ab und gab ihm dann einen Kuss auf die Wange. Der Vater legte den Arm um sie, während die Kinder voraushüpften, und Jamies Gedanken wanderten zu Jessica. Bevor er sie kennengelernt hatte, war eine eigene Familie nie ein Thema für ihn gewesen. Er hatte noch nie eine Frau getroffen, für die er so viel empfand, mit der er so viel wollte – für sie beide.

Spielte es wirklich eine Rolle, was sie beruflich tat? Offensichtlich spielte sie Cello, und es war ihm egal, ob sie es beruflich oder nur so zum Spaß tat. Er hatte selbst erlebt, wie entrückt sie war, wenn sie spielte, mit diesem seligen Gesichtsausdruck bei geschlossenen Augen, und wie sich ihr Körper im Einklang mit ihrem Instrument bewegte. Sie war eine schöne Frau, aber wenn sie spielte, strahlte sie Glück aus, ihre Bewegungen waren fließend und anmutig. Er seufzte bei der Erinnerung und atmete all die Anspannung aus, die sich in seinen Muskeln angesammelt hatte. Das gleiche Glück hatte sie verströmt, wenn er tief in ihr versunken war, wenn sie sich so nah waren, wie zwei Menschen es nur sein konnten, wenn sich ihre Herzen mit jeder Umarmung, jedem Kuss, jedem Atemzug einander weiter öffneten.

Wieder schaute Jamie zum Umschlag, bevor er sich auf seinen Stuhl sinken ließ. Sie hatte ihn angelogen. Reichte das nicht? Sollte er sie nicht vergessen? All das hinter sich lassen?

Er dachte an das Problem, an dem er arbeitete, und den

langen Weg, den er zurückgelegt hatte, um den Gipfel seiner Karriere zu erreichen. Die Jahre der Meetings mit Managern, der Kapitalbildung, der Achtzig-Stunden-Wochen, während alle um ihn herum gesagt hatten, es wäre Zeitverschwendung. Vergebliche Anstrengung. Ein Kampf gegen einen übermächtigen Gegner, mit dem niemand konkurrieren könnte. Trotzdem hatte er weiter gemacht, sich noch mehr angestrengt, sich die Finger wund gearbeitet, denn Google hatte ja auch irgendwie mal angefangen, oder? Wieso sollten die Gründer von Google denn besser sein als Jamie Reed?

Die Menschen, die ihm von Anfang an zur Seite gestanden und ihn ermutigt hatten, anstatt ihn davon abzubringen, waren Vera, Mark und seine Seaside-Freunde. Sie glaubten an ihn. Sie hatten nie angezweifelt, dass er erreichen würde, was er vorhatte. Die einzigen Menschen jedoch, mit denen er über seine schmerzhafteste Zeit gesprochen hatte, über den Verlust seiner Eltern, waren Vera und Jessica. Sogar gegenüber seinen Seaside-Freunden war er vage geblieben. Doch Jessica hatte er sich innerhalb von weniger als einer Woche anvertraut.

Das musste etwas bedeuten.

Das Telefon auf seinem Schreibtisch piepte und Amelia meldete sich über die Gegensprechanlage: »Entschuldige, Jamie?«

»Ja, Amelia?«

»Das Management-Team ist zur Besprechung in Konferenzraum drei eingetroffen.«

Er musste sich zusammenreißen und sich richtig reinhängen, wenn er die Ursache dieses Problems in den endlosen Codes finden wollte. »Danke.«

Er wischte sich übers Gesicht und dachte noch immer an Jessica. Den Blick in ihren Augen konnte er nicht mit einer Lügnerin vereinen. Wie sehr er es auch versuchte, wie wenig all das in der realen Welt einen Sinn ergab, so sehr glaubte er doch in seinem tiefsten Inneren, in seinem Herzen, dass sie vom ersten Tag an ehrlich zu ihm gewesen war – abgesehen von der kleinen Flunkerei mit dem fliegenden Handy. Er lächelte bei der Erinnerung daran, wie sie ihm damit eine Beule verpasst hatte.

Bevor er zum Meeting ging, erledigte er zwei Telefonate. Das erste mit Gage Ryder, einem von Blues Brüdern. Gage war der sportliche Leiter im No Limitz, einem Gemeindezentrum in Allure, Colorado, in dem er Angebote für Teenager entwickelte und durchführte. Da er auf dem College in der ersten Liga Baseball gespielt hatte und von den großen Clubs hofiert worden war, hatte er gute Kontakte in die Welt des Sports. Sein Vater war Profispieler im Baseball gewesen, und Gage hatte unmittelbar miterlebt, was der strikte Reise- und Trainingsplan für eine Familie bedeutete. Daher hatte er sich entschieden, diesen beruflichen Weg nicht einzuschlagen, und hoffte, eines Tages ein stabileres und weniger stressiges Familienleben zu haben.

Jamie erreichte nur seine Mailbox. Er hinterließ eine kurze Nachricht. »Gage, hier ist Jamie Reed. Ich wollte dich um einen Gefallen bitten. Ruf mich doch mal an, wenn es bei dir passt.«

Das zweite Telefonat führte er mit Kurt Remingtons Bruder Sage, der in der Kunstwelt gut vernetzt war und ihm mit einem Fingerschnipsen Karten für alles Mögliche besorgen konnte. Er wollte sich nicht auf Akten verlassen. Manche Dinge musste er mit eigenen Augen sehen, um sie zu glauben. Es war ihm unangenehm, um so viele Gefallen auf einmal zu bitten, aber wenn es eine Zeit gab, in denen er sie brauchte, dann war es jetzt.

Nach dem Gespräch mit Sage nahm er seine Unterlagen, den Laptop und den Umschlag und ging ins Meeting.

Einundzwanzig

»In fünf Minuten geht es los.« Charlie klopfte Jessica auf den Rücken und senkte die Stimme: »Schön, dich wieder bei uns zu haben.«

»Schön, wieder hier zu sein.« Es war Montagabend und sie spielten schon das zweite Konzert in dieser Woche. Auch wenn Jessica vorbereitet war, so war ihr doch übel und ihre Hände zitterten. Kein Schlaf und sehr wenig Essen war keine gute Kombination für so einen straffen Terminplan, aber anscheinend war das so, wenn man Liebeskummer hatte. Sie kannte sich so gar nicht. Von hoffnungsvoll driftete sie zu hoffnungslos, dann fand sie wieder einen Strohhalm, an dem sie sich festklammerte, der aber wahrscheinlich auch nur ein Hirngespinst war. *Er wird anrufen. Er wird meine Stimme auf seiner Mailbox hören und mich so sehr vermissen wie ich ihn.* Sie hatte keine Ahnung, wie andere Frauen diese Achterbahn der Gefühle überstanden, manche sogar schon seit der Highschool.

Charlie lehnte sich zu ihr herüber. »Ich wollte es dir eigentlich erst später verraten, aber es ist zu aufregend, als dass ich es für mich behalten könnte. Du wirst eingeladen, bei den Chamber Players zu spielen. Die offizielle Einladung kommt demnächst.« Er drückte ihren Arm und lächelte, um dann einen

Finger auf die Lippen zu legen.

Jessica hätte nicht antworten können, selbst wenn sie es gewollt hätte. Sie war wie gelähmt. Als Mitglied der Boston Symphony Chamber Players wäre sie auf dem Höhepunkt ihrer Karriere, was ihre Mutter sich immer für sie erhofft hatte. Die Kirsche auf dem Sahnehäubchen ihrer ohnehin schon erfolgreichen Laufbahn – und dennoch, ihr Herz zog sich schmerzhaft zusammen.

»Ich …« Sie hatte keine Ahnung, wie sie ausdrücken sollte, was sie empfand. Sie wusste, dass sie vor Freude und Stolz überwältigt sein sollte, doch sie war wie taub. Jegliches Glück, das sie empfinden sollte, war tief unter der Trauer wegen des Verlusts von Jamie vergraben.

»Aufregend. Ich weiß. Wir reden noch.« Charlie eilte fort, um mit einem anderen Musiker zu sprechen.

Die Chamber Players.

Wie sollte sie sich nun konzentrieren? Das war die Chance ihres Lebens, und sie war zu unglücklich, um sie genießen zu können.

»Steck dein Handy weg«, zischte ihr Greg, ein anderer Musiker, zu.

Ihr war gar nicht bewusst gewesen, dass sie es umklammert hatte. Sie schaute noch einmal kurz nach, ob Jamie sich gemeldet hatte, und dann wurde ihr bewusst, dass sie für eine Frau, die Handys nicht ausstehen konnte, in den vergangenen zwei Wochen ziemlich geschickt im Umgang damit geworden war. Sie hatte zwei Nachrichten. Eine von Jenna und eine von Bella, die ihr beide mitteilten, dass sie sie vermissten und sie zurück ans Cape kommen sollte. Bei aller Freude über ihre Freundschaft versetzte es ihr doch einen Schlag in die Magengrube, dass Jamie auf ihre viel zu verzweifelt klingende

Nachricht nicht reagiert hatte.

Es ist wirklich vorbei.

Sie versuchte, den Kloß im Hals herunterzuschlucken, schaltete das Handy aus und steckte es in ihre Tasche. *Nicht weinen. Nicht weinen. Nicht weinen.* Sie schloss kurz die Augen und beschwor die strenge Stimme ihrer Mutter herauf. *Kein Schmollen. Kein Jammern. Kein Stirnrunzeln. Kinn hoch, noch höher.* Jessica hob das Kinn und gab ihr Bestes, um den Schmerz zu verdrängen, der aus ihrem Herz strömte, ihre ganze Brust füllte, ihr die Kehle zuschnürte und ihr Herz zum Rasen brachte. Mit einem weiteren tiefen Atemzug rief sie sich noch einmal die Stimme ihrer Mutter ins Gedächtnis. *Schultern zurück. Augen geradeaus, ernst und glücklich, glücklich, glücklich. Denk dran, wenn du auf dieser Bühne bist, gibt es keinen Ort, an dem du lieber wärst.*

Mit gestrafften Schultern und erhobenem Kinn folgte sie den Kollegen auf die Bühne.

Es gibt keinen Ort, an dem ich lieber wäre. Es gibt keinen Ort, an dem ich lieber wäre.

Du lügst dir die Tasche voll.

Amelia durchquerte den Konferenzraum, in dem Jamie mit den Abteilungsleitern und Chef-Programmierern zusammensaß und neue Möglichkeiten besprach, den Programmfehler in ihrem System auszumachen. In dem großen Raum sah es aus wie auf einem Schlachtfeld, der Tisch war voller leerer Kaffeebecher, Tafeln voller Codes standen überall herum und Papiere und Akten waren auf dem großen Mahagoni-Tisch verteilt. Die siebenundzwanzig Mitarbeiter sahen erschöpft und genervt aus, doch dank ihres hingebungsvollen Engagements für OneClick waren sie noch immer hier, Stunden nach Dienstschluss.

Die Anwesenden diskutierten weiter das Problem, als Amelia Jamie einen Umschlag übergab und flüsterte: »Sages Bekannter hat das geschickt. Das ist für heute Abend um acht Uhr. Er hat sein Möglichstes getan.«

Jamie schaute auf die Uhr. Halb acht. »Danke.«

»Ich habe Marcia deinen Smoking bringen lassen. Er ist in deinem Büro, und sie lässt ausrichten, dass du dieses Mal bitte nichts darauf verschütten sollst.« Amelia lächelte. Marcia war Jamies Haushälterin. Abgesehen davon, dass sie ihm das Haus sauber hielt, erledigte sie Verschiedenes für ihn, und nach sechs Jahren als seine Angestellte kannte sie ihn gut.

»Sag ihr Danke von mir. Ich werde niemals rechtzeitig da sein, aber vielleicht schaffe ich es noch für den Schluss.«

»Ich sag es ihr.«

Jamie wandte seine Aufmerksamkeit wieder seinen Abteilungsleitern und Programmierern zu. Sie hatten Stunden um Stunden damit verbracht, den verdammten Fehler ausfindig zu machen, und trotzdem hatte noch niemand eine Ahnung, wo sie suchen sollten. Es gab zu viele Ebenen, zu viele mögliche Wege. Jamie war ebenso aufgeschmissen wie seine Mitarbeiter und das machte die Situation noch unerträglicher. Jamie war ein meisterhafter Problemlöser, und wenn es ums Codieren ging, fand er für alles, was seine überaus effizienten und fähigen Mitarbeiter nicht schafften – und das war fast nichts –, eine Lösung. Aber nach Tagen der Analyse von Unmengen von Codes war er immer noch ratlos.

Jamie hörte seinen hoch qualifizierten Mitarbeitern zu, die immer wieder Ideen und Vorschläge diskutierten, und ihm wurde klar, dass es nur eine Möglichkeit gab, um sicherzustellen, dass sie nichts übersehen hatten. Es war spät und niemand von ihnen wollte noch hier sein – er am wenigsten –, doch er musste versuchen, die Sache wirklich noch einmal von Grund auf anzugehen.

Er wandte sich an die Anwesenden. »Offensichtlich übersehen wir etwas, irgendwo, und die einzige Möglichkeit, die ich sehe, ist, noch einmal alles von Anfang an durchzugehen. Wir arbeiten uns mit allergrößter Sorgfalt durch alle Schichten und finden diesen verdammten Bug.«

Allgemeines Aufstöhnen war die Antwort.

»Jamie, wir sind alles durchgegangen, von Grund auf, über eine Woche lang. Glaubst du wirklich, es hilft, wenn wir noch mal von vorne anfangen? Vielleicht müssen wir irgendwo anders ansetzen.« Rick Masters war der Leiter der Programmierabteilung bei OneClick. Er hatte eine Frau und drei Kinder, die zu Hause auf ihn warteten, einschließlich eines neugeborenen Babys. Er sah aus, als hätte er die Nacht durchgearbeitet, und Jamie fühlte sich elend, weil er ihn noch länger aufhalten würde, aber er hatte keine Wahl.

»Hast du einen bestimmten Vorschlag, wo wir ansetzen sollen?«, fragte Jamie. »Ich bin ganz Ohr, Rick, aber wenn wir diese Sache nicht klären, dann weißt du, was das für Folgen haben wird.«

Programmfehler kamen vor. Die User wussten das und größtenteils ignorierten sie diese Dinge, aber wenn ein Problem bestehen blieb, nahm die Bedeutung in den Augen der Öffentlichkeit zu, und dieser Fehler war schon von der Presse aufgegriffen worden. Ganz abgesehen davon, dass Kinder und militärische Ausrüstung wirklich keine gute Kombination waren. Es war nur eine Frage der Zeit, bis OneClick

Glaubwürdigkeit und User in ungeheurem Maße verlieren würde – und damit natürlich auch Geschäftspartner.

»Ich weiß es nicht. Ich kann mir nur einfach nicht vorstellen, dass wir auf den grundlegenden Levels etwas übersehen haben«, sagte Rick.

»Ich verstehe dich, Rick. Und glaub mir, ich habe mehr Vertrauen in die Leute hier in diesem Raum als in das Oval Office, und deshalb denke ich auch, wir fangen ganz am Anfang wieder an.« Jamie sah ihn eisern an. *Es wird Zeit, den Nagel vollends zu versenken.* »Wenn dein Sohn von Werbung für Waffen und Munition bombardiert werden würde, würdest du dann wollen, dass wir noch einmal ganz von vorne anfangen, oder würdest du wollen, dass wir hier herumsitzen und noch länger mit unseren Köpfen gegen die ewig selben Mauern rennen?«

Rick seufzte laut auf. »Ist angekommen.«

»Okay, also noch mal alles auf null. Wir haben Kinder, die nach Drachen, Spielzeug, Spielen, Filmen und Videos suchen, und heraus kommt dabei Werbung für militärische Ausrüstung. Wo liegen da die Gemeinsamkeiten?«

Zwei Stunden später zerbrachen sie sich noch immer die Köpfe. Nicht ganz selbstlos beendete Jamie das Meeting, und sie vereinbarten, sich am Morgen wieder zusammenzusetzen.

Für einen Montagabend herrschte viel Verkehr, und während er die Minuten zählte, fingen seine Nerven an, ihm immer mehr zu schaffen zu machen. Er schaute auf den verschlossenen Umschlag, den Mark ihm gegeben hatte. Vielleicht war er dumm, wenn er seinem Herzen folgte, anstatt auf seinen Verstand zu hören. Mark hatte ihn noch nie in die Irre geführt. Warum sollte er es jetzt? Was hätte er davon? Jamie war zu nervös, um das zu Ende zu denken. Er überlegte, ob er den Umschlag öffnen sollte. Es wäre die effizienteste Art, die Wahrheit herauszufinden, aber Jessica war kein Auftrag. Jessica war keine Mitarbeiterin. Sie war die Frau, in die er sich hoffnungslos verliebt hatte und die er unbedingt sehen, berühren, lieben wollte.

Er erreichte die Symphony Hall um zehn Minuten nach zehn, und er schlug auf das bereits eingerissene Armaturenbrett ein, als er auf den Parkplatz fuhr. Er würde das Konzert verpassen. *Verdammt.* War es das, was Vera versucht hatte, ihm zu sagen? Dass er einfach nur selbst herausfinden müsste, dass er und Jessica nicht füreinander bestimmt waren?

Er fuhr zu dem Hinterausgang, den die Musiker benutzten, und wollte noch immer nicht glauben, dass sie gelogen hatte.

Der Teufel auf seiner Schulter flüsterte: *Du bist ein Narr. Du hast die Liste der Musiker auf der Website des BSO gesehen. Sie stand nicht drauf.*

Er stellte den Motor ab und atmete gefühlt zum hundertsten Mal in letzter Zeit tief durch. Der Teufel versuchte, sich wieder Gehör zu verschaffen, und dieses Mal schlug er ihm einen Handel vor. Handeln konnte er. *Wenn sie nicht aus dieser Tür herauskommt, gehe ich und schaue mich nie mehr um.*

Während sein Herz heftig hämmerte, stieg er aus dem Auto aus. Er stand etwas abseits in der Dunkelheit, außerhalb der Lichtkegel, die den Parkplatz erhellten. Es brauchte ihn niemand für einen armseligen Trottel zu halten, der einem der Musiker nachstellte.

Bei dem Gedanken kam er sich noch blöder vor. Was tat er da auf einem dunklen Parkplatz und wartete auf eine Frau, die es wahrscheinlich gar nicht gab? *Sie stand nicht auf der Liste.* Jessica Ayers konnte ein erfundener Name sein, was wusste er denn schon? Mann, sie konnte sonst wer sein … sonst wo sein.

Trotzdem, er musste es mit eigenen Augen sehen.

Er ging im Dunkeln auf und ab, und mit jeder Sekunde fiel ihm das Atmen schwerer. Endlich, unzählige Minuten später ging die Tür auf und Musiker mit großen schwarzen Instrumentenkästen kamen heraus. Jamies Herz hämmerte gegen seine Brust, als er einen nach dem anderen heraustreten sah, hörte, wie sie sich voneinander verabschiedeten, und beobachtete, wie sie zu ihren Autos gingen. Er wartete, während der Parkplatz sich leerte, und seine Hoffnung schwand mit jedem fortfahrenden Auto.

Als das letzte Auto abfuhr, stieß er die wenige Luft, die ihm noch blieb, lautstark aus. Er konnte es nicht glauben. Er hatte ihre Ehrlichkeit *gefühlt*. Sie wirklich gefühlt!

Er war ein Narr.

Ein Idiot.

Gott sei Dank gab es Mark. Er würde nie wieder anzweifeln, was er sagte.

Er ging zurück zum Auto und griff nach seinem Handy, um ihn anzurufen. Es blinkte. Er hatte vergessen, nach dem Meeting den Ton wieder anzustellen. Wahrscheinlich wollte Mark wissen, ob er den verdammten Umschlag geöffnet hatte. Er drückte auf das Mailbox-Symbol und hörte die Nachrichten ab.

Die erste war von Mark. *Hör zu, ich weiß, du bist sauer, aber ruf mich an, nachdem du die Unterlagen gelesen hast. Ich habe mich bei Amelia entschuldigt und … ach, tut mir leid, Mann. Das alles ist ein großer Mist.*

Er ließ das Handy sinken. *Mist.*

Dann hob er es wieder ans Ohr und hörte die nächste Nachricht ab.

Hallo. Sein Herzschlag stolperte, als er Jessicas Stimme

vernahm. *Ich vermisse dich und es tut mir leid.* Sie klang so traurig, so süß. Er hielt sich am Autodach fest. Es schnürte ihm die Kehle zu. *Oh Gott, Jamie, ich vermisse dich so sehr, verdammt.*

Beim Geräusch der schweren Metalltür drehte er sich um, und unter dem Schein der Lampe über der Tür erblickte er zwei dunkle Gestalten. Ein großer Mann und eine schlanke Frau tauchten auf. Der Mann trug einen großen Instrumentenkasten. Die Frau trug nur eine Handtasche, hatte die Arme verschränkt und ging mit hochgezogenen Schultern zur Vorderseite des Gebäudes.

Wie betäubt vor Anspannung drückte er die Kurzwahltaste mit Jessicas Nummer. Er musste mit ihr reden, egal, welchen Kuhhandel er mit dem Teufel eingegangen war oder was in den verdammten Unterlagen stand, im Internet oder sonst irgendwo im ganzen Universum. Er musste persönlich mit ihr sprechen und mit eigenen Ohren hören, dass sie gelogen hatte.

Es klingelte einmal.

Zweimal. *Geh ran. Geh ran.*

Er wandte sich um, als er die Stimme eines Mannes hörte und es ein drittes Mal klingelte.

Jessica kramte ihr Handy aus der Tasche und stolperte, als sie Jamies Namen auf dem Display sah.

»Millicent, alles in Ordnung?« Charlie hielt sie am Arm fest. »Pass auf mit diesen hochhackigen Dingern.«

»Mhm. Ich … äh, ich muss da rangehen. Danke, dass du mein Cello getragen hast.« Sie nahm es ihm ab.

»Bist du sicher, dass ich nicht warten soll? Oder ein Taxi

rufen?«

Sie hatten geplant, sich ein Taxi zu teilen, doch Jessica konnte keinen klaren Gedanken fassen. Wahrscheinlich war es auch keine gute Idee, mit ihrem Intendanten in einem Taxi zu sitzen, wenn sie einen Zusammenbruch erlitt. Sie würde Zeit brauchen, um sich von dem zu erholen, was Jamie zu sagen hatte – egal ob gut oder schlecht.

»Nein danke. Ich bestelle mir eins. Danke noch mal.« Sie winkte, als wäre alles in Ordnung und ging dann wieder um das prachtvolle Konzerthaus herum, um in Ruhe telefonieren zu können. Das Ganze hatte drei Sekunden gedauert, aber in diesen drei Sekunden waren ihre Beine ganz weich geworden, und sie hatte das Gefühl, auf einer Achterbahn in eine unmögliche Höhe zu fahren. Sie griff nach der winzigen Hoffnung, die sie sich in den vergangenen Tagen Hunderte Male erlaubt hatte, und schaffte gerade noch fünf Schritte, bevor sie sich an das Geländer neben dem Gebäude lehnte und den Anruf entgegennahm.

»Jamie.« Sie klang so atemlos, wie sie sich fühlte.

»Jessie.«

Sie hörte das Lächeln in seiner Stimme, die Zärtlichkeit, an die sie sich so gut erinnerte, und es nahm ihr den letzten Rest an Kraft. Sie ging auf die Knie, gleich hier an der Symphony Hall. Der Cellokasten knallte auf den Boden. Sie sauste auf der Achterbahn hinunter. Runter, runter, immer weiter runter von diesem unmöglich hohen Gipfel.

»Ja«, flüsterte sie, während ihr die Tränen über die Wangen liefen.

»Jessie. Es tut mir leid. Bitte, sag nichts und …«

»Jamie.« Sie wischte sich die salzigen Tränen fort, die ihr über die Lippen rannen. »Es tut mir leid, ich …«

»Nein, bitte, Jess, hör mir zu.« Seine Worte platzten voller Dringlichkeit aus ihm heraus.

Jessica versuchte angestrengt, sich bei all ihrem inneren Aufruhr zu konzentrieren.

»Jess, es ist mir egal, dass du mich angelogen hast. Es ist mir egal, für wen du arbeitest oder was du machst. Ich will einfach nur mit dir zusammen sein. Es ist mir egal, ob du mit hundert Männern geschlafen hast oder … Jessie, ich liebe dich und es tut mir leid. Bitte gib mir noch eine Chance.«

Atme. Atme. Atme.

»Du … du glaubst, ich habe dich angelogen?« Ihr gesamter Körper zitterte auf dem harten Asphalt. Sie hielt sich mit der Hand die Augen zu. »Jamie?«

»Es ist mir egal. Das versuche ich dir ja zu sagen, Jess. Ich liebe dich. Ich habe einen Fehler gemacht. Ich … Ich …«

Sie hörte seine gezügelten Emotionen und wusste, dass er nicht preisgeben wollte, wie sehr er sie sehen wollte. Er klang ebenso wie in jener Nacht am Strand, als er sie hatte lieben wollen, und wie nach ihrem allerersten Kuss auf dem Rasenplatz in der Siedlung, als das Lagerfeuer schon fast erloschen und das Feuer zwischen ihnen zum Leben erweckt worden war.

»Ich muss dich sehen. Bitte«, flehte er. »Sag mir, wo du bist, und ich hole dich.«

Du glaubst, ich habe dich angelogen? Sie schaffte es nicht, das noch einmal laut zu sagen. Sie wollte nicht, dass er auflegte. Konnte sich keine weitere Nacht getrennt von ihm ausmalen. »Ich bin …« Ihre Stimme stockte.

»Jess, es tut mir so leid. Ich werde mein Leben lang versuchen, es wiedergutzumachen. Bitte, sag mir, wo du bist, Jessie. Ich halte keinen weiteren Tag, keine Stunde ohne dich mehr aus.«

»Ich bin am Konzerthaus. Neben …« Ihr Atem stockte. »Dem Gebäude.«

»Konzerthaus?« Er klang verwirrt.

»Die Symphony Hall, wo wir spielen.« Sie erkannte ihre eigene Stimme nicht, konnte sie kaum hören.

»Wo? Wo daneben?« Seine Stimme wurde lauter, und sie hörte, dass er ging … oder rannte.

Sie hielt sich am Geländer fest und zog sich hoch, wobei sie sich verzweifelt an die Metallstrebe klammerte und auf die Straße schaute. Zum Glück war Charlie fort. Er hatte ihren Zusammenbruch nicht gesehen.

»Die Boston Symphony Hall. Bist du in Boston?«

Stille.

Oh Gott! Nein!

»Jamie? Jamie?« Ihre Unterlippe zitterte, begleitet von neuen Tränen, ihre Stimme überschlug sich. »Jamie! Oh Gott, Jamie, bitte sei da. Oh mein Gott.«

»Jessie.«

Sie wirbelte herum und ihr Arm sackte herab. Das Handy landete klirrend auf dem Asphalt. Ein kalter Schauer erfasste sie gleichzeitig mit einem Herzrasen, als sie ihn anstarrte. In dem Moment wusste sie, dass es ein Traum sein musste. Er war zu nah und überwand die letzten Meter zwischen ihnen so schnell. Sie war nicht imstande, auch nur einen Muskel zu bewegen. Seine starken Arme umfingen sie, seine großen Hände hielten sie und sein Herz – sein großzügiges, liebendes, zärtliches Herz – schlug im gleichen wilden Rhythmus wie ihres.

»Jessie. Vergib mir, bitte.«

»In Ordnung«, brachte sie nur hervor. Sie war zu verwirrt, um einen Gedanken fassen zu können. Er roch so gut, so vertraut. All die Emotionen schnürten ihr die Kehle zu, sodass sie kaum reden konnte. Aber sie musste herausfinden, was los war. »Womit ... Womit habe ich dich belogen?«

»Keine Ahnung. Es ist mir egal.« Er nahm ihr Gesicht in die Hände, und sie sah den Stimmungsring aufblitzen, den er noch trug.

»Du hast ihn behalten.« Sie atmete schwer. »Du ... du trägst ihn.«

Er lächelte – *oh, wie hatte sie dieses Lächeln vermisst* – und sie spürte die Wärme im ganzen Körper.

»Du bist hier.« Sie klammerte sich an das Revers seines Smokings und hatte nicht die Absicht, es je wieder loszulassen. »Und du bist schön.«

»Nein, Jessie. Du bist schön.«

»Küss mich, Jamie. Bitte, lass mich keine Sek...«

Er legte seine Lippen auf ihre. Sein Mund war warm, als ihre Zungen sich trafen und ihren vertrauten Rhythmus fanden, als wären sie nie getrennt gewesen. Sein tiefes Stöhnen verriet ihr, dass er sie ebenso sehr vermisst hatte wie sie ihn, und als er den Kuss vertiefte, ihn gieriger, wilder werden ließ, zog sie sich noch fester an seinen kräftigen Körper heran. Seine Hände glitten über ihre Hüften, hinunter zu ihrem Hintern, dann wieder an ihrem Rücken hinauf, bis eine Hand sich in ihre Haare vergrub und die andere die Kurven ihres Hinterns erfasste. Sie gehörte zu ihm. Nur zu ihm.

»Du hast mir gefehlt«, sagte er an ihren Lippen und beugte ihren Kopf sachte nach hinten, damit er sich an ihrem Mund laben konnte.

Sie legte die Arme um seinen Nacken, als er mit den Lippen zu ihrem Kiefer wanderte und daran knabberte, bevor er mit der Zunge langsam darüberglitt und ihr ein tiefes Stöhnen entlockte. Seine Stirn berührte ihre, während er ihr tief in die

Augen schaute. Fast wäre sie wieder zu Boden gegangen, als sie diese unendlichen Gefühle in seinem Blick sah. Für sie. Für sie beide.

»Komm mit mir nach Hause. Ich verspreche dir, wir werden reden, aber ich brauche dich bei mir, Jessie. Ich will dich nicht wieder gehen lassen.«

Sie nickte und war immer noch überwältigt von der Tatsache, wieder bei ihm zu sein. Er hob ihr Cello und das Handy auf, legte einen starken Arm um sie und zog sie so fest an sich, dass er praktisch für sie ging.

Im Auto wollte sie den Rest aus dem Weg schaffen, bevor sie einander wieder in die Arme fielen, denn wenn es erst einmal so war, würde es vielleicht ziemlich lange dauern, bevor sie die Sprache wiederfand. Aber sie brachte kein Wort hervor.

Während er fuhr, hielt er mit einer Hand ihre umklammert, und das rief in ihr Erinnerungen an die Fahrt vom Marconi Beach wach, als er in der dunklen Nebenstraße angehalten hatte. Eine Hitzewelle erfasste sie bei den Gedanken an diese intimen Momente.

»Als du nicht zurückgerufen hast, dachte ich, ich hätte dich für immer verloren.« Seine Stimme war rau vor Verlangen, seine Augen waren dunkel und sinnlich und ebenso hoffnungsvoll, wie sie sich fühlte.

»Ich habe dich abgelenkt und wollte es nicht schlimmer machen.« Sie betrachtete sein Spiegelbild im Fenster. Mit dem gestärkten weißen Kragen an seiner gebräunten Haut und seinen Bartstoppeln sah er besser aus als jeder Filmstar, doch es war seine Stimme, die direkt in ihr Herz traf. Die Liebe und das Verlangen, die Hoffnung und die Entschuldigung, all das vereint beschleunigte ihren Puls und erfüllte ihr Herz.

»Nein, du hast mich nicht abgelenkt. Ich liebe dich, Jessie.

Es war dumm von mir, in jener Nacht nicht direkt zurück in deine Wohnung zu kommen.«

Ihr Blick fiel auf den Stein des Stimmungsrings. Rosa und violett. Sie hatte noch nie einen Stein gesehen, in dem diese beiden Farben gleichzeitig schimmerten. *Verliebt. Feurig. Sinnlich. Glücklich. Neugierig.* All die Bedeutungen hatte sie in den Tagen auswendig gelernt, in denen sie getrennt gewesen waren.

Jamie fuhr in eine Wohngegend. Die Häuser standen in großer Entfernung zur Straße, alle unterschieden sich voneinander, und als sie langsam an ihnen vorbeifuhren, wurde ihr klar, dass es keine einfachen Häuser waren. Es waren Villen. Weitläufige Gebäude mit mehreren Flügeln auf riesigen, perfekt gepflegten Rasenflächen. Veras Ferienhaus am Cape war bescheiden, ja sogar klein. Sie hatte sich nicht vorgestellt, dass Jamie in so etwas wie einer noblen Villa wohnte. Wieder schaute sie zu ihm, in seinem tadellosen Smoking und am Steuer eines teuren Fahrzeugs, das sie irgendwie nicht bemerkt hatte. *Wie konnte ich das übersehen?* Sie musste so von ihm überwältigt gewesen sein, dass sie alles andere ausgeblendet hatte. Noch so eine Eigenart der Liebe, nahm sie an.

Jamie bog in eine dunkle, von großen Bäumen gesäumte Straße ab. Da der Mondschein die Baumkronen nicht durchdrang, war es abgesehen von dem Lichtkegel der Scheinwerfer stockdunkel auf der Straße.

»Ist das deine Straße?«

»Das ist meine Auffahrt. Sie ist etwas lang.«

Sie waren schon mindestens drei Minuten auf dieser Straße unterwegs. Kein Wunder, dass Mark Jamie so beschützen wollte. Wahrscheinlich war jede Single-Frau im Umkreis von hundert Meilen, die etwas vom Internet verstand, hinter ihm her.

Sie fuhren in eine Kurve und im Boden eingelassene Leuchten erhellten das Pflaster. Wie magische Brunnen erleuchteten Lampen die Nacht. Direkt an der kreisförmigen Auffahrt stand ein wunderschönes Haus aus Naturstein. Ein runder Steinturm mit einem konischen Dach schmiegte sich an eine Seite des Hauses, das über Ecken und Erkerfenstern im zurückgesetzten mittleren Bereich verschieden große Spitzdächer hatte. Auf der anderen Seite schloss sich eine dreitürige Garage an. Die unterschiedlichen Größen und eleganten Formen der Steine, die man sogar von der Auffahrt erkennen konnte, verliehen dem Haus den Ausdruck von Wärme und Beständigkeit.

Jamie hielt an, und bevor er aus dem Auto ausstieg, nahm er Jessicas Hand und schaute ihr in die Augen.

»Jess.« Seine Stimme klang weich, während sein Blick wie ein Streicheln über ihr Gesicht, ihren Hals und ihre Schultern glitt. »So wie ich es sehe, haben wir zwei Möglichkeiten. Ich kann dich entweder in mein Schlafzimmer tragen und dich lieben, bis keiner von uns sich an irgendetwas von den letzten Tagen erinnern kann, oder wir können hineingehen, eine Flasche Wein öffnen und reinen Tisch machen, bevor wir irgendetwas anderes anstellen.«

Seine Stimme war zärtlich und geduldig, die Worte wohl überlegt. Er machte keine Anstalten, auszusteigen oder sie zu einer Entscheidung zu drängen. Er hatte ebenso viel Geduld mit ihr wie immer, und das machte die Entscheidung noch schwieriger.

»Was wenn …?« Sie schloss den Mund und überlegte, ob die Frage sich überhaupt lohnte. Vielleicht sollte sie sich dafür entscheiden, dass sie sich liebten. Sie wollte diese Nähe. Sie wollte ihm so nah sein und sich in ihm verlieren. Obwohl sie keine Erfahrung in diesen Dingen hatte, wusste sie in ihrem tiefsten Inneren, dass es eine schlechte Idee war.

»Was wenn wir reden, und etwas, das einer von uns sagt, ändert alles?« Sie wollte nicht glauben, dass das passieren konnte, aber in den vergangenen Tagen war ihr bewusst geworden, dass sie überhaupt keinen Schimmer davon hatte, wie schnell es in Beziehungen schieflaufen konnte.

Er schob die Hand unter ihre Haare und streichelte ihr mit dem Daumen den Nacken. »Dann ist es vielleicht besser, wenn wir tatsächlich erst reinen Tisch machen, damit du später nichts bereust. Jess, ich liebe dich, und ich meine es ernst mit dir. Ich bin zu einer festen Beziehung mit dir bereit, unabhängig davon, was passiert, wenn wir reden. Nichts, was du sagen könntest – außer du erzählst mir, du bist eine Kinder misshandelnde Heroinabhängige –, wird daran etwas ändern.«

Sie lachte über das ulkige Grinsen auf seinen umwerfenden Lippen.

»Ich möchte lieber wissen, dass du es ebenso ernst mit mir meinst, mit unserer Beziehung, bevor wir uns lieben, also ist es vielleicht besser, wenn wir reden und dann entscheiden, was passiert.«

Ihrem Nicken ließ er eine so innige Umarmung folgen, dass ihr Körper sie als Einladung verstand, sich an ihn zu schmiegen. Das Reden würde nicht einfach werden.

Jamie hielt ihre Hand, als er sie durch die weitläufige Eingangshalle mit ihrem Parkettboden und über Mosaikfliesen zu einem großzügigen Wohnzimmer führte, vorbei an einem Kamin und mehreren Flügeltüren.

»Dein Haus ist atemberaubend.« Die Einrichtung bestand aus so vielen verschiedenen Materialien, dass sie alles berühren wollte – von der anscheinend aus aufgearbeitetem Holz gefertigten Wandvertäfelung bis hin zu dem Bruchstein, der den Kamin umrahmte.

»Danke. Lass uns hier reden.« Er hielt noch immer ihre Hand, als sie zwei breite Holzstufen hinunter in eine gemütliche Ecke gingen, in der antike Polstersessel in satten Herbstfarben standen, ein tiefes braunes Sofa und Bücherregale aus dunklem Holz vor hohen Steinwänden. Auf beiden Seiten der zwei Bogenfenster ließen Wandleuchter den Raum noch einladender wirken. Doch als Jamie sie in seinen Armen herumdrehte und seine Stirn an ihre legte, wollte sie nicht mehr reden, egal wie einladend das Sofa war.

»Falls du dich nach unserem Gespräch entscheiden solltest, dass du nicht mehr mit mir zusammen sein möchtest, sollst du wissen, dass ich dich über alles liebe. Ich weiß, es kam alles sehr schnell und wir wissen nur einen Bruchteil von dem, was wir voneinander wissen sollten, aber ich habe noch nie jemanden so vermisst, wie ich dich in den vergangenen Tagen vermisst habe. Und wenn jemand beurteilen kann, was es heißt, Menschen zu vermissen, dann ich.« Er drückte die Lippen auf ihre Stirn.

»Lass uns das mit dem Reden überspringen und uns einfach nur nah sein, Jamie. Ich habe dich auch vermisst und ich möchte dir näher sein. So nah, wie es nur geht.«

Er lächelte, schüttelte aber den Kopf. »Auf dem Weg ins Haus ist mir klar geworden, dass ich unsere Leidenschaft nicht als Pflaster für das nutzen möchte, was in den letzten Tagen geschehen ist. Ich möchte dich mit einem reinen Gewissen lieben, und ich möchte, dass du die gleiche innere Ruhe findest. Du verdienst es, wertgeschätzt zu werden. Ich habe Mist gebaut und gezweifelt.«

Gezweifelt?

»Komm, Jess.« Er führte sie zu dem luxuriösen Sofa.

Sie sah ihm zu, wie er in der Ecke des Zimmers an einer Bar Wein einschenkte. Er schaute auf und lächelte, als er die Flasche von einem Glas zum nächsten führte, und als er zu ihr kam, konnte sie sich nicht mehr vorstellen, wie sie die letzten Tage ohne ihn überstanden hatte. Jamie gab ihr ein Glas, setzte sich neben sie und legte einen Arm um ihre Schulter.

»Ich möchte nicht, dass es irgendwelche Geheimnisse zwischen uns gibt, Jess. Unsere Beziehung kann nicht funktionieren, wenn wir uns ständig aus Angst vor irgendwelchen bösen Überraschungen umschauen.«

»Ich weiß. Ich habe dich nie angelogen, und deshalb hat es mich aufgewühlt, was du vorhin gesagt hast.«

Jamie schaute auf sein Glas. »Ich weiß. Ich bin nicht stolz auf mein Verhalten. In der Nacht, als ich zu Mark fuhr, bin ich ein bisschen durchgedreht. Ich habe ihn geschlagen und bin wegen dem, was er zu dir gesagt hat, irgendwie ausgerastet.«

Mit großen Augen sah sie ihn an. Sie war noch nie jemandem begegnet, der einen anderen schlug. Schon gar nicht ihretwegen. »Du hast ihn geschlagen?«

Jamie nickte. »Er hat mich an dem Abend so verwirrt, dass ich nicht mehr wusste, was ich glauben sollte.«

»Wegen *ihm* hast du also an mir gezweifelt?« Traurigkeit erfasste sie erneut.

»Himmel, es fällt mir so schwer, das zuzugeben. Ich bin so ein Idiot. Ja, er hat Dinge gesagt, die mich ein wenig zweifeln ließen. Ich wusste nicht, was ich glauben sollte, und dann warst du weg. Jessie, es tut mir leid. Ich schäme mich so. Ich hätte sein Hotelzimmer verlassen und direkt zu dir zurückfahren sollen, um mit dir über alles zu reden, aber ich war verwirrt und ...«

»Und er ist dein Anwalt und Freund, der dir all die Jahre mit gutem Rat zur Seite gestanden und auf dich aufgepasst hat, egal was für ein Mistkerl er mir, Jenna und wahrscheinlich einem halben Dutzend anderer Frauen in deinem Leben gegenüber gewesen ist.« Sie schaute auf seinen Ring. Der Stein war grün. *Besorgt.*

»Ja, und ich weiß, dass er ein mieser Kerl ist. Wirklich, es war abscheulich, wie er dich behandelt hat. Dafür habe ich ihm die Hölle heiß gemacht, und ich werde ihn feuern, wenn du dadurch zu mir zurückkommst.«

»Jamie, ich verstehe immer noch nicht. Was hat er gesagt, das dich an mir zweifeln ließ?«

»Ich habe versprochen, dir gegenüber ehrlich zu sein, und das werde ich auch.« Er atmete hörbar aus und legte die Hand auf ihre Schulter. »Ich muss einfach nur eine Minute lang hier bei dir sitzen, falls du entscheiden solltest, dass es aus ist. Ich möchte diesen Moment haben, an den ich mich erinnern kann.«

Sie hatte keine Ahnung, was so schwierig zu erzählen war. Wenn es Probleme mit anderen Musikern gab, redete sie mit ihnen. Den wenigen Freunden, die sie im Orchester hatte, sagte sie es, wenn sie etwas störte, und sie hielten es ebenso, ohne dass es jemand von ihnen dem anderen übel nahm. Sie waren nicht eng befreundet, aber wie konnte das hier so schwierig sein? Was hatte sie getan, das so eine Reaktion auslöste? Langsam glaubte sie, dass er nicht ihretwegen besorgt war. Vielleicht hatte er bei einer anderen Frau Trost gesucht. Himmel, ihr wurde ganz mulmig bei dem Gedanken.

Seine Augenbrauen zogen sich zusammen, er öffnete den Mund und ebenso schnell schloss er ihn wieder.

»Jamie, du machst mir ein wenig Angst.«

»Es wäre nicht falsch, wenn ich sagen würde, dass ich so

ziemlich alles an dir angezweifelt habe.«

»Das begreife ich nicht. Warum sollte ich dir gegenüber unehrlich sein?«

»Das konnte ich mir auch nicht vorstellen, aber als er all das gesagt hat, bin ich ins Grübeln gekommen und … Es war sicher ein Fehler auf der Website«, gab er mit einem unsicheren Lächeln von sich. »Jess, auf der Liste der Musiker des Boston Symphony Orchestra steht keine Jessica Ayers.«

»Du hast mich da gesucht?« Ihr Herz raste.

»Ja.« Er biss die Zähne aufeinander, und sie sah, dass er noch mehr zu sagen hatte.

»Du glaubst, ich habe dich in Bezug auf meine Arbeit angelogen? Warum? Warum sollte ich das tun?«

»Ich habe es nie wirklich geglaubt. Deshalb war ich heute Abend auch dort, um es selbst herauszufinden.«

»Ich weiß nicht, ob ich wütend sein soll, weil du glaubst, ich hätte gelogen, oder glücklich, weil du mich gesucht hast.« Sie strich mit dem Finger durch das Kondenswasser außen am Weinglas.

»Es tut mir leid, Jess. Ich wünschte, ich könnte es ungeschehen machen, aber an der Vergangenheit können wir nichts ändern, wir können nur daraus lernen und eine bessere Zukunft schaffen. Und das wünsche ich mir mit dir.«

»Jamie, ich …« *Das wünsche ich mir auch.* Aber Vertrauen war alles in einer Beziehung. So viel wusste sie selbst mit ihrer fehlenden Erfahrung. »Es war kein Fehler. Jessica Ayers steht nicht auf der Liste der BSO-Musiker. Jamie, ich habe dich nie in Bezug auf irgendetwas angelogen. Ich habe es nicht einmal in Betracht gezogen, dich anzulügen. Wenn man jemanden mag, dann ist man ehrlich zu ihm. Das geht einfach Hand in Hand, oder?« Sie stellte ihr Weinglas auf den Beistelltisch neben dem

Sofa und stand auf.

Jamie beobachtete sie aus seinen ernsten Augen. »Ja, natürlich. Ich habe dich auch nicht angelogen.«

»Warum hast du dann an mir gezweifelt?« Wieder zog sich ihr Magen zusammen; sie war noch immer durcheinander.

»Weil Mark ein Manipulator ist und …« Er stand auf, ging ein paar Schritte und blieb dann vor ihr stehen, wobei er unmöglich gut aussah und besorgt zugleich.

Vollkommen unfair. War sie nicht schon verwirrt genug?

»Es ist nicht Marks Schuld. Er hat nichts anderes gemacht als das, was er immer macht. Er hat das Offensichtliche benannt. Ich bin kein schnelllebiger, sorgloser Mann, Jess.« Wieder ging er auf und ab und fuhr sich durch die Haare, was ihn nur noch anziehender machte, denn zufällig liebte sie diese Eigenart an ihm.

Jessica versuchte aufzunehmen, was er sagte, aber sie wurde von ihren Gefühlen abgelenkt. Sie setzte sich wieder aufs Sofa und senkte den Blick.

»Ich bin noch nie sorglos gewesen, Jess. Nie. Nicht als Kind, nicht als Teenager und mit Sicherheit nicht als Erwachsener – bis ich dich kennengelernt habe. Du hast mich vergessen lassen, dass ich an meine Arbeit gekettet sein sollte, dass ich meine Eltern verloren habe, und mich daran erinnert, dass es mehr im Leben gibt, als mich abzurackern, nur um den Schmerz zu vergessen, den ich so lang in mir vergraben habe, den ich aber nie wirklich überwinden konnte.« Er stand mit dem Rücken zu ihr, als er stehen blieb. Seine breiten Schultern waren nach vorn gezogen. Langsam drehte er sich um und in seinen Augen spiegelte sich das Licht der Wandlampe. Sie waren verdächtig feucht.

»Jamie.« Es war nur ein Flüstern. Sie ging zu ihm, schlang

die Arme um seinen Hals und fuhr mit den Fingern durch sein volles Haar. »Mein vollständiger Name lautet Millicent Jessica Bail-Ayers. Beruflich bin ich als Millicent Bail bekannt.«

Ein zaghaftes Lächeln trat in sein Gesicht und er drückte ihre Hand. »Ich wünschte, du hättest es mir erzählt.«

»Habe ich das nicht?« Sie versuchte, sich an jede einzelne Sekunde zu erinnern, die sie miteinander verbracht hatten, an die Dinge, über die sie geredet hatten, aber ihre Erinnerung war verworren und verschwommen. Ihr Körper wollte ihn trösten, ihn halten, ihn küssen, ihm über den Verlust seiner Eltern hinweghelfen, der ihn noch immer quälte. Doch in ihrem Kopf schwirrte die Frage, was er noch als Lüge verstanden hatte, und sie war durcheinander, weil diese Dinge so unerwartet wirr und schmerzhaft waren.

Er schüttelte den Kopf. »Nein, und das hätte keine Rolle spielen dürfen. Ich hätte dich fragen müssen. Ich hätte mich damit auseinandersetzen müssen, anstatt vom Schlimmsten auszugehen.«

Sie trat einen Schritt zurück, um sich für das zu wappnen, was noch kommen sollte. »Was noch?«

Sie beobachtete, wie sein Adamsapfel sich bewegte. Als er zögerte, setzte sie sich wieder auf das Sofa.

»Jamie?«

Er kniete sich vor sie und legte die Hände außen an ihre Oberschenkel. »Jessie, ich habe dir Ehrlichkeit versprochen. Es wäre leichter, wenn ich dir sagen würde, dass da nicht mehr war, aber das stimmt nicht. Ich wusste nicht, was ich glauben sollte. Mark hat mir Dinge an den Kopf geworfen, immer mehr, nachdem ich ihm erzählt hatte, dass ich dich liebe. Er fragte, wie lang wir uns denn überhaupt schon kennen, wo du lebst, wo du aufgewachsen bist. Meine Güte, Jess, ich wusste nicht einmal die grundlegendsten Sachen über dich, und das hat mich auch nicht gestört. Doch er hat mich an Frauen erinnert, die ich gedatet hatte und die vorgegeben haben, etwas anderes zu sein, als sie waren. Er ist ein Mistkerl, ohne Zweifel, aber er war auch immer mein Freund. Ein guter Freund, mal abgesehen von den idiotischen Sachen, die er zu Frauen gesagt hat. Er stand immer hinter mir und hat mich vor einer Menge Mist bewahrt.« Seine Hände glitten an den Außenseiten ihrer Oberschenkel auf und ab, bevor sie sich in den Stoff an ihrer Hüfte krallten. Seine Anspannung war unübersehbar. »Jess, ich suche nicht nach Ausreden, weder für ihn noch für mich. Ich bin nur einfach miserabel darin, es zu erklären.«

»Ich verstehe es immer noch nicht, Jamie. Es tut mir leid. Was hast du denn geglaubt, worüber ich dich belogen hätte?«

»Jessie, ich wurde schon von Männern und Frauen belogen.«

»Jamie, sag es mir einfach.« Sie atmete nun sehr heftig.

Er schloss die Augen, und als er sie öffnete, hielt er ihrem Blick stand. »Ich wusste nicht, was ich von all dem glauben sollte. Wo du lebst, was du beruflich machst … mit wie vielen Männern du geschlafen hast.«

Jamie spürte, wie sich ihr Körper anspannte. *Mist. Mist, Mist, Mist.* Er musste es ihr verständlich machen, bevor er sie für immer verlor.

»Jess, ich … In meinem Kopf ging so viel ab, und alles war so verkorkst. Du hast geweint, ich habe eine nackte Frau aus Marks Zimmer geworfen, ihm eine verpasst und ihn blutend zurückgelassen.«

Jamie war nicht klar gewesen, dass so vieles innerhalb von zwei Atemzügen passieren konnte. Jessicas Augen zeigten Verwirrung, Entsetzen, dann Wut und Verstörung. Ihr Gesicht wurde ausdruckslos, die Lippen schlaff, und er spürte, wie sie ihm entglitt. Sie lehnte sich zurück und wandte den Kopf ab, der Blick war kalt und abwesend.

»Jessie, bitte. Ich wusste, dass du nicht gelogen hast. In meinem Herzen habe ich nicht geglaubt, dass du mit mir spielst, aber …«

»Aber der Zweifel war da.« Ihre Stimme war dünn wie ein Faden. »Du warst nicht sicher, ob du mir glauben konntest – nachdem ich dir mein Herz geöffnet habe. Dir meine Seele und meinen Körper geöffnet habe, Jamie.« Ihre Stimme zitterte nun. »Ich weiß, dass es für manche Frauen leicht ist, sich Männern gegenüber zu öffnen, sie ihre intimsten Stellen berühren zu lassen und sich erkenntlich zu zeigen.« Sie wandte sich ihm zu und wirkte zerschmettert und zerschunden.

»Jessie, es tut mir leid. Ich habe nicht …«

»Bitte«, flüsterte sie. Tränen strömten über ihr Gesicht und sein Herz brach in tausend Stücke. »Am meisten schmerzt mich, dass es tatsächlich einfach war, mich dir zu öffnen, Jamie. Weil ich dir vertraut habe.«

Vertraut.

»Jess, du kannst mir vertrauen. Es war nur ein vorübergehender Zweifel. Ich habe dich an jenem Abend angerufen, aber du hast nicht zurückgerufen. Ich habe im Internet nach deiner Adresse gesucht, aber es gab nirgendwo eine Jessica Ayers. Ich wusste nicht, was ich tun sollte. Du warst nicht auf der Liste des BSO, also dachte ich nicht, dass ich dich da finden konnte. Mark hat mir einen Umschlag gegeben, in dem wahrscheinlich alles zu finden ist, was man je über dich wissen möchte, und ich habe ihn nicht geöffnet. Ich habe nicht vor, ihn zu öffnen, aber du sollst wissen, dass es diesen Umschlag gibt.« Jetzt war er es, der stockend einatmete. »Und dann … Ich habe es nicht mehr ausgehalten und musste es selbst herausfinden. Kurts Bruder hat mir Tickets für das Konzert heute Abend besorgt. Aber der Albtraum in meinem Büro dauerte ewig, und als ich endlich dort ankam, war das Konzert schon vorbei.«

Ihr Gesichtsausdruck war vollkommen leer.

»Das alles spielt keine Rolle. Du hast mir vertraut, und ich habe deine Ehrlichkeit angezweifelt.« Er berührte ihre geballten Hände. Er liebte ihre Hände. Sie waren zart und doch stark, und so unglaublich liebevoll, wenn sie ihn berührten. Ihm kam in den Sinn, dass er ihre Hände vielleicht nie wieder auf seiner Haut spüren würde. Nur mit Mühe schaffte er es, sich mit dem Gefühl, von seiner eigenen Dummheit niedergerungen worden zu sein, von ihr zu lösen und aufzustehen.

»Ich verstehe dich, Jess, aber ich wollte dir nichts verheimlichen. Du solltest wissen, was in mir vorgegangen ist und warum. Ich werde dich nach Hause fahren.«

Er streckte die Hand aus. Als sie ihre Finger in seine legte, schnürte es ihm wieder die Brust zu.

»Jamie?«, fragte sie leise.

»Ja?« Er konnte sie nicht anschauen. Es schmerzte zu sehr, die Enttäuschung in ihrem unglücklichen Gesicht zu sehen.

»Würde es dir etwas ausmachen, wenn ich heute Nacht bei dir bliebe?«

Er versuchte, nicht die Hoffnung aufkommen zu lassen, die ihre Frage auslöste, aber das war verdammt schwer.

»Ob es mir etwas ausmachen würde? Jess, du kannst jede

Nacht für den Rest deines Lebens hier verbringen.«

»Ich …« Sie wandte den Blick ab und berührte ihre Lippen mit der Hand. »Ich bin nicht bereit zu gehen.«

Gott sei Dank. »Sag mir, was du willst, Jess.« Er zwang sich, neutral zu klingen, nicht zu hoffnungsvoll oder drängend, als er sich neben sie auf das Sofa setzte.

»Das weiß ich nicht genau.« Sie berührte sein Bein. »Das Einzige, das ich mit Sicherheit weiß, ist, dass du so ehrlich zu mir warst, wie es ein Mensch nur sein kann, und auch wenn du mir nicht vertraut hast …« Sie atmete noch einmal stockend ein. »Ich … Meine Gefühle für dich sind immer noch da.« Sie legte die Hand auf ihr Herz. »Und ich weiß nicht, ob ich versuchen sollte, sie zu ignorieren, denn das tut wirklich unfassbar weh.« Tränen liefen ihr wieder über die Wangen.

Jamie konnte gar nicht anders, als die Tränen fortzuwischen, die er verursacht hatte.

»Ich bin nicht sicher, was ich tun *sollte*, weil ich so etwas noch nie erlebt habe, aber ich glaube, es ist mir auch egal, was ich tun sollte. Ich kann nicht einmal darüber nachdenken, zu dieser Tür hinauszugehen, Jamie. Ich bin gegangen, als ich vom Cape weggefahren bin, und ich dachte, das wäre das Schwierigste, was ich je in meinem Leben gemacht hätte. Aber dann, gerade als ich mir sicher war, dass es Zeichen dafür gab, dass wir einfach nicht füreinander bestimmt waren, tauchst du bei der Symphony Hall auf.« Sie legte die Hand fester um sein Bein. »Du bist aufgetaucht, Jamie. Ein Teil von dir hat mir vertraut, trotz dessen, was du im Internet gelesen hast oder was Mark – den du kennst und dem du vertraust – dir erzählt hat.« Sie wischte sich die Tränen von der Wange und atmete tief durch.

Sie hatte leise, leicht, ohne Wut oder Verbitterung

gesprochen. Tat sie das nicht immer? Hatte sie nicht immer von Herzen gesprochen, ohne Gewinn oder Risiko ihrer Worte abzuwägen, so wie viele Frauen vor ihr es gemacht hatten? Nicht zum ersten Mal fragte sich Jamie, wie es möglich war, dass er zur richtigen Zeit am richtigen Ort gewesen war, um Jessica kennenlernen zu dürfen. Und wie er so dumm gewesen sein konnte, sie anzuzweifeln.

»Etwas in deinem Herzen hat dennoch an mich geglaubt, Jamie. An uns. Und auch wenn es sich ein wenig so anfühlt, als hättest du meinen Finger abgetrennt, will ich doch nur bei dir sein. Ich bin mir nicht sicher, was es bedeutet oder wie ich mich morgen fühlen werde oder auch nur in ein paar Stunden. Aber jetzt in diesem Moment bin ich nicht bereit, uns beide hinter mir zu lassen und wegzugehen.«

Zweiundzwanzig

Es gab einiges, das Jessica sehr gut beherrschte. Ganz oben auf der Liste stand die Hingabe, mit der sie sich ihrer Kunst widmete. Sie war auch sehr gut darin, mit anderen zusammenzuarbeiten und in einer musikalischen Umgebung miteinander zu verschmelzen. Aber in Jamies Armen zu liegen und zu versuchen, ihn nicht zu lieben, stand absolut nicht auf der Liste. Dieser besondere Teil von ihr schielte auf die Liste, als wäre sie verseucht. Jamie hatte angeboten, das Gästezimmer für sie herzurichten, aber das war ihr zu weit entfernt von ihm vorgekommen. Sie war froh, dass er nicht versucht hatte, mit ihr intim zu werden, bevor er eingeschlafen war. Irgendwie hatte sie gewusst, dass er es nicht versuchen würde. Er schien ebenso zufrieden zu sein, sie im Arm halten zu können, wie sie es war, hier zu liegen, während er einschlief, und sein sanfter Atem an ihrem Nacken, seine Brust, die sich mit jedem Atemzug an ihren Rücken drückte, die weichen Härchen an seinen Beinen, die an ihren Schenkeln kitzelten – es fühlte sich richtig an.

Ihre Augen hatten sich an die Dunkelheit gewöhnt, nachdem sie schon fast drei Stunden wach lag. In der Zeit hatte sie Dinge an Jamie entdeckt, die ihn für sie noch liebenswerter machten. Er war ein Mann, der sanften, unauffälligen Komfort und Luxus schätzte. Das extragroße Bett war bestechend männlich und dunkel, mit dezenten Schnitzereien an den Kanten des beachtlichen Kopfteils, das zu der langen Kommode und dem Schrank zwischen den Fenstern passte. Seine burgunderrote Decke und das cremefarbene Laken waren weich wie Seide, auch wenn sie aus einem ganz anderen und herrlichen Material waren. Wahrscheinlich aus ägyptischer Baumwolle mit einer unglaublich hohen Fadendichte. Die hochwertige Decke war sicher doppelt so dick wie solche aus teuren New Yorker oder Pariser Läden, aber die Schlichtheit der anderen Elemente in dem Zimmer ließ alles dezent und bescheiden wirken. Von den matten Wandlampen über dem Bett und dem hochflorigen Teppich bis hin zu den Fotos auf der Kommode, die von den Jahren vor dem Tod seiner Eltern erzählten, wirkte sein Schlafzimmer wie eine ganz eigene Welt. Wie sein persönlicher Rückzugsort, und in Jamies Armen hatte sie das Gefühl, dass sie mit ihm genau dorthin gehörte.

Sie drehte sich zu ihm um und im Schlaf legte er den Arm mit einem zufriedenen Seufzer noch fester um sie. Er hatte so niedergeschlagen ausgesehen, als er ihr erklärt hatte, was er alles durchgemacht hatte, und die Realität seiner Zweifel an ihr hatte sich wie ein Dolch in sie gebohrt. Aber anscheinend war sie nicht so zerbrechlich, denn unter dieser offenen Wunde lag etwas, das zu robust war, als dass es durch Missverständnisse beschädigt werden konnte. Es war das, was sie zu der entschlossenen Cellistin machte, die sie war. Jenseits des Drängens und der präzisen Organisation ihrer Mutter, jenseits des Wunsches, ihr zu gefallen, lag ihr Herz. Und egal, welchem Druck und welcher Ermunterung sie ausgesetzt war, sie spielte doch mit ihrem Herzen, ebenso wie ihr Herz sie in diesem Moment über Jamies Wange streichen ließ.

Während sie dort im Dunkeln lag, hatte sie Dinge an sich entdeckt, nach denen sie nicht einmal gesucht hatte. Anscheinend brauchte sie gar nicht zu suchen, denn ihr Herz führte sie zu diesen Entdeckungen, als würde es einen feinen Stoff weben, ausgefranste Ränder füllen und dünne, verschlissene Bereiche ihres Ichs verstärken, die Haut reparieren, die mit Jamies Geständnis durchschnitten worden war.

Er hatte recht. Es wäre einfacher für ihn gewesen, wenn er nur gesagt hätte, dass er ihren Arbeitsplatz angezweifelt hatte, aber Jamie war ein Mann mit moralischen und ethischen Prinzipien, ein von Grund auf gutmütiger und aufmerksamer Mensch. Hatte er das nicht damit bewiesen, wie er sich um Vera kümmerte? Jamie war nicht oberflächlich, und daran, wie seine Freunde ihn beschützten – auch wenn Mark ein fieser Mistkerl war –, konnte sie erkennen, dass er diese Liebe und Hingabe verdient hatte.

Sie glitt mit dem Daumen über den Übergang von den kratzigen Bartstoppeln zu seiner weichen glatten Wange. Ein tiefes, süßes Stöhnen kam über seine Lippen und wieder zog er sie näher an sich. Sie trug ein T-Shirt von ihm und einen Slip und konnte seine nackte Haut nicht spüren. Vorsichtig, ohne sich zu sehr zu bewegen, zog sie sich das T-Shirt über den Kopf. Eine Berührung ihrer Brüste mit seinem Oberkörper reichte, und schon war ihr gesamter Körper von Verlangen erfüllt und ihre Nippel richteten sich in Erinnerung an seine Berührung auf. Tränen stiegen ihr wieder in die Augen, doch der Schmerz war fort. Sie drückte ihre Lippen auf seine, verlor sich selbstsüchtig in seinem Geschmack, seinem Duft, seiner weichen Schläfrigkeit und – kurz darauf – in seiner Stärke, als sein Körper erwachte und seine Umarmung fester wurde. Seine Atmung wurde dringlicher und die Muskeln in seiner Brust, seinen Beinen und alle köstlichen Stellen dazwischen wurden hart.

Seine Hand glitt in ihren Nacken, und die Berührung jagte Nadelstiche bis zu ihren Zehen, als er den Kuss vertiefte und sie sich hineinfallen ließ. Es war leicht, sich Jamie gegenüber wieder zu öffnen, denn sie hatte sich nie verschlossen. Er atmete Luft in ihre Lunge, strich über die Haare in ihrem Nacken, liebkoste ihren Mund, tiefer, intensiver, während sich salzige Tränen zwischen ihre Lippen schlichen.

Er zog sich zurück, atmete tief ein, als er seine Stirn an ihre legte und ihren Namen ausatmete. »Jessie.«

Ihr Name war von so viel Liebe erfüllt, dass er Gewissheit brachte. Trotz des Kloßes in ihrem Hals stieß sie hervor: »Ich weiß, warum ich nicht gehen konnte.«

Seine Augen gingen auf, nur ein wenig, voller Vorsicht, während er ihr die Tränen von den Wangen küsste.

»Weil ich zu dir gehöre, Jamie. Ich glaube, mein Handy hatte einen Jamie-Radar, als ich es über die Veranda geschleudert habe.«

»Selbst nach all dem …?«

Wieder berührte sie seine Wange. »Selbst nach all dem. Vielleicht wegen all dem.«

Ihre Lippen fanden wieder zueinander, sanft und liebevoll, während ihre Körper und Gedanken den Graben überwanden, der sie getrennt hatte, mit jedem Streicheln und jedem Kuss. Ihre Hände wanderten über die vertrauten Muskeln seines Rückens, die sich fest und warm unter ihrer Berührung anfühlten, zu der Vertiefung in seinem Kreuz, in die sie die Hand legte, um seine Hüften näher an ihre zu bringen.

»Jessie«, flüsterte er, als er Küsse auf ihren Grübchen, ihrem Kinn bis hin zu ihrer Halsbeuge verteilte.

Leicht fanden ihre Körper zueinander, als wären sie eins. Jessicas Rücken berührte das Laken, während Jamies Mund ihre Schultern berührte. Er küsste die Seiten ihrer Brüste, ihre Rippen, und jagte so Schauer des Verlangens bis in ihre Mitte. Voller Sorgfalt wanderte sein Mund weiter, als würde er alle Kurven ihres Körpers aufs Neue verinnerlichen, er küsste, liebkoste und saugte an jedem Zentimeter ihrer Haut. Ihre Finger fanden seine Wange, und er bewegte sich von ihrem Bauch hin zu ihren Fingerspitzen. Jede einzelne küsste er, um sie dann langsam in seinen Mund zu saugen. Sanft kreiste seine Zunge um jeden Finger, bevor er sich den nächsten vornahm und ihr mit jedem erotischen Zungenschlag die Fähigkeit zu denken raubte. Er nahm ihre nassen Finger und legte sie zwischen ihre Beine, sah ihr dann in die Augen, und sie wusste, was er wollte. Ohne verlegenes Zögern hielt sie seinen Blick gefangen und streichelte mit ihren Fingern über ihre feuchte Mitte. Seine Augen wurden unfassbar dunkel. Er umfasste ihre Hüfte und glitt mit der Zunge zu ihrem Bauchnabel, um dann leidenschaftliche Küsse in der Falte zwischen Oberschenkel und ihrer Mitte zu verteilen. Ihre Hand hielt inne und sie spürte seinen Blick auf sich, doch sie hatte die Augen geschlossen. Als er ihre Hand nahm und sie führte, um ihren feuchten Schoß zu streicheln, öffnete sie sie. Zu warten, bis sie ihm noch näher sein könnte, schien ihr fast unmöglich. Als er sie mit dem Mund liebkoste, gekonnt um ihre Finger strich, entwich ihr ein Stöhnen. Sie spürte einen Orgasmus, der sich drängend heranschlich. Ihre Finger verharrten. Das Bedürfnis, den Gipfel zu erstürmen, machte sie unfähig zu allem anderen. Jamie nahm ihre Hand und leckte jeden einzelnen Finger ab. Dann widmete er sich mit der Hand ihren harten Nippeln, während sein Mund zwischen ihren Beinen Wunder vollbrachte, und sie würde zum

Höhepunkt katapultiert. Hinter ihren geschlossenen Lidern explodierte die Welt mit Tausenden Lichtern, Feuer schoss durch ihre Adern und ihre Hüften zuckten und stießen gegen seine starke Hand, mit der er sie hielt.

»Brauche«, keuchte sie, »dich.«

Jamie glitt sanft an ihrem Körper hinauf und vergrub die Spitze seiner Erregung in ihr, während er auf sie hinabblickte. Seine Bizepse waren gewölbt, seine breite Brust feucht von Schweiß und auf seinen Lippen lag ihr Duft. Eine Mischung aus Verzweiflung und Verlangen lag in seinem Blick.

»Es gibt für mich kein Zurück. Sobald ich in dir bin, Jessie, gehöre ich wieder dir.«

Er gehört mir. Der schönste Gedanke, den sie je denken durfte.

»Du hast immer mir gehört, so wie ich dir. Wir haben nur sehr lange gebraucht, um uns zu finden.«

Er kam in sie, erfüllte sie so vollkommen, nicht nur mit der Herrlichkeit zwischen seinen Beinen, sondern mit den tiefen Gefühlen, die sie in seinen Augen sah und die so pur und wahrhaftig waren, dass sie beide darin zu ertrinken drohten.

Als sie beide zusammen den Höhepunkt erreichten, in einem Wirrwarr aus Armen, Beinen und Lippen, aus Seufzern und drängendem Flehen, da wusste sie, dass sie nicht ertrinken konnte, wenn sie mit Jamie zusammen war, sondern dass sie ein Meer aus Lust, eine Welt der Liebe und ein Versprechen der Wahrheit miteinander erleben würden.

Dreiundzwanzig

Bei Tageslicht sah wirklich alles besser aus. Oder vielleicht war es auch nur der Anblick von Jessica, die in Jamies weichem T-Shirt auf der hinteren Terrasse saß und abgesehen von ihrem Slip von der Taille abwärts nackt war. Die langen Beine hatte sie angezogen, während sie an ihrem Kaffee nippte und den Blick auf den Umschlag zwischen ihnen gerichtet hatte. Bei dem Anblick spannten sich Jamies Muskeln an, aber Jessica war unendlich entspannt, als sie die Tasse von den Lippen nahm und zu ihm aufschaute.

»Von allein öffnet der sich nicht«, sagte sie mit einem frechen Lächeln.

Sie wusste, dass er das verdammte Ding nicht öffnen wollte. Sie hatten darüber geredet, nachdem sie sich endlich voneinander losgerissen hatten – zumindest kurz. Sie hatten geduscht und sich noch einmal unter dem warmen Strahl der Dusche geliebt, und dann hatten sie erneut über den Umschlag gesprochen, als sie sich angezogen hatten – Jessica ein frisches T-Shirt von ihm und er eine ausgeblichene Jeans. Sie sagte, sie wollte ihren Rock nicht anziehen. *Noch nicht. Ich mag das Gefühl, als wären wir am Cape, wo wir einfach wir selbst sein konnten. Wir können uns nach acht Uhr mit der realen Welt ab-*

geben.

Ihm gefiel die Idee. Sehr sogar.

Während Jamie in seinem Büro angerufen hatte, war Jessica zum Auto gegangen, um den Umschlag zu holen. Er hatte protestiert, wollte ihn nicht im Haus haben, aber sie hatte es barfuß und mit einem Lächeln im Gesicht trotzdem gemacht.

»Ich habe nichts zu verbergen, Jamie. Lass uns nachsehen, was er über mich herausgefunden hat.«

Sie ärgerte ihn wieder und piesackte ihn. Er zweifelte nicht daran, dass sie nichts zu verbergen hatte – er wünschte nur, er wäre früher seinem Instinkt gefolgt. Aber vielleicht sollte es so sein.

»Die letzten Tage sind wie eine einzige schlechte Erinnerung, die ich lieber vergessen würde. Außerdem … Wenn ich sehe, was da steht, werde ich wieder sauer auf ihn und schmeiße den Mistkerl raus.« Er nahm ihre Hand und die Erinnerung an die vergangene Nacht kam zurück. Wie sie sich selbst berührte, sich ihm wieder öffnete, nach allem, was sie durchgemacht hatten, allem, was er gestanden hatte – und doch vertraute sie ihm noch immer bedingungslos.

Er küsste ihren Handrücken und wusste, dass er nie wieder etwas tun würde, das ihr Vertrauen in ihn erschütterte.

»Jamie, Mark hat das getan, weil du ihm sehr wichtig bist. Das weiß ich jetzt. Ich verstehe es und kann mir den Inhalt des Umschlags ansehen, ohne dass es mich stört. Ebenso wie ich weiß, dass du wegen deiner Erfahrungen mit anderen Menschen an mir gezweifelt hast, nicht wegen mir. Wir können nicht an Wut und Ärger festhalten, sonst zerfrisst es uns.« Sie stellte ihre Tasse ab und lächelte, runzelte dann aber die Stirn. »Zumindest glaube ich das. Hundert Prozent sicher bin ich mir nicht, aber so bin ich immer mit der herrischen Persönlichkeit meiner

Mutter umgegangen. Sie lebt indirekt durch mich, und ich weiß das, also nehme ich es hin. Na ja, zumindest habe ich das, bis zu diesem Sommer. Ich habe es satt, es hinzunehmen, aber das heißt nicht, dass ich es ihr übel nehme oder sauer auf sie bin, wenn ich sie sehe. Sie liebt mich. Sie hat das getan, wovon sie glaubte, dass ich es wollte, oder wovon sie glaubte, dass es für mich am besten wäre, und ich kann ihr kaum vorwerfen, dass sie getan hat, was sie für das Richtige hielt. Das verstehe ich jetzt. Und mit Mark ist es ähnlich.« Sie strich sich die Haare aus dem Gesicht. »Ich glaube, ich werde ihr sagen, was ich empfinde. Reinen Tisch machen, es zu Schnee von gestern erklären, damit ich nach vorne schauen kann. Sie ist meine Mom. Ich liebe sie. Ich denke, du kannst das Gleiche mit Mark machen, oder?«

Ungläubig schüttelte Jamie den Kopf, dann legte er die Hände um ihre Wangen und drückte ihr einen Kuss auf ihre köstlichen Lippen. »Du bist bemerkenswert. Du bist diejenige, die er so schlecht behandelt hat, und jetzt setzt du dich für ihn ein.«

»Nein, ich setze mich mit Sicherheit nicht für ihn ein. Ich sehe die Dinge klarer, das ist alles. Wenn dir jemand wichtig ist, dann tust du das, was sich in dem Moment richtig anfühlt. Manchmal bedeutet es, dass man jemand anderem wehtut – mit Worten oder Fäusten.« Sie betrachtete seine Hände, ihr Blick war ernst und nachdenklich. »Und ein anderes Mal tut man jemandem auf andere Art weh, zum Beispiel indem man das Cape verlässt und hofft, demjenigen nicht noch mehr Ärger zu bereiten.«

Jessica kletterte auf seinen Schoß und legte die Stirn an seine. »Und wenn du Glück hast, dann versteht die Person, der du wehgetan hast, warum du es getan hast, und dann können beide miteinander sprechen und Vereinbarungen treffen, die eine Art Sicherheitsnetz für die zwei darstellen.«

»Wie die Drei-Dates-Regel?« Er küsste sie erneut.

Sie verdrehte die Augen. »Das war die eine Regel, bei der ich froh bin, dass wir sie gebrochen haben.« Sie wandte den Blick ab, spielte mit den Haarspitzen und seufzte. »Weißt du was?«

»Ich weiß einiges, aber wahrscheinlich nicht das, was dir gerade vorschwebt.« Er gab ihr einen Klaps auf den Hintern, sodass sie ihn wieder ansah.

»Das ist wohl wahr. Für eine Frau mit fast keiner Erfahrung in Sachen Beziehung habe ich aber wohl langsam den Dreh raus.«

»Oh ja!« Er zog sie zu einem köstlichen gierigen Kuss an sich. Wie konnte er nach allem, was sie gesagt hatte, den Umschlag ungeöffnet lassen? Vielleicht war es wirklich an der Zeit, reinen Tisch zu machen und all dies hinter sich zu lassen. »Bevor wir ihn öffnen, möchte ich noch eines wissen. Du willst nicht, dass ich Mark rausschmeiße? Nach allem, was passiert ist?«

Sie schüttelte den Kopf. »Hättest du ihm die Freundschaft gekündigt, wenn er recht behalten hätte, was mich angeht?«

»Nein, aber …«

»Jamie, du musst zugeben, das mit meinem Namen ist ungewöhnlich, und es ging wirklich alles sehr schnell zwischen uns. Und in dieser Nacht … Himmel, selbst jetzt weißt du noch nicht, wo ich wohne.« Sie gab ihm den Umschlag. »Aber ich habe das Gefühl, du wirst es gleich herausfinden.«

In seiner Brust zog sich alles zusammen, als er den Umschlag aufriss und die Unterlagen herauszog. Er drückte die Papiere an sich. »Dies ist deine letzte Chance. Ich kann sie verbrennen. Am anderen Ende der Terrasse ist eine Feuerstelle.

Ein Streichholz …«

Sie nahm ihm die Unterlagen ab und las das Begleitschreiben, das angeheftet war. Sie legte die Hand vor den Mund. »Oh Jamie …«

Er schloss die Augen. »In der Küche sind Streichhölzer.«

»Nein, Jamie. Du musst das lesen.«

Er öffnete die Augen. »Lies es mir vor.«

Sie sah ihn an, und als sie dann las, war ihre Stimme voll Mitgefühl und Traurigkeit und all der Emotionen, die Mark niedergeschrieben hatte und nicht hatte aussprechen können.

Jamie,

wenn du das hier jemals irgendjemandem erzählst, werde ich dich langsam und schmerzhaft fertigmachen.

Jamie schüttelte den Kopf. *Mark. Idiot.*
Sie las weiter.

Du weißt, dass ich immer recht habe. Natürlich weißt du das. Jetzt lache ich, und ich weiß, dass du es auch tust. Wie es scheint, war ich in diesem Fall zu voreilig. Ich weiß, dass ich deinem Wunsch zuwidergehandelt habe, indem ich Jessica überprüfen ließ, aber du wusstest wahrscheinlich auch, dass ich es tun würde. Wir kennen uns zu lange, als dass du etwas anderes erwartet hättest. Deshalb geben wir auch ein so gutes Team ab. Auf diesen Seiten wirst du sehen, dass Jessica all das ist, was sie behauptet hat zu sein, aber ich habe erkannt, dass sie weitaus mehr ist als das, was du mich hast glauben lassen, oder vielleicht auch mehr, als dir klar war. Abgesehen von all dem tut es mir aufrichtig leid, dass ich euch beiden solche Schmerzen zugefügt habe. Ich weiß, dass es etwas Großes ist zwischen euch. Du liebst sie so sehr, dass du mich schlägst, Mann. Dafür hast du übrigens einen gut bei mir.

Jessica hielt inne und ergriff Jamies Hand. Ihre Blicke trafen sich, und er nickte, denn er wollte den Rest dessen hören, was sein Freund zu sagen hatte. Sie räusperte sich, bevor sie weiterlas, und war offensichtlich ebenso von Marks Worten berührt wie er.

Ich weiß, dass du mich vielleicht feuerst, und ich würde es dir nicht übel nehmen, aber bevor du diese Karte ziehst, denk daran: Dragon und Warrior, durch dick und dünn und alles dazwischen. Brüder bis zum Ende. Augen zum Himmel,

Dragon 2.0

Jessica legte die Unterlagen auf den Tisch und seufzte. »Siehst du? Ich nehme an, er weiß auch ein bisschen was über Beziehungen, oder er hat dazugelernt.«

»Augen zum Himmel.« Jamie schüttelte bei der Erinnerung daran den Kopf. »Das haben wir uns ausgedacht, als wir am College waren. Jedes Mal, wenn einer von uns etwas Dummes getan hat oder wir mit einem Mädchen Schluss gemacht haben oder den Unterricht geschwänzt haben, sagten wir *Augen zum Himmel, Augen zum Himmel.* Wir haben nie richtig festgelegt, was es überhaupt bedeutet. Nur dass wir immer, egal, was wir taten oder welche Fehler wir machten, nach vorne schauen wollten, uns noch mehr anstrengen wollten, das zu erreichen, was wir uns zu dem Zeitpunkt vorgenommen hatten. Noten, Abschluss, Geschäfte.« Er lachte bei der Erinnerung daran.

»Und was hat es mit Dragon und Warrior auf sich?«

»Alberne Spitznamen. Du weißt schon, typischer College-

Kram. Ich war der Warrior, der Krieger, der mutig Marks Ruf verteidigte und mein Leben lebte, obwohl ich meine Eltern verloren habe, und solche Sachen. Und er …« Er schüttelte gedankenverloren den Kopf. »Er war immer ein bisschen wie eine Schlange, wenn es um Frauen ging, also nannten wir ihn Drachen. Aber das kam uns nicht stark genug vor, deshalb habe ich ihn Dragon 2.0 getauft, also den größten und gefährlichsten von allen …« Jamie riss die Augen auf. »Ich fasse es nicht! Jess, du musst aufstehen.« Er gab ihr einen Klaps auf die Hüfte, damit sie schnell von seinem Schoß ging.

Jessica erhob sich. »Stimmt etwas nicht?«

»Nein, alles in Ordnung. Vollkommen in Ordnung.« Er nahm ihre Hand und zog sie ins Haus. »Komm mit. Meine Güte, ich fasse es nicht. Der Idiot hat den Fehler in unserer Suchmaschine gefunden.«

Jessica versuchte, mit ihm Schritt zu halten, als er sie durch das Wohnzimmer und das Esszimmer bis in sein Büro zerrte. »Entschuldige, ich erkläre dir gleich alles.« Er fuhr seinen Computer hoch und gab ihr eine Decke, die auf einem Sessel lag. »Ich habe es hier drinnen immer gern kühl. Die brauchst du vielleicht. Als ich noch an der Uni war, habe ich im Code für die Suchmaschine ein Easteregg eingebaut.«

Sie setzte sich auf den Stuhl gegenüber von seinem Schreibtisch und legte sich die Decke über die Beine. »Was bedeutet das? Ich habe Osterhasen und Schokolade vor Augen.«

»Weil du die süßeste Person auf Erden bist.« Seine Finger flogen über die Tastatur, während er sich durch unzählige Sicherheitsschleusen der Cyberwelt arbeitete, um an den ursprünglichen Code zu gelangen. »Ein Easteregg, das ist eine versteckte, aber harmlose Funktionalität im Programm. Ein Code-Schnipsel, den ich an der Uni geschrieben und bis zu dem verdammten Brief eben vollkommen vergessen habe.« Er schaute erleichtert lächelnd und mit heftig schlagendem Herzen zu ihr auf. »Das ist der Fehler, den wir in OneClick suchen, denn das Easteregg lässt die Werbung für militärische Ausrüstung aufpoppen, sobald die Kids Dragon 2 eingeben.«

Sie fasste die Haare über einer Schulter zusammen und nickte, doch die Verwirrung war ihr noch anzusehen.

Jamie arbeitete weiter. »Wir waren jung und für einen Computerfreak ist so etwas witzig.« Er schaute auf und sah ihr Lächeln. »Ich habe damals diesen Code-Schnipsel in das Programm eingebaut, aber überhaupt nicht mehr daran gedacht. Es war ein Witz, weißt du, dass eines Tages einfach durch das Gesetz der großen Zahlen der Drache wieder zum Vorschein kommen würde und wir alle etwas zu lachen hätten.«

»Gesetz der großen Zahlen?«

»Ja, das ist ein Grundsatz der Wahrscheinlichkeit und Statistik. Wenn die Stichprobe größer wird – oder in diesem Fall die Anzahl der Leute, die nach gewissen Begriffen suchen –, nähert sich das Mittel immer mehr dem Durchschnitt der Gesamtbevölkerung an. Je mehr Leute suchen, umso mehr kommt der Bug zum Vorschein.«

Er schaute wieder auf den Bildschirm. »Und das ist so lange her, dass wir nicht gelacht haben, als es passiert ist, denn ich hatte es total vergessen. Ich muss Mark anrufen und es ihm erzählen. Ich glaube es einfach nicht. Mein Gott, es hätte dort noch ewig stecken können und unsere Programmierer wären niemals darauf gekommen, wo sie überhaupt suchen müssen.«

»Dragon 2? Heißt so nicht ein Kinderfilm?«

Er war zu aufgeregt, um von der Arbeit abzulassen. »Oh Mann, du hast recht! Genau deshalb passiert es jetzt. Täglich suchen eine Million Nutzer nach Dragon oder Dragon 2.« Er fixierte den Bildschirm und tippte noch schneller. »Tut mir leid, Jess. Ich sollte nicht arbeiten, wenn wir nur noch eine Stunde oder so haben, bis unsere Reale-Welt-Zeit anfängt, aber das hier ist ungeheuer wichtig.«

Sie stellte sich hinter ihn und massierte ihm die Schultern, während seine Finger über die Tastatur flogen. »Ich finde es schön, dass du eine hohe Arbeitsmoral hast, und ich finde es schön, dir bei der Arbeit zuzusehen. Ich möchte dir nichts davon nehmen, Jamie.«

Er hielt lang genug inne, um ihr über die Hand zu streicheln und in ihr wunderschönes Gesicht zu schauen. »Das machst du nicht. Kaum zu glauben, dass all dies nötig war, um diesen Bug zu finden.« Sein Tippen verlangsamte sich. »All dies war nötig.« Er drehte sich auf seinem Stuhl herum und schlang die Arme um ihre Taille. »So ungern ich das wegen dem, was meinen Eltern zugestoßen ist, so sehe, aber vielleicht geschehen bestimmte Dinge tatsächlich aus einem bestimmten Grund.«

Vierundzwanzig

»Hier also wohnt die nicht existierende Jessica Ayers.« Jamie hielt vor einem Haus. Seit er das Code-Problem behoben hatte, das alle Mütter weltweit in Panik versetzt hatte, konnte er nicht mehr aufhören zu grinsen.

Da sie ein Leben geführt hatte, in dem es so wenige Berührungspunkte mit dem Internet gegeben hatte, erschien es ihr seltsam, dass ganze Zeitungsartikel über die fehlerhafte Funktion einer Suchmaschine geschrieben wurden. Aber andererseits war für Menschen, die täglich mit dem Internet zu tun hatten, ein kaputtes Cello wahrscheinlich uninteressant.

»Ganz genau. Nicht sehr glamourös, aber mir gefällt's.« Sie hatte sich wieder ihren Konzertrock, die Bluse und die High Heels angezogen, mit denen sie viel näher an Jamies Größe herankam. Er sah aus jeder Perspektive gut aus, aber sie war gern näher an seinen Lippen, und als sie im Aufzug ins oberste Stockwerk fuhren, nutzte sie das voll aus. Sie stand zwischen seinen Beinen und küsste ihn, bis er wieder hart wie Stahl war, und als sich die Türen öffneten, verließ sie den Aufzug mit einem zufriedenen Grinsen.

»Das ist unfair«, murmelte er.

Nach der Achterbahn der Gefühle des vergangenen Abends

und auch an diesem Morgen hatte Jessica noch keine Gelegenheit gehabt, ihre Gedanken zu den Chamber Players zu sortieren. Ihr war etwas unwohl, denn sie wusste, dass sie von ihrer guten Stimmung wieder zu einem ernsthaften Gespräch kommen mussten, aber sie wollte ihm zumindest erzählen, dass das Angebot auf dem Tisch lag.

Ihre Dreizimmerwohnung war etwas ganz anderes als die geräumige Villa, die Jamie bewohnte. Sie fragte sich, was Jamie wohl dachte, als er über den hellen Dielenboden an den Bogenfenstern vorbeilief, die zum Park hinausgingen. Er sah sich die Fotos ihrer Familie auf dem Bücherregal an, als sie in ihr Schlafzimmer ging, um sich umzuziehen.

Sie zog gerade den Reißverschluss ihrer Jeans hoch, als er sich mit einem Foto in der Hand lässig an den Türrahmen lehnte.

»Du bist wunderschön, Jess. Vielleicht solltest du die Arbeit heute mal ausfallen lassen.«

»Führ mich gar nicht erst in Versuchung. Du hast gerade das Drachenproblem der Welt gelöst. Ich bin sicher, deine Mitarbeiter möchten dich auf rote Rosen betten oder so.« Sie liebte es, wie er lachte. Dieses männliche Lachen kam tief aus seinem Brustkorb.

»Eher werden sie mich damit bewerfen.« Er kam zu ihr, als sie sich ihr Top überzog.

»Sind das deine Eltern?« Er zeigte ihr das Foto. Es war vor ein paar Jahren nach einem Konzert aufgenommen worden. Sie und ihr Vater lächelten herzlich, das Gesicht ihrer Mutter war ernster, auch wenn sie ebenfalls lächelte. Es war ein angestrengtes Lächeln, das Jessica sehr vertraut war. Die Gefühle ihrer Mutter waren immer verhalten.

»Ja, es ist vor einiger Zeit nach einem Konzert entstanden.«

Jamie legte eine Hand auf ihre Hüfte. »Du siehst deinem Vater sehr ähnlich.«

»Ich weiß. Er hat mir seine Grübchen netterweise vererbt. Als ich klein war, hat er mir immer erzählt, dass wir sie haben, weil eine Fee in unsere Schlafzimmer gekommen ist, als wir Babys waren, und dieses kleine Stückchen Haut als Glücksbringer mitgenommen hat. Er hat ein richtiges Märchen daraus gemacht und erzählt, dass die Feen die kleinen Hautstückchen eingepflanzt haben und ganze Wälder mit Glücksbäumen daraus entstanden sind.« Sie wusste noch genau, wie die Augen ihres Vaters geleuchtet hatten, und wenn sie sich anstrengte, hörte sie auch noch den Flüsterton, mit dem er seine Geschichte erzählt hatte. Diese Erinnerungen bereiteten ihr noch immer ein wohliges Gefühl.

»Die Vorstellung ist schön.«

»Finde ich auch. Jamie, du hast gar nicht zu Ende gelesen, was Mark dir an Informationen über mich gegeben hat.«

Er zog sie an sich und küsste sie sanft. »Ich weiß. Das beunruhigt mich nicht. Ich weiß alles, was ich wissen muss.«

»Es gibt noch etwas, das ich dir erzählen muss. Es ist sehr wichtig, und ich kann gar nicht glauben, dass ich es noch nicht erwähnt habe, aber wir waren so abgelenkt …«

»Sehr wichtig?« Er setzte sich auf ihr Bett und klopfte auf den Platz neben sich.

Sie setzte sich und er legte einen Arm um ihre Schulter.

»Mach's kurz und schmerzlos.« Er lächelte.

»In Ordnung.« Eine Woge der Freude überkam sie – ein Gefühl, das sie ignoriert hatte, wie ihr nun klar wurde. Vielleicht war sie auch nur zu aufgewühlt gewesen, um es zu bemerken. Was immer auch der Grund war, sie konnte den Stolz, den sie nun empfand, nicht ignorieren. »Also, gestern

Abend vor dem Konzert hat mir mein Intendant gesagt, dass ich eine Einladung bekommen werde, Mitglied der Chamber Players zu werden.«

Jamie sah sie erstaunt an. »Das ist eine gute Nachricht, oder?«

»Na ja, das ist eine ungeheure Nachricht.« Ihr Puls wurde immer schneller. »In meinem Alter ist es eigentlich sogar ziemlich phänomenal. Aber damit sind viele Verpflichtungen verbunden, und angesichts unserer Beziehung bin ich mir nicht sicher, ob es die richtige Entscheidung für mich ist. Für uns.«

»Wie meinst du das?«

»Wenn ich weiterhin mit dem Orchester spiele, werde ich gelegentlich auf Reisen sein. Und ich habe dir gesagt, dass ich manchmal drei oder vier Stunden am Tag übe und dann noch bis spät abends zur Arbeit gehe. Das ist einer Beziehung, oder einer Familie, nicht unbedingt zuträglich.«

»Nicht?« Jamies Blick wurde ernst. »Das war mir nie bewusst, weil meine Großmutter professionell gespielt und dabei meine Mutter irgendwie großgezogen hat. Sie hat zwar nicht mehr in einem Orchester gespielt, als ich heranwuchs, aber es gab Zeiten, in denen sie in verschiedenen Ensembles gespielt hat, und mein Großvater hat mich dann zu ihren Konzerten mitgenommen oder die Abende mit mir zu Hause verbracht. Sie haben es hinbekommen.«

»Ja, aber du hast Vera, um die du dich kümmern musst, und du hast in Marks Worten ein ganzes Imperium von einer Firma. Ich kann dich nicht von dem wegzerren, was du mit harter Arbeit aufgebaut hast, und auch nicht von der Frau, die dich großgezogen hat.«

»Nein, das kannst du wirklich nicht.« Er zog die Augenbrauen zusammen und seine Lippen wurden zu einer schmalen Linie.

Ihr Magen zog sich zusammen. *Nein, das kannst du wirklich nicht.* Hatte sie nicht gewusst, dass es vielleicht dazu kommen würde? Hatte sie nicht von anderen Dingen geträumt, als sie am Cape war? Vielleicht Cello-Unterricht geben, anstatt vor Publikum zu spielen? Dort hatte sie der Gedanke nicht traurig gemacht. Aber hier, zurück in ihrer Welt und mit der Aufnahme ins Kammerorchester, wurde ihr bewusst, wie sehr sie das Orchesterleben genoss, auch wenn der Zeitplan sehr strapaziös war. Sie nahm Jamies Hand. Sie liebte ihn mehr, als sie die Musik liebte. So viel wusste sie, und sie würde ja immer noch spielen können, nur eben mit einer anderen Gruppe. Dieses Zugeständnis konnte sie für ihre Beziehung machen.

»Ich werde das Angebot nicht annehmen. Ich habe ohnehin darüber nachgedacht, etwas anderes zu machen. Vielleicht Cello-Unterricht geben oder so.«

Jamie hob ihr Kinn, sodass sie sich in die Augen schauten, und gab ihr einen Kuss. »Jessie, du kannst mich nicht wegzerren, weil ich zu groß bin, als dass du mich irgendwohin zerren könntest. Ich kann meine eigenen Entscheidungen treffen. Ich möchte das unterstützen, wofür du dein ganzes Leben gearbeitet hast. Ich bin stolz auf dich, darauf, wie schön du spielst, wie zielstrebig du bist.« Er küsste sie erneut. »Und darauf, dass du bereit bist, all das für uns aufzugeben. Aber das musst du nicht. Ich möchte, dass du deinen Traum lebst, nicht dass du ihn beiseiteschiebst. Dann reisen wir eben ein bisschen und du arbeitest spät abends, ebenso wie ich spät abends programmiere. Wir sind das perfekte Paar.«

Sie konnte nicht glauben, dass er all das so leichthin sagte. Er meinte sicher jedes Wort ernst, aber wie sollte das funktionieren?

»Und Vera?«

»Vera lebt – wenn nicht Sommer ist – in der Einrichtung für Betreutes Wohnen direkt bei mir um die Ecke. Für sie ist gut gesorgt. Ich gehe immer nach der Arbeit zu ihr, weil ich es kann und weil ich nicht viele Gründe hatte, es nicht zu tun. Wenn es dir nichts ausmacht, würde sie vielleicht gern ab und zu mit uns reisen, wenn es ihr gut geht, damit sie einige deiner Konzerte besuchen kann.«

»Jamie ...« Sie warf sich in seine Arme. »Wirklich? Es macht dir nichts aus? Sie wird mich nicht dafür hassen, dass ich dich ihr wegnehme?«

Er umrahmte ihr Gesicht mit den Händen und schaute ihr in die Augen. »Jess, Vera würde sich schrecklich aufregen, wenn du auf die Gelegenheit verzichten würdest, deinen Traum zu leben. Sie will nur, dass ich glücklich werde. Ich liebe sie, aber ich brauche nicht mein Leben aufzugeben, um mich um sie zu kümmern, und das würde sie auch nie wollen.«

»Aber was ist, wenn wir eines Tages beschließen zu heiraten und Kinder zu bekommen? Ich sage nicht, dass es so kommt, und ich will dich auch nicht drängen.« Er sah ihr suchend die Augen, während sie so schnell redete, dass sie gar nicht aufhören konnte. »Ich denke nur langfristig voraus, weil ich nicht glaube, dass ich es aushalten könnte, wenn wir ein paar Jahre zusammen wären und uns dann trennen würden, weil du Kinder willst und meine Karriere es verhindert. Nicht, dass ich meine Karriere nicht für Kinder aufgeben würde. Aber was ist, wenn ...«

Er drückte seine Lippen auf ihre, schluckte ihre Worte und all ihre Sorgen gleich mit.

»Atme«, sagte er an ihren Lippen.

Das tat sie und dann küsste er sie erneut.

»Alles in Ordnung?« Er hielt ihre beiden Hände fest.

Jessica nickte, aber nichts war in Ordnung. Es kam ihr so vor, als würde ihr jeden Moment das Herz aus der Brust springen, um ihm noch näher zu sein. Ihre Gedanken wirbelten durcheinander und sie fragte sich, ob er wirklich verstand, was sie sagen wollte, doch noch bevor sie wieder sprechen konnte, küsste er wieder ihren Handrücken, schob ihr auf diese besondere Art, bei der ihr innerlich ganz warm und schwindelig wurde, eine Hand in den Nacken und schaute ihr liebevoll in die Augen.

»Ich liebe Kinder. Und wenn du beim Orchester bleiben möchtest, wenn wir beschließen, zu heiraten und Kinder zu bekommen, dann überlegen wir uns etwas. Ich werde es machen wie mein Großvater und mich nur zu gern um sie kümmern. Keiner von uns muss das aufgeben, was er liebt, um diese Beziehung oder eine Familie zu haben. Spät arbeiten und viel üben bedeutet einfach mehr Zeit für mich und mein Dasein als Computerfreak, und ich reise für mein Leben gern.«

Sie atmete lautstark aus, als hätte sie den Atem tagelang angehalten, und schlang die Arme um seinen Hals. »Nur noch eine Frage.«

»Du hast dein Fragekontingent ausgeschöpft, aber ich könnte dir im Austausch für einen Kuss noch eine gestatten.«

»Sind alle Männer so unkompliziert?« Dann küsste sie ihn, und mit einer schnellen Bewegung legte er sie auf den Rücken und stützte sich über ihr ab.

»Ich date keine Männer, daher kann ich die Frage nicht beantworten.«

Als er seine Lippen auf ihre senkte, flüsterte sie: »Ich glaube, Mark hat sich geirrt. Du bist gar kein Krieger. Du bist mein Ritter in einer kuscheligen Rüstung.«

Fünfundzwanzig

Im Laufe der nächsten zwei Wochen vereinten sich ihrer beider Leben harmonisch miteinander und die Zeit kam ihnen nicht mehr dramatisch, schnell und hektisch vor, sondern eher wie eine romantische Rhapsodie. Jamie richtete sich nach Jessicas Zeitplan und sie sich nach seinem. Und für die Momente, in denen sie das Gefühl hatten, sie hätten sich zu viele Stunden nicht gesehen, brachte Jamie Jessica bei, wie Videoanrufe funktionierten. Es war seltsam, zu wissen, dass der Mann, den sie liebte, ständig nur einen Klick entfernt war. Diese Woche hatten sie zwei Videoanrufe gemacht. Einmal als sie abends für ein Konzert eingeplant war und er eine späte Besprechung hatte, und einmal als er eine Joggingrunde gedreht und sie schon nach vierzig Minuten vermisst hatte. Da war er stehen geblieben und hatte sie – verschwitzt und nach einem Anstieg keuchend – einfach angerufen. Wie sich herausstellte, war Technologie doch nicht etwas so Schlimmes.

Gemeinsame Zeit zu finden, war nicht so schwierig, wie Jessica es sich vorgestellt hatte. Jamie arbeitete wirklich gern abends, und an den Abenden, an denen sie nicht mit dem Orchester spielte, verlegte sie ihre Übungsstunden in seine Arbeitszeit. In vielerlei Hinsicht hatte Jamie recht gehabt. Es war nicht annähernd so schwierig, ihr gemeinsames Leben zu gestalten, wie Jessica es befürchtet hatte. Es war einiges an Organisation nötig, aber es war ihnen sogar gelungen, zwei Nächte am Cape einzuschieben.

Die Flammen des Lagerfeuers tanzten inmitten des Kreises aus Bänken und Stühlen auf dem Platz in Seaside. Alle hatten sich so gefreut, sie zusammen zu sehen, dass sie ein aufwendiges Barbecue samt Margaritas vorbereitet hatten – von letzteren hatte sich Jessica in weiser Voraussicht nur eine gegönnt, damit sie sich später am Abend noch auf ihren attraktiven Begleiter konzentrieren konnte. Und wie sie sich auf ihn konzentrierte. Bevor die Mädels sie zur Nackten Wahrheit abgeholt hatten, hatte Jamie neben ihr in dem Bett gelegen, in dem sie sich zum allerersten Mal geliebt hatten. Mit verschwitzt glänzenden Körpern hatten sie sich zufrieden und erschöpft aneinandergeschmiegt.

»Ich will das Schlafzimmer nie wieder verlassen«, hatte er schläfrig gesagt.

»Da es hier keine Betten mit Siebenundzwanzig-Zoll-Bildschirmen gibt, bin ich mir ziemlich sicher, dass deine Computerfreak-Seite irgendwann protestiert.« Den Scherz machten sie immer wieder gern. Sein Leben war so voller Technologie, wie ihres frei davon war.

Sie hatte sich umgedreht und ihn geküsst, doch er war bereits eingeschlafen. Als Amy, Bella und Jenna vorbeigekommen waren, um sie abzuholen, hatte sie sich aus dem Haus geschlichen.

»Wir müssen noch Leanna holen«, flüsterte Amy nun.

Nur mit Handtüchern und Flipflops bekleidet, hielten sie sich aneinander fest und liefen zu Leannas Haus.

»Kurt ... da.«

Jessica packte Amy am Arm und erstarrte, als Leannas Stimme durch das offene Fenster ihres Ferienhauses nach draußen drang.

»Ist das …?«, fragte sie flüsternd.

»Ja. Sie vergisst gern, ihr Fenster zu schließen«, erklärte Amy.

Jessica fragte sich, wie viel die anderen von ihr und Jamie gehört hatten. Sie war dabei nicht gerade leise wie ein Mäuschen.

Bella zog Jenna zum Pool. »Wir gehen ohne sie.«

Sie eilten den Kiesweg entlang. Jessicas Herz schlug vor Aufregung so schnell, dass sie die ganze Zeit lächeln musste. »Ich habe noch nie auf diese Art gegen Regeln verstoßen.«

»Doch, hast du«, erinnerte Amy sie. »Der Tanga-Donnerstag, weißt du noch?«

»Ja, aber da *wusste* ich nicht, dass ich eine Regel breche. Das ist etwas anderes.«

Bella legte ihr den Arm um die Schultern. »Tja, dann gewöhn dich mal lieber dran. Du bist jetzt eine Seaside-Schwester, und wir machen so etwas.«

Eine Seaside-Schwester. Sie fragte sich, ob sie es jemals satthaben würde, das zu hören, oder ob es immer diesen aufregenden Klang haben würde wie jetzt. Es hörte sich fast so gut an, wie wenn sie jemand *Jamies Freundin* nannte.

Jenna kämpfte mit dem Schloss am Zaun. Die dicke Metallkette rasselte und schepperte laut.

»Psst!« Bella griff nach der Kette und blickte Jenna finster an.

»Ich versuche es ja. Das Ding klemmt.« Jenna bemühte sich weiter, den Schlüssel hineinzustecken.

»Du musst das mit Gefühl machen, nicht reinrammen«,

wies Amy sie an.

»Woher willst du das denn wissen? Das letzte Mal, dass du ein langes Ding in ein Loch gestreichelt oder gerammt hast, ist ziemlich lange her.« Jenna lachte.

Amy schlug ihr auf den Arm. »Du bist ein Ferkel, und außerdem hast du keine Ahnung, wie lang es her ist.«

»Also, ich weiß, dass du und Jake nichts angestellt habt, weil du nie mit deinem Grinsekatzengesicht von einem Date zurückgekommen bist.« Jenna presste die Zähne aufeinander und drehte den Schlüssel noch einmal kräftig um. Das Schloss sprang auf, sie hüpfte umher und lotste die anderen herein. »Beeilt euch! Schnell!« Leise schloss sie das Tor hinter ihnen wieder.

»Normalerweise legen wir die Handtücher an die Treppe.« Amy führte Jessica zum anderen Ende des Pools.

Jenna flitzte nackt an ihnen vorbei, wobei ihre Pobacken munter wackelten und sie die Arme über ihren großen Brüsten verschränkt hatte. »Brrr.«

»Warum rennt sie denn vom Tor aus?«, fragte Jessica flüsternd.

»Macht sie immer. Das ist eine Jenna-Tradition.« Amy legte ihr Handtuch ab und folgte Jenna, die zitternd auf der ersten Stufe stand, ging dann bis zur Taille ins Wasser und tauchte ein, bis ihre Schultern bedeckt waren. »Es ist kalt, du musst gleich rein.«

Jessica ließ ihr Handtuch fallen und ging zur Treppe. Jenna hielt sie am Arm fest, als sie die erste Stufe betrat.

»Lass uns zusammen hineingehen«, flüsterte Jenna.

Händchenhaltend wateten sie ins Wasser und tauchten wie Amy bis zu den Schultern ein.

»Guck mal, die gehen nie unter.« Jenna schaute auf ihre

Brüste hinab, die an der Oberfläche wippten, und lachte.

Amy und Bella ermahnten sie gleichzeitig, still zu sein.

»Tschuldigung. Fühlt es sich nicht gut an, nackt im Wasser zu sein?«

»Ja. Ich hätte nie gedacht, dass es so anders ist.« Jessica schaute zu ihrem Apartment und überlegte, wie gut es sich wohl anfühlen würde, Jamie im Wasser zu lieben.

Bella tauchte vom tiefen Ende herüber und kam in der Mitte des Pools an die Oberfläche. Der Mondschein spiegelte sich im Wasser, während sie sich treiben ließen, jede mit einer Schwimmnudel oder einer Luftmatratze.

»Vera war so glücklich, dich und Jamie wieder zusammen zu sehen.« Bella hing mit den Armen über einer Nudel.

»Ja, stimmt«, sagte Jessica. »Als Jamie sie gefragt hat, ob es ihr etwas ausmachen würde, wenn wir die Nacht im Apartment verbringen, weil ich ja bis zum Ende des Sommers bezahlt habe, sagte sie, wir könnten schlafen, wo wir wollen, solange wir zusammen sind. Ist das nicht süß?«

»Wirklich süß«, sagte Amy. »Während ihr weg wart, hat sie immer wieder davon gesprochen, dass ihr beiden füreinander bestimmt seid. Ich habe gehört, wie sie zu Jamie gesagt hat, sie wäre froh, dass die Luft ihn in die richtige Richtung getragen hat. Keine Ahnung, was das bedeuten sollte, aber er hat sie ganz fest umarmt, also muss er es verstanden haben.«

»Die Luft? Weiß ich auch nicht, aber ich bin froh, dass wir zusammen sind. Ihr wisst das nicht von mir, aber ich hatte nicht viele Beziehungen, und ich schwöre, die Traurigkeit ohne Jamie hat sich angefühlt, als hätte ich jeden Moment in ihr ertrinken können. Und jede Minute, die ich überstehen musste, kam mir vor, als würde ich durch Beton waten.«

»Wir alle haben das schon viel zu oft erlebt«, sagte Bella

leise. »Du kannst von Glück sagen, dass du es nicht zu oft mitgemacht hast.«

»Also, ich habe keine Ahnung, wie man das mehr als ein Mal überleben kann.« Jessica rückte die Nudel unter ihren Armen zurecht. »Hey, was macht ihr, wenn Theresa auftaucht? Ich meine, wir sind ja alle nackt.«

»Die schläft tief und fest. Im letzten Sommer hat sie uns fast erwischt, und Jenna hat ihr erzählt, wir würden am Pool aufräumen oder so«, erklärte Amy. »Dann hat sie Theresa doch tatsächlich gefragt, ob sie rausgekommen ist, um nackt zu baden.«

»Du hast die Verpackung vom Cookieteig liegengelassen, weißt du noch?« Jenna schwamm an den Rand. »Apropos ...«

»Ich habe keinen Keksteig mehr«, flüsterte Amy.

»Ich auch nicht.« Bella schwamm zu Jenna. »Irgendjemand, der um die eins fünfzig ist, hat bei mir alles weggefuttert.«

»Ich hatte einen Nervenzusammenbruch.« Jenna gab sich leidend.

»Warum?«, fragte Jessica.

»Pete hat die Steine auf meiner Veranda neu sortiert. Das hat mich vollkommen aus der Bahn geworfen.«

Ordnungszwang, erklärte Amy Jessica lautlos.

»Ich habe noch Cookieteig. Jamie und ich haben welchen gekauft, um Kekse für das Barbecue zu backen, aber dann habe ich es vergessen.« Sie ließ die Nudel los und strampelte mit den Füßen, um über Wasser zu bleiben.

»Soll ich den holen?«

»Ja!«, flüsterten die anderen.

Jessica lachte und schwamm zum flachen Ende des Pools. Nach Mitternacht Cookieteig essen, nackt in einem Pool baden ... Nie hätte sie sich vorstellen können, dass sie so etwas einmal tun würde. Niemals. Und nun konnte sie sich nicht vorstellen, es nicht zu tun, es nicht mit diesen Freundinnen zu tun. Sie stieg aus dem Pool und Bella pfiff.

»Ganz schön heiß«, sagte Bella leise.

»Ja, klar.« Jessica schlang sich das Handtuch um, schlüpfte in die Flipflops und eilte zum Tor. »Bin gleich zurück.«

Sie kam an Tonys Ferienhaus vorbei, flitzte über den Kiesweg und ging die Treppe zum Apartment so leise wie möglich hoch. Innen roch es nach Jamie. Sie drehte sich um, um die Tür lautlos zu schließen.

»Hey, Süße.«

»Aah!« Sie wirbelte herum und sah Jamie in seinen Boxershorts auf dem Sofa sitzen. »Meine Güte, hast du mich erschreckt!«

Er hob eine Augenbraue und lächelte. »Weil Einbrecher dich immer als *Süße* bezeichnen?«

Sie setzte sich mit ihrem Handtuch neben ihn. »Nein, weil du eigentlich schlafen solltest.«

»Du spielst also ohne mich Nackedei? Ich würde auch gern Nackedei mit dir spielen.« Frech zupfte er an ihrem Handtuch.

Leise lachend wandte sie sich ab. »Ich muss den Cookieteig holen.«

Er hob eine Augenbraue.

»Wir erfreuen uns an den nackten Tatsachen.«

»An deinen nackten Tatsachen würde ich mich auch gern erfreuen … Und ich habe hier auch noch so eine Tatsache in der Hose …« Er liebkoste ihren Hals.

»Oh mein Gott, du fühlst dich so gut an!« Ein Schauer lief ihr über die Arme. »Das ist nicht fair.«

»Warum?«, flüsterte er an ihrem Ohr.

»Weil sie auf mich warten und … Oh Gott, ich liebe es,

wenn du meinen Hals küsst.«

»Mhmm.«

»Warte. Hör auf.« Sie legte die Hände auf seine Brust und drückte ihn von sich. »Das ist schlimm, ganz schlimm. Was bin ich denn für eine Freundin, wenn ich verspreche, ihnen Cookieteig zu bringen, und stattdessen mit dir ins Bett falle? Sie brauchen den Keksteig.«

Jamie lehnte sich zurück. »Für Cookieteig sitzengelassen. Ein neuer Tiefpunkt.«

Sie drückte die Lippen auf seine. »Ich verspreche dir, ich werde es wiedergutmachen, wenn ich zurückkomme.«

»Klingt nach einem guten Plan.« Er zog sie in seine Arme. »Deshalb war ich aber eigentlich gar nicht hier im Wohnzimmer.«

»Oh, warum denn dann?«

»Weil ich dachte, dass du bestimmt bald kommst, und ich wollte dich mit etwas überraschen.«

»Womit?«

»Musst du nicht Cookieteig ausliefern?« Ein neckendes Lächeln erschien auf seinen Lippen, dann zog er sie auf seinen Schoß. »Bleibt es bei dem Essen mit deinen Eltern, wenn wir zurück in Boston sind?«

»Ja, am Montagabend. Warum?« Ihr Vater hatte sich über alle Maßen für sie gefreut, während ihre Mutter zwar gesagt hatte, dass sie sich freute, ohne jedoch ihre Stimmlage zu verändern. Direkt darauf folgte die Frage, wie die Beziehung sich auf ihre Karriere auswirken würde. Die Reaktion ihrer Mutter war für Jessica schwieriger hinzunehmen gewesen, als sie erwartet hatte, aber letztlich hatte sie sich auf den Ratschlag besonnen, den sie Jamie gegeben hatte, der es Mark nicht übel nehmen sollte, wenn dieser ihn doch nur beschützen wollte.

Also hatte sie sich eine Bemerkung verkniffen.

»Erinnerst du dich an den Tag, an dem wir uns kennengelernt haben?«

»Natürlich, wie könnte ich den vergessen? Du bist auf die Veranda gekommen und hast mir mit deinem Lächeln das Herz gestohlen.«

Er verdrehte die Augen. »Davor.«

»Als ich dir mit meinem Handy eins übergezogen habe?« Sie rieb ihm über den Kopf. »Das tut mir so leid … in gewisser Weise. Hätte ich das nicht gemacht, hätten wir uns nie kennengelernt.«

Er lächelte. »Stimmt. Das war es wert.«

Er griff hinter sich und reichte ihr eine durchsichtige Glaskiste. Im dunklen Apartment war es schwer zu erkennen, aber die Form des Baseballs und das rot ausgemalte Autogramm von Mickey Mantle konnte man nicht übersehen.

»Jamie«, flüsterte sie. Sie kniff die Augen zusammen, drehte die Kiste hin und her, um den Ball von allen Seiten anzuschauen. »Wie hast du …?«

»Sagen wir einfach, der kleine Junge mochte eine deutlich erkennbare Unterschrift von Mickey Mantle viel mehr als die ausgemalte.«

Sie konnte es nicht glauben. Sie hatte so leicht aufgegeben, und er hatte nicht nur nicht aufgegeben, sondern es auch noch die ganze Zeit geheim gehalten.

»Ich kann kaum glauben, dass du das getan hast. Weißt du, wie glücklich mein Vater sein wird?« Tränen stiegen ihr in die Augen.

»Ich wusste, wie glücklich es dich machen würde, ihm den Ball zu geben.« Er strich ihr die nassen Haare von der Schulter.

»Wir beide werden ihn ihm geben. Danke, Jamie. Das ist

das Schönste, was jemals jemand für mich getan hat.«

»Jessica? Bist du da drin?« Jennas Flüstern drang durch das vordere Fenster.

Jessica schlug die Hand vor den Mund und fühlte sich schuldig, weil sie so lange gebraucht hatte. Dabei war sie von Jamies aufmerksamem Geschenk noch ganz aufgewühlt.

»Natürlich ist sie da«, sagte Bella. »Wo sollte sie sonst sein?«

»Wahrscheinlich ist sie mit Jamie zurück ins Bett gegangen.« Das war Amy.

Jamie nahm sie in den Arm und flüsterte: »Ich werde jetzt sogar etwas noch viel Netteres machen und so tun, als würde ich schlafen, damit du mit deinen Freundinnen nackt Cookieteig essen kannst, während ich eigentlich viel lieber den Teig auf dir verteilen und von dir herunternaschen würde.«

Er zog sie an sich, suchte mit seinem Mund gierig nach ihrem und drückte sie zurück auf das Sofa. Ihr ganzer Körper wurde heiß und weich gleichzeitig, während seiner über ihr hart wurde.

»Ich glaube, sie schläft«, flüsterte Jenna. »Ich sehe die Kante vom Sofa. Ich sehe ihre Füße. Glaube ich.«

Jamie riss die Lippen von ihr los und legte einen Finger auf ihren Mund. Jessica kreiste mit der Zunge um seinen Finger, woraufhin er sie erregt ansah und seine Hüfte an ihre drängte.

»Lass mich mal sehen«, flüsterte Bella. »Das sind keine Füße. Oh, wartet mal, doch, das sind welche. Wartet.«

»Oh Gott! Das ist sie mit Jamie!« Jenna lachte. »Dann gibt's für uns heute Nacht wohl nichts Süßes mehr. Kommt, schnell weg hier.«

Als sie die Treppe hinuntertrappelten, schlüpfte Jessica unter Jamie weg, schnappte sich den Keksteig, riss die Vordertür auf, warf ihn über die Veranda hinunter und traf damit Bella am Rücken.

»Aua! Was zum …?«, schrie Bella auf. Jenna fand schließlich den Cookieteig.

Sie winkte Jessica damit zu. »Danke, du bist ein Schatz!«, rief sie. »Jetzt geh wieder rein!«

Jessica schloss die Tür und hatte das Gefühl, als wäre sie zu den Freundinnen und dem Mann heimgekehrt, mit denen sie zusammen sein sollte. Jamie kam ihr entgegen und empfing sie mit einem Kuss.

»Entschuldigung«, sagte er an ihren Lippen. »Ich bin nicht gut darin, so zu tun, als ob.«

»Dann tu nicht so.« Sie ließ ihr Handtuch fallen. »Glaubst du, du kannst mir mehr Freude bereiten als dieser Keksteig?«

Lust auf mehr Geschichten aus Seaside?

Ich hoffe, die Vorschau auf *Geheimnisse in Seaside*, die
Liebesgeschichte von Amy und Tony, wird Ihnen gefallen.
Blättern Sie danach weiter zu Informationen über *Von der Liebe
bestimmt*, dem ersten Buch der Serie *Die Ryders*. Es erzählt die
Geschichte von Blue Ryder, dem Sie in *Liebe zwischen den
Zeilen* und *Herzen in Seaside* bereits begegnet sind.

Eins

»Ich kann einfach nicht fassen, dass Jamie tatsächlich als Erster
heiratet. Ich meine, Jamie? Das kam doch nie in seinem
Lebensplan vor.« Amy Maples saß sturzbetrunken in einer Bar
im Ryder Resort in Boston. Sie fand, das war auch in Ordnung
am Vorabend der Hochzeit ihrer guten Freunde Jessica Ayers
und Jamie Reed, die sie alle zusammen feierten. Außerdem war

Amy jetzt die einzige Single-Frau in der Gruppe, nachdem ihre drei anderen Freundinnen auch bereits verlobt waren. Dieses Wochenende überstand sie definitiv nur mit viel Alkohol.

»Aber da kannte er Jessica noch nicht und die hat seine Welt gründlich auf den Kopf gestellt.« Jenna lehnte sich über den Tisch und ergriff Amys Hand.

Amy sah im schummrigen Licht, wie sich ein Lächeln auf Jennas Lippen stahl, als sie zu Tony Black schaute, der wie üblich neben Amy saß und einen Arm um sie gelegt hatte. Jenna zog vielsagend die Augenbrauen hoch, aber mit ihrer offensichtlichen Vermutung irrte sie sich gewaltig. Amy verdrehte die Augen. Tony und sie kannten sich schon ewig, er machte das immer und das bedeutete gar nichts, egal wie sehr sie sich das auch wünschte.

Amy und ihre besten Freundinnen Jenna Ward, Bella Abbascia und Leanna Bray verbrachten – ebenso wie Tony und Jamie – schon seit ihrer Kindheit die Sommer gemeinsam in der Seaside-Ferienhaussiedlung in Wellfleet am Cape Cod und das hatte sich bis heute nicht geändert. Ihre Eltern hatten die Seaside-Cottages ursprünglich gekauft und inzwischen an die nächste Generation vererbt.

Der Sommer war Amys liebste Zeit im Jahr. Jetzt, wo ihr Unternehmen Maples Logistical & Conference Consulting so erfolgreich war, konnte sie sich die acht Wochen wirklich frei nehmen, während ihr kleines Team sich zu Hause um die Arbeit kümmerte. Sieben Jahre hatte es gedauert, ihre Firma aufzubauen, sie zu hegen und zu pflegen, was in den letzten drei Jahren mit sechsstelligen Umsätzen belohnt wurde. Im Angebot für die Kunden war alles von Buchhaltung bis hin zur umfassenden Logistikberatung.

Amy konnte kaum glauben, wie sich ihr Leben – und ihre

Sommer – verändert hatten. Noch vor vier Jahren musste sie in einem der örtlichen Restaurants jobben, um sich die Zeit am Cape überhaupt leisten zu können. Jetzt, wo sie nicht mehr arbeiten musste, war sie sogar noch lieber hier als vorher. Natürlich konnte das durchaus auch damit zu tun haben, dass sie seit Jahren in den knapp eins neunzig großen Profi-Surfer und Motivationstrainer verliebt war, der gerade neben ihr saß.

Wenn das doch nur auf Gegenseitigkeit beruhen würde. Sie nahm noch einen tiefen Schluck von ihrem »Vergiss-Tony-endlich«-Drink.

»Petey, würdest du mir noch was zu trinken holen?« Jenna schenkte ihrem Verlobten Pete Lacroux einen Augenaufschlag. Pete war Bootsbauer, kümmerte sich aber auch um die Wartung des Pools in Seaside. Pete vergrub sein Gesicht an Jennas Hals, und Amy wandte den Blick ab. Vielleicht hätte sie sich besser gefühlt, wenn Petes Schwester Sky da gewesen wäre. Sky war im Moment auch Single, aber da sie arbeiten musste, war Amy auf sich allein gestellt.

Bella und ihr Verlobter Caden Grant hatten die Köpfe zusammengesteckt und flüsterten miteinander, Leanna saß auf Kurts Schoß und lehnte ihre Stirn an seine, und Jamie und Jessica sahen sich an, als würden sie sich jeden Moment gegenseitig die Kleider vom Leib reißen. Amy schielte vorsichtig zu Tony und ihr Herz machte einen kleinen Hüpfer. Wundervolle und zugleich schmerzliche Erinnerungen an den Sommer, bevor sie aufs College gegangen war, standen ihr plötzlich vor Augen. Doch wie immer in den letzten vierzehn Jahren verdrängte sie diese sofort wieder.

Plötzlich lehnte sich Tony dicht zu ihr. Gott, sie liebte seinen Duft nach Zitrus und etwas Würzigem vermischt mit purer Männlichkeit. Sie wusste, dass er »The One« von Dolce &

Gabbana trug. Zu Hause in Boston stand ein Flakon davon neben ihrem Bett, und hin und wieder, mitten im Winter oder wenn der Frühling Einzug hielt und die Monate bis zum nächsten Wiedersehen mit Tony ihr unendlich lang vorkamen, sprühte sie das Parfüm auf ihr Kopfkissen, um ihn beim Einschlafen zu riechen. Es roch jedoch nie ganz so gut wie an Tony.

Andererseits roch Tony auch noch schweißgebadet nach einer Fünf-Meilen-Joggingrunde oder nach einem kompletten Tag Surfen im Meer himmlisch. Doch da sie Freunde waren und es nicht so aussah, als würde je mehr daraus werden, musste Amy sich eben mit ihren Fantasien begnügen. Wenn sie nachts allein im Bett lag, schwelgte sie in der Vorstellung von Tony nur in Boardshorts, und auf seinen breiten Schultern und der trainierten Brust glitzerten Wassertropfen. Durch das Surfen war er unglaublich fit und seine straffen Bauchmuskeln führten geradewegs zu seinem …

Tony legte ihr eine Hand auf die Schulter und drückte sie sanft an sich, um sie in die Gegenwart zurückzuholen.

»Zeit für ein Glas Eiswasser?«, raunte er ihr leise zu.

So viel zu ihrer Fantasie. Sie war das *brave Mädchen*, das immer das Richtige tat – nur ab und zu mal ein oder zwei Drinks zu viel, wenn sie mit ihren Seaside-Freunden ausging. Zumindest ließ sie alle in diesem Glauben. Nur sie selbst und Tony wussten, dass das nicht stimmte, doch Amy hatte das zum Tabuthema gemacht, anders hätte sie nicht damit leben können. Er würde nie wagen, es anzusprechen. Die Erinnerung ernüchterte sie ein wenig, dann vergrub sie sie hastig wieder tief in sich, wo sie hingehörte. Amys Geheimnis war einsam an diesem leeren Ort, das einzige, das dort unter Verschluss gehalten wurde.

Sie schaute Tony in die blauen Augen und ein vertrautes Kribbeln machte sich in ihrem Bauch breit. Vielleicht würde sie heute Abend ja doch nicht das brave Mädchen sein.

»Ich hätte lieber noch einen Drink.«

Tony zog eine Augenbraue hoch, was seinen Blick noch viel durchdringender wirken ließ. Er drückte seine Wange gegen ihre und flüsterte: »Amy, du kannst morgen nicht mit einem Kater bei der Hochzeit auftauchen.«

Nein, wohl nicht. Aber Tony konnte gerne noch eine Weile bleiben, wo er gerade war. Amy hatte ein lebensveränderndes Jobangebot in der Tasche – einen Traumjob, für den es sich lohnte, ihre mühsam aufgebaute Firma auf ein paar Kunden herunterzuschrauben. Deswegen hatte sie gemeinsam mit ihren Freundinnen beschlossen, dass es an der Zeit war, alles auf eine Karte zu setzen und Tony ihre Gefühle zu gestehen.

Amy fuhr mit einem Finger am Rand ihres Glases entlang, in der Hoffnung, eine sexy Geste hinzubekommen. Dann steckte sie sich den Finger in den Mund, kam sich dabei aber reichlich albern vor.

Ich bin echt schlecht bei dieser Verführungsnummer.

»Ich bin erwachsen, Tony. Ich weiß ganz gut, wie viel ich vertrage.« *Und ich will heute Abend nicht vernünftig sein. Ich habe Pläne. Große Pläne.*

Tony erhob sich, musterte Amy jedoch besorgt und rieb sich übers stoppelige Kinn. »Ganz sicher?«

»Hmhm.« Noch während sie eine Zustimmung brummte, drängte sich ihr ein »*Wasser ist gut. Bring mir einfach ein Wasser mit*« auf. Doch sie schaute Tony nur hinterher, wie er zur Bar ging. Im Grunde ihres Herzens war Amy ein anständiges Mädchen. Ihr Mut schwand und sie klammerte sich verzweifelt an den letzten Rest. Sie musste wissen, ob es auch nur die geringste Chance gab, mit Tony zusammen zu sein. Aber sie war keine gute Verführerin. Sie hatte keine Ahnung, wie sie das anstellen sollte. Jenna mit ihren Kurven und ihrem Humor konnte das. Selbst Bella, die ebenso vorlaut wie mitfühlend war, hatte es geschafft, mit Caden ihre verführerische Seite zu finden. Der sexy Katzenprint auf Amys Pyjama war verführerischer als sie selbst.

»Oh mein Gott. Ich dachte schon, er würde nie gehen.« Jenna warf Caden, Kurt und Jamie einen kurzen Blick zu, die immer noch mit ihren Verlobten am anderen Ende des Tisches beschäftigt waren. Sie zog Amy über den Tisch zu sich heran und flüsterte: »Das ist dein Abend. Ich weiß es!« Sie lehnte sich wieder auf ihrem Stuhl zurück und wiegte sich im Rhythmus der Musik. Der Ausschnitt ihres grünen Spaghettiträger-Kleids war so tief, dass sich Pete wahrscheinlich darin verlief.

Amy schaute auf das schwarze Kleid hinunter, das die anderen ihr aufgeschwatzt hatten. Sie versuchten immer, ihren Stil aufzupeppen. *Ein Blick auf dich in diesem Kleid mit diesen Fick-mich-Absätzen und Tony wird sich auf dich stürzen*, hatte Jenna gesagt, während Jessica und Bella das Kleid an Amys schlankem Körper zurechtzupften. *Passt wie angegossen. Zum Anbeißen sexy*, hatte Leanna hinzugefügt. Amy hatte einen Stuhl und ein Glas Wein bekommen, und irgendwann später – keine Ahnung wie viel später, der Alkohol hatte Amy nicht nur jedes Zeitgefühl geraubt und sie entspannt, sondern auch ihr Hirn zu Brei verarbeitet – saßen sie mit den Männern in dieser Bar. Ihre Freundinnen waren so überzeugend gewesen, dass Amy sich tatsächlich zugetraut hatte, einen Abend lang auf Sexbombe zu machen. Ihr Verstand war ein bisschen vernebelt, aber sie hatte genug aufgeschnappt, während die anderen sie zu einer heißen Frau stylten, in der sie sich selbst kaum wiedererkannte. Da waren Worte wie *sexy, heiß* und *Hol ihn dir* gefallen, als könnten sie damit Amys Selbstvertrauen puschen.

Jetzt zupfte Amy jedoch nervös am Saum des Kleids, der kaum den Tanga verdeckte, den ihre Freundinnen ihr ebenfalls besorgt und dann darauf bestanden hatten, dass sie ihn trug. Unruhig rutschte sie auf der Sitzfläche herum. Sie fühlte sich unwohl in dem spitzenbesetzten Ritzenflitzer.

Vielleicht wäre es besser, wenn sie es gar nicht erst versuchte, sondern einfach mit diesem neuen Job auch ein neues Leben anfing. Nach Australien ziehen, was eine Beziehung mit Tony durch die große Entfernung unmöglich machte, und alles hinter sich lassen. Aber jedes Mal, wenn sie Tony ansah, bekam sie wieder dieses kribbelige Gefühl im Magen. Das war schon so, seit sie sechs war, also würde es sich wohl auch nicht ändern.

Caden, Pete, Jamie und Kurt hatten Jennas Flüstern und auffordernde Blicke offenbar mitbekommen, denn sie machten sich auf den Weg zur Bar, was Jessica, Bella und Leanna die Gelegenheit gab, näher zu Amy und Jenna zu rücken.

»Wie wär's, wenn du die Zwillinge wieder einpackst, bevor die Jungs da in ihre Drinks sabbern«, sagte Leanna zu Jenna und warf den drei attraktiven Männern am Nebentisch einen finsteren Blick zu, die ihrer Freundin ziemlich offensichtlich auf die Brüste glotzten. Als sie Bellas drohende Miene sahen, wandten sie sich schließlich ab.

Jenna sortierte ihre Oberweite genervt um. Sie tat immer so, als ob sie sich über ihre Brüste ärgern würde, aber es war mehr eine Hassliebe. Jenna wäre nicht Jenna, wenn ihre Brüste nicht ständig versuchen würden, sich zu befreien.

»Schaut euch nur unsere Männer da an der Bar an.« Bella winkte Caden mit einem Fingerwackeln zu. »Pete behält die sabbernden Kerle im Auge. Kurt und Jamie sehen Leanna und

Jessica an, als würden sie auf der Speisekarte stehen, und Tony …«

»*Eure* Männer«, korrigierte Amy sie. »Tony gehört nicht zu mir, und er sieht irgendwie sauer aus, oder?«

»Eher sexuell frustriert. Nicht sauer.« Bella nahm einen Schluck aus ihrem Glas. »Aber das wirst du heute Abend ändern. Mal ehrlich, Amy. Man sagt einer Frau doch nicht, dass sie *es nicht übertreiben und vorsichtig sein soll*, wenn man kein Interesse an ihr hat. Warum kümmert ihn das sonst? Und er sagt dir auch immer, dass du ihm eine Nachricht schicken kannst, wenn du ihn brauchst. Mach das, und er lässt alles stehen und liegen. Immer.«

Amy konnte sich ein genervtes Schnauben nicht verkneifen. »Du warst an meinem Handy?« Nur so konnte Bella wissen, dass Tony ihr immer anbot, für sie da zu sein, wenn sie ihn brauchte.

»Klar doch. Alles Teil der Mission. Ich musste doch wissen, womit wir es hier von seiner Seite aus zu tun haben.« Bella versuchte schon seit einer halben Ewigkeit, Amy und Tony zusammenzubringen. Sie sprang auf und zerrte Amy zur Tanzfläche. »Komm schon, Süße. Zeit, sich zu amüsieren.«

Die anderen folgten ihnen. Amy spürte Tonys Blick auf sich, noch bevor sie zu ihm hinüberschaute. Das machte sie nervös, war aber auch aufregend. Der Bass der lauten Musik wummerte in schnellem Rhythmus. Amy war schwindelig vom Alkohol, doch als Bella und Jenna sich lasziv tanzend an ihren Körper schmiegten, versuchte Amy, das Gefühlschaos in ihrem Inneren zu ignorieren. Leanna und Jessica tanzten neben ihnen deutlich weniger aufreizend, was mehr nach Amys Geschmack war, aber sie schaffte es erst, sich von Jenna und Bella loszueisen, als Tony sich auf den Rand der Tanzfläche zubewegte. Er musterte Amy langsam von oben bis unten, was einen lustvollen Blitz durch ihren Körper schickte. Seine Kiefermuskeln spannten sich an, als er den Blick zur Bar wandern ließ und die gaffenden Männer am Tisch ein paar Meter weiter finster anstarrte.

Das sexy Tanzen, der Alkohol und die Tatsache, dass Tony sie kaum aus den Augen ließ, als wäre sie ein kostbarer Schatz – sein kostbarer Schatz? –, gaben Amys Selbstvertrauen einen Schub. Sie bewegte die Hüften im Takt, schloss die Augen und streckte die Hände über den Kopf nach oben, um sich in der Musik treiben zu lassen. Hoffentlich sah sie so verführerisch dabei aus, wie sie beabsichtigte.

»Ran an den Kerl«, ermutigte Jenna sie. »Er wird gar nicht wissen, wie ihm geschieht. Du bist sexy und bereit für Action. Welcher Mann könnte da widerstehen?« Sie rieb ihren Hintern an Amys Hüften.

»Oh, bitte. Er wird meine Gefühle wahrscheinlich *nie* erwidern, weshalb ich das Jobangebot von Duke Ryder ernsthaft in Betracht ziehe.« *Jedenfalls wird er meine Gefühle nie wieder erwidern.* Ihr Brustkorb wurde bei dem Gedanken schmerzhaft eng.

»Nein, tust du *nicht*.« Mit weit aufgerissenen Augen erstarrte Bella mitten in der Bewegung und deutete mit ausgestrecktem Zeigefinger auf Amy. Dabei war ihr auch egal, dass sie noch immer auf der Tanzfläche standen. »Du wirst *nicht* für zwei Jahre nach Australien ziehen. Wenn du in *Australien* bist, kommst du im Sommer nicht mehr nach Seaside. Kannst du Duke nicht fragen, ob er dir die Sommermonate frei gibt?«

Duke Ryder war ein Investor, der mehr als hundert Immobilien in der ganzen Welt besaß. Er war außerdem der ältere Bruder von Blue und Jake Ryder. Blue hatte sich auf

Schreinerei der besonderen Art spezialisiert und Kurts altes Atelier in Leannas Marmeladenküche umgebaut und ein Kunststudio für Jenna und Pete errichtet. Seitdem gehörte er zur Clique und war oft mit ihnen unterwegs. Jake war Army Ranger und ausgebildeter Bergretter. Im vergangenen Jahr war Amy ein paarmal mit ihm ausgegangen, aber er war ihr zu jung und zu wild. Und … er war nicht Tony.

»Nein, das geht nicht«, antwortete Amy. »Er will jemanden in Vollzeit als Leitung des neuen Ryder Conference Centers. Das Konferenzzentrum wird der Dreh- und Angelpunkt für Meetings mit großen, internationalen Unternehmen. Da muss ich permanent vor Ort sein.«

Duke war mehrere Jahre lang einer ihrer Kunden gewesen. Als Jessica und Jamie verkündet hatten, dass sie ihre Hochzeit im Ryder Resort in Boston feiern würden, war Amy zur Stelle gewesen, um bei der Planung des Events zu helfen und wieder ein Team mit Duke und seinen Mitarbeitern zu bilden. Sie hatte daher gewusst, dass Duke über eine Immobilie in Australien verhandelte, aber nicht, dass der Deal bereits durch war. Vor zwei Tagen hatte er ihr eine Vollzeitstelle als Betriebsleiterin für das Conference Division Center angeboten. Amy war noch nie in Australien gewesen, aber inzwischen waren alle ihre engen Freunde verlobt, während sie selbst immer noch einem Mann hinterherhing, der sie eher wie eine Schwester behandelte als wie eine Frau, mit der er sich eine Beziehung vor-stellen konnte. Höchste Zeit, etwas grundlegend in ihrem Leben zu verändern.

Amy strich sich ihr glattes, blondes Haar hinter die Ohren und bewegte die Schultern im inzwischen langsameren Takt der Musik. »Ich weiß ehrlich nicht, ob ich weiter jeden Sommer hier verbringen will. Damit quäle ich mich nur selbst.« Doch beim Gedanken, nicht mehr jedes Jahr nach Seaside zurückzukehren, hörte sie auf zu tanzen. War das wirklich eine Option? Wollte sie das überhaupt? Konnte sie damit leben, Tony nicht mehr zu sehen, selbst wenn sie wusste, dass er sie nicht wollte? Genau deshalb musste sie ihr Leben überdenken und etwas ändern. Das war ja erbärmlich.

Sie spürte wieder Tonys Blick auf sich und zwang ihre Hüften, den Takt wiederzufinden, während Bella und Leanna näher zu ihr herantanzten. »Vielleicht ist es jetzt wirklich an der Zeit, das hinter mir zu lassen«, meinte sie selbstsicherer, als sie sich fühlte.

»Über Tony hinwegkommen?« Bella nahm ihre Hand und zog Amy zurück zu ihrem Tisch. Die anderen blieben ihnen dicht auf den Fersen.

Tony verengte die Augen ein wenig, als sie an ihm vorbeikamen. Warum war er auf einmal so wütend?

»Er ist so sehr in dich verliebt, er wird dich nicht einfach so gehen lassen.« Bella stieß sie mit dem Ellbogen an, als sie sich setzten. »Er schreibt dir fast jeden Tag.«

»Ja, Sachen wie: *Hab wieder einen Wettkampf gewonnen* und *Schau mal, ich bin nächsten Monat im* Surfer Mag*!* Er sagt mir Bescheid, wenn er nicht zu einem Event in Seaside kommen kann. Nicht weil er mich vermisst oder mich sehen will.«

Damit hatte Tony angefangen, als sie noch Teenager waren, weil Amy die Einzige war, die während der Wochen am Cape regelmäßig auf ihr Handy schaute. Irgendwann hatte es sich daraus ergeben, dass sie auch über das ganze Jahr in Kontakt blieben. Das hatte aufgehört, während Amy auf dem College war und Tony seine Karriere als Surfer und Redner aufbaute. Aber Amy kannte den wahren Grund für den Kontaktabbruch und der hatte nichts mit ihren unterschiedlichen Lebenswegen zu tun. Nach Amys Abschluss nahm Tony das Nachrichten-Schreiben wieder auf. Warum er damit plötzlich erneut anfing, wusste sie nicht, aber nachdem sie so lange keine Verbindung mehr zu ihm gehabt hatte, fragte sie auch nicht nach. Sie war einfach nur froh, ihn wiederzuhaben. Seitdem hatte er sich wohl einfach daran gewöhnt, aber nicht so, wie Amy das gerne hätte.

»Das ist anders als bei euch. Ich will das, was ihr habt. Ich will einen Mann, für den ich die einzige Frau bin und der ohne mich nicht leben kann. Eure Männer sagen euch das doch.« *Ich will, dass Tony mir das sagt.*

Ihre Freundinnen waren so verliebt, und erst dadurch war Amy so richtig bewusst geworden, wie einsam sie sich in den letzten Sommern zunehmend gefühlt hatte.

»Für mich sieht das eher so aus, als wärst du ihm echt wichtig. Ich meine, wie viele Hetero-Kerle schicken dir eine Nachricht, dass sie ein Schlafanzugoberteil mit Katzenprint gesehen haben, das dir fantastisch stehen würde, wenn sie kein Interesse an dir haben?« Bella zuckte mit den Schultern, als wäre damit alles klar.

»Ich bin wahrscheinlich die einzige Frau in seinem Bekanntenkreis, die Kätzchen-Schlafanzüge trägt. Er hat mich damit nur aufgezogen, nicht geflirtet.« *Oder?* Nein, definitiv nicht. Es gab Momente, in denen Amy sich einbildete, dass Tony mehr von ihr wollte, aber das waren flüchtige Sekunden, die so schnell vergingen, wie sie kamen. Wahrscheinlich sah sie auch nur, was sie sehen wollte, und nicht, was er wirklich fühlte. Liebte sie ihn denn wirklich nach all der Zeit immer noch, oder war er für sie auch zu einer Art Gewohnheit geworden?

»Dir ist schon klar, dass er noch nie eine Frau mit nach Seaside gebracht hat?« Leannas dunkle Locken hingen ihr zerzaust über die Schultern. Mit ihrer sonnengebräunten Haut und dem schlichten Sommerkleid sah sie aus, als käme sie gerade vom Strand. Am liebsten hätte Amy sich in die Arme ihrer verständnisvollen Freundin geworfen und sich darin versteckt. »Und denk doch nur mal, wie er mit dir umgeht. Er legt immer einen Arm um dich, und wenn du bei unseren Grillpartys zu viel trinkst, trägt er dich nach Hause.«

Amy wollte ihnen so gerne glauben und sehen, was sie anscheinend sahen, wenn Tony sie anschaute, aber das konnte sie nicht. Hoffnung keimte in ihr auf, wenn sie sich daran erinnerte, wie sie in jenem Sommer vor vielen Jahren in Tonys starken Armen lag, wie ihre Herzen im gleichen Takt schlugen, wie sie sich sicher und geliebt fühlte. Hoffnung, dass der Tag kommen würde, wo sie wieder zueinanderfanden.

Doch dann wanderten Amys Gedanken jedes Mal zum Ende der Abende, die Leanna eben angesprochen hatte. An denen sie zu viel getrunken hatte und Tony sie nach Hause trug. Sie ins Bett brachte und dann in sein eigenes Haus auf der anderen Straßenseite ging. Jedes Mal holte die kalte Realität sie ein und machte ihre Hoffnungen zunichte. Was immer sie in jenem Sommer gehabt hatten, Amy hatte es zerstört.

»Genau, Leanna. Deshalb wird sie erst *nach* diesem Wochenende eine Entscheidung wegen Australien treffen«, warf Jenna ein. »Stimmt's, Amy?«

»Ja, genau. Ich werde mit Tony reden, und wenn er mir in die Augen sieht und sagt, dass sein Interesse nicht über Freundschaft hinausgeht, werde ich den Job annehmen. Eigentlich ziemlich dumm. Wie oft hatte er schon die Gelegenheit, um … ihr wisst schon.« Sie senkte den Blick auf ihr Glas und fuhr mal wieder mit dem Finger am Rand entlang.

Im Gegensatz zur sehr direkten Bella war Amy ein zurückhaltender Mensch, und allein der Gedanke daran, Tony zu verführen und herauszufinden, wo sie bei ihm stand, ließ Übelkeit in ihr aufsteigen. Ihre Freundinnen waren mit der Idee angekommen und erst hatte Amy sich mit Händen und Füßen dagegen gewehrt, aber die anderen waren sich so sicher gewesen, dass Tony nach dem ersten Kuss verloren sein würde. Daran hatte sie sich geklammert wie an einen Rettungsring. Der ihr jetzt mehr und mehr entglitt.

»Reden? Das war aber nicht der Plan«, erwiderte Jenna.

Jessica schüttelte den Kopf. »Nee, geplant war Verführung. Wirst du es versuchen?«

»Wenn ich den Mut aufbringe.« Amy holte tief Luft und hoffte, dass sie keinen Rückzieher machen würde. So sehr sie sich auch Klarheit wünschte … Die Vorstellung, einen Korb von Tony zu bekommen, ließ sie beinahe kneifen. Aber sie wollte nicht kneifen. Sie hatte ein fantastisches Jobangebot bekommen und mit zweiunddreißig war sie bereit für eine feste Beziehung und vielleicht sogar eine eigene Familie. Der Gedanke war sogar noch schmerzhafter als Tonys mögliche Abweisung.

Tony hatte den Blick immer noch nicht von ihr abgewendet und das brachte Amy ziemlich aus dem Konzept. Als er dann auch noch selbstsicher wie immer zusammen mit den anderen Jungs zum Tisch zurückkam, beschleunigte Amys Puls sich. Sie unterbrach den Blickkontakt und musterte stattdessen Tonys tief sitzende Jeans und sein kurzärmeliges Hemd. War das Ärger in seinem Blick oder Interesse? Amy hatte zu viel Angst, dieser Frage auf den Grund zu gehen. Wahrscheinlich würde sie sowieso nur wieder das sehen, was sie sehen wollte.

Großer Fehler. Jetzt war sie noch nervöser.

Ein paar der anwesenden Frauen schauten den attraktiven Männern auf ihrem Weg durch die Bar hinterher, aber Amy war sich sicher, dass ihre Blicke allein Tony galten. Seine sonnengeküsste Haut, die hellbraunen Haare, die ihm über die verboten langen Wimpern fielen, und die kantigen Gesichtszüge, die ihm etwas Raues verliehen, waren immer noch unwiderstehlich für Amy. Sie griff nach einem Glas, um sich noch ein bisschen mehr Mut anzutrinken, ohne zu wissen, wem es gehörte. Den Inhalt kippte sie in einem Zug runter, als Tony sich neben sie setzte. Sein Bein streifte ihres und sein verdammter Duft ließ schon wieder Hitze in ihr aufsteigen. Sie griff nach einem weiteren Glas und nach noch einem, bis alle leer waren und das nervöse Flattern in ihrem Magen verstummte.

»Seit wann machst du denn einen auf Beyoncé?«, fragte Tony mit grollender Stimme.

Beyoncé? War das gut oder schlecht? Amy konnte kaum einen klaren Gedanken fassen. Nach heute Abend würde sich ihr Leben für immer verändern – so oder so.

Tony hatte die letzten drei Stunden damit verbracht, Männer im Auge zu behalten, die Amy in ihrem verdammt knappen Kleid begafften. Wenn sie Alkohol trank, machte er sich jedes Mal Sorgen um sie. Amy war zu zierlich, um sich vor unerwünschten Anmachen zu schützen, und sie strahlte eine süße Unschuld aus, die sie zu einem leichten Ziel für Kerle mit unlauteren Absichten machte.

Er wusste außerdem nur zu gut, dass Amy tatsächlich so süß war, wie sie aussah – und außerdem scharf und alles dazwischen, was sie so unwiderstehlich machte. Aber das war lange her, und

Tony stellte schon jahrelang seine eigenen Wünsche hintenan, damit Amy das bekam, was sie verdiente. Zumindest versuchte er es. Er ging jedoch davon aus, dass niemand bemerkte, wie sehr er sich in ihrer Gegenwart zusammenreißen musste, wofür er wirklich dankbar war.

Wie Amy ihn anschaute … Das erinnerte ihn an jenen Sommer vor vielen Jahren. Wahrscheinlich war das auf die vielen Drinks zurückzuführen, die sie schon intus hatte. Sie hatte Alkohol noch nie gut vertragen. Tony fuhr sich mit einer Hand durch die Haare und biss die Zähne zusammen. Vielleicht sollte er lieber noch mal an den Tresen, um von den Arschlöchern wegzukommen, die Amy beobachteten. Pete hatte ihnen bereits Todesblicke zugeworfen, wenn sie Jenna angrinsten, aber Pete war Jennas Verlobter. Er hatte das Recht, sie zu beschützen.

Amys Verlobter war Tony zwar nicht, aber es musste doch jemand ein Auge auf sie haben.

Sie ist bei Bella und den anderen. Die passen schon auf sie auf. Das ließ er sich eine Weile durch den Kopf gehen. *Bella und die anderen.* Ja, sie würden Amy nicht im Stich lassen. Die Clique war genauso auf Amys Sicherheit bedacht wie er selbst, aber der Gedanke, dass irgend so ein Mistkerl Amy anbaggerte, sobald Tony ihr von der Seite wich, machte ihm zu schaffen. Sie war so wunderschön und viel zu naiv für diese Welt. Ihr umwerfendes Lächeln konnte einen Mann schon mal eiskalt erwischen und dessen war sie sich nicht bewusst. *Verdammt.* Es war so einfach, das alles zu verdrängen, wenn sie sich den Rest des Jahres in verschiedenen Staaten aufhielten, aber im Sommer? *Gott.* Das war pure Folter. Und dass sich alle in ihrem gemeinsamen Freundeskreis währen der letzten Jahre verliebt hatten, machten die Wochen mit Amy noch schwieriger. Als er und Amy diese

Grenze vor Jahren überschritten hatten, war es nicht gut ausgegangen. Schlimmer noch – Amy schien problemlos darüber hinweggekommen zu sein, was Tony nie geschafft hatte.

Er dachte an all die Sommernächte, die er seither damit verbrachte, sie nicht aus den Augen zu lassen und dafür zu sorgen, dass sie sicher nach Hause kam. Das Jahr, als sie zweiundzwanzig war und unbedingt mit diesem Drecksack Kevin Palish ausgehen wollte. So ein Arschloch. Tony hatte sich damals nicht vom Fenster wegbewegt, bis Amy wohlbehalten nach Hause gekommen war. Normalerweise versuchte er, den Seaside-Klatsch zu ignorieren, mit wem Amy sich aktuell traf, und soweit er es mitbekam, schien sie nie jemanden mit in die Siedlung zu bringen. Aber vor ein paar Jahren war sie mit diesem einen Kerl ausgegangen, der mehr als nur ein paarmal vorbeikam. Wie hieß der doch gleich? Mr. Groß, Dunkel und Nervtötend. Tony hatte eine Woche lang jeden Abend darauf gewartet, dass Amy gut nach Hause kam – und um sicherzustellen, dass der Kerl direkt wieder ging, nachdem er sie bei ihrem Cottage abgesetzt hatte. Nicht, dass es Tony etwas anging oder dass er etwas hätte tun können, wenn sie die Nacht zusammen verbracht hätten. Und genau das war das Problem. Es ging ihn nichts an. Glücklicherweise war Amy irgendwann zur Vernunft gekommen und hatte mit dem Typen Schluss gemacht, bevor Tony sich am Ende noch damit ausein-andersetzen musste, sein Auto morgens in Amys Einfahrt zu entdecken.

Amy rutschte neben ihm unruhig auf der Sitzfläche herum und zupfte an ihrem viel zu kurzen Kleid. Ihr Oberschenkel drückte sich gegen Tonys und plötzlich war ihm viel zu warm. Er öffnete einen weiteren Knopf seines Hemds, atmete angespannt aus und hielt sich nur mit Mühe von einem Gang zum Tresen ab. Nein, er blieb besser hier, um direkt eingreifen zu können, wenn Typen wie dieser Dunkelhaarige vom Tisch der Glotzer nebenan sie anstarrten. Amy lächelte und fummelte erneut am Saum ihres Kleids herum. *Verdammt noch mal.* Tonys Gedanken schweiften zum letzten Sommer, als sie mit diesem Bergretter-Bad-Boy Jake Ryder zusammen gewesen war, der aussah wie ein verfluchter Brad-Pitt-Verschnitt. Alle auf der Strandparty anwesenden Singlefrauen hatten ein Auge auf Jake geworfen und Amy war in seiner Nähe so liebenswert nervös geworden wie immer. Jake war auch jünger als Amy, was Tony noch mehr verärgerte, dabei war er selbst mit ihm befreundet. Er mochte ihn sogar. Aber Amy brauchte einen richtigen Mann, keinen Jungen.

Zum Teufel noch mal. Wenn er schon nicht der Mann sein konnte, den sie verdiente, dann würde er wenigstens dafür sorgen, dass keiner sie schlecht behandelte. Er griff nach Amys Hand und legte ihre miteinander verschränkten Finger auf ihren Oberschenkel.

»Was?«, fragte Amy.

Tony deutete mit dem Kinn auf den Mann am Nebentisch. »Flirte nicht mit so einem wie dem. Der wird dich nur verletzen.«

»Dann solltest du mich vielleicht zurück auf mein Zimmer bringen.« Der Blick aus ihren großen, unschuldigen Augen ging Tony durch Mark und Bein.

Er erhob sich und zog Amy mit sich hoch.

»Wir machen Schluss für heute«, informierte er ihre Freunde. Er musste Amy hier wegschaffen, bevor sie sich in Schwierigkeiten brachte – oder er sich selbst. »Ich bringe Amy auf ihr Hotelzimmer. Jamie, Jessica, genießt eure letzte Nacht in

Freiheit.«

»Soll das ein Scherz sein?« Jamie rieb seine Nase liebevoll an Jessicas. »Wer braucht schon Freiheit? Ich will nur für den Rest meines Lebens mit Jessica in meinen Armen aufwachen.«

Ja, und ich will mit Amy in meinen Armen aufwachen.

Tony schaute auf Amy hinunter, die mit geröteten Wangen und glasigen Augen vor ihm stand. In dem knappen, superengen schwarzen Fummel sah sie noch heißer aus als sonst und die High Heels ließen ihre schlanken Beine noch länger wirken. Er zwang seinen Blick weiter nach oben, über ihre perfekten kleinen Brüste bis zur Wölbung ihres Schlüsselbeins, die er unbedingt mit der Zunge nachzeichnen wollte. Eins ihrer grünen Augen wurde von ein paar Haarsträhnen verdeckt, die ihr ins Gesicht fielen. Ihre Lider waren inzwischen schwer, was ihr einen Schlafzimmerblick verlieh, der Tony Hitze in die Körpermitte trieb. Als Amy sich auf die Unterlippe biss, musste er sich zusammenreißen, um nicht mit einem *»Verdammt, du siehst so heiß aus«* herauszuplatzen. Und … wie sollte er ihr jetzt noch widerstehen?

Amy legte ihm einen Arm um die Schultern und lehnte ihren Kopf an seine Brust.

»Okay, starker Mann. Bring mich nach Hause.«

Wenn sie nur wüsste, was diese Worte in diesem Outfit in ihm auslösten. Doch wie die unzähligen Male davor auch unterdrückte er sein Verlangen und begleitete sie zurück auf ihr Zimmer. Er holte ihre Zimmerkarte aus seiner Hosentasche, und in diesem Moment dämmerte es ihm, dass er immer Amys Sachen bei sich hatte. Ihre Schlüssel, ihren Geldbeutel, ihr Handy. Irgendwann war er zu ihrer persönlichen Handtasche geworden.

Tony hielt Amy die Tür auf und legte ihr eine Hand auf die Hüfte, als sie auf unsicheren Beinen an ihm vorbeiging. Dann schloss er die Tür und sah sich im Raum um. Es war ein gehobenes Standardzimmer, genau wie seins, mit einem Kingsize-Bett, einer langen Kommode mit Spiegel sowie einer recht großen Sitzecke. Amys Parfüm und Cremes waren ordentlich auf der Kommode aufgereiht, zusammen mit einer Schachtel Antibabypille, was Tony einen Stich ins Herz versetzte. Er wollte nicht daran denken, dass Amy mit irgendwem Sex hatte. Na ja, außer vielleicht mit ihm, aber …

»Hey.« Amy drehte sich zu ihm um und machte auf ihren viel zu hohen Absätzen einen Schritt auf ihn zu. Noch bevor er einatmete, wusste er, dass sie nach warmer Vanille roch, ein Duft, der ihn bis in seine Träume verfolgte.

Sie schwankte ein wenig und instinktiv hielt er sie erneut an der Taille fest. Amy hatte schon so oft in seinen Armen gelegen, wenn Tony sie tröstete, weil sie traurig war, oder er sie trug, wenn sie ein bisschen zu viel getrunken hatte. Er hatte sich um sie gekümmert, wenn es ihr schlecht ging, und ihr Gesellschaft geleistet, wenn sich wieder einmal eine ihrer Freundinnen verliebt hatte und Amy das Alleinsein nicht mehr ertrug. Tony war sich ziemlich sicher, dass niemand außer ihnen davon wusste, denn Bella, Jenna oder Leanna hatten nie etwas dazu gesagt, und eigentlich erzählten die Freundinnen sich alles. Als Amy jetzt näher kam und ihm mit einem Finger über den Bauch strich, schaute sie ihn an, wie sie es vor vielen Jahren getan hatte. Nicht wie die süße, viel zu liebe Amy, deren Fassade sie in Tonys Nähe immer aufrechterhielt, wenn sie nicht gerade ein bisschen zu tief ins Glas geschaut hatte. Auf einmal fiel es ihm unendlich schwer, auf Distanz zu bleiben und seine Gefühle unter Kontrolle zu halten.

Er zwang sich zu einer lässigen Haltung. »Was denn?«

Erneut biss sie sich auf die Unterlippe und Tony wurde

heiß.

Plötzlich knickte Amy auf ihren hohen Absätzen um und suchte Halt an Tonys Brust. Sie ließ die Hände über sein Hemd nach oben wandern und sein Körper reagierte umgehend wie ein pawlowscher Hund darauf. Das passierte ihm bei Amy jedes Mal, aber bisher hatte er es immer gut verbergen können. Was war nur los mit ihm? War es die romantische Stimmung der bevorstehenden Hochzeit? Lag es daran, dass seine besten Freunde mit ihren Verlobten turtelten und kuschelten, während er selbst eine so dicke Mauer um sein Herz errichtet hatte, dass sie vielleicht nie wieder jemand durchdringen würde?

Amy sah ihn so naiv-neugierig an, und es war diese Unschuld, die seine eiserne Entschlossenheit ins Wanken brachte. Jedes Mal, wenn sie miteinander allein waren, brachte ihn das fast um den Verstand. Doch dieses Mal drängte sie sich auch noch gegen ihn, sodass er ihre Hüften und Brüste deutlich an seinem Körper spürte.

Oh Gott. Er umfasste ihre Hände mit seinen und atmete tief durch. Durch Amys Absätze waren sie beinahe gleich groß. Nur ein wenig den Kopf neigen, dann könnte er endlich wieder ihre süßen Lippen kosten.

Mit diesem egoistischen Gedanken drückte Tony ihre Hände fester an sich, um sie daran zu hindern, ihm weiter über die Brust zu streicheln. Amy blickte ein wenig verwirrt zu ihm auf, und das war so verdammt sexy, dass er nur mit Mühe den Wunsch unterdrücken konnte, sie in seine Arme zu ziehen.

»Brauchst du was, Amy?«

»Du weißt doch ziemlich genau, was ich brauche«, erwiderte sie heiser und drängte ihre Hüfte wieder an ihn.

Das meinst du nicht ernst. Du bist nur betrunken. Er biss die Zähne zusammen, um sein wachsendes Verlangen unter

Kontrolle zu halten. Nie hatte er eine Frau mehr begehrt als Amy, und doch war sie der Mensch, von dem er sich unbedingt fernhalten sollte.

»Amy.«

»Tony.« Ihre Stimme klang unsicher und zittrig.

»Du hast zu viel getrunken.« Er löste ihre Hände von seiner Brust. So wurde sie immer, wenn sie betrunken war: sinnlich, sexy. Seit sie erwachsen waren, hatte Amy es jedoch nie so weit getrieben. Im Laufe der Jahre hatte sie immer mal Andeutungen gemacht, aber immer mehr im Scherz. Tony war nicht dumm. Er wusste, dass Amy immer noch Gefühle für ihn hatte, aber sie vergaß auch manchmal Dinge. Wichtige Dinge. Lebensverändernde Ereignisse, die man besser vergaß, um den Schmerz zu mildern. Mit Sicherheit trank Amy deswegen zu viel, wenn sie mit Tony in einem Raum war, und genau deswegen beschützte er sie schon so lange. Nicht, dass sie oft Schutz gebraucht hätte. Alkohol war für Amy eigentlich nur im Sommer ein Thema, und sie trank selten zu viel. Wenn sie nicht am Cape war, rührte sie keinen Tropfen an. Das wusste Tony so sicher, weil er wieder mehr in Kontakt mit ihr war, seit Amy das College abgeschlossen und Stück für Stück ihr Geschäft aufgebaut hatte. Er hatte sein Bedürfnis nach einer Verbindung zu ihr einfach nicht mehr ignorieren können. Dabei konnte er an einer Hand abzählen, wie oft sie in der Zeit Alkohol erwähnt hatte.

»Ich bin vielleicht ein bisschen betrunken.« Auf ihren hübschen Lippen zeigte sich ein nervöses Lächeln. »Aber ich glaube, ich weiß, was *du* willst.«

Was ich will und was ich mir erlaube, sind zwei grundverschiedene Dinge.

Tony atmete tief durch, nahm Amy an der Hand und

wandte sich dem Bett zu. »Setz dich, ich helfe dir aus den Schuhen, und dann gehe ich zurück in mein eigenes Zimmer. Ich will nicht, dass du dir auf den Dingern den Knöchel brichst.«

Amy taumelte erneut und schmiegte sich wieder an seine Seite. »Ich will nicht, dass du in dein Zimmer gehst.«

Tony machte einen Schritt von ihr weg und stieß prompt gegen die Kommode. »Amy …«

»Tony«, gab sie überraschend heiser zurück.

»Amy.« Er flüsterte jetzt. Sie brachte ihn um den Verstand. Viele andere Männer hätten sie mit einem Kuss zum Schweigen gebracht, sie zum Bett getragen, ihr das verdammt sexy Kleid ausgezogen und ihr gegeben, was sie wollte. Aber Tony hatte es über die Jahre perfektioniert, Amy zu widerstehen und für ihre Sicherheit zu sorgen. Er respektierte sie zu sehr, um sie einen Fehler begehen zu lassen, den sie sicher bereuen würde, wenn sie wieder nüchtern war.

Rasch fasste er Amy an den Unterarmen und hielt sie so auf Abstand. Sie verengte die Augen leicht und griff ihm in den Schritt. Für einen winzigen Augenblick schloss Tony die Augen und genoss das Gefühl ihrer streichelnden Finger, von dem er so lange geträumt hatte. Jeder Muskel in seinem Körper spannte sich an, als er widerstrebend ihr Handgelenk festhielt.

»Amy, hör auf damit.« Er hatte seine Lektion mit ihr als Teenager gelernt und keiner von ihnen sollte zu diesem schmerzlichen Moment zurückkehren müssen. »Daraus wird nichts.«

Der sinnliche Ausdruck in Amys Augen war so schnell verschwunden, wie er gekommen war. Sie zog die Schultern sichtlich verletzt nach oben.

»Warum nicht?«

Er fühlte sich so mies. Wie ein Arschloch. Ein Kerl, der mit ihr ins Bett hätte gehen *sollen*, um sie zu verwöhnen, wie sie es verdiente. Auch wenn sie sich am nächsten Morgen vielleicht nicht mehr daran erinnerte oder es bereute. Stattdessen legte Tony ihr einen Arm um die Schulter und zog sie fest an sich.

»Komm schon, Amy. Du hast einen im Tee und wirst das morgen alles vergessen haben. Lass mich dir helfen, dich bettfertig zu machen.«

»Willst du mich nicht?«

Sie klang so niedergeschlagen, dass es ihm das Herz zerriss, und als sie kraftlos die Arme sinken ließ, verstärkte er seine Umarmung noch. »Amy«, flüsterte er noch einmal.

Plötzlich schob Amy ihn nachdrücklich von sich. Um ihren Mund lag ein angespannter, entschlossener Zug und sie ballte die Hände zu Fäusten.

»Warum willst du mich nicht? Sind meine Brüste zu klein? Bin ich nicht hübsch genug?«

»Nein.« *Shit. Du bist die attraktivste Frau, die ich kenne.* Es war so untypisch für Amy, so wütend zu werden, dass Tony sie einen Moment lang nur perplex anstarren konnte.

»Ich bin eine Niete in Sachen Verführung, ich weiß, aber machen dich die Fick-mich-Absätze und dieses blöde Kleid nicht an? Nicht mal ein bisschen?«

»Deine Fick-mich-Absätze? Gott, bist du betrunken. Du weißt doch gar nicht mehr, was du da sagst. Komm schon.« Er griff wieder nach ihrer Hand, doch Amy wich ihm aus. »Verdammt noch mal, Amy. Lass mich dir helfen.«

Bevor ich meiner Lust nachgebe und mich auf deinen verletzlichen, wunderschönen, sexy Körper stürze.

»Daran liegt es also. Du stehst nicht auf mich.« Sie eierte auf unsicheren Beinen durch den Raum und sah dabei aus, als würde sie in den High Heels ihrer Mutter Verkleiden spielen – und das weckte unmögliche Gefühle in Tony. Er folgte ihr sicherheitshalber, falls sie stolperte, musste dabei aber gegen den Wunsch ankämpfen, ihr zu zeigen, wie sehr sie ihn anmachte.

»Wäre vielleicht anders, wenn ich größere Brüste hätte oder wenn ich nicht so langweilig oder klüger wäre.«

Es überraschte ihn, dass sie das Geheimnis nicht ansprach, das sie beide schon so lange mit sich herumtrugen, aber andererseits hatte sie nach jenem Sommer auch nie wieder ein Wort darüber verloren. Und er hatte es akzeptiert, weil sie wohl nur so das Geschehene ertragen konnte. Genau wie er.

»Amy, das stimmt doch überhaupt nicht.« Dieses Gespräch wollte Tony auf keinen Fall mit ihr führen. Viel lieber wollte er sie in die Arme nehmen und ihre Ängste wegküssen.

Tränen liefen ihr über die Wangen.

Verdammter Mist. Tony konnte vieles durchstehen, aber Amy weinen zu sehen, brach ihm das Herz, und dass er der Grund dafür war, zementierte seine Überzeugung, dass er nicht der richtige Mann für sie war.

»Warum dann, Tony? Raus damit. Warum willst du mich nicht? Ich muss es wissen, damit ich entscheiden kann, ob ich den Job in Australien annehme.«

Tony öffnete den Mund, um zu antworten, hatte aber noch zu viel damit zu tun, ihre Worte richtig einzuordnen. »Australien? Ich dachte, du wolltest da nicht hin?«

Sie verschränkte die Arme vor der Brust, eine ganz klare Schutzhaltung vor seiner Abweisung. Tony kam sich unfassbar mies vor, aber er wusste, dass es nur schlimme Erinnerungen wecken und Amy verletzen würde, wenn er auf ihre Verführungsversuche einging. Sie hatten beide so lange ihre gemeinsame Vergangenheit verleugnet, sogar vor sich selbst.

»Ich habe gesagt, dass ich mich noch nicht entschieden habe.« Amy senkte den Blick und Tony griff nach ihrer Hand, wie er es schon so unendlich oft getan hatte. Es war eine instinktive Reaktion. Sich um sie zu kümmern. Sie zu beschützen. Dafür zu sorgen, dass sie sich sicher fühlte. Er wusste, dass er ihr damit ständig falsche Signale schickte, aber er konnte einfach nicht anders. Seine Hand lag schon in ihrer, bevor er es richtig gemerkt hatte.

»Du würdest alles aufgeben, was du dir aufgebaut hast, um für Duke zu arbeiten? Du würdest nach Australien ziehen?« Er hatte nichts gegen Duke Ryder. Aber die Vorstellung, dass Amy ihr Leben auf den Kopf stellte, um ihm unter die Arme zu greifen, machte Tony wütend.

Sie ließ sich aufs Bett sinken und vergrub ihr Gesicht in ihren Händen. Tony legte ihr einen Arm um die Schultern, und als sie versuchte, sich von ihm loszumachen, zog er sie nur fester an sich und gab ihr einen Kuss auf den Kopf.

»Amy, du bist wunderschön, klug und alles, was ein Mann sich nur wünschen kann.«

Sie drehte den Kopf zur Seite und kniff die tränenfeuchten Augen zusammen. Tony fühlte sich wie das größte Arschloch auf Erden und gleichzeitig kämpfte sein Herz mit aller Kraft gegen die Distanz, die er verzweifelt zwischen ihnen aufrechterhielt.

»Verdammt.« Er rieb sich mit der freien Hand übers Gesicht. »Du bist all das und noch so viel mehr, aber ...«

»Aber ich bin für dich nur eine Freundin.«

Er hatte noch nie so viel Schmerz in den Augen eines anderen Menschen gesehen, und dass es hier um Amy ging, machte es nur noch schlimmer. Er lehnte seine Stirn gegen ihre und tat das Einzige, was ihm übrig blieb, ohne ihre Beziehung endgültig zu zerstören.

»Du bist eine wirklich gute Freundin.« Die Lüge kam ihm nur als Flüstern über die Lippen.

Bella, Caden und die anderen waren gute Freunde, verdammt noch mal. Was er für Amy empfand, war so viel mehr als Freundschaft, dass es ihm jeden Moment das Herz zerreißen würde.

Amy sagte jedoch nichts dazu, sondern nickte nur, und in diesem Moment wurde Tony bewusst, dass sie nicht betrunken genug war, um seine Worte bis zum Morgen zu vergessen – und er wünschte sich beinahe, es wäre anders.

Ende des Auszugs

Wenn Ihnen die Vorschau gefallen hat, können Sie *Geheimnisse in Seaside* gleich bei Ihrem Online-Buchhändler bestellen!